Das Buch

Ein Mörder, der mit Hauptkommissarin Judith Krieger spielt. Ein niemals gesühntes Verbrechen. Und ein Toter ohne Gesicht. Als Judith Krieger und ihr Kollege Manni Korzilius das Mordopfer identifizieren, stoßen sie auf eine Familientragödie. Vor 20 Jahren stand Jonas Vollenweider selbst unter Mordverdacht. Damals war im Haus seiner Eltern ein Blutbad angerichtet worden. Die Jagd nach dem Täter führt Judith und ihren Kollegen noch weiter zurück in die Vergangenheit. In den 60er Jahren leiteten die Vollenweiders ein Kinderheim. Was ist dort geschehen? Warum will niemand darüber sprechen? Sosehr Judith und Manni sich auch bemühen, das Geheimnis zu lüften, immer ist der Täter ihnen einen Schritt voraus. Immer unverhohlener nimmt er sogar Kontakt mit Judith auf. Sie steht im Zentrum seines perfiden Plans – und all seines Denkens. Denn was vergangen ist, ist noch lange nicht vergessen.

Die Autorin

Gisa Klönne, 1964 geboren, studierte Anglistik und arbeitete als Journalistin. Ihre von Lesern und Presse gefeierte Erfolgsserie um Kommissarin Krieger wurde in mehrere Sprachen übersetzt. Für ihr Werk wurde Gisa Klönne mehrfach ausgezeichnet, unter anderem 2009 für *Nacht ohne Schatten* mit dem Friedrich-Glauser-Preis. Gisa Klönne lebt in Köln. Weitere Informationen finden Sie unter: www.gisa-kloenne.de

Von Gisa Klönne sind in unserem Hause bereits erschienen:

In der Serie »Ein Judith-Krieger-Krimi«:

Der Wald ist Schweigen · Unter dem Eis
Nacht ohne Schatten · Farben der Schuld

Als Herausgeberin die Anthologien:

Leise rieselt der Schnee
Fürchtet Euch nicht!

Gisa Klönne

Nichts als Erlösung

Kriminalroman

Ullstein

Besuchen Sie uns im Internet:
www.ullstein-taschenbuch.de

*Für meinen Vater,
Karl-Heinz Klönne*

Ungekürzte Ausgabe im Ullstein Taschenbuch
1. Auflage November 2012
© Ullstein Buchverlage GmbH, Berlin 2011/Ullstein Verlag
Umschlaggestaltung: ZERO Werbeagentur, München,
unter Verwendung einer Vorlage von Cornelia Niere, München
Titelabbildung: © plainpicture/ARCANGEL/Marc Owen (Mädchen)/
Dave Wall (Zimmer)
Satz: Pinkuin Satz und Datentechnik, Berlin
Gesetzt aus der Sabon
Papier: Holmen Book Cream von Holmen Paper Central Europe,
Hamburg GmbH
Druck und Bindearbeiten: CPI – Ebner & Spiegel, Ulm
Printed in Germany
ISBN 978-3-548-28508-5

1. TEIL

ZUHAUSE

Wenn es je einen Ort gab, der mir ein Zuhause wurde, dann dieser. Jetzt, da ich Abschied nehme, wird mir das erst bewusst. Ich gehe noch einmal durch die stillen Zimmer. Das Wohnzimmer, das trotz seiner Möbel und Teppiche niemals wohnlich war. Das Schlafzimmer, wo die Verzweiflung nistet. Ich betrachte den Stuhl, auf dem ich so oft gesessen habe. Hier wog die Last nicht ganz so schwer, fühlte ich mich dir nah. Ich schiebe den Stuhl an den Tisch, vergewissere mich, dass ich wirklich nichts übersehen habe. Es tut weh, diesen Ort zu verlassen, damit habe ich nicht gerechnet. Ein neuer Schmerz, der sich zum vergangenen fügt.

Der Koffer in meiner Hand ist leicht. Ich brauche nicht viel. Alles, was wichtig ist, habe ich schon vor Jahren in Sicherheit gebracht. Ich wusste ja immer, dass meine Zeit hier nur gestohlen war. Dass ich nicht bleiben durfte, jedenfalls nicht für immer.

Die Handschuhe kleben an meinen Fingern, eine feuchte, lebendige, zweite Haut. Ich widerstehe der Versuchung, sie auszuziehen, tupfe mir mit dem Jackenärmel Schweiß von der Stirn. Geliehene Zeit, geliehenes Leben. Zuerst war ich wütend, als ich begriff, dass sie mich auch von hier wieder vertrieben. Dann sah ich die Chance, die sich daraus ergab. Die Möglichkeit, es zu Ende zu bringen. Jetzt, endlich, nach all diesen Jahren.

Ein letzter Blick, ein stummer Gruß. Dann ziehe ich die Tür hinter mir zu und verschwinde im Schatten der Hecken. Es gibt kein Zurück mehr. Ich habe alles geplant und vorbereitet. Nichts wird nun je wieder sein, wie es war. Ich lächle, als ich an unser Wiedersehen denke. Ich hoffe, dass Du mir gnädig bist.

Samstag, 1. August

Der Mond ist noch nicht aufgegangen, kein künstliches Licht erhellt das Gelände, und einen Moment lang erscheint ihm die dunkle Masse des Waldes bedrohlich. Als ob die dicht stehenden Stämme und Büsche ein einziges Lebewesen seien, ein Organismus, der ihn belauert, ja, näher zusammenrückt und sich ihm entgegenstemmt. Absurd, so etwas zu denken, völlig absurd. Der Wald ist sein Freund, war das immer schon. Eric Sievert blickt auf den Feldweg, der sich als hellgraue Spur in den Schatten verliert. Nichts ist dort, niemand, er ist allein hier. Der Revierförster ist ein scharfer Hund, vor ein paar Wochen hätte der ihn um ein Haar erwischt. Aber daraus hat er gelernt, inzwischen kommt er später und verzieht sich, lange bevor die Dämmerung die ersten Jäger zum Ansitz aus den Betten lockt. Und er fährt die letzten Kilometer zum Wald mit dem Rad, lässt sein Auto in Biblis, wo es seine Anwesenheit im Naturschutzgebiet nicht verrät.

Eric Sievert schiebt sich ins Unterholz, fühlt einen trockenen Ast an seiner Wange, dann in seinem Haar, spannt die Muskeln an. Das Rascheln des toten Laubs unter seinen Füßen scheint in der Stille regelrecht zu explodieren. Irgendwo schreit ein Nachtvogel auf, klagend und hoch, und verstummt so abrupt, dass es unnatürlich wirkt. Eric tastet sich weiter voran, blind beinahe, nach Gefühl, saugt den Geruch des Waldes tief in die Lungen. Seit er denken kann, hat es ihn nach draußen gezogen. Schon als Junge ist er aus der Enge der elterlichen Wohnung und dem winzigen Zimmer, das er mit seiner Schwester teilte, so oft es nur ging in den Wald geflohen. Menschen betrügen dich, die Natur tut das nie. Er zerrt an einem Ast, der sich in seinem Rucksack verhakt hat. Das Holz splittert, laut, wieder ruft der Vogel, noch näher jetzt, fast direkt über ihm. Instinktiv hebt er den Kopf, kann den Schreihals jedoch nicht entdecken. Vielleicht ein Waldkauz. Wahrscheinlich sogar.

Eric bleibt stehen und tastet nach seinem GPS-Gerät, das einsatzbereit neben Klappspaten, Taschenlampe, Messer und Pointer an seinem Gürtel hängt. Hier im Ried ist es tatsächlich noch schwüler als in Darmstadt, und die Motorradlederjacke ist definitiv viel zu warm, auch Gummistiefel und Jeans sorgen nicht gerade für Abkühlung. Aber das kann er ab, er ist schließlich sportlich, und immerhin ist er so einigermaßen vor Mücken und Dornen geschützt. Er checkt sein GPS-Gerät, um sich zu orientieren. Geradeaus liegt die Ruine der Festung Zullestein, dahinter mündet die Weschnitz in den Rhein, westlich davon sind die Sternschanzen aus dem Dreißigjährigen Krieg, noch 19 Grad weiter westlich ist die Stelle, wo er gleich am ersten Tag den perfekt erhaltenen Bronzeschild gefunden hat. Ein Original aus der Römerzeit, eine echte Sensation, 17 000 Euro hat ihm der gebracht. Vor fünf Jahren noch hätte er so etwas nicht für möglich gehalten. Römer, Kelten, Germanen und Nibelungen waren für ihn in erster Linie Gestalten aus Schulbüchern oder Asterix-Heften gewesen. Dass die tatsächlich vor seiner Haustür gelebt und gekämpft hatten und dass man die Spuren davon tatsächlich wieder ans Tageslicht bringen kann, hatte er erst durch Kurt erfahren. Kurt der Korrekte, der entsetzt wäre, wenn er ihn hier sähe, und sofort wieder über die Schäden der Raubgräberei für die Archäologie lamentieren würde.

Eric löst seinen Deus XP vom Rucksack. Deus. Gott. 1400 Euro hat er dafür berappt, schwarz und in bar, ein Deal übers Internet, jeden Cent wert. Er hängt sich die Funkkopfhörer um den Hals und erweckt den Metalldetektor mit einem Knopfdruck zum Leben. Das Display blinkt auf, die Sonde vibriert. Natürlich, ja, Kurt hat schon recht. Korrekterweise dürfte er nicht hier sein, und selbstverständlich hätte er seinen Fund dem Landesamt für Denkmalpflege melden müssen, statt ihn an einen Händler im Internet zu verticken. Er wischt Schweiß von seiner Stirn, stolpert über eine Wurzel, fängt sich wieder. Der Geruch von modrigem Blattwerk steigt ihm in die Nase, faulig und schwer. Der Steiner Wald ist ein Auenwald, die Bäume krallen sich in sumpfigen Grund. Immerhin hat die Hitze der letzten Wochen dazu geführt, dass er nicht mehr bei jedem Schritt knietief in den Modder sinkt. Dafür sind die Mücken heute extra aggressiv. Obwohl er sich reichlich mit Autan eingeschmiert hat, jucken im Nacken schon die ersten Stiche.

Genau hier hat er den Bronzeschild ausgegraben. Etwa 100 Quadratmeter Fläche rundum hat er seitdem fertig abgesucht und nichts weiter gefunden als den üblichen Schrott: Alumüll, rostige Nägel, Kronkorken, drei Bleikugeln aus dem Dreißigjährigen Krieg. Er entscheidet sich für ein neues Sucharreal und bringt den Deus in Position. Mit jeder Minute gewöhnen sich seine Augen besser an die Dunkelheit. Selbst dort, wo kein Mondlicht den Boden erreicht, kann er nun die Konturen der Baumstämme erkennen, sogar das Unkraut, das ihm an manchen Stellen bis zur Hüfte reicht. Es ist kurz nach Mitternacht. Zwei Stunden gibt er sich, dann muss er zurück. Wegen der Jäger und wegen Sabine.

Vollkommen still ist es ringsum, auf einmal fällt ihm das auf. Fast hat es den Anschein, als halte der Wald den Atem an. Wieso denkt er jetzt schon wieder so einen Quatsch? Vielleicht liegt es an der Hitze. Bestimmt sogar, er fühlt sich allmählich, als würde er gekocht. Und schon ist es mit der Stille vorbei. Etwas raschelt hinter ihm, ganz leise, eine Maus vielleicht. Er dreht sich trotzdem herum, kann nichts entdecken, richtet seine Aufmerksamkeit erneut auf den Detektor. Kopfhörer oder nicht? Die Kopfhörer sind warm und machen ihn schwerhörig gegenüber der Außenwelt. Trägt er sie aber nicht, sind das Piepen und Knarzen, mit denen die Sonde auf Metallfunde reagiert, auch für andere zu hören.

Mit Kopfhörern also, sicher ist sicher. Er zerrt sie sich über die Ohren, registriert die künstliche Stille, die ihn augenblicklich umfängt, dann seinen Pulsschlag, wie ein dumpfes Rauschen. Er konzentriert sich aufs Display des Deus, überprüft die Frequenzen. Der Bronzeschild war nur der Anfang, anders kann das nicht sein. Es hat Kämpfe auf diesem Gelände gegeben. Römer, Nibelungen, Burgunder – alle waren sie hier und verluden ihre Schätze zum Weitertransport auf dem Rhein. Mein Käufer ist heiß, hat ihm *darkcave* gemailt, der Händler, an den er den Schild verkauft hat. Bring mir mehr. Eric Sievert führt den Metalldetektor in die erste Suchbewegung. Ein langsamer Schwung, so nah wie möglich über dem Boden. Ein unpräzises Knistern in den Kopfhörern ist die Antwort. Er tritt Unkraut zur Seite, führt die Sonde in den nächsten Schwung. Zwei Stunden noch, maximal drei. Er weiß, dass hier mehr zu holen ist, er kann das förmlich riechen.

*   *   *

Das Pferd reißt sie aus dem Schlaf, der Schimmel, den sie aus früheren Albträumen kennt. Über ein Jahr war er verschwunden, nun ist er wieder da. Judith liegt sehr still. Das Pferd ist ein Bote, vielleicht eine Warnung. Sie weiß, dass es ihr etwas mitteilen will. Ein weißes Pferd steht auf einem Hügel inmitten einer archaischen, unwirklich kargen Landschaft, steht regungslos und sieht sie unverwandt an. Es ist nur ein Traum, doch er lässt sie nicht los. Sie hängt in ihm fest, so wie nach Patricks Tod. Damals hatte sie dem Schimmel vertraut und war auf ihm geritten. Momente des Glücks, jede Nacht wieder, die unweigerlich damit endeten, dass das Pferd mit ihr durchging, sie zu Boden warf. Judith setzt sich auf. Karl rollt sich im Schlaf zu ihr rüber und greift nach ihr. Sie streichelt seinen Arm und schleicht aus dem Zimmer. Ihr Herz schlägt zu schnell, ihre Lunge sticht. Der Traum hält sie gefangen, trotzdem ist sie hellwach.

Es ist heiß in ihrer Dachwohnung, drückend, obwohl alle Fenster weit geöffnet sind. Judith geht in die Küche und trinkt ein Glas Wasser, versucht sich ausschließlich auf die Kühle der Fliesen unter ihren nackten Fußsohlen zu konzentrieren. Sie will nicht mehr fallen, will nicht einmal daran denken, wie sich das angefühlt hat. Sie schleicht zurück ins Schlafzimmer, streift Shorts und ein Trägertop über, läuft dann durchs Wohnzimmer auf ihre Dachterrasse. Die Stadt scheint sie zu begrüßen. Der von Straßenlaternen und Leuchtreklamen bräunliche Nachthimmel, das gedämpfte Summen von Autos und Menschen, die wie sie nicht zur Ruhe kommen. Sie könnte sich ein Kölsch aus dem Kühlschrank nehmen, es im Liegestuhl trinken und versuchen, die Sterne zu zählen. Doch das würde nichts nützen, würde ihre Unruhe nur noch weiter steigern, das weiß sie aus Erfahrung.

Sie läuft zurück in ihre Wohnung, zieht Sportschuhe an, steckt im letzten Moment noch das Handy ein. Sie muss raus, sich bewegen. Den Erinnerungen weglaufen, diesem Traum, der die Ahnung von Unheil in sich birgt, vielleicht auch einfach nur ihrer verdammten Sucht nach Nikotin.

Die Straßen sind wie ausgestorben, auch hier steht die Hitze, kein Luftzug weht. Unwirklich kommt ihr alles auf einmal vor, als schlafwandle sie oder sei plötzlich in einer Stadt ohne Einwohner erwacht. Selbst der Rhein scheint sich aufzulösen, wird von Tag zu Tag schmaler. Seit einer Woche ist er für die Schifffahrt gesperrt. Die Unbarmherzigkeit dieses Sommers zehrt auch an ihm. Judith läuft Richtung Altstadt. Ein Jogger mit Stirnlampe überholt sie, dann ein Radfahrer ohne Licht. Sie geht schneller, in Gedanken noch immer bei ihrem Traum. Die Landschaft war anders als früher, unbekannt, und sie ist nicht auf dem Schimmel geritten. Vielleicht ist das ein gutes Zeichen, vielleicht sogar ein anderes Pferd. Vielleicht hat dieser Traum auch überhaupt nichts zu bedeuten.

Über der Altstadt liegt Zwielicht. Die Kneipen und Biergärten haben längst geschlossen, doch auf den Wiesen an der Promenade lagern noch immer Nachtschwärmer, zu zweit oder in Grüppchen. Sie kann ihre Stimmen hören, Musikfetzen, Lachen. Ein eng umschlungenes Paar schlendert aus dem Lichtkegel einer Laterne ins Dunkel. Irgendwo spielt jemand Gitarre und singt von Liebe, wechselt dann übergangslos zu Bob Dylan. *The answer my friend is blowin' in the wind.* Lagerfeuerprotestmusik. Der Soundtrack zu einem anderen Traum. Lange her und doch nicht vergessen.

Sie denkt an Karl, seinen Körper, seine Hände, wie gut es sich anfühlt mit ihm, wie richtig. Sie will zurück zu ihm, da hört sie die Schreie, unartikuliert und voller Entsetzen.

Judith rennt los, dorthin, woher die Schreie zu kommen scheinen. Es ist kein bewusster Beschluss, ihr Körper reagiert, bevor sie das wirklich begreift, die Polizistin in ihr. Wo? Wer? Was? Die Fragen hämmern im Takt ihrer Schritte. Tragen sie zu der Stelle, wo sie gerade das Liebespaar sah. Jetzt sind die beiden verschwunden, als hätten sie sich in Luft aufgelöst. Judith dreht sich einmal um ihre Achse. Das Licht ist diffus, die Schatten sind tief. Sie kann das Gelände nur schwer überblicken. Wieder ein Schrei, etwas näher, schriller. Der Schrei einer Frau, begreift Judith plötzlich. Surreal fast, denn noch immer gibt es auch Gelächter und Dylan.

Ein Zug auf der Eisenbahnbrücke verschluckt für Sekunden alle Geräusche. Eine der Laternen im Park flackert unkontrolliert, macht die Orientierung noch schwerer. Nur der Dom thront mit steinerner Ruhe über dem Gelände. Der Dom, die Philharmonie und daneben die Brücke.

Wo, verdammt? Wo? Der Zuglärm ebbt ab, jetzt schreit niemand mehr, aber in einem Gebüsch vor dem Aufstieg zum Dom glaubt Judith eine Bewegung zu sehen. Ist das die Stelle, woher die Schreie kamen? Judith rennt darauf zu, erkennt einen Mann, der sich aus dem Schatten löst. Einen Moment lang blickt er ihr entgegen, dann dreht er sich um und beginnt zu laufen.

»Halt! Stehen bleiben! Polizei!«

Ihre Kehle ist wund, ihre Lunge tobt. Der Mann hört nicht auf sie, läuft sogar noch schneller. Sie setzt ihm hinterher. Sie muss ihn einholen, ihn zumindest erkennen, sein Gesicht, seine Kleidung, irgendwas. Aussichtslos. Chancenlos, er hat viel zu viel Vorsprung. Sie stoppt ab, als sie wieder die Schreie hört, nein, keine Schreie mehr, eher ein Klagen, »*No! No! No!*«.

Schweiß strömt Judith übers Gesicht, ihre Lunge brennt so, dass sie husten muss. Der Mann aus dem Gebüsch sprintet die Treppen zum Dom hinauf und verschwindet aus ihrem Sichtfeld.

»*Help! Here!*«

Ein Mann ruft das. Er kniet im Schatten der Brücke und hält eine Frau im Arm, die unkontrolliert zittert. Ihr helles Minikleid ist dunkel beschmiert.

Judith läuft zu den beiden hinüber, hockt sich zu ihnen, tastet nach ihrem Handy.

»*Police*. Polizei. Sind Sie verletzt? *Are you okay?*«

Die Frau scheint Judith überhaupt nicht wahrzunehmen, der Mann reagiert im Zeitlupentempo, nickt und zeigt hinter sich ins Dunkle. Die Gestalt eines weiteren Mannes liegt dort, bewegungslos. Die Frau stöhnt auf und beginnt ihre Hände im Gras zu reiben, zögernd erst, dann immer schneller.

Unwirklichkeit, aber anders jetzt. Die Unwirklichkeit des Todes, nicht die aus einem Traum.

»Hallo?«

Judith fasst den Liegenden an der Schulter, riecht im selben Moment Blut. Sie drückt eine Taste ihres Handys. Das Display wirft blaues Licht auf das, was einmal ein Gesicht gewesen ist. Die Frau in Judiths Rücken beginnt sich zu erbrechen.

Das Display erlischt und mit ihm die blutige Fratze.

Traum. Albtraum. Auf Fotos in der Polizeischule hat sie solche Verletzungen schon mal gesehen, aber nicht in der Realität. Sie wählt die 110, sieht im selben Moment einen Trupp Männer auf sich zulaufen.

»*My wife fell right into him*«, sagt der Amerikaner ins Leere. »*We were just looking for a place to sit down.*«

Judith springt auf, läuft den Herankommenden entgegen, hebt den freien Arm zu einer imaginären Schranke.

»Halt. Polizei! Bleiben Sie stehen!«

Die Männer lachen. Einer rennt sogar noch schneller, als sei sie überhaupt nicht da. Sie riecht seine Fahne, springt vor ihn und stoppt ihn, indem sie die flache Hand gegen seine Brust schlägt. Er grunzt, schwankt, fängt sich wieder und senkt seinen Blick auf ihre Brüste, ihre Shorts, ihre nackten Beine.

Aus dem Handy hört sie die fragende Stimme des Kollegen der Einsatzzentrale.

»KHK Krieger, KK 11, ich brauche Verstärkung. Schnell.«

Sie haspelt ihren Standort ins Handy, sieht weitere Gaffer über die Wiese kommen. Auch der Amerikaner erwacht nun aus seiner Lethargie und versucht seine Ehefrau auf die Beine zu ziehen.

»*Stay here. Please!*« Judith langt hinter sich, umfasst seine Schulter und drückt sie. Er gibt nach, sinkt in sich zusammen. Seine Frau ist ohnehin in ihrer eigenen Welt gefangen, sie sitzt wie erstarrt, ab und an leise wimmernd.

Der Betrunkene schiebt wieder vorwärts, zwei seiner Kumpels tun es ihm nach. Blitzlichter zucken auf. Mehrere der Schaulustigen haben ihre Handys gezückt und fotografieren. Verdammt. Verdammt! Die Situation entgleitet ihr, ist überhaupt nicht zu kontrollieren.

»Polizei! Mordkommission! Treten Sie zurück!«

Judith entreißt dem ihr am nächsten stehenden Knipser sein Handy.

»Das ist konfisziert. Unterlassen Sie das Fotografieren!«

»He!«

Der Mann grapscht nach ihrem Arm. Sie weicht ihm aus. Die Meute johlt. Auf der Brücke lärmt der nächste Zug. Instinktiv blickt Judith hoch, sieht die Gestalt eines Mannes, der auf sie herabblickt. Derselbe Mann, der vorhin vor ihr weglief? Ein Zeuge? Der Täter? Jetzt, hier, lange nach der Tat? Doch selbst wenn es so wäre, wie sollte sie das beweisen? Sie hat ja nicht einmal sein Gesicht gesehen.

Wieder zuckt Blitzlicht auf, doch diesmal bekommt sie das Handy nicht zu fassen, der Gaffer ist zu schnell für sie und zu groß. Wenn sie Glück hat, ist nur sie selbst auf den Fotos zu sehen, nicht die Amerikaner, nicht das Opfer. Glück. Unglück. Man glaubt, das sind feste Größen, und vergisst, wie schnell das eine zum anderen wird.

Endlich erklingt das Geheul eines Martinshorns. Ein weiteres folgt. Die Menge raunt.

»Hier!« Judith schreit den Kollegen Anweisungen entgegen. »Absperren, sichern – auch oben auf der Brücke, Personalien aufnehmen. Fotohandys konfiszieren!«

Zwei Polizisten entfalten eine Decke als provisorischen Sichtschutz. Sie lässt sich eine Taschenlampe geben, tritt dahinter und beugt sich über den Toten, zwingt sich hinzusehen. Ein durchtrainierter Mann, blond, braun gebrannt. Vielleicht auch ein Tourist. Ohne Gepäck. Ohne Gesicht. Welche Waffe hat solche Zerstörungskraft? Mit welcher Munition? Was für ein Albtraum für ein junges Liebespaar, an einem vermeintlich lauschigen Plätzchen im Urlaub mitten in eine blutige Fratze zu greifen.

»Und, Judith, was denkst du?«

Sie zuckt zusammen, sie hat ihren Chef nicht kommen gehört. Auch er hält eine Taschenlampe und geht neben ihr in die Hocke.

»Eine Hinrichtung«, sagt sie leise und sieht auf einmal wieder das Pferd aus dem Traum vor sich, sein schimmerndes Fell, seinen unverwandten Blick.

Millstätt hebt die Brauen, studiert erst den Toten und dann sie.

Sie wünscht sich, sie hätte etwas anderes an als die Shorts und das knappe, verschwitzte Top. Sie wünscht sich, so manchen Vorfall im letzten Jahr hätte es nicht gegeben, dann wäre ihr Verhältnis zu ihrem Chef nicht so kompliziert.

»Dein Fall, Judith«, sagt er nach einer langen Pause.

* * *

Die Mücken fressen ihn, als habe er sich statt mit Autan mit einem blutigen Steak eingerieben. Er schmiert sich Spucke auf die Stirn, wo ihn eine ganze Reihe juckender Beulen quält. Angeblich werden im hessischen Ried jedes Frühjahr Insektizide versprüht, um die Schnaken in Schach zu halten. Aber den Steiner Wald hat man wohl ausgelassen, vermutlich aus Naturschutzgründen. Oder die Viecher sind durch die Chemie mutiert, unempfindlich gegen alles, sogar durch die Jeans stechen sie ihn, es sei denn, der Juckreiz an seinen Oberschenkeln ist eine Halluzination. Eric Sievert führt den Detektor in die nächste Suchbewegung. An dem Tag, als er den Bronzeschild fand, waren die Mücken kein Thema. Aber da war es noch kalt – so kalt, dass man schon glaubte, es käme kein Sommer mehr, egal, wie viel alle vom Klimakollaps schwafeln.

Er überprüft seine Position und wendet sich nach links. Sondengehen ist wie Angeln. Man muss Hitze, Kälte und Dreck abkönnen, und man braucht Geduld, viel Geduld, denn man weiß vorher nie, was man herausholen wird. Eine Getränkedose, drei Musketenkugeln, eine unidentifizierbare Münze sowie eine Anstecknadel mit Reichsadler und Hakenkreuz waren die nicht eben glorreiche Ausbeute seiner letzten zwei Nächte hier. Nicht einmal einer der Militaria-Freaks, von denen es in der Sondengängerszene nur so wimmelt, würde deshalb Hurra schreien. Die größte Überraschung war ein Vogelfuß, auf dessen Aluminium-Beringung der Deus angeschlagen hatte. Eigenartig vollkommen hatten die filigranen Knöchelchen gewirkt, fast wie ein Kunstwerk. Er hatte überlegt, sie Sabine mitzubringen, es dann aber doch gelassen.

Schritt, Schwung, Schritt, Schwung. Der Deus summt undefiniert, die Sonde verheddert sich zum x-ten Mal im Unkraut. Er bückt sich, um sie zu befreien, fühlt einen neuen Mückenstich im Nacken. Hat sich da drüben zwischen den Bäumen etwas bewegt? Nein, nichts, nur ein tief hängender Ast. Vielleicht hat ein Fuchs den Vogelleib gefressen und den beringten Fuß verschmäht. Oder der Vogel war in ein Sumpfloch geraten, wo er sich langsam zersetzte, und aus irgendeinem Grund kam der Fuß wieder nach oben. Der Boden arbeitet, bewegt sich, schlingt Dinge herunter, bringt sie irgendwann wieder hoch, das hat er beim Sondengehen schon oft erlebt. Man sucht ein Feld sorgfältig ab und findet nichts. Der Bauer pflügt drüber. Wieder nichts. Und dann, ein Jahr später, spielt der Detektor genau auf diesem Feld verrückt, und man gräbt einen Silberkreuzer aus dem 17. Jahrhundert aus, eine Soldatenmarke aus dem Zweiten Weltkrieg oder eine Fibel aus der Bronzezeit. Irgendwann kommt alles wieder hervor – oder zumindest so weit an die Oberfläche, dass die Sonde es finden kann.

Eric Sievert macht einen Schritt vorwärts. Der Boden gibt nach, sein rechter Fuß sackt bis zur Wade in schwarzen Modder. Es gluckst, als er den Gummistiefel wieder rauszieht, selbst durch die Kopfhörer kann er das hören. Vielleicht war der Bronzeschild ja doch der einzige Schatz, der hier zu heben ist. Der Deus XP ist ein leistungsstarker Detektor. Etwa 30 Zentimeter tief spürt seine Magnetspule in den Boden, je nach Größe des Fundstücks etwas weniger oder mehr. Aber vielleicht reicht das nicht für die Suche in einem Auenwald. Weil der Sumpfboden hier vollkommen anders beschaffen ist als die lockere Erde auf einem Feld. Weil die Auenwaldbäume das, was einmal zwischen ihre Wurzeln geraten ist, nicht mehr loslassen, sondern immer tiefer hinabziehen, tief genug, um den ewigen Überschwemmungen zu trotzen. Oder ist es genau umgekehrt, und der Morast presst alle Fremdkörper umso schneller nach oben, was bedeuten würde, dass die Hinterlassenschaften der Römer und Nibelungen schon vor Jahrhunderten wieder ans Licht gekommen sind?

Der Deus gibt ein Signal von sich, ein tiefes Brummen. Gold! Eric Sievert checkt die Frequenz auf dem Display des Detektors. Diskrimination ist ein High-tech-Feature des Deus' – jedes Metall hat seine eigene Frequenz, sodass man schon vor dem Graben ungefähr weiß, was einen erwartet. Nur Gold und Aluminium klingen fast identisch. Er führt die Sonde erneut über den Boden. Langsamer diesmal. Wieder brummt der Deus. Doch bevor er die Stelle mit dem Pointer näher präzisieren kann, fiedelt sein Handy Sabines Melodie. Es wird dämmrig, wird ihm schlagartig bewusst. Er hat die Zeit vergessen, wollte schon längst auf dem Heimweg sein.

»Jan hustet wieder.« Sabines Stimme klingt belegt, wie immer, wenn sie aus dem Tiefschlaf gerissen wurde. Jan hustet wieder. Nicht: Wo bist du oder warum bist du nicht bei mir, und genau dafür liebt er sie. Dass sie ihm seine Freiheit lässt, weil sie die auch für sich beansprucht. Die ungeschminkte Wahrheit, hatte er gedacht, als sie ihm zum allerersten Mal die Tür öffnete und keinerlei Anstalten machte, ihr vom Heulen verquollenes Gesicht vor ihm zu verbergen. Mein Mann hat mich sitzenlassen, dem wurde das hier alles zu viel, hatte sie ihm sehr sachlich erklärt und eine vage Handbewegung gemacht, die ihr mehr als renovierungsbedürftiges Haus und den verwilderten Garten umfasste und auf ihrem damals noch flachen Bauch endete. Mein Nachbar sagt, Sie können mir helfen?

»Ich komme gleich heim«, verspricht er ihr und fährt mit dem Pointer über den Boden. Der Pointer piepst. Eindringlich. Der Wald scheint das Geräusch zu verstärken. Diese eine Grabung noch, ganz schnell, es wird schon gut gehen. Für den Fall, dass der Förster oder die Herren Jäger wirklich schon unterwegs sein sollten, wird er besonders vorsichtig sein. Er steckt das Handy wieder in die Hosentasche und leuchtet den Boden mit der Taschenlampe ab, den Lichtkegel mit der gewölbten Hand nach oben hin abschirmend. Das Licht reicht auch so, um jedes Detail zu seinen Füßen zu erkennen. Unkraut, angetrockneter Matsch und welkes Laub tauchen im Schein der Lampe auf. Nichts weist darauf hin, dass sich darunter ein Metall, womöglich sogar Gold verbirgt. Er setzt den Spaten an, sieht wie in einem Film-Parallelschnitt Sabine vor sich, wie sie mit Jan auf dem Arm ins Badezimmer geht, um den Inhalationsapparat zu holen. Er weiß ganz genau, dass sie mit ihrer heiseren Nachtstimme Jans Lieblingslied von den Regenwürmern singt, Würmer, die sich unverdrossen und ungesehen durch den Boden winden. Und natürlich wird Jan beim Anblick des Inhalationsapparates trotzdem zu weinen beginnen und damit Julia wecken, die ebenfalls losheulen wird. Familienleben. Bevor er Sabine traf, schien es vollkommen ausgeschlossen, dass er einmal so leben würde. Doch mit jedem Tag, an dem er damals für sie Leitungen und Fliesen verlegte, Wände verputzte und Dielenböden abschliff, wurde Sabines Vision von ihrem Haus unmerklich zu seiner eigenen Vision, und als sie schließlich im Bett landeten, fühlte sich das auf verrückte Weise so an, als ob das Kind, das da schon in Sabines Bauch heranwuchs, sein eigenes Kind sei. Der Sohn, den er vor vielen Jahren gezeugt und im Stich gelassen hatte.

Er hebt die erste Erdsode aus dem Boden. Nichts ist in der schwarzen Erde zu erkennen, doch der Pointer piept, als er ihn in das Grabloch hält. Sumpfgeruch steigt ihm in die Nase, als er tiefer gräbt, das Pointersignal wird stärker, er greift zu und bekommt etwas zu fassen. Etwas Dünnes, Biegsames mit einem Knubbel. Er packt fester zu, Erde bröckelt ihm durch die Finger, etwas blitzt auf, er hält es ins Licht: Gold, wirklich Gold, aber nicht aus der Römerzeit, sondern modern. Eine feingliedrige Halskette mit einem herzförmigen Anhänger liegt in seiner Hand. Sogar der Verschluss ist noch intakt.

* * *

Als er die Altstadt erreicht, ist die Show bereits in vollem Gange. Kriminaltechniker schwärmen über die Wiesen zwischen Altstadt und Rhein und sacken sogar den Inhalt der Mülltonnen ein. Uniformierte Kollegen sichern die großräumige Polizeiabsperrung. Auch die Gaffer sind schon da und verfolgen das Treiben mit Argusaugen. Es ist eine Szene wie aus einer Vorabend-Krimiserie, und wie zur Bekräftigung der TV-Tauglichkeit dräut am Himmel ein neuer, gnadenlos sonniger Tag. Obwohl es erst 4:30 Uhr ist, wird es über Dom und Altstadt von Sekunde zu Sekunde heller und auch heißer, als blende jemand einen gigantischen Schweinwerfer auf.

Manni springt neben dem bereitstehenden Leichenwagen auf eine Mauer. Der Anruf der Zentrale hat ihn aus dem Tiefschlaf gerissen, Sonja war deutlich schneller wach als er. Es bleibt doch bei morgen, hat sie zum Abschied gesagt und sich auf diese neue, schwerfällige Art herumgewälzt, um ihm in die Augen zu sehen. Er entdeckt Millstätt und den neuen Pressesprecher Torsten Reiermann neben einem Bus der Spurensicherer. Wenn Millstätt persönlich hier ist, hängt die Sache hoch. Manni hält auf die beiden zu, drängt die Gedanken an Sonja und den lange hinausgeschobenen Antrittsbesuch bei seiner Mutter beiseite.

»Manni, gut.« Millstätt verpasst ihm einen leichten Schlag auf den Oberarm, der offenbar zugleich Begrüßung, Ermunterung und Abschied ist, denn bevor Manni etwas erwidern oder fragen kann, hastet der KK 11-Leiter schon wieder davon.

»Ein Touristenmord ist ganz schlechte PR für Köln.« Reiermann pustet in seinen Styroporkaffeebecher. »Da werden die da oben sofort nervös.«

»Das Opfer ist also identifiziert?« Manni zieht einen Overall und Booties über und versucht Judith Krieger zu erspähen. Vergebens. Stattdessen fällt ihm plötzlich auf, dass in Reiermanns Linker ein Paar knallrosa Absatzsandalen baumelt, ganz lässig, wie ein Damenhandtäschchen.

»Der KURIER schon wieder, du entschuldigst mich.« Reiermann verzieht das Gesicht und stiefelt zu einem Kerl Marke Schwiegermutterliebling hinüber. Die Lacksandaletten wippen im Takt seiner Schritte. Hübsch. Sehr hübsch. Manni duckt sich unter dem Absperrband durch und läuft auf den Sichtschutz zu. Die Kamera des Reporters klickt in seinem Rücken.

»Vorsicht, hier lang. Es sind schon genug Spuren zertrampelt worden.« Einer der Kriminaltechniker führt ihn in einem Bogen hinter den mannshohen Sichtschutz, wo es nach Kotze und Blut und Schweiß stinkt, wo weitere Kollegen in weißen Overalls den Boden nach Spuren absuchen und die Rechtsmedizinerin Ekaterina Petrowa und Judith Krieger einträchtig neben dem Opfer knien.

Es ist ein bemerkenswertes Szenario, durchaus nicht ohne Charme. Die Krieger sieht nackt aus, anders lässt es sich nicht beschreiben. Als Einzige trägt sie keine Schutzkleidung, sondern Shorts und ein für ihre Maßstäbe äußerst freizügig geschnittenes Top, dessen Design nicht einer gewissen Ironie entbehrt, denn in Brusthöhe ist der Umriss einer Pistole aufgedruckt. Die winzige Russin steckt zwar brav in einem Overall, wirkt aber, als drohe sie darin verloren zu gehen. Was sie sonst noch anhat, ist nicht zu erkennen, aber ihre Haare, die sie neuerdings wachsen lässt und nicht mehr so heftig mit Farbe malträtiert, sind mit signalrosa Plastikspangen aus der Stirn geklemmt. Auch ihre Lippen glänzen pink, ein recht eindeutiger Hinweis darauf, wem Reiermanns Sandaletten gehören.

Manni grinst, doch ein Blick auf das Opfer und das Gemisch aus Blut, Knochen und Hirnmasse, in das sich dessen Gesicht verwandelt hat, lässt ihn gleich wieder ernst werden.

»Der Tod ist zwischen null und ein Uhr eingetreten«, verkündet die Petrowa würdevoll und bedenkt ihn mit einem ihrer unergründlichen Mongolenblicke.

»Also hat er hier zwei, vielleicht sogar drei Stunden gelegen, bevor die Amerikaner ihn fanden.« Judith Krieger richtet sich auf.

Manni schaut auf die Rheinpromenade, dann zu den Altstadtkneipen.

»Unwahrscheinlich, dass ihn außer den Amerikanern niemand bemerkte, oder?«

»Es war relativ dunkel hier bei der Brücke. Vielleicht hat man ihn für einen Betrunkenen gehalten, der seinen Rausch ausschlief, und deshalb einfach nicht näher hingesehen.«

Die Krieger streicht sich verschwitzte Locken aus der Stirn. Sie ist sehr blass, die Sommersprossen wirken auf ihrer Haut wie dunkle Kleckse, die sich bis ins Dekolleté runterziehen, vielleicht sogar auf den Busen. Manni beugt sich über den Toten und betrachtet das runde Einschussloch am Hinterkopf. Ein Nahschuss, vermutlich sogar aufgesetzt. Erst beim Austritt hat das Projektil seine ganze Zerstörungskraft entfaltet und Stirn und Wangenpartie regelrecht weggesprengt.

Er schaut hoch zur Krieger, deren Blick in die Ferne geht. »Jemand muss den Schuss gehört haben. Die Biergärten und Kneipen haben doch bis mindestens ein Uhr auf, die Diskotheken noch länger. Die Nachtschiffe legen an. Es muss hier von Zeugen gewimmelt haben.«

»Zeugen, ja.« Sie starrt auf den Rhein, als sähe sie den zum ersten Mal. »Gegen Mitternacht gab es auf der Deutzer Rheinseite ein Feuerwerk. Auch jeder Güterzug auf der Brücke macht ordentlich Lärm.«

»Du meinst, der Täter hat so einen Moment abgewartet, und niemand hat den Schuss gehört.«

»Und danach hat er alles einkassiert, was uns eine schnelle Identifizierung des Opfers erlauben würde. Brieftasche. Schlüssel, Handy ...«

Manni betrachtet den Toten, versucht es sich vorzustellen. Die Touristen und Passanten, das pralle, quirlige Leben einer Großstadtsommernacht, und mittendrin das Warten im Schatten der Brücke, die Panik des Opfers, den Schuss.

»Ziemlich kaltblütig, oder? Verdammt viel Risiko.«

»Ja.«

»Das Opfer könnte sich gewehrt oder zumindest um Hilfe gerufen haben.«

»Mit einer Pistole am Hinterkopf?«

»Okay, okay, vielleicht hast du recht. Das Opfer hält also still. Aber trotzdem war das Risiko, gesehen zu werden, für den Täter sehr hoch.«

»Vielleicht wollte er das ja so.«

»Wollte was?«

»Risiko. Aufmerksamkeit. Gesehen werden.«

Sie blickt zum Dom rauf, dann rüber zur Brücke. »Ein Mann ist vor mir weggerannt, da hoch, als die Amerikaner um Hilfe riefen. Kurz darauf hatte ich den Eindruck, dass derselbe Mann oben auf der Brücke steht und mich beobachtet.«

»Du meinst, der Täter wählt einen absolut öffentlichen Tatort und wartet dann ab, bis die Polizei eintrifft? Das ist doch irre!«

»Ja.«

»Das kann jeder gewesen sein, Judith. Irgendein Gaffer.«

Sie sieht ihn an, guckt zugleich durch ihn durch. Ein typischer Krieger-Blick.

»Und wenn nicht?«, fragt sie.

* * *

Der Tee ist sehr stark und sehr süß, und er schmeckt überwältigend nach frischer Minze. Ein Aromaschock, der für ein paar Augenblicke ihre Müdigkeit vertreibt. Judith lehnt sich zurück, die Holzlehne des Besucherstuhls in Ekaterina Petrowas winzigem Büro drückt kühl gegen ihre nackten Schultern. Der Tag geht zu Ende, das Gefühl von Unwirklichkeit ist geblieben. Sie haben niemanden gefunden, der einen Schuss gehört hat. Kein Hotel, wo ein Mann, auf den die rudimentäre Beschreibung des Toten passt, eingecheckt hat und dann verschwunden ist. Auch eine Vermisstenmeldung liegt nicht vor. Wer ist dieser Mann? Wo war er gewesen, bevor er auf seinen Mörder traf? Nicht einmal das können sie bislang rekonstruieren. Möglicherweise hatte er eine Altstadtkneipe besucht und war bereits dort seinem Mörder begegnet. Oder er war von einem der Ausflugsschiffe gekommen, die jetzt im Sommer quasi im Stundentakt vor der Altstadt anlegen. Oder vom Hauptbahnhof. Es wird Stunden dauern, Tage, das Material aus den Überwachungskameras auszuwerten, und es ist völlig sinnlos, alle Wirte, Schiffer, Ladeninhaber nach einem blonden Mann in Jeans und T-Shirt zu fragen, solange sie kein präsentables Foto von ihm haben.

Warten, immer warten, die Schattenseite der Ermittlungsarbeit. Warten auf die Ergebnisse der Kriminaltechnik, eine brauchbare Zeugenaussage, einen Zufall, der weiterhilft. Sogar auf den Staatsanwalt müssen sie heute warten. Der Tote aus der Altstadt liegt zwar im Sektionskeller bereit, doch ohne den Staatsanwalt darf die Obduktion nicht beginnen.

Judith trinkt ihren Tee aus und stellt die Tasse auf Ekaterinas Schreibtisch. Manni sitzt neben ihr und schweigt, seine Augen sind wie hypnotisiert auf den bonbonrosa Lackgürtel der Rechtsmedizinerin geheftet, dessen strass-

besetzte Schnalle bei jeder Bewegung das Licht der Abendsonne, die durchs Fenster fällt, anders reflektiert. Jetzt hör
bitte auf mit deinem Verfolgungswahn, hat er am Morgen
zu ihr gesagt. Sie betrachtet sein Profil, die blauen Augen,
die gerade Nase, die glatte Haut, das aus der Stirn ge-
kämmte Haar. Glatt, viel zu glatt, hat sie früher gedacht,
aber das ist lange her. Sie weiß inzwischen um seine Tiefen, auch wenn er nur wenig Persönliches von sich preis-
gibt. Doch in letzter Zeit hat er sich verändert, irgendetwas ist mit ihm, scheint ihn zu belasten, sie weiß noch
nicht, was, es ist nur ein Gefühl, ebenso wenig beweisbar
wie die Anwesenheit des Täters am Tatort, Stunden nach
seiner Tat.

Sie will rauchen. Dringend. Rauchen, duschen, essen,
schlafen. 52 Tage ohne Zigarette. Irgendwann wird das
Verlangen erträglich, sagen die, die es geschafft haben, die
Sucht lässt nach, so als habe sie niemals existiert. Freiheit
wird an ihre Stelle treten. Die Freiheit, keine Zigarette mehr
zu brauchen. Freiheit. Sie stellt sich die beiden Männer im
Schatten der Brücke vor, die Waffe am Hinterkopf des einen, die Panik, den Hass, das Warten auf ein Geräusch, das
laut genug ist, den Schuss zu übertönen. Ein Schalldämpfer
wäre bei diesem Kaliber wirkungslos, haben die Kriminaltechniker erklärt, nachdem sie das Projektil sichergestellt
hatten. 9 mm Luger, ein Deformationsgeschoss. Wie lange
hat das Warten vor dem Schuss gedauert? Sekunden, Minuten, noch länger? Für den, der weiß, dass er gleich sterben wird, in jedem Fall eine unerträgliche Ewigkeit. Haben
die beiden noch gesprochen, oder war zu diesem Zeitpunkt
schon alles gesagt? Hat der blonde Unbekannte um Gnade
gefleht? Eine Exekution, mitten in einer Sommernacht voller Leben. Vielleicht gab es nur diese eine Chance für den
Täter, sein Opfer zu stellen, diesen einen Ort. Vielleicht

hat er nicht einmal damit gerechnet, unbehelligt zu entkommen, hat sich darüber gar keine Gedanken gemacht, weil er völlig auf dieses eine Ziel fixiert war: sein Opfer zu töten, warum auch immer.

Auf einmal muss sie an Karl denken, sieht ihn dort im Park auf dem Boden liegen, halb auf den Bauch gedreht, als schliefe er, aber nie wieder atmend, nie wieder lebendig, nie wieder mit dem Gesicht, das sie liebt. Ein Tabugedanke, eine Angstfantasie. Sie springt auf und geht zum Fenster. Der Himmel ist phosphoreszierend orange, die untergehende Sonne sticht ihr direkt in die Augen. Sie setzt sich wieder hin, sieht Manni und Ekaterina für Sekunden nur als Schemen, vor denen Lichtpunkte flirren.

»Hast du vor zu verreisen, Judith?«, fragt Ekaterina Petrowa mit ihrer dunklen, kehligen Stimme, die so überhaupt nicht zu ihrem türkisrosa geblümten Kleid und dem Lackgürtel passt.

Was für eine seltsame Frage, gerade jetzt, ganz am Anfang einer Ermittlung. Judith schüttelt den Kopf und streicht mit den Händen über ihre bloßen Arme. Nach den Stunden draußen in der Hitze wird ihr nun plötzlich kalt, sie fühlt die Gänsehaut unter ihren Fingern, denkt noch immer an Karl. Eigentlich hatte sie an diesem Wochenende nicht einmal Bereitschaft. Sie wollten nach Holland fahren, ans Meer. Ist das die Reise, die Ekaterina meint? Vielleicht ja, vielleicht nein, die Rechtsmedizinerin gibt es nicht preis, ist einmal mehr in ihre eigene Welt versunken.

Der Staatsanwalt stürmt herein, und sie hasten im Gänsemarsch in den Sektionskeller. Die Luft hier unten ist herunterklimatisiert, eisig legt sie sich auf Judiths Haut. Sie läuft zurück in den Vorraum und zieht einen Obduktionskittel über. Der Stoff schmiegt sich an ihre nackten Beine und Arme, wie ein kühles, glattes Laken. Schlafen. Vergessen. Wenn sie nicht von dem Pferd geträumt hätte, wäre sie gar nicht hier, aber nun ist es zu spät, sie ist mittendrin, fühlt sich dem blonden Toten auf unerklärliche Art verbunden. Sie geht zurück zu den anderen, zwingt sich, ihn anzusehen, während Ekaterina Petrowa die äußere Leichenschau vornimmt und den Toten schließlich mithilfe ihrer Assistenten entkleidet. Sein zerstörtes Gesicht ist im grellen Schein der OP-Strahler noch unerträglicher. Sein Körper hingegen wirkt makellos. Er ist muskulös, weder tätowiert noch gepierct oder auffällig rasiert und hat keinerlei Narben oder Muttermale, anhand derer ihn Angehörige leicht identifizieren könnten. Seine Haut ist in verschiedenen Schattierungen gebräunt, am dunkelsten Arme, Waden und Füße. Die Lendengegend wirkt hingegen fast unnatürlich weiß. Das Haar ist sehr hell, sonnengebleicht.

»Sieht aus, als trage er verschiedene Kleidungsstücke, wenn er in der Sonne ist«, konstatiert Manni. »Mal was Kurzärmliges und Shorts, mal eine Hose, die bis zur Hälfte der Waden reicht, mal nur eine Badehose.«

»In seinen Schuhen ist Sand.« Der Kriminaltechniker Klaus Munzinger reicht Judith die in eine Asservatentüte verpackten Sportschuhe.

Converse-Chucks in schmuddeligem Weiß. Abgetretene Sohlen, ein paar helle Körnchen.

»Sand vom Meer?« Judith gibt Munzinger die Schuhe zurück.

»Oder Sand vom Rhein, einer Baustelle, einem Kinderspielplatz. Wir prüfen das. Eindeutig bestimmen lässt sich die Herkunft ohne Vergleichsprobe vermutlich nicht.«

»Er läuft viel barfuß.« Judith betrachtet die Füße des Toten. »Dort, wo er lebte, muss es also warm sein.«

»Griechenland!« Der Kriminaltechniker dreht mit einer Pinzette das Etikett aus dem Kragen des blutverkrusteten T-Shirts. »Jedenfalls steht der Firmenname des Herstellers hier in griechischen Buchstaben.«

Griechenland. Ekaterina Petrowa schaut Judith in die Augen. Nur flüchtig, dann beugt sich die Rechtsmedizinerin wieder über den Toten und setzt das Skalpell für den T-Schnitt an. Judith starrt auf die blond behaarte Brust und wendet unwillkürlich den Blick ab, als Ekaterina Petrowa zu schneiden beginnt. Das Kinn des Toten ist noch erhalten, ein kantiges Kinn mit ein paar hellen Bartstoppeln und einem sinnlichen Grübchen. Dort, wo einmal Nase und Stirn gewesen sind, schimmern Schädelsplitter im Blut, wie Reiskörner oder Maden. Haben Griechen so blonde Haare? Vielleicht hat der Tote ja nur in Griechenland gearbeitet, zum Beispiel als Animateur in einem Ferienclub. Vielleicht ist er Taucher oder Surfer oder Fischer, ein Mann aus dem Meer.

»Gesichtsverlust«, sagt Manni in ihre Gedanken, und im selben Moment weiß sie, dass er recht hat, genau das war die Intention des Täters, ganz bewusst wählte er ein Geschoss, das den Kopf regelrecht zersprengen würde. Er wollte sein Opfer nicht nur töten – er wollte ihm sein Gesicht nehmen. Weil er selbst sein Gesicht verloren hat. Weil er Gleiches mit Gleichem vergelten will.

* * *

Es ist reine Intuition, die ihn zum Rechtsmedizinischen Institut führt, aber, siehe da, sein Riecher war richtig: Hinter einigen Fenstern brennt noch Licht, und auf dem Parkplatz entdeckt er einen dezenten Kombi, der unverkennbar der Kriminalpolizei gehört. René Zobel parkt in dem

Bereich, der nicht von den Straßenlaternen erfasst wird, bringt seine Nikon auf dem Beifahrersitz in Position und isst die beiden Burger, die er sich beim Drive-in gekauft hat, sorgsam darauf bedacht, das Nappalederinterieur weder mit Fettspritzern noch mit Krümeln zu verunstalten. Sein neues BMW-Coupé ist saphirschwarz, ausgestattet mit einer Reihe hübscher Extras und mit deutlich mehr PS, als er im Stadtverkehr eigentlich braucht. Der Lohn guter Kontakte zum Hersteller, die er während einer Pressereise zum Winterfahrtraining nach Lappland geknüpft und mit einem freundlichen Testbericht gekrönt hat. Trotzdem würde er seine Burger zu dieser vorgerückten Stunde lieber daheim auf dem Sofa mit ein paar Kölsch runterspülen. Aber so ist das eben, wer was erreichen will, muss flexibel sein, und die Chancen, von Judith Krieger ein paar exklusive Details über die Obduktion zu erfahren – lange vor der Konkurrenz –, stehen gut.

Er knüllt die Burger-Verpackung zu einer Kugel und stopft sie in ein leeres Fach seiner Kameratasche. Der Tag war lang. Unchristlich früh hat ihn der Anruf seines Informanten am Morgen aus Morpheus' Armen gerissen, im ersten Moment war er sogar versucht, ihn einfach zu ignorieren. Dann aber hatte ihn die Erwägung, dass ein Mord mitten im Touristengewühl am Dom durchaus für überregionale Schlagzeilen taugt, doch aus den Federn getrieben, und wie zum Lohn für seine Disziplin war die leitende Ermittlerin am Tatort Hauptkommissarin Judith Krieger persönlich. Sie selbst war natürlich alles andere als froh, ihn zu sehen. Eiskalt hat sie ihn abblitzen lassen, so wie im Frühjahr nach ihrem Coup mit dem Priestermörder. Tagelang hatte er sie damals bekniet, ihm ein größeres Interview zu gewähren. Ohne Erfolg. Ein äußerst zugeknöpftes Foto und ein 08/15-Statement waren alles,

31

wozu sie sich schließlich herabließ, und das auch nur auf Befehl von ganz oben, hat ihm Reiermann neulich bei einem Mittagessen auf Redaktionskosten gesteckt.

Aber jetzt hat sich das Blatt gewendet, und zwar zu seinen Gunsten. Bald, sehr bald wird Judith Krieger ihm gegenüber gesprächiger sein, als sie es sich je hätte träumen lassen. Zobel lehnt sich zurück, ohne das Eingangsportal der Rechtsmedizin aus den Augen zu lassen. Es hat durchaus Vorteile, wenn man unterschätzt wird, das weiß er aus Erfahrung. Die meisten Leute sehen in ihm erst mal einen harmlosen Milchbubi, selbst wenn er ihnen seinen Presseausweis zeigt, halten sie ihn eher für den Redaktionspraktikanten als für den Polizeireporter des KURIER, der für das gesamte Rheinland zuständig ist. Selbst wenn er sie aufklärt, begreifen die wenigsten, dass man eine solche Stelle mit 26 Jahren nicht für jugendliches Aussehen oder Kaffeekochen bekommt. Aber das kann ihm nur recht sein, denn nichts macht die Leute so unvorsichtig wie das Gefühl, ihrem Gesprächspartner haushoch überlegen zu sein. Gerade bei Frauen hat er normalerweise einen Schlag. Die älteren stehen auf seine guten Manieren und gebügelten Hemden, die jüngeren auf seine Storys über Verbrechen. Und all die Studentinnen und Praktikantinnen, die sich 24 Stunden pro Tag dabei verausgaben, jedem noch so großen Arschloch zu gefallen und jede noch so irrelevante Prüfung mit Bestnote abzuschließen, damit sie irgendwann in einer fernen Zukunft, wenn sie endlich genug gelernt haben, Irgendwasmitmedien machen dürfen, liegen ihm sowieso zu Füßen. In ihren Augen ist er schlicht ein Genie, weil er es trotz eines abgebrochenen Studiums erst auf die Journalistenschule und dann direkt zu einer Festanstellung gebracht hat. Klar, der KURIER war nicht immer sein Lebenstraum und ist nicht gerade ein Intellektuellenblatt. Aber er hat Macht, Meinungsmacht, und egal, wie die von der Konkurrenz die Nasen rümpfen, die Fotos und Informationen, die er und seine Kollegen ranschaffen, drucken sie letztendlich doch alle nach, spätestens wenn eine der Nachrichtenagenturen sie aufgekauft hat. Und was ihn persönlich angeht, wird der KURIER nicht die letzte Station sein. Verbrechen und Polizeiarbeit haben ihn schon immer fasziniert. Mit 30 wird er seinen ersten Kriminalroman veröffentlichen, *hardboiled* und mit jeder Menge *real-life*-Fakten. Der KURIER wird das in Millionenauflage promoten, er wird eine Kolumne bekommen, wie der große Rufus Feger sie einst hatte. Er wird Meinungsmacher sein, eine moralische Instanz, und wer weiß, vielleicht wird er doch noch beim *Spiegel* oder der FAZ landen – auch wenn er dann vermutlich immer noch kaum älter aussieht als ein frischgebackener Abiturient.

Am Eingang der Rechtsmedizin tut sich nichts. Täuscht er sich womöglich, und das Auto gehört gar nicht der Kripo? Um sich die Zeit zu verkürzen, studiert er nochmals die Tatortfotos mit Judith Krieger auf seinem iPhone, die ihm einer der Gaffer zugespielt hat, wirklich heißes Material, geht dann ins Internet und ruft die Sonntagsausgabe des KURIER auf. »Altstadt-Mörder: Hasst er Touristen?« – seine Story ist also raus. Als Kurzmeldung auf Seite eins Bundesausgabe und als großer Aufmacher im NRW-Teil. Er scrollt durch seinen Beitrag: Frau Hauptkommissar neben dem Kunststoffsarg beim Abtransport des Leichnams. Der Dom dahinter. Die Fakten im Text. Dann die beiden unglückseligen Amerikaner in einem Extrakasten. Es war nicht schwer gewesen, die in ihrem Hotel aufzuspüren. Mit ein bisschen Trost und der Aussicht, daheim *A Big German Newspaper* mit einem schicken Porträt von sich vorzeigen zu können, waren sie zu Fotos und einem Interview bereit. Auch ein paar der Schaulustigen haben ihm schöne O-Töne diktiert. Die Leute reden nun mal viel lieber mit der Presse als mit der Polizei. Außerdem hat Judith Krieger sich redlich bemüht, die Leute am Fotografieren zu hindern, und ihre Kollegen haben etliche Handys und Kameras konfisziert und selbstverständlich auch Personalien notiert. Das hat die Auskunftsfreudigkeit gegenüber der Polizei natürlich nicht gerade gesteigert, mal ganz davon abgesehen, dass die Damen und Herren Ordnungshüter längst nicht alle der Schaulustigen erwischt haben.

Da, endlich: eine Bewegung am Eingang der Rechtsmedizin. René Zobel lässt sein iPhone fallen, greift wieder zur Nikon. Als Erste kommt die russische Rechtsmedizinerin heraus, gleich nach ihr Judith Krieger. Die beiden erörtern noch etwas, dann klackert die Leichenärztin auf ihren Absatzsandalen die Treppe herunter und schwingt sich auf ein Hollandrad mit extrem niedrig gestelltem Sattel, ihr silberner Rucksack schimmert im Licht der Straßenlampe. Brav, Mädels, brav. Und jetzt bitte Frau Kommissarin allein auf den Parkplatz! Er sieht ihr entgegen, die linke Hand an der Autotür, bereit, auszusteigen und auf sie zuzugehen. Aber da verlässt noch eine weitere Person das Rechtsmedizinische Institut, Heißsporn-Kommissar Korzilius holt die Krieger mit langen Schritten ein, und nun stiefeln die beiden einträchtig Seite an Seite zu ihrem Wagen.

Das war's dann mit dem Gespräch unter vier Augen. Er fokussiert die Kamera, schießt wenigstens noch ein Foto. Augenblicklich bleibt die Krieger stehen, wirkt auf einmal wie ein witterndes Tier. Hastig wölbt er die Hand über das leuchtende Display. Doch das ist gar nicht nötig, denn ihr Begleiter hat schon den Wagen geöffnet, und Judith Krieger schüttelt den Kopf, ein schnelles, unwirsches Schnicken, als wolle sie eine Schmeißfliege verscheuchen, dann steigt sie ein. Lohnt es sich, den beiden nachzufahren? Nein, man muss immer ein Gefühl fürs Timing wahren. Er packt die Kamera weg, gönnt sich zum Trost noch einen Blick auf die Tatortfotos seines Informanten. Die von dem Leichnam sind zwar nützlich, taugen aber definitiv nicht zur Veröffentlichung. Die von Judith Krieger gehören in eine andere Kategorie. Er betrachtet sie, eins nach dem anderen. Sie werden ihr nicht gefallen, nein, ganz und gar nicht. Zu viel Dekolleté. Zu viel Wut im Gesicht, als sie die Gaffer vertreiben wollte. Und dann die Pistole quer über den Brüsten. René Zobel lächelt. Es liegt bei Judith Krieger, was er damit machen wird.

Du bist gekommen. Du bist tatsächlich gekommen. Das lag nicht in meiner Macht. Das habe ich nicht planen können. Das habe ich nicht einmal zu träumen gewagt.

Ich sehe Dein Bild an, entzünde die Kerzen. Deine Augen sind traurig, aber Dein Mund lächelt ein bisschen, nur für mich.

Dass ich Dich überhaupt wiedergefunden hatte, war ein Wunder. Das erste Zeichen. Und jetzt bist Du noch weiter auf mich zugegangen, hast mein Sehnen erhört, als wärest Du einverstanden mit meinem Plan.

Ja, ich habe gezweifelt, nun kann ich Dir das gestehen. Ich habe gezweifelt und mit dem Schicksal gehadert. Aber jetzt zweifle ich nicht mehr, sondern bin ganz ruhig. Dass Du gekommen bist, tatsächlich Du. Es muss ein Zeichen sein. Das zweite Zeichen. Mein Plan wird gelingen, das weiß ich nun.

Ich sehe Dich an. Ich bin sehr glücklich. Am Ende kann es also doch noch Erlösung geben.

Sonntag, 2. August

Sehnsucht. Irgendwo in ihr wächst sie heran. Sehnsucht nach Stille, nach Nichtstun, einem Ort ganz weit weg. Trotz des Ermittlungsdrucks, trotz ihrer Unruhe, trotz dieses merkwürdigen Gefühls von Verbundenheit mit dem blonden Toten – oder vielleicht gerade deswegen. Der Tatort ist eine Provokation. Die Tat ist ein Schrei nach Aufmerksamkeit. Der Täter will Aufmerksamkeit – für sich, für den Toten, warum auch immer. Ist das die Wahrheit? Vielleicht, ja, die Wahrheit des Täters. Doch die seines Opfers ist eine andere, und vielleicht war sein Opfer ja wirklich nicht unschuldig, vielleicht haben sie es tatsächlich mit einem Racheakt zu tun.

Der Täter war ein Mann, das glaubt sie zu wissen. In jedem Fall war der Täter etwa so groß wie sein Opfer, das hat Ekaterina Petrowa anhand des Schusskanals rekonstruiert. Judith versucht, sich die beiden Männer vorzustellen. Die grausame Intimität des gemeinsamen Wartens, Körper an Körper, lebendig noch, warm. Und dann der Schuss, die immense Zerstörungskraft. Hat wirklich niemand in der Altstadt etwas gehört oder gesehen? Alle, die sie bislang befragt haben, behaupten das. Niemand hat den Toten bislang vermisst gemeldet, auch Anfragen in Athen und bei Interpol haben nichts ergeben. Fast ist es so, als sei dieser Mord gar nicht geschehen, und doch ist er real.

Die Tatwaffe war mit hoher Wahrscheinlichkeit eine Pistole, steht im Gutachten der Ballistiker. Aber eine Patronenhülse haben sie am Tatort nicht gefunden, was die Schlussfolgerung nahelegt, dass der Täter sie an sich nahm und also nicht sofort nach dem Schuss geflohen ist. Und das heißt auch, dass er am Tatort gewartet haben kann, bis sein Opfer entdeckt wurde. Dass er die Amerikaner beobachtet hat, die Amerikaner und sie.

Hunger, sie hat Hunger, Hunger und Durst, auf einmal fällt ihr das auf. Der Vormittag ist mit Besprechungen und Vernehmungen nur so dahingerast. Manni hat stundenlang die Aufnahmen der Überwachungskameras aus dem Hauptbahnhof überprüft, ohne den Toten irgendwo zu entdecken. Jetzt hat er sich verabschiedet, ist unterwegs zu einem privaten Termin, über den er nichts sagen will. Von wo ist das Opfer gekommen, wenn nicht vom Hauptbahnhof? Es ist völlig unmöglich, das ohne konkreten Hinweis zu erahnen, genauso unmöglich, wie alle Passagierlisten der Flüge zu überprüfen, die in den letzten Tagen aus Griechenland in Köln, Düsseldorf, Frankfurt oder wer weiß wo in Deutschland landeten.

Judith steht auf, tritt ans Fenster des winzigen Eckzimmers, das sie im Winter als Einzelbüro bezog, um trotz des Verbots im Präsidium noch unbehelligt zu rauchen. Ihr Mund ist staubtrocken. Jeans und T-Shirt kleben an ihrer Haut, als wären sie niemals frisch gewesen. Die Klimaanlage kommt schon seit Tagen nicht mehr gegen den Sommer an, die Luft, die durchs offene Fenster dringt, riecht nach heißem Asphalt und nach Stadt. Judith trinkt einen Rest lauwarmes Wasser direkt aus der Flasche, wirft sie in den Abfalleimer und versucht, nicht ans Rauchen zu denken, sondern sich auf die Fakten zu konzentrieren. Fakten, die Grundlage jeder Ermittlung, der Schlüssel zur Lösung, auch wenn die Summe aller Fakten niemals die ganze Wahrheit enthüllt.

Der Tote war Nichtraucher, etwa 40 Jahre alt, 1,83 Meter groß, 78,2 Kilogramm schwer. Seine letzte Mahlzeit bestand aus Orangensaft und einer Pizza mit Thunfisch und Zwiebeln. Auf seiner Haut und Kleidung finden sich keine Abwehrverletzungen, keine Fremd-DNA, keine Fingerabdrücke. Die einzige Spur, die der Täter möglicherweise hinterließ, sind ein paar schwarze Baumwollfasern auf dem T-Shirt-Rücken seines Opfers, vielleicht stammen die aber auch woandersher.

Sie denkt an den Sand in den Schuhen des Toten, ein Gemisch feinster Muschelpartikel, so viel steht nun fest. Sie denkt an das Meer. Wellen, die auf einen Strand schlagen, die Gischt auf dem Sand, die salzige Kühle. Sie hängt sich ihre Umhängetasche über die Schulter, geht ins WC und schöpft sich kaltes Wasser ins Gesicht. Sie sieht sich ein paar Sekunden lang in die Augen, nimmt dann den Aufzug ins Erdgeschoss.

In der Eingangshalle des Polizeipräsidiums scheint die Klimaanlage noch zu funktionieren, die Kühle ist ein Schock auf ihrer Haut. Der junge Kollege am Empfang hat rosige Wangen und sehr hellblonde Haare. Er winkt Judith zu sich und gibt ihr einen Brief.

»Den hat vorhin jemand abgegeben.«

»Wer? Wann?« Sie sieht sich um. Die Halle ist leer.

Der Polizeimeister zuckt die Schultern. »Tut mir leid, hab ich nicht gesehen, vorhin war hier ziemlicher Trubel.«

Sie nimmt den Umschlag entgegen und mustert ihn. Kein Absender. Keine Briefmarke. Ihr Name mit einer altmodischen Schreibmaschine getippt. Innen drin steckt ein Foto, das eine ockerfarbene Fläche zeigt. Nur das, nichts weiter. Vor ein paar Tagen hat sie schon einmal so ein Foto bekommen, in einem ganz ähnlichen Kuvert, doch das war, soweit sie sich erinnern kann, regulär frankiert und lag in ihrer Tagespost. Ein Verrückter, hat sie gedacht und das Foto nicht weiter beachtet.

Sie steckt den Brief in ihre Tasche und durchquert die Empfangshalle in Richtung Kantine. Jeder kann dort essen gehen, nicht nur Polizisten. Bürgernähe ist das Ziel. Transparenz. Vertrauensbildung, auch wenn sich die Beamten unter den wachsamen Blicken der Bürger beim Essen zuweilen wie Zootiere fühlen.

Der Geruch von Frittierfett und Kaffee schlägt ihr entgegen, sobald sie die Glastür geöffnet hat. Der Hauptandrang ist schon vorbei, drei Rentner sitzen an einem Fenstertisch und löffeln Pudding, ein paar Kollegen von der Streife und von anderen Kripo-Dezernaten trinken Kaffee.

Jemand beobachtet mich. Jemand kommt mir zu nah. Das Gefühl ist so intensiv, dass Judith herumschnellt.

»Frau Krieger! Hallo!« Der Reporter Zobel läuft auf sie zu. Lächelnd, den KURIER AM SONNTAG in der Hand. Ganz offenbar hat er hier auf sie gewartet.

Sie starrt ihn an, fühlt den Schweiß zwischen ihren Brüsten und auf der Stirn, sieht im selben Moment wieder die Gaffer im Park vor sich, die Blitzlichter der Kameras. Selbst mithilfe der Kollegen ist es ihr nicht gelungen, alle Personalien zu erfassen. Nicht einmal die Gesichter derjenigen, die ihr ganz nah kamen, könnte sie verlässlich beschreiben. War der Täter einer von ihnen? Der Reporter wird es ja wohl nicht gewesen sein. Trotzdem darf sie ihn nicht länger ignorieren. Als Zobel sie nach der Aufklärung des Priestermords für ein Kurzporträt interviewte, hat sie ihn unterschätzt. Ein Praktikant, hat sie damals gedacht. Harmlos, bedeutungslos und leicht zu lenken. Im Nachhinein hat sie dann erfahren müssen, wie viele Geschichten er schon geschrieben hat und wie hartnäckig er sein Ziel verfolgt, sie zu einem größeren Porträt zu überreden.

»Frau Krieger?«

Sie sieht dem Reporter direkt in die Augen. Er ist nur wenig größer als sie. Zu klein, um als Täter infrage zu kommen. Zu jung vielleicht auch. Sie senkt den Blick auf die aufgeschlagene Zeitung. Im Zentrum prangt eine Großaufnahme von ihr vor dem Leichenwagen. Ihre Locken hängen ihr wirr ins Gesicht, ihr Mund steht halb offen, ihre nackten Beine und Arme wirken bleich und grotesk, die Brüste unter der Pistole zeichnen sich viel zu deutlich ab. Sie war nicht im Dienst. Sie hatte einfach irgendetwas angezogen. Sie hatte nicht mit einem Einsatz gerechnet.

»Es gibt andere Fotos von Ihnen.« René Zobels Stimme wird ganz weich, wie schmelzendes Karamell. »Nicht so vorteilhafte wie dieses. Ich habe diese Fotos natürlich nicht veröffentlicht. In Ihrem Interesse, ich denke, dafür …«

»Wollen Sie mich erpressen?« Ihre Stimme ist zu wütend, zu laut. Die Rentner schauen von ihrem Pudding auf, die Kollegen heben irritiert die Köpfe.

»Erpressen, um Himmels willen!« Der Reporter hebt die Hände, als wolle er sich ergeben. »Ich möchte nur …«

»Was?«

»Ein kleines Entgegenkommen Ihrerseits. Kooperation. Informationen.«

»Dann wenden Sie sich an die Pressestelle. Es sei denn, Sie haben mir etwas mitzuteilen, das für die Ermittlungen relevant ist.«

»Nein, ich ...«

Er sieht sie an. Unverwandt. Ohne zu blinzeln. In Vernehmungen ist dies ein Indiz für eine Lüge. Meistens. Nicht immer. Weiß er etwas, oder blufft er nur, um sich die nächste Story zu sichern?

Er weiß etwas, denkt sie, doch bevor sie entschieden hat, wie sie ihn zum Reden bringt, stehen die Streifenpolizisten von ihrem Tisch auf und kommen auf sie zu, und das löst den KURIER-Reporter aus seiner Erstarrung. Er verabschiedet sich hastig und verlässt die Kantine, dicht gefolgt von den Polizisten, und im nächsten Moment ist sie schon nicht mehr so überzeugt davon, dass er wirklich etwas von Bedeutung zu sagen hat.

Sie holt sich einen Salat und ein Wasser und setzt sich in eine Nische. Auch die Kollegen vom Einbruch und die Rentner brechen nun auf, außer ihr und dem Kantinenpersonal ist niemand mehr hier. Doch ihr Unbehagen bleibt. Als ob der Täter ganz nah wäre. Als ob er sie sähe.

* * *

»Nehmt doch noch ... bitte ... und Sahne ... die ersten Pflaumen, so früh im Jahr ... aber schon süß und ich dachte ...«

Mannis Mutter fegt einen nur in ihrer Einbildung vorhandenen Krümel von der Tischdecke und schiebt ihm das nächste Stück Kuchen auf den Teller, seinen Protest ignorierend.

»Sein Lieblingskuchen«, sagt sie zu Sonja und sprudelt gleich weitere atemlose Halbsätze hervor: »... nichts gesagt ... schweigt sich über Sie aus ... und nun ... so eine Überraschung ... so eine Freude ...«

Manni rammt seine Gabel in das Kuchenstück. Seit

einer Stunde geht das nun schon so. Seit dem Moment, in dem er mit Sonja über die Schwelle trat und seine Mutter mit einem schnellen Kennerblick erfasst hat, wie es um Sonja steht. Aber was heißt schon Kennerblick. Niemand kann Sonjas Zustand mehr übersehen. Jetzt, im sechsten Monat, schwillt ihr Bauch in einem beängstigenden Tempo an. Fast von Tag zu Tag, wie es scheint. Sonjas Hand tastet unter dem Tisch nach seinem Knie und krabbelt von dort seinen Oberschenkel hoch. Sein Körper reagiert augenblicklich, wie ein pawlowscher Köter. Letzte Nacht, als er endlich nach Hause kam, haben sie es so wild und geil getrieben wie schon lange nicht mehr, so wie ganz zu Anfang, als noch alles erschien wie ein Abenteuerspiel. Er entzieht Sonja sein Bein und fühlt ihren Blick auf sich. Sie ist immer noch schön, immer noch sexy, aber auf eine neue, weiche Art. Weiblicher, denkt er. Mütterlich.

Er trinkt einen Schluck Kaffee und verbrennt sich die Zunge. Seit dem Tod seines Vaters hat sich in seinem Elternhaus so gut wie nichts verändert. Sogar der KURIER liegt adrett gefaltet auf dem Beistelltisch neben dem Fernsehsessel bereit. Als ob der Alte jede Sekunde wieder aus dem Grab springen und danach verlangen könnte. Oder hat seine Mutter die Rituale des Alten übernommen? Auch das erscheint möglich, eine Art Kompensation, schließlich hat Günter Korzilius seine Mitmenschen selbst noch vom Rollstuhl aus tyrannisiert, und Spaß und Erholung waren Zustände, die er insbesondere seinen Liebsten und Nächsten nicht gönnte.

»Manfreds Sachen ... von damals ...« Seine Mutter springt auf und ergreift Sonjas Hand. »... und sein Kinderzimmer! Kommen Sie, Sonja, oder soll ich jetzt Du sagen ... ein Geschwisterchen haben wir ihm ja leider nie schenken können ... ich hab trotzdem alles aufgehoben ...

immer gehofft ... sogar das Taufkleid und sein Nachttöpf-chen.«

»Wirklich?« Sonja betrachtet Manni forschend, ein winziges Lächeln zuckt in ihrem Mundwinkel, als sie sich von Mannis Mutter Richtung Treppe ziehen lässt.

Er nutzt die Gunst der Stunde und ruft Judith Krieger an, die ihm die letzten Neuigkeiten berichtet. Neuigkeiten, die nichts anderes als eine stetig wachsende Ausschussliste sind: Keine Zeugen und keine Vermisstenmeldung, die Fingerabdrücke des Opfers sind in der Polizeidatenbank nicht registriert. Immerhin ist die Petrowa zuversichtlich, bereits am nächsten Morgen die DNA des Opfers zum Abgleich ans Bundeskriminalamt schicken zu können.

Er blättert durch den KURIER, liest den Bericht über den Toten ohne Gesicht und betrachtet das Foto, auf dem Kollegin Krieger mehr Haut zeigt, als er je für möglich gehalten hätte. Vielleicht liegt das an ihrem neuen Freund. Er überfliegt den Sportteil und legt den KURIER wieder weg. Von oben hört er die Stimmen von Sonja und seiner Mutter. Irgendwo in seinem Hinterkopf lauert eine vage Erinnerung an das Gebrüll seines Vaters, weil es mit dem Nachttöpfchen wohl nicht gleich geklappt hatte. Oder bildet er sich das ein, war sein Vater zumindest am Anfang glücklich?

»Du willst es nicht«, sagt Sonja später, als sie zurück nach Köln fahren. Früher als geplant, weil er sich mit der Krieger zu einer weiteren Ortsbegehung verabredet hat.

»Was will ich nicht?« Er hört selbst, wie aggressiv seine Stimme klingt, schafft es aber nicht, das zu ändern.

»Das Kind. Uns«, erwidert Sonja sehr sachlich, als habe diese Erkenntnis überhaupt nichts mit ihr zu tun.

»Quatsch, das ist Quatsch, Sonni. Jetzt hast du sogar meine Mutter kennengelernt.«

»Sie ist gar nicht so schlimm. Und sie freut sich so.«

»Dann ist doch alles gut.«

Sie antwortet nicht, und als sich das Schweigen immer mehr ausdehnt, schaltet er das Autoradio ein. *If you love me, I'll make you a star in my universe*, haucht eine Sängerin wie auf Kommando. Leicht, fast träumerisch klingt das, und trotzdem setzt sich die Melodie sofort in ihm fest, hartnäckig wie eine neue Liebe, wenn noch alles möglich scheint, wenn es noch keinen Alltag gibt.

»Du musst dich entscheiden«, sagt Sonja, als er vor ihrer Wohnung hält.

»Ich hab mich entschieden.«

Sie schüttelt den Kopf und steigt aus, beugt sich dann noch mal zu ihm runter. »Dein Körper vielleicht und dein Kopf«, sagt sie. »Aber nicht dein Herz.«

*   *   *

Es ist warm, viel zu stickig, und im Aufwachen glaubt er, in dem winzigen, schlauchförmigen Zimmer zu liegen, das er sich als Kind mit seiner Schwester teilte. Alles ist wieder da: Der Lattenrost des oberen Stockbetts viel zu dicht über ihm, der Geruch von Schweiß und Pupsen und alten Socken und Plastikspielzeug, das fest geschlossene Fenster, weil der Verkehrslärm sonst unerträglich ist. Er zwingt sich zurück in die Gegenwart. Der Geruch von Sex schwebt noch im Raum. Neben sich erkennt er die Kontur von Sabines Körper und darüber das helle Quadrat des weit geöffneten Fensters. Doch die Luft, die hereinströmt, birgt keine Kühle.

Eric Sievert setzt sich auf. Sabine murmelt etwas im Schlaf, in ihrer Halskuhle schimmert die Herzkette aus dem Steiner Wald. Echtes 750er Rotgold, eine fein geschmiedete Handarbeit. Gleich nachdem er die Kette gereinigt hatte, war ihm klar, dass sie für Sabine wie geschaffen ist. Stilvoll und edel und kein bisschen kitschig.

Hätte er ihr sagen sollen, dass das Schmuckstück kein liebevoll für sie angefertigtes Unikat ist, sondern ein Zufallsfund, den er beim Sondengehen gemacht hat, und dass es vermutlich irgendjemand mit gebrochenem Herzen in dem Naturschutzgebiet vergraben hat? Vielleicht, ja, vermutlich hätte sie sich trotzdem darüber gefreut. Aber jetzt ist es zu spät, genauso, wie es zu spät ist, ihr von dem Bronzeschild zu erzählen. Vielleicht war es ein Fehler, dem Drängen der Händler nachzugeben und so schnell zu verkaufen, Kurt hat schon recht, es ist Raubgräberei. Doch allzu dramatisch kann der Verlust für die Archäologie nicht sein, der Schild war ja ein Einzelstück, kein Bestandteil eines Schatzes, der durch den Deal mit *darkcave* nun auf immer in alle Himmelsrichtungen verstreut worden ist. Und falls er tatsächlich noch mehr findet, kann er ja alles besser machen: Sabine einweihen, Kurt, die Landesarchäologen, mit denen Kurt so dicke ist, egal, wie sehr *darkcave* um Nachschub bettelt. 17000 Euro! Unglaublich, wie einfach der Handel war. Jetzt liegt die Kohle gut versteckt in seiner Werkstatt, eine Reserve für härtere Zeiten. Sabine lässt ihn zwar nie merken, dass er sehr viel weniger verdient als ihr Ex, doch ihre Familie darum umso mehr, einen Handwerker als Schwiegersohn, der es mit Mitte 40 noch nicht mal zum Meister gebracht hat, haben die nie akzeptiert. Vielleicht sollte er den Kontakt mit *darkcave* doch nicht abbrechen, man weiß ja nie. Aber das ist nur Spekulation, Zukunftsmusik, erst einmal muss er herausfinden, ob es im Steiner Wald wirklich noch mehr zu holen gibt.

Er schleicht ins Bad und zieht sich an, horcht im Flur

ein paar Sekunden lang auf die Atemzüge der Kinder. Erst am späten Nachmittag hatten Jans Hustenattacken nachgelassen, und als Jan und Julia endlich schliefen, waren Sabine und er so froh, dass sie sich eine Flasche Sekt und Take-away-Essen vom Inder gönnten. Und da hatte er Sabine die Kette geschenkt. Einfach so, aus einem Impuls heraus. Weil sein Leben mit ihr so viel besser ist, weil selbst die alten Wunden nicht mehr so schmerzen.

Draußen ist es still, und die Luft ist schwer vom Duft des Lavendels, den Sabine gepflanzt hat. Er blickt zu Kurts Haus hinüber. Die Fenster sind dunkel, der Carport ist leer. Ist Kurt mit Marion ausgegangen, an einem Sonntagabend, oder ist auch er mit der Sonde unterwegs? In letzter Zeit haben sie sich nur selten gesehen, Kurt wirkt neuerdings reserviert, als ahne er, dass Eric nicht ganz legale Wege beschreitet, oder bildet er sich das nur ein? Wie auch immer, die Distanz muss nicht von Dauer sein, auch Sabine und Marion sind schließlich befreundet.

Die Straßen sind wie tot, und er fährt mit heruntergelassenen Fenstern, erst über die A 5 und dann auf der B 47 in Richtung Biblis, eine Route, die vor 1500 Jahren bereits die Nibelungen nutzten, um vom Odenwald an den Rhein zu gelangen. Er versucht sich die Welt damals vorzustellen: die Dunkelheit, die Leere, die stillen Wälder, die Sumpfgebiete längs des Rheins. Wie undenkbar muss für die Nibelungen und Römer die heutige Welt gewesen sein. Das Atomkraftwerk, dessen beleuchtete Kühltürme sich vor ihm aus den schwarzen Feldern wölben, hätte sie wohl in blinde Panik versetzt. Ganz anders als die heutigen Anlieger, die neulich erst mit einer Megaparty gefeiert haben, dass der altersschwache Reaktor noch ein Weilchen am Netz bleiben darf.

Er durchquert Biblis und parkt am Abzweig nach Nordheim, hebt sein Mountainbike aus dem Kofferraum und radelt die letzten Kilometer, ohne das Licht einzuschalten. Trotzdem findet er den Feldweg zum Naturschutzgebiet ohne Probleme und auch die Stelle, wo er sein Rad optimal im Unterholz verbergen kann. Er vergewissert sich noch einmal, dass er allein ist, bevor er in den Auenwald tritt. Wieder, wie in der Nacht zuvor, gellt der Schrei eines Nachtvogels auf, als wolle der ihn grüßen, und fast kommt es ihm vor, als ob sich das Unterholz hinter ihm willentlich schließe.

Er tastet sich etwa zehn Meter vorwärts, bleibt stehen, macht den Deus startklar und wartet darauf, dass sich seine Augen an die Dunkelheit gewöhnen. Noch einmal schreit der Vogel auf, klagender jetzt, und unwillkürlich erinnert ihn das an die bleichen Knöchelchen, die er gefunden hat. Frieden ist nichts, was von Dauer ist, das hat er früh begreifen müssen, auch die Natur ist nicht idyllisch, jedenfalls nicht für jene Geschöpfe, die darin ums Überleben kämpfen.

Schritt, Schwung, Schritt, Schwung. Die Mücken sind wieder da, der Modergeruch, das hüfthohe Unkraut. Schon nach zehn Minuten kleben ihm die Klamotten am Körper, und seine Füße in den Gummistiefeln beginnen zu schwellen. Er wischt mit dem Jackenärmel Schweiß von der Stirn, konzentriert sich darauf, den Rest des Gebiets, in dem er die Herzkette fand, zu untersuchen. Vergebens, nach fast zwei Stunden hat er außer Aluschrott und zwei Bleikugeln nichts Interessantes gefunden.

Wohin jetzt, wie weiter? Er ruft sich die Topografie des Steiner Walds vor Augen, entscheidet sich dann für ein neues Sucharal, ein paar hundert Meter näher an der Festung. Schritt, Schwung, Schritt, Schwung. Er denkt jetzt nicht mehr, fühlt die Hitze nicht, all seine Bewegungen sind automatisiert, fast schlafwandlerisch, wie die eines Leistungssportlers nach langem Training, den Befehlen des Deus unterworfen. Und dann ist plötzlich alles anders, denn das nächste Signal ist ein lautes Summen. Nicht auf der Goldfrequenz zwar, aber stark, stark, so stark, wie es auch bei dem Bronzeschild war.

Mit angehaltenem Atem führt Eric Sievert den Metalldetektor über den Boden. Tiefer. Langsamer. Wieder ertönt das Signal. Er kniet sich hin, wirft den Deus zur Seite, schaltet die Taschenlampe ein, legt sie so auf den Boden, dass sie die Fundstelle beleuchtet, löst den Klappspaten vom Gürtel und beginnt zu graben. Der Boden ist schwer, säuerlicher Sumpfgeruch dringt ihm in die Nase. Er lässt die erste Schaufel Erde neben sich fallen, dann die nächste, kontrolliert den Aushub mit dem Pointer, stößt den Spaten noch tiefer. Da, endlich, bekommt er die Ursache für das Signal zu packen. Ein Stück Metall, seltsam verbogen, undefinierbar. Was zum Teufel? Eric Sievert hebt die Taschenlampe auf, beugt sich über das Grabloch, leuchtet und zieht das Metall heraus. Doch das ist nicht alles. Etwas Helles schimmert darunter. Knochen. Ein menschlicher Fuß.

Heute ist kein guter Tag. Erinnerungen quälen mich. Kristallscharf, als müsse ich nun, da ich meinen Weg vollende, auch alles Vergangene noch einmal durchleben. Hinzu kommt die jähe Ernüchterung nach dieser wahnsinnigen Freude gestern. Das Wissen, wie bald ich Dich loslassen muss, obwohl Du doch gerade erst zu mir kamst.

Vielleicht ist es ja auch das Warten, das mich quält. Ich habe schon so lange und auf so vieles gewartet. Ich kann das nicht mehr. Wohl deshalb bin ich noch einmal zu den Gräbern gefahren. Aber selbst dort finde ich keinen Frieden mehr, selbst von dort will man mich vertreiben.

Natürlich, ja, auch das ist ein Zeichen. Aber ich kann mich nicht freuen, nicht heute.

Ich sehne mich nach Dir. Ich würde unsere Nähe so gerne auskosten. Doch ich weiß, dass sie enden muss.

Montag, 3. August

Die Landschaft ist ihr vertraut und doch seltsam fremd. Sie vermag nicht zu sagen, woran das liegt. Vielleicht ist es das Licht, das diffus ist, fast künstlich. Wie sonnendurchfluteter Nebel, der alle Konturen zugleich überzeichnet und verschleiert: die Felsen, die Kiefer, den Weg. Dann sieht sie das Pferd, seinen hellen Schatten im fließenden Nebel. Ganz still steht es da, und sie weiß augenblicklich, dass es auf sie wartet.

Der Traum weckt sie auf. Ein Traum, nur ein Traum, redet sie sich zu. Das Licht vor dem Fenster des Schlafzimmers ist grau, es ist noch sehr früh, ihr Herz schlägt zu schnell. Karl zieht sie an sich, und sie gibt ihm nach, bleibt noch ein paar Minuten liegen und versucht ihren Atem mit seinem zu synchronisieren. Ich könnte dich begleiten, hat er am Abend gesagt, als sie ihm von der Einladung erzählte. Der 75. Geburtstag ihres Stiefvaters. Ein Fest im gehobenen Kreis. Banker und Wirtschaftsleute und ihre Brüder mitsamt ihren Vorzeigefamilien sind in ein Frankfurter Nobelhotel geladen. Es hätte Charme, dort mit Karl aufzutauchen. Die Leichenfachfrau, die sich als Begleiter ausgerechnet einen freischaffenden Fotografen ausgesucht hat, dem es mehr um Kunst geht als ums Geld.

Sie löst sich von Karl, duscht, zieht sich an und macht sich Frühstück. Milchkaffee und Grapefruitsaft und zwei Scheiben Vollkornbrot mit Quark und Tomaten. Sie zwingt sich, im Sitzen zu essen, langsam, bewusst. Der Trick ist, zu begreifen, dass sie keinen Ersatz für die Zigaretten braucht, steht in dem Ratgeber des Nichtraucher-Gurus Allen Carr. Keine Pflaster, Kaugummis, Bonbons, nichts zu essen oder zu trinken. Das Einzige, was sie tun muss, ist, weiterzuatmen, genauso wie immer, nur diesmal ohne Gift, das sie in ihre Lungen saugt. Einatmen, ausatmen, wieder und wieder. Wenn sie das tut, wird ihr Körper irgendwann, bald, aufhören, sich nach Nikotin zu verzehren. Nicht einmal dick wird sie werden, sondern einfach frei.

Sie steht auf und räumt das Geschirr in die Spülmaschine. Am 11. Juni, einen Tag nach ihrem 40. Geburtstag, hat sie die letzte Zigarette geraucht. Vor 54 Tagen. Nur die Vernunft hält sie davon ab, das Tabakpäckchen aus der Schublade ihres Küchentischs zu nehmen und sich eine Zigarette zu drehen. Die Vernunft und die Erinnerung an jenen Tag im März, als sie sicher war, sie würde sterben. Die Gier nach Leben, die sie da überkam.

Um kurz nach sechs fährt sie ins Polizeipräsidium. Die Sonne steht noch sehr tief und gleißt auf dem Rhein, der über Nacht noch schmaler geworden zu sein scheint und träge wirkt, wie zäh fließendes Blei. Der Himmel ist wolkenlos, durchscheinend beinahe, wie in ihrem Traum. Fang bitte nicht wieder mit dem kriegerschen Verfolgungswahn an, hat Manni gesagt, als sie den Tatort nochmals inspizierten. Und vielleicht hat er recht, vielleicht hat sie sich nur eingebildet, dass der Täter noch am Tatort war, als die Amerikaner um Hilfe schrien. Es hat lange gedauert, bis sie nach dem missglückten Einsatz im März wieder auf die Beine kam und sich so wie früher bewegen konnte. Ohne Schmerzen. Ohne Schuldgefühle, weil sie ihren Angreifer getötet hat, um ihr eigenes Leben zu retten. Ohne sich ständig nach einem vermeintlichen Verfolger umzudrehen.

Sie schaltet das Radio ein. Der Wetterbericht verspricht für diesen Tag einen weiteren Hitzerekord. Danach folgt ein Foreigner-Hit aus den 8oern. Judith regelt die Lautstärke hoch. *Urgent.* Dringend. Als sie noch zur Schule ging, hat sie dazu getanzt. Alles kam ihr damals dringlich vor, nicht mehr aufzuschieben, nicht mehr abzuwarten, keine Minute länger, vor allem der Tag, an dem sie endlich 18 werden würde und nach ihren eigenen Regeln leben konnte. Unabhängig, hatte sie damals gedacht. Frei.

In ihrem engen Büro ist es noch wärmer und stickiger als am Vortag, auf ihrem Schreibtisch stapeln sich neue Vernehmungsprotokolle und Berichte, ganz obenauf liegt ein Nachtrag der Kriminaltechnik. Als Tatwaffe kommt mit einer Wahrscheinlichkeit von etwa 60 Prozent eine Walther P 38 infrage. Die Walther P 38 wurde bis Ende der 90er-Jahre als Standardfaustfeuerwaffe bei der Bundeswehr eingesetzt und hieß dort P 1. Judith legt den Bericht beiseite. Eine Bundeswehrpistole. Vielleicht. Möglicherweise. Wenn das stimmt, was sagt das über den Täter aus? Dass er irgendwann vor 1999 bei der Bundeswehr diente, genauso wie Zehntausende andere Männer? Hat er sein Opfer dort kennengelernt?

Sie schaltet ihren Computer an, liest ihre E-Mails und überprüft die Suchmeldungen. Nichts. Gar nichts. Bisher hat niemand einen Mann, dessen Beschreibung auf den Toten aus der Altstadt passt, als vermisst gemeldet. Man überprüfe die Fingerabdrücke und die DNA-Probe des Toten so bald wie möglich, schreibt ein Kollege vom BKA. Sie ruft ihn an, unterstreicht die Dringlichkeit, nimmt ihm das Versprechen ab, dem Fall aus Köln Priorität einzuräumen. Solange sie die Identität des Opfers nicht kennen, agieren sie im luftleeren Raum, nein, das ist falsch, solange sie die Identität des Opfers nicht kennen, können sie eigentlich überhaupt nicht agieren. Sie müssen wissen, wo das Opfer lebte, wie, mit wem, um eine Ermittlung zu führen. Wer er war, wer ihn liebte und wer ihn hasste. Wer. Warum. Sie steht auf, tritt ans Fenster, setzt sich wieder hin. Das Schlimme am Warten ist, dass man nie weiß, wann es vorbei sein wird, weil man von so vielem abhängig ist: von Kollegen, Zeugen, manchmal auch von einem Zufall oder einer Eingebung, die sich mit bloßer Willenskraft nur äußerst selten herbeizwingen lässt. Ist das Pferd aus ihrem Traum ein Botschafter ihres Unbewusstseins? Hat es eine Bedeutung für diesen Fall? Beim Aufwachen glaubte sie zu wissen, dass die Landschaft, in der es stand, am Meer liegt. An einem südlichen Meer, vielleicht sogar an der Ägäis, doch jetzt im Rückblick ist sie sich dessen nicht mehr sicher.

Sie drängt die Erinnerung an den Traum beiseite. Der Morgen schleppt sich dahin, vergeht mit Routineaufgaben, Besprechungen, Berichten, Telefonaten. Zwischen ihrer Tagespost steckt ein weiterer anonymer Brief. Diesmal ist er frankiert, trägt einen Kölner Poststempel, und das Foto darin ist nicht ockerfarben, sondern dunkelbraun. Judith wühlt aus dem Stapel älterer Vorgänge das erste Foto hervor, das ein paar Tage vor dem Altstadt-Mord in ihrer Post war. Auch dieses ist ockerfarben. Auch dieser Briefumschlag trägt altmodische Schreibmaschinenlettern und wurde in Köln frankiert. Sie nimmt auch das dritte Foto hinzu, legt sie alle drei nebeneinander, starrt sie an. Hell, hell, dunkel. Ein Rätsel mehr, das sie nicht lösen kann. Ein Rätsel mehr, das ein Gefühl von Unwirklichkeit erzeugt. Wie in ihrem Traum. Wie am Tatort. Wie an diesem Morgen. Vielleicht liegt es an der Hitze, die alles verlangsamt, jede Bewegung, jeden Gedanken.

Ihr Telefon reißt sie zurück in die Gegenwart, auf dem Display erkennt sie die Nummer des BKA.

»Jonas Vollenweider«, sagt der Kollege am anderen Ende der Leitung. »Die DNA ist ein hundertprozentiger Treffer.«

Ein Name, endlich. Ein Name und damit auch bald ein Gesicht. Sie fühlt das altbekannte Prickeln, greift automatisch zu der Stelle, wo früher ihr Tabak lag.

»Ein alter Fall.« Durchs Telefon hört sie das Klackern einer Computertastatur. »20 Jahre alt, um genau zu sein«, sagt der Kollege aus Wiesbaden nach einer kleinen Pause. »Ein Fall von euch.«

»Hier aus Köln?«

»Yep. Aus eurer Mordkommission. Vollenweiders DNA wurde im Zuge einer routinemäßigen Überprüfung der Asservaten von damals nachträglich generiert. Vor 20 Jahren war das ja noch nicht möglich.«

Ein Fall, der noch offen ist, also. Ungelöst. Sie klemmt sich den Hörer unters Kinn, füttert den Namen ins System und betrachtet das Foto, das kurze Zeit später erscheint. Ein gut aussehender junger Mann mit hellen Augen und sehr gerader Nase und dem sinnlichen Kinn, das sie schon kennt. Gesichtsverlust. Rache. Jemand wollte, dass er sein Gesicht verliert. Wie ein fernes Echo hört sie Mannis Worte während der Obduktion, ihren Dialog.

Sie räuspert sich. »Was war Jonas Vollenweiders Rolle in diesem alten Fall?«

»Er war der Hauptverdächtige. Oder ein zu Unrecht verdächtigter Angehöriger. Geklärt wurde das nie.«

»Und wer war das Opfer?«

»Die Opfer. Plural. Vollenweiders Eltern. Und seine Schwester. Jedenfalls glaubt man, dass das so war.«

»Man glaubt? Was soll das heißen?«

»Ohne jeden Zweifel hat es vor 20 Jahren in dem Wohnhaus der Vollenweiders ein Blutbad gegeben.«

»Aber?«

»Man fand keine Leichen, bis heute nicht.«

*   *   *

Hitze und Schweißgeruch. Ein zu penetrantes Aftershave. Handygefiedel und hektische Schritte auf dem Flur der Mordkommission. Die Neuigkeiten der Krieger haben die Soko Altstadt aus ihrer bis dahin eher zähen Ermittlungsroutine in null Komma nichts auf Tempo 100 gebracht. Millstätt persönlich hat ihnen Aufgaben zugewiesen, die sie vor der großen Lagebesprechung zu erledigen hatten. Splitter, Schlaglichter. Bausteine, die sie nun zusammenfügen. Etwas kommt näher, denkt Manni. Eine Dynamik entsteht, ein Sog, der uns mitreißt, und niemand kann sagen, wo das enden wird.

»Judith, bitte.« Millstätt winkt seine einstige Lieblingsermittlerin, die er im Frühjahr dennoch um ein Haar rausgeworfen hätte, nach vorn, kaum dass sie alle im Besprechungsraum versammelt sind: Meuser, die Munzingers, die Kommissariatssekretärin sowie die einzigen beiden ad hoc greifbaren Kollegen, die vor zwei Jahrzehnten in der Causa Vollenweider ermittelt haben, Kai Dannenberg und Rolf Schneider. Manni zerbeißt ein Fisherman's und mustert die beiden. Dannenberg, ein heftig transpirieren-

56

der Glatzkopf mit Riesenschnäuzer, leitet inzwischen das Dezernat Opferschutz, Schneider, ein drahtiger Mittfünfziger mit grauem Bürstenhaarschnitt, ist schon seit Jahren Hauptkommissar bei den Kollegen vom Einbruch und dort auf KFZ-Diebstahl spezialisiert. Beide waren vor 20 Jahren nur kleine Rädchen im KK 11, für Schneider war es sogar sein erster Einsatz in einer Mordkommission. Doch der damalige MK-Leiter ist vor fünf Jahren an Darmkrebs gestorben, und sein Stellvertreter lebt seit der Pensionierung in Australien.

Die Krieger setzt sich an den Laptop am Kopfende des Konferenztischs, ihre widerspenstigen rotbraunen Locken sind mit einem Gummiband zu einem schiefen Pferdeschwanz zusammengezerrt. Auch ihr sonstiges Outfit gemahnt heute mal wieder an die gute, alte Hippiezeit: schwarz lackierte Zehennägel, Jeans und eine Baumwollbluse mit Indienstickerei. In ihrem sommersprossigen Dekolleté, das die Kollegen Dannenberg und Schneider offenbar sehr fasziniert, perlt Schweiß. Vorhin hat sie so laut ins Telefon gebrüllt, dass es bis in die Nachbarzimmer zu hören war. Irgendwas von Drecksschmierblatt und Erpressung und lassen Sie mich in Ruhe. Jetzt ist von ihrer Wut nichts mehr zu spüren, genauso wenig wie von ihrem Verfolgungswahn vergangene Nacht in der Altstadt, mit dem sie ihn beinahe angesteckt hätte.

»Jonas Vollenweider. Geboren am 3. Januar 1964 in Köln.« Sie klickt mit der Maus, und der Beamer projiziert das Gesicht des nun endlich identifizierten Altstadt-Opfers an die Wand. »1986 wurde er des Mordes an seinen Eltern und seiner Schwester verdächtigt. Er selbst hat dies vehement geleugnet, und weil es letztendlich keine handfesten Beweise gegen ihn gab, wurde er nicht verurteilt. Wenige Wochen nach seiner Freilassung aus der Untersuchungshaft ist Jonas Vollenweider in seinem VW-Bus nach Griechenland gefahren, wo er seitdem lebte, präzise gesagt auf der Insel Samos.«

Die Krieger streicht sich eine Locke, die dem Gummiband entkommen ist, aus dem Gesicht und furcht die Stirn, als würde ihr Vollenweiders Wahlheimat nicht gefallen.

»Samos also«, sagt sie, tippt etwas in den Laptop, und im nächsten Moment glotzen sie alle auf ein sehr blaues Meer und einen Sandstrand und auf einen braun gebrannten Jonas Vollenweider, der an einem typisch griechischen blau-rot-weiß gestrichenen Fischerboot lehnt, Arm in Arm mit einer sportlichen Blondine, die Manni vage an Sonja erinnert. Sonja, bevor sie schwanger war.

»Jonas Vollenweider war Tauchlehrer. Wie übrigens schon vor 20 Jahren, als das Verbrechen an seiner Familie geschah, nur dass er damals am Bodensee unterrichtet hat«, erklärt die Krieger, während sich über dem Boot ein Slogan aufbaut: ›Willkommen in Limnionas – Aktivferien im Paradies‹.

»Wer ist die Frau neben ihm?« Schneider wechselt einen Seitenblick mit Dannenberg.

»Lea Wenzel, Vollenweiders Geschäftspartnerin und vielleicht auch Lebensgefährtin. Die beiden bieten auf Samos Bootstouren, Ausflüge und Unterkünfte an, wenn man ihrer Website glauben kann. Ein griechischer Kollege ist in diesem Moment auf dem Weg zu ihr, um sie über Vollenweiders Tod zu informieren. Sie muss natürlich so schnell wie möglich nach Deutschland kommen.« Die Krieger holt Luft. »Am 31. Juli, etwa fünfzehn Stunden vor seiner Ermordung, ist Jonas Vollenweider um 10:35 Uhr morgens mit einem Air-Berlin-Flug von Samos via Nürnberg in Köln-Bonn gelandet. Nur mit Handgepäck übrigens. Wo er sich danach aufhielt, wissen wir noch nicht. Sicher ist aber, dass er bereits am folgenden Tag, also Samstag, zurück nach Griechenland fliegen wollte, und zwar mit der Lufthansa direkt nach Athen. Die Maschine flog planmäßig um sechs Uhr früh ab Köln. Vollenweider war natürlich nicht an Bord.«

Gemurmel ist die Antwort. Papiergeraschel. Ein Köln-Aufenthalt von weniger als 24 Stunden kommt gewissermaßen einer Punktlandung gleich, auch für Vollenweiders Mörder.

»Vielleicht hatte er hier in Köln nicht mal eine Unterkunft gebucht, sondern nur schnell erledigt, was auch immer er erledigen wollte, um dann einfach in der Altstadt abzuwarten, bis es wieder Zeit war, zurück zum Flughafen zu fahren«, sagt Manni.

»Guter Punkt. Ja.« Die Krieger nickt ihm zu. Lässig. Chefmäßig irgendwie. Sie hat sich verändert, wird ihm plötzlich klar, sie hat den Beinahe-GAU im Winter tatsächlich überwunden. Seit wann ist das so, und wieso hat er das bislang nicht gemerkt? Weil er mit Sonja beschäftigt war. Dem Kind. Mit seiner Entscheidung. Weil er in den letzten Monaten wie ein Bekloppter für die Dan-Prüfung trainiert hat. Der 2. Schwarzgurt, sein hehres Ziel. Jetzt hat er es erreicht, aber keine Lust mehr, Karate zu trainieren.

»Wir müssen herausfinden, was Jonas Vollenweider in Köln getan hat«, sagt Judith Krieger. »Die Wahrscheinlichkeit ist hoch, dass sein Tod im Zusammenhang mit der Ermordung seiner Familie steht.«

»Der alte Fall, ja.« Nach einem Wink von Millstätt steht Dannenberg auf und nimmt statt der Krieger den Platz am Laptop ein. Die Krieger fixiert ihn einen Moment lang, sinkt dann auf einen freien Stuhl und knibbelt an ihrer Nagelhaut.

»Hans und Johanna Vollenweider, Frühpensionär und Hausfrau, und ihre Tochter Miriam, Psychologiestudentin im 3. Semester«, erklärt er und blättert in einer Kopie der alten Ermittlungsakte, den Computer vor seiner Nase ignorierend. »Am 14. Juli 1986 wurden die drei zuletzt lebend gesehen. Dieser Tag war Miriams 21. Geburtstag. Abends sollte es eine kleine Feierlichkeit im Kreise der Familie geben – in ihrem Wohnhaus in Köln-Hürth. Auch Jonas, das schwarze Schaf der Familie, reiste dazu mit seinem VW-Bus vom Bodensee an. Gegen 19 Uhr traf er in Hürth ein und tankte bei der Shell-Tankstelle auf der Luxemburger Straße für 20 Mark und kaufte einen Blumenstrauß. Danach: Nichts. Nada. Sendepause. Was in den folgenden Stunden genau passiert ist, konnten wir nie klären.« Er räuspert sich. »Fest steht jedoch: Seit der Nacht zum 15. Juli 1986 sind Hans, Johanna und Miriam Vollenweider spurlos verschwunden. In derselben Nacht muss ein Gewaltverbrechen in ihrem Wohnhaus geschehen sein. Ebenfalls in dieser Nacht hat Jonas Vollenweider dieses Haus verlassen und fuhr mit seinem VW-Bus in Richtung Bodensee.«

»Mit den Leichen im Bus, so dachten wir«, ergänzt Schneider.

Dannenberg nickt. »Davon gingen wir aus, und es ist meiner Meinung nach noch immer die einzig logische Erklärung. Doch beweisen konnten wir das nie ...«

»Die Kriminaltechnik ...«, hebt Munzinger an.

»Die KTU hat im Bus nichts gefunden«, sagt Dannenberg. »Aber das muss ja – mit Verlaub – nicht unbedingt etwas heißen. Als wir Jonas Vollenweider aufgriffen, waren seit der Tat sechs Tage vergangen. Mehr als genug Zeit also, die Leichen verschwinden zu lassen und den Bus gründlich zu reinigen.« Wieder blättert er in den Akten.

»In der Tat war das Innere des Busses frisch gereinigt. Auf dem Boden lag eine fast neuwertige Kokosmatte. Aber das ist ja noch kein Beweis, wie ihr wisst, nur ärgerlich für uns. Wir hatten einfach schlechte Karten. Wir liefen von Anfang an hinterher. Erst am 17. Juli – also drei Tage nach der Tat – wurden wir überhaupt informiert, und das auch nur dank einer mehr als aufmerksamen Nachbarin. Regina Sädlich hieß die. Das Wohnhaus der Vollenweiders lag damals etwas isoliert am Ortsrand von Hürth. Inzwischen ist auf dem angrenzenden Feld ein Neubaugebiet entstanden. Vor 20 Jahren aber war da nur ein nackter Acker, und die Nachbarschaft war recht übersichtlich. Niemand hatte in der Tatnacht etwas gehört oder gesehen. Auch Regina Sädlich nicht, die im nächstgelegenen Haus lebte. Aber sie begann sich zu wundern, dass sie von den Vollenweiders nichts mehr hörte oder sah, obwohl schönstes Sommerwetter war und das Auto der Familie im Hof parkte. Über eine Urlaubsreise, nahm sie an, hätten die Vollenweiders sie informiert. Auf ihr Klopfen und Klingeln hin öffnete niemand. Durchs Fenster konnte sie in Wohnzimmer und Küche nichts Ungewöhnliches entdecken, alles sah sehr aufgeräumt aus, aber die Geranien in den Kästen vor den Fenstern verwelkten, und sonst hatte Johanna Vollenweider die Sädlich immer gebeten, die zu gießen. Am 16. Juli hat Regina Sädlich deshalb die Polizei informiert, wurde jedoch abgewimmelt. Schließlich gibt es eine Privatsphäre, niemand ist verpflichtet, seine Nachbarn über eine Ferienreise zu unterrichten oder seine Blumen zu gießen. Aber Regina Sädlich ließ nicht locker. Am 17. Juli überredete sie ihren Mann, eine Leiter ans Haus der Vollenweiders zu stellen und in die oberen Fenster zu schauen. Danach haben sie dann unverzüglich erneut die Polizei gerufen, und diesmal mit Erfolg.«

Dannenberg schiebt die Akte beiseite, klickt mit der Maus, und statt des Badebucht-Panoramas erscheint kurz darauf das Foto eines Ehebettes vor einer über und über mit Blut bespritzten Wand auf der Leinwand.

»So sah das oben aus, als wir ankamen«, sagt er mit der Emotionslosigkeit des altgedienten Ermittlers. »Ein Blutbad, das sich vom Schlafzimmer bis zur Treppe zog.«

»Wie seid ihr vorgegangen?«, fragt Millstätt.

Dannenberg nickt, als habe er diese Frage erwartet. »Nur mal so zur Erinnerung: Das war 1986. Damals gab es noch keine DNA-Tests. Und auch kein Internet, keine Mails, keine GPS-Ortung, keine Handys – weshalb es eben drei weitere Tage dauerte, bis wir Jonas Vollenweider auf einem Campingplatz in Konstanz ausfindig machten und somit wirklich sicher sein konnten, dass er nicht auch zu den Opfern gehörte.«

Er macht eine Pause, starrt das Tatortfoto auf dem Bildschirm vor sich an.

»Wir haben damals sehr klassisch und absolut akribisch ermittelt: Fingerabdrücke, Fasern, Einbruchspuren, Reifenspuren und Fußabdrücke, drinnen und draußen, Korrespondenzen, Kontoauszüge, Sparbücher, und so weiter und so fort, das volle Programm. Anzeichen für einen Einbruch gab es nicht. Die Menge des Bluts und die Spritzspuren an der Wand sprachen dafür, dass in dem Schlafzimmer mehrere Personen getötet oder zumindest schwer verletzt worden waren. Mit zwei verschiedenen Blutgruppen, nämlich A+ und O+. Weitere erhebliche Blutspuren, ebenfalls A+, fanden sich auf der Treppe, die unters Dach zum Schlafzimmer der Tochter führt.«

»Drei Tote also«, konstatiert die Krieger.

»Tja, das ist die Frage.« Mit einem Mausklick beamt Dannenberg ein weiteres Tatortfoto an die Wand. »Im

Jahr 2001 wurde im Zuge einer Überprüfung ungelöster Kapitaldelikte aus den Asservaten von damals mit großem Aufwand DNA generiert, in der Hoffnung, den Fall auf diesem Wege doch noch zu klären. Erfolglos, leider. Aber immerhin wissen wir seitdem mit Sicherheit, dass das Blut im Treppenhaus zum Teil von Miriam stammte, das im Schlafzimmer aber ausschließlich von ihren Eltern. Alle drei wurden also definitiv verletzt. Was wir jedoch nicht sagen können, ist, ob alle Verletzungen tödlich waren.«

»Weil wir die Leichen nicht gefunden haben«, präzisiert Schneider unnötigerweise.

»Und die Tatwaffe?«, fragt Manni.

Dannenberg nickt. »Tja, noch so ein Rätsel. Nach der Analyse der Spritzmuster an der Wand tippte die KTU auf ein Beil. Doch definitiv sicher ist das nicht, dafür hat der Täter gesorgt. Er hat ein Stück vom Kopfteil des Bettes rausgesägt und mitgenommen, wohl weil sich daraus Rückschlüsse auf die Tatwaffe ziehen lassen. Die Matratzen des Ehebetts fehlten ebenso wie der Teppich aus dem Treppenhaus. Deshalb konnte man schlicht nicht feststellen, wie viel Blut die Opfer eigentlich verloren hatten. An der Wand im Schlafzimmer fanden wir neben Blut auch Hirnmasse, die wir nach den heutigen Erkenntnissen ganz klar der Mutter zuordnen können. Die dürfte also in jedem Fall tot sein. Aber Vater und Tochter?« Dannenberg wischt sich mit der Rechten Schweißperlen vom Schädel. »Wenn ihr mich fragt – ich bin heute genauso wie damals davon überzeugt, dass auch Vater und Tochter Vollenweider in jener Nacht ermordet wurden. Denn wie ist es sonst möglich, dass sie tatsächlich auf Nimmerwiedersehen spurlos verschwanden? Und was den Täter angeht: Motiv, Gelegenheit – natürlich haben wir damals in alle Richtungen alles überprüft. Den früheren Arbeits-platz der Eltern – ein Kinderheim in der Eifel –, ihre Fi-nanzen, Nachbarn, Freunde, mögliche Liebschaften und Feinde. Da fand sich nichts, einfach nichts, aber es gab eine Handvoll Fakten: Jonas Vollenweider hatte das Abi-tur geschmissen und war im Streit von zu Hause ausgezo-gen, hangelte sich mit Gelegenheitsjobs durch. Sein Ver-hältnis insbesondere zu seinem Vater war zerrüttet. Auch Jonas selbst hat das nicht geleugnet. Er gab sogar zu, dass es während der Geburtstagsfeier seiner Schwester erneut zum Streit kam, weshalb er nicht wie ursprünglich geplant über Nacht geblieben sei. Ein Motiv war also vorhanden, und dazu kommt, dass er am Tag der Tat nachweislich am Tatort war und dass die Haustür keinerlei Einbruch-spuren aufwies. Plus: Es gab in den oberen beiden Stock-werken des Hauses keinerlei Fingerabdrücke oder Spuren von Fremden.«

»Wie hat er reagiert, als ihr ihn damit konfrontiert habt?«, fragt Judith Krieger.

»Tja.« Dannenberg starrt einen Moment ins Leere, als lasse er die Szene von damals vor seinem inneren Auge ablaufen. »Schockiert reagierte er sicherlich, wenn auch nicht gerade zu Tode betrübt. Unsere Suchmeldung über Radio habe er nicht gehört, sagte er. Nach dem erneuten Streit mit seinem Vater habe er auch keine Veranlassung gesehen, nochmals in Hürth anzurufen. Er sei gegen 23 Uhr gefahren, und da hätten alle noch gelebt. Behauptete er jedenfalls. Er habe dann auf dem Weg zum Bodensee zweimal wild irgendwo in Süddeutschland gecampt – ohne Zeugen, allein in der Pampa. Ob das nun stimmt oder nicht – eindeutig beweisen oder widerlegen ließ es sich nicht.« Dannenberg macht eine Pause, lenkt seine Aufmerksamkeit wieder auf den Laptop. »Mir persönlich war er dafür, dass anscheinend gerade seine ganze Familie ausgelöscht worden war, ein bisschen zu gefasst. Zu cool, wie man so sagt. Auch andere sahen das so, was mit dazu führte, dass sich der Verdacht gegen ihn erhärtete. Aber nun ...«

Schweigen breitet sich aus, ein paar Momente Stille, lediglich unterbrochen von leisem Geraschel, wenn jemand eine Seite in der Ermittlungsakte umschlägt. Manni versucht sich das Szenario vorzustellen. Die Eltern im Bett, die Schwester in ihrem Zimmer ein Stockwerk darüber. Der 22-jährige Sohn, der eigens zum Geburtstag seiner Schwester angereist ist, Blümchen überreicht und dann, als die anderen eingeschlummert sind, plötzlich Amok läuft und seine Familie mit einer Axt niedermetzelt, die Leichen verschwinden lässt, alle Spuren wie ein Profi verwischt, um sich alsbald ins sonnige Griechenland abzusetzen. Es könnte tatsächlich so gewesen sein, ein perfekter Mord. Doch wenn es so war, wer hätte dann einen Grund gehabt, Jonas Vollenweider regelrecht hinzurichten, sobald er Jahrzehnte später wieder deutschen Boden betrat? Jemand, der seinen Eltern oder seiner Schwester sehr nahegestanden hatte? Ein anonymer Mitwisser der Tat, der auf Rache sann? Ein Komplize? Vielleicht, denkt Manni, vielleicht aber auch nicht. Denn möglicherweise war Jonas Vollenweider tatsächlich unschuldig und hatte sein Elternhaus längst wieder verlassen, als die Morde geschahen. Doch das würde bedeuten, sein Vater oder seine Schwester hätten das Blutbad angerichtet. Oder ein völlig anderer Täter, der bislang nicht einmal in Verdacht geraten ist. Ein Fremder, der eine Rechnung mit den Vollenweiders offen hatte. Oder ein Verrückter. Doch wenn dem so war, muss es Spuren von diesem Fremden im Haus der Vollenweiders gegeben haben. Ein Hautschüppchen, ein Haar, Speichel, Blut, Fingerabdrücke, irgendetwas, was die KTU damals übersehen hat.

Etwas fällt ihm ein, etwas, das er vorhin in den Kopien der alten Akten gelesen hat, etwas, das für einen flüchtigen Augenblick sein Interesse erregte. Er blättert zurück zur Biografie der Eltern. Hans Vollenweider war Waise. Kriegswaise. Er hatte bis zu seiner Pensionierung nicht nur in einem Kinderheim gearbeitet, er war auch im Heim aufgewachsen, hatte dort sogar seine Ehefrau kennengelernt, weil die dort als Hauswirtschafterin angestellt war.

»Die Heimvergangenheit der Familie«, sagt er, »die ist doch zumindest ungewöhnlich. Vielleicht liegt da ein Motiv.«

»Das haben wir damals alles überprüft. Da war nichts«, sagt Dannenberg. »Außerdem hatten die Vollenweiders zum Zeitpunkt der Tat ja schon über fünf Jahre lang nichts mehr mit dem Heim zu tun. Das Heim war geschlossen worden, sie zogen nach Hürth. Wegen eines chronischen Magenleidens wurde Hans Vollenweider pensioniert.«

»Trotzdem hatten die vor dem Umzug nach Hürth alle für den Großteil ihres Lebens im Heim gelebt.«

Manni fängt aus den Augenwinkeln einen Blick von der Krieger auf. Wachsam sieht sie plötzlich aus. Witternd.

»Woher hatten sie eigentlich das Geld, um ein Haus zu kaufen?«, fragt sie. »Und was ist nach dem Mord mit dem Haus passiert?«

* * *

Die Schmach, dass Frau Hauptkommissar ihn erneut hat abblitzen lassen, war vorbei und vergessen, sobald er die neueste Entwicklung in Sachen Altstadtmord erfahren hatte. Das Todeshaus. Das Bluthaus. Die Spur führt zum

Todeshaus. Mordopfer Jonas V.: Hat er seine Eltern umgebracht? René Zobel spielt ein paar Schlagzeilen durch, während er seinen Navi mit der Adresse füttert, die die Polizei so gern geheim halten wollte, die herauszubekommen ihn jedoch nicht einmal fünf Minuten gekostet hat. Gestern hatte er noch überlegt, ob die Honorarerhöhung, die sein Informant für die Rund-um-die-Uhr-Überwachung des Polizeifunks fordert, nicht deutlich überzogen sei. Jetzt ist er froh, dass er sich dazu durchgerungen hat, zu zahlen. Das Todeshaus! Der gute Reiermann war völlig pikiert, als er ihn damit konfrontierte. Woher der KURIER das zu wissen glaube, die nächste Pressekonferenz sei unbedingt abzuwarten, alles noch offen und zu beweisen, blablabla. Aber dementiert hat Reiermann nicht, und das war ja auch schlecht möglich. Zobel gibt Gas, als die Ampel vor ihm endlich wieder auf Grün springt. Sein Riecher war richtig, goldrichtig, die Story wird groß, ein Top-Aufmacher, bundesweit, zumal jetzt im Sommerloch, in dem die PR-Abteilungen der Republik ihren bunt durcheinandergequirlten Wahnsinn noch hemmungsloser als sonst in die Redaktionen ballern.

Schon wieder rot. Die Luxemburger ist wie die anderen Hauptausfallstraßen Kölns wieder einmal völlig verstopft, die Nachmittagssonne brennt ihm durchs geöffnete Autodach auf die Stirn, es stinkt nach Benzin, es macht ihm nichts aus. Das Todeshaus! Ein Anruf in der Redaktion hat ihm bestätigt, was er bereits ahnte: Der KURIER hat vor 20 Jahren natürlich groß über das mysteriöse Verbrechen in Hürth berichtet. Rufus Feger höchstpersönlich, hat sich die Redaktionssekretärin Wiltrud Senner sofort erinnert, auf deren Elefantengedächtnis man sich ohne Einschränkung verlassen kann. Regelrecht in diese Familientragödie verbissen habe der große Feger sich damals, hat sie hinzugefügt. Es muss also noch die alten Artikel dazu geben, mit etwas Glück sogar Fegers Notizen und Fotos. Nicht digitalisiert zwar und deshalb wohl auch nicht hübsch geordnet, aber gut, das waren eben die 8oer. Altmodisch. Archaisch. Analog. Eine Welt, die er selbst nur vom Hörensagen kennt, doch natürlich wird er sich gern in die Untiefen des Redaktionsarchivs begeben, um diese Welt ganz exklusiv zu rekonstruieren, selbst wenn er sich dabei eine Staublunge holt.

Grün wieder, weiter geht's, ein großes Stück weiter, vor ihm kommt der Waldstreifen in Sicht, der die Stadtgrenze markiert, und dahinter liegt Hürth. Er denkt an die Fotos von Judith Krieger, das Telefonat am Morgen, ihre Wut. Er hat nicht damit gerechnet, dass sie ihm gleich mit Erpressung und Unterschlagung von Beweismaterial und Behinderung der Ermittlungsarbeit kommt. Ein Fehler, er hätte das natürlich in Betracht ziehen müssen, er war ja gewarnt. Doch das ist nun nicht mehr zu ändern. Wenigstens weiß Judith Krieger nicht, was genau auf seinen Fotos ist, und er wird einen Teufel tun, brav alles an sie zu übergeben. Wissen ist Macht, man weiß schließlich nie, wozu man Informationen einmal gebrauchen kann, und für alle Fälle hat er die Dateien so gespeichert, dass die Polizei sie selbst bei einer Durchsuchung nicht finden kann.

Grasgeruch weht durchs Autofenster, ein Hauch von Kühle, als er die letzten Gebäude Kölns endgültig hinter sich lässt. Aber dann ist es damit auch schon wieder vorbei, der Ortseingang von Hürth kommt in Sicht: eine Tankstelle, ein paar entsetzlich hässliche Häuser, ein Schnellimbiss. René Zobel hält kurz an, um sich eine Flasche Wasser zu kaufen, lässt sich dann von seinem Navigationsgerät weg von der Hauptstraße leiten. Am liebsten hätte er ja gleich nach dem Telefonat mit der Senner einen Abstecher in den Archivkeller gemacht. Aber die nächste Deadline rückt unerbittlich näher, und wenn die Zentralredaktion morgen mit seiner Story aufmachen soll, braucht er Fotos, so tickt nun mal der Boulevard. Und was heißt schon Boulevard – selbst die alte Tante FAZ druckt längst keine Schwarz-Weiß-Bleiwüsten mehr.

Er biegt nach links ab, dann wieder nach rechts. Obwohl er wahrlich viel rumkommt, ist er in diesem Stadtteil Hürths noch nie gewesen, und das war weiß Gott kein Fehler. Verpasst hat er hier nichts. 08/15-Domizile wechseln sich mit ein paar krassen 70er-Jahre-Bausünden ab, die Gärten sind eingezäunt oder mit Friedhofs-Immergrün abgeschirmt. Die nächste Abbiegung führt ihn durch ein Reihenhaus-Neubaugebiet mit Holzbänken und grellbuntem Plastikspielzeug vor den Türen, das es exakt so auch in der Peripherie jeder anderen Stadt gibt. Das platte Feld mit den Hochspannungsleitungen am Ende der Gärten ist jedoch eine regionale Spezialität.

Wieder leitet ihn der Navi nach links, in eine Straße mit offenbar älteren Häusern, in deren Mitte ein Streifenwagen mit eingeschaltetem Blaulicht steht. René Zobel bremst abrupt und rangiert in eine Parkbucht. Besser, sich erst mal zu Fuß umzusehen, ganz unauffällig. So kann er die beste Ausgangsposition für seine Fotos finden. Er trinkt ein paar große Schluck Wasser und holt die Nikon aus der Tasche. Das Todeshaus, das Bluthaus, eine Geschichte, die selbst dem mit allen Wassern gewaschenen Rufus Feger keine Ruhe ließ, ein seit Jahrzehnten ungesühntes Verbrechen.

Er ist nah, ganz nah dran an etwas Großem.

* * *

Das Erste, was ihr an dem Haus auffällt, ist die Farbe. Ocker. Ein dunkelbraun getünchter Sockel. Judith bleibt stehen, die Klinke des Gartentors in der Hand, starrt auf die Fassade, den Betonplattenweg, die mit Rollladen verschlossenen Fenster. Das Schild eines Maklers.

»Jonas wollte verkaufen.« Manni drängt sich neben sie, runzelt die Stirn, als sie nicht reagiert. »Was ist los?«

Sie schüttelt den Kopf, tastet sich weiter vor. Ocker. Braun. Frag jetzt nichts, bitte. Sag jetzt nichts.

Das Haus ist verwaist, seit 20 Jahren unbewohnt. Alles darin ist noch so, wie es Jonas Vollenweider hinterließ, hat Regina Sädlich erklärt, die damals die Polizei rief und noch immer im Nachbarhaus lebt. Eine rundliche Dame mit grauem Kurzhaarschnitt. Sie hat im Haus der Vollenweiders hin und wieder nach dem Rechten gesehen, sie hat aufgeschlossen, wenn der Mann von den Stromwerken kam, um die Zähler abzulesen, oder der Schornsteinfeger. Im Winter hat sie die Heizung angedreht, nur wenn es sehr kalt war, unter null Grad, damit die Leitungen nicht einfrieren.

»Warum hat Jonas das wohl so gewollt?«, fragt Judith und dreht sich zu der Frau um, die jetzt nicht mehr patent wirkt, sondern ängstlich und die Schultern hochzieht.

»Man hilft doch gern«, sagt Regina Sädlich zögernd. »Ich habe nicht weiter gefragt. Er hat das nicht erklärt.«

Er. Jonas Vollenweider. Das Opfer. Verdächtig des Mordes an seiner Familie. Und trotzdem der Erbe, der rechtmäßige Besitzer.

»Er hat all die Jahre Strom, Gas und Wasser für dieses Haus bezahlt?«

»Ja.« Auf Regina Sädlichs Brust hängt ein mit Strasssplittern besetzter silberner Teddybär. Sie greift danach, spielt mit den winzigen Pfoten, die Strassaugen funkeln in einem unnatürlichen Blau.

»Und vor zwei Wochen hat er einen Makler beauftragt, das Haus zu verkaufen?«

»Ja, von Griechenland aus. Der Makler kam her und stellte das Schild auf.«

»Warum?«, fragt Judith wieder. »Warum gerade jetzt, nach all den Jahren?«

»Das hat Jonas mir nicht gesagt.«

»Er hätte das Haus doch schon viel früher verkaufen können, oder vermieten?«

Hätte, könnte. Regina Sädlich verschränkt die Arme, umklammert die Ellbogen, presst sie auf ihren Bauch, als müsse sie sich wärmen, bei dieser Hitze.

»Vielleicht wollte er alles so lassen, weil der Schuldige doch nicht gefunden war?«, flüstert sie. »Vielleicht hat er immer gehofft, das würde noch aufgeklärt.«

»Und dann, vor zwei Wochen, hat er plötzlich die Hoffnung aufgegeben?«

»Ich weiß es doch auch nicht. Das ist alles so schrecklich.«

Das. Das Unaussprechliche. Das Verbrechen. Jonas Vollenweider will endlich verkaufen, und am nächsten Tag ist er tot, genauso brutal ermordet wie Jahre zuvor seine Familie.

Regina Sädlichs Blick flieht zur Seite, weg vom Haus der Vollenweiders, weg von den Kommissaren, die vor ein paar Minuten mit einer weiteren Hiobsbotschaft in ihr Leben geplatzt sind.

»War Jonas Vollenweider seit damals manchmal hier?«, fragt Judith.

Regina Sädlich zögert. »Drei- oder viermal vielleicht. Aber immer sehr kurz und nie über Nacht. Er musste ja wohl auch hin und wieder ein paar Formalitäten in Deutschland erledigen, seinen Ausweis verlängern lassen, so etwas. Wenn er kam, schaute er immer bei mir vorbei, gab mir ein bisschen Geld, fragte, wie es geht.«

»War er allein?«

»Ja. Immer. Der arme Junge. Nur letzten Freitag kam er mit dem Makler her, um dem das Haus von innen zu zeigen.«

»Sie hatten den Makler zuvor nicht hereingelassen?«

»Nein. Jonas wollte das nicht. Er wollte den Schlüssel selbst übergeben, Abschied nehmen wohl auch. Mittwoch sollte ein Entrümplungsunternehmen kommen.«

Regina Sädlich nestelt die Visitenkarte des Maklers aus ihrer Rocktasche. Judith betrachtet sie, gibt sie dann Manni. Wusste Jonas' Mörder von dem geplanten Verkauf? Ja, denkt sie. Er kennt das Haus, er schickt mir Fotos von der Fassade. Der Verkauf war der Auslöser für den Mord an Jonas. Jonas durfte das Haus nicht verkaufen. Warum nicht? Weil es dort drin etwas gibt, das der Täter erhalten will?

Regina Sädlich schlingt die Arme noch fester um ihren Leib.

»Muss ich da jetzt mit rein?«

»Nein, danke. Später vielleicht.«

Judith nimmt ihr den Hausschlüssel ab, bittet sie, draußen zu warten, läuft die letzten Meter zu Jonas Vollenweiders Haus. Dunkelbraun. Ocker. In den Ritzen zwischen den Betonplatten wächst Unkraut und Moos. Die Thujahecke stinkt nach Katzenpisse. Thuja. Lebensbaum. So fehl am Platz hier. Würde sie noch rauchen, könnte sie die Katzen vermutlich nicht riechen.

Ihre Hände schwitzen in den Latexhandschuhen, das Plastik der Schuhüberzieher klebt an ihren Fußknöcheln.

Manni ist im Garten stehen geblieben und telefoniert mit dem Makler, bittet ihn zu kommen, schnell, sofort. Sie steckt den Schlüssel ins Schloss, öffnet die Haustür, zieht sie hinter sich zu. Der erste Eindruck allein, so wichtig, so wertvoll, nicht immer zu haben. Das Haus riecht nach Staub und Verlorenheit. Die Luft scheint verdichtet, ja beinahe giftig, als ob über Wänden und Möbeln ein Schimmelpelz liegt. Noch etwas steigt Judith in die Nase, etwas, das sie nicht deuten kann und hier auf gar keinen Fall erwartet hat. Unwillkürlich greift sie nach ihrer Walther und dreht sich einmal um die eigene Achse. Was war das gerade für ein Geruch, der so fremd wirkte, beinahe klinisch? Nichts, gar nichts, nur ihr Hirn, das verrücktspielt, seitdem sie nicht mehr raucht. Sie versucht sich zu entspannen und ganz normal zu atmen. Hier war nie ein Besucher willkommen, weiß sie plötzlich, weiß zugleich, dass sie keinen Beweis dafür hat, dass das nichts als eine Mutmaßung ist, eine Fantasie.

Sie tastet sich vorwärts, orientiert sich an den Lichtstreifen, die durch die Ritzen der Rollos dringen, gelangt in einen Raum, der vermutlich das Wohnzimmer war. Steinfliesen auf dem Boden, kein Teppich, die Ausdünstungen alter Möbel. Holz, Stoff und vom Alter verkrusteter Leim. Jemand hat ihr Fotos von diesem Haus geschickt, sie ist jetzt sehr sicher, dass es so ist. Fotos von der Fassade, schon vor Jonas Vollenweiders Ermordung. Er hat das getan. Der Täter. Er war hier, seine Präsenz sitzt hier fest, ist in diesem Haus gefangen, lebendig, greift nach ihr. Staub steht vor den Schlitzen der Rollos im Licht. Wieder glaubt sie, Schimmel zu riechen, weiß zugleich, dass das Einbildung ist, genauso wie die Präsenz des Täters. Schimmel, der Schimmel, das Pferd. Dasselbe Wort. Unpräzise also. Unzulänglich. Was macht sie hier eigentlich, was glaubt sie, hier zu finden, allein, im Dunklen? Hier ist nichts mehr, kann nichts mehr sein, nicht nach all den Jahren. Doch die Fotos sind echt. Sie hat ihre Bedeutung nur nicht gleich verstanden, sie für einen schlechten Scherz gehalten. Jetzt muss sie sie an die KTU geben, denn sie weiß, dass der Täter ihr damit etwas sagen will. Ihr, warum ihr?

»Judith, bist du verrückt? Warum wartest du nicht auf mich? Die KTU ...«

Manni kommt ins Haus. Sie hört seine Schritte, ein Klacken, und dann taucht die Deckenlampe das Zimmer in gleißendes Licht. Eine Eichenholz-Schrankwand, die Judith an einen Beichtstuhl erinnert, wird sichtbar, ein gedrechselter Couchtisch, ein klobiges, dunkelgrünes Sofa, drei Sessel. Ein Ölgemälde, auf dem ein antikes Segelschiff in düsteren Wogen zu kentern droht.

»Anheimelnd.« Manni zieht die Augenbrauen hoch. »Der Makler ist in einer Viertelstunde hier«, sagt er dann. »Er sagt, Jonas Vollenweider hätte die Rollos gleich wieder runtergezogen, nachdem sie im Erdgeschoss mit der Besichtigung fertig waren, also lassen wir das jetzt auch so, für die KTU.«

»Ist ihm irgendwas an Jonas aufgefallen? War er nervös, ängstlich?«

»Nein, er wirkte eher erleichtert, sagt er. Entschlossen, sich von einer alten Last zu trennen.«

Hintereinander steigen sie die Treppe hinauf zum Schlafzimmer. Die Rollos in diesem Raum sind hochgezogen, die Fenster sind blind vor Schmutz und machen das Abendlicht, das hereinfällt, eigentümlich diffus. Hat Jonas Vollenweider das so gewollt: Zwielicht am Tatort und im Wohnzimmer Dunkelheit? Hat er deshalb die Rollos im Parterre gleich wieder runtergelassen? Fragen, so viele Fragen. Jahrelang hat er diesen Tatort konserviert, und kaum verabschiedet er sich davon, richtet jemand ihn hin.

Sie stehen still, sehen sich um, lassen das Szenario auf sich wirken.

»Man bekommt ja schon einiges zu sehen, aber das hier …«, sagt Manni.

»Ja.« Judith nickt. Das hier ist anders. Krank. Ein Tatort, den sie aus einem Dornröschenschlaf wecken. Sie muss Manni von den Fotos erzählen, bald, sobald sie hier fertig sind und ein paar Minuten Ruhe haben, fast muss sie lächeln bei diesem Gedanken. Der kriegersche Verfolgungswahn, der diesmal kein Wahn ist, sondern eine angemessene Reaktion. Manni kramt seine Fisherman's aus der Hosentasche, hält ihr die Tüte hin, nimmt sich dann selbst. Von unten dringen die Stimmen der Spurensicherer herauf. Jemand kommt im Laufschritt die Treppe hoch. Dannenberg. Kurz darauf auch Schneider. Dannenberg stoppt abrupt, sobald er im Schlafzimmer steht, und pfeift durch die Zähne.

»Herrgott noch mal, das sieht exakt so aus, wie ich es in Erinnerung habe!«

Judith zeigt auf die Wand, von der jemand die Tapeten heruntergeschnitten hat.

»Wart ihr das damals?«

Dannenberg nickt. »Die KTU hat die Spritzmuster des Bluts konserviert. Auch das Kopfteil des Bettes haben die Kollegen damals in die Asservatenkammer geschafft.«

Sie betrachtet das ausgeweidete Bettgestell, das ohne Decken und Matratzen wie eine überdimensionale Pritsche wirkt, versucht sich die beiden Menschen darin vorzustellen. Den Täter, der sie im Schlaf überrascht. Oder hat Hans Vollenweider seine Ehefrau Johanna umgebracht? Kam die Tochter hinzu, geweckt von den Schreien und Schlägen, und musste dann ebenfalls sterben? Oder hat die Tochter die Eltern umgebracht? Allein – oder gemeinsam mit dem Sohn? Der Raum gibt es nicht preis. Nicht das Motiv dieser Tat, nicht die Fakten, nicht das, was Jonas hier am letzten Freitag gedacht oder empfunden haben mag. Die Luft ist abgestanden, muffig. Die altmodischen Nachtschränkchen tragen einen Pelz aus Staub.

Sie gehen weiter die Treppe hinauf unters Dach, zum Zimmer der Tochter. Die Hitze stülpt sich über sie wie eine Glocke, der Raum ist so warm, dass ihr der Schweiß aus allen Poren bricht und unter ihrer Bluse über Rücken und Brüste läuft. Alle schwitzen sie, und die Luft wird noch schlechter.

»Als wir damals kamen, war das Bettzeug noch da«, sagt Schneider. »Die Decke war zurückgeschlagen, als ob Miriam gerade erst aufgestanden wäre. Auf dem Stuhl lagen Rock, T-Shirt und Unterwäsche.«

»Ist es sicher, dass sie es war, die in diesem Bett geschlafen hat?«, fragt Judith.

»Laut Kriminaltechnik ja, die hatten damals Decken, Laken, Kissen, Matratze und Teppich eingesackt und genau untersucht. Das ganze Zimmer wurde außerdem mit Luminol gecheckt. Hier ist kein Blut geflossen, so viel steht fest.«

Judith sieht sich um, versucht sich vorzustellen, wie Miriam hier gelebt hat, wer sie war. Kein Computer, kein Handy, kein eigener Fernseher, doch das war 1986 normal. Über dem Bettgestell hängt das Ölgemälde eines Bergsees. Auf dem sehr schmalen Schreibtisch liegen verstaubte Psychologie-Lehrbücher, ein Schreibblock, ein Glas mit Stiften, ein Hefter, ein Lineal.

»Miriam war 21«, sagt Manni hinter ihr. »Sie hat studiert. Sie war hübsch. Warum hat sie so gelebt, hier in diesem Kabuff? Warum wollte sie sogar ihren Geburtstag nur mit ihrer engsten Familie feiern? Hatte sie keine Freundinnen, keinen Freund?«

»Sie hatte einen Freund«, sagt Dannenberg. »Der lebte damals auch hier in Hürth, war aber im Tatzeitraum nachweislich im Urlaub am Gardasee.«

»Ohne Miriam.«

»Mit zwei Freunden zum Surfen.«

Judith geht zu dem Regal neben dem Schreibtisch und betrachtet die Bücher: Fachliteratur fürs Studium, Mädchenromane und Reclam-Klassiker aus dem Schulunterricht. In einem staubigen Samtkästchen liegt Modeschmuck. In einer Lücke zwischen den Büchern steht ein silbern gerahmtes Schwarz-Weiß-Foto. Judith beugt sich herunter, erkennt ein Gebäude darauf, eine Art Gehöft mit einer Inschrift über der Eingangstür, ein riesiger Baum scheint das Haus zu beschützen.

»›Kinderheim Frohsinn‹«, liest sie vor.

Manni geht in die Hocke und mustert das Foto mit zusammengekniffenen Augen, richtet sich wieder auf.

»Klingt irgendwie nach Nazischeiß«, sagt er.

»Was willst du damit sagen?«, fragt Schneider.

»Frohsinn.« Manni zuckt die Achseln. »Das stinkt, wenn du mich fragst. Da stimmt irgendwas nicht. Wieso stellt sie sich dieses Foto auf?«

»Sie hat Psychologie studiert«, sagt Dannenberg. »Sie hat sich mit Kindererziehung beschäftigt. Ihr Vater hat in dem Heim gearbeitet, die Familie hat dort gelebt. Das Foto wird eine Erinnerung sein.«

»Es sind keine Menschen drauf«, sagt Manni in die sich anschließende Pause.

Dannenberg furcht die Augenbrauen. »Ja, und?«

»Keine Ahnung. Aber will man sich nicht eher an Personen erinnern als an ein Haus?«

»Wer Psychologie studiert, braucht oft selber Hilfe«, sagt Judith. Ein Allgemeinplatz, eine Binsenweisheit, in der trotzdem oft Wahrheit steckt. Kann man nach so vielen Jahren überhaupt noch einen neuen Zugang zu Miriams Persönlichkeit finden? Jemanden, der ein anderes Bild von ihr zeichnet als das der braven Tochter, und wenn ja, wird ihnen das tatsächlich bei der Aufklärung helfen? Vielleicht weiß Lea Wenzel etwas, die Lebensgefährtin von Jonas, vielleicht hat er ihr eine andere Wahrheit über seine Schwester erzählt. Und zumindest wird diese Lea wohl wissen, warum Jonas das Haus verkaufen wollte. Warum jetzt, nach all dieser Zeit. Warum er es auf einmal so eilig hatte damit.

Wieder glaubt Judith den Täter zu spüren, selbst hier in dieser Dachkammer, in der gar kein Mord geschehen ist. Der Hass des Täters, das Entsetzen der Opfer. Beides ist hier, in diesem Raum, wie ein Nachhall, ein Echo, was auch immer.

Ihr Handy spielt Queen, reißt sie aus den Gedanken.

»Sie müssen nach Samos kommen, wenn sie Lea Wenzel vernehmen wollen«, erklärt ein Kollege aus Griechenland auf Englisch. »Sie ist im achten Monat schwanger. Sie hatte einen Nervenzusammenbruch, als wir sie über Jonas Vollenweiders Tod informierten. Wir mussten sie ins Krankenhaus bringen.«

2. Teil

Frohsinn

Heute waren wir uns ganz nah, aber ich glaube, Du hast das gar nicht bemerkt. So beschäftigt warst du. So konzentriert darauf, in dieser Ermittlung alles richtig zu machen, nichts zu übersehen. Dabei helfe ich Dir doch, lenke Dich in die richtige Richtung. Du ahnst das allmählich, das sehe ich. Da war so ein Ausdruck in Deinen Augen. Verwundert, ängstlich beinahe.

Das Haus wiederzusehen hat mir wehgetan. Und dann all die Fremden darin. Aber Du bist zuerst reingegangen. Allein. Hast Du gedacht, ich erwarte Dich drinnen? Ich will das gern glauben. Ich wünsche es mir.

Kann sich Schuld vererben? Ist es gerecht, Kinder für die Sünden ihrer Eltern zu strafen? Dabei hat meine Mutter nicht einmal eine Sünde begangen. Sie hat den Falschen gewählt und wurde betrogen. Sie war noch sehr jung, 18 erst, minderjährig nach damaligem Recht. Sie konnte es doch nicht besser wissen.

Ich habe sie bewundert. Ich habe sie geliebt. Ich weiß noch, wie sie riecht, ganz

sauber, nach Seife. Ihre Haut war sehr weiß,
und da war so ein Glucksen in ihrer Brust,
wenn sie sich über etwas amüsierte. Sonntags trug sie ein Seidenkleid, dunkelblau
mit weißen Punkten und enger Taille.

Sittlich verwahrlost nannten sie sie. Und
wenn ich um sie weinte, lachten sie.

Dienstag, 4. August

Soll er zur Polizei gehen oder nicht? Die Frage ist sofort wieder da, als die erste Morgendämmerung durchs Fenster kriecht. Er tastet über seine Stirn, zwingt sich, die juckenden Beulen, zu denen sich die Mückenstiche über Nacht offenbar entwickelt haben, nicht blutig zu kratzen. Normalerweise steckt sein Körper ein paar Stiche locker weg, doch die Biester aus dem Steiner Wald haben ihm eine Überdosis verpasst, ein höchst unwillkommenes Souvenir. Er schaut auf die Uhr, kurz nach halb fünf. Sabines Atem geht ruhig und tief. Jan schnauft im Schlaf und robbt näher zu ihm ran, sein kleiner Körper ist nass geschwitzt, erschöpft vom Kampf gegen den Husten.

Vorsichtig zieht Eric Sievert das Laken über seinem Sohn zurecht. Wenn er zur Polizei geht, was soll er dann sagen? Ich geh da neulich bei Biblis spazieren, so ganz entspannt, ohne auf den Weg zu achten, und dann stolpere ich über dieses Metallstück, und wie ich das rauszieh, liegt darunter ein Fuß, und da grab ich noch ein bisschen weiter und finde Schienbeinknochen, noch einen zweiten Fuß … Lächerlich, absolut lächerlich. Die Bullen werden an so viel Zufall kaum glauben, und sobald sie erst mal im Steiner Wald rumwühlen, werden sie seine anderen Grablöcher finden, auch wenn er die immer ordentlich

81

wieder zugeschaufelt hat, die sind ja nicht doof, im hessischen Landeskriminalamt gibt es ja sogar eine eigens für die Verfolgung von Raubgräbern eingerichtete Stabstelle. Sie werden sein Haus durchsuchen, seine Fundstücke entdecken, die Detektoren und den Laptop konfiszieren, und dann haben sie ihn. Zwar ist er in den Schatzsucherforen nur anonym als *goldfinger* unterwegs und hat den Verkauf des Bronzeschilds zum Großteil im Internetcafé abgewickelt, aber eben nur zum Großteil. Nicht konsequent von Anfang an, denn zunächst wollte er ja eigentlich nur den Marktwert testen.

Er steht auf, schleicht nach unten, fährt den Laptop wieder hoch. In der Umgebung von Biblis gibt es keine mysteriösen Vermisstenfälle, jedenfalls nicht im Internet. Wie lange der Tote schon dort im Steiner Wald liegt, ist schwer zu sagen. Zehn, fünfzig, hundert Jahre oder mehr, je nach Bodenbeschaffenheit, theoretisch könnte er sogar aus der Römerzeit stammen. Das rostige Ding, auf das der Deus angeschlagen hatte, deutet auf nicht ganz so vergangene Zeiten hin, denn das ist eindeutig das Schaufelblatt eines Klappspatens, wie er ihn aus seiner Zeit bei der Bundeswehr kennt und wie ihn auch die Soldaten im Zweiten Weltkrieg benutzten. Er starrt auf die Fotos, die er gemacht hat, muss plötzlich an die Vogelknöchelchen denken, wie zart und zerbrechlich die waren, ganz ähnlich wie dieser menschliche Fuß. Gehörte der überhaupt einem Mann oder einer Frau?

Er springt auf, kocht sich einen Kaffee, breitet das Kartenmaterial vom Steiner Wald auf dem Wohnzimmerfußboden aus. Die Römer, die Spanier und Hessenarmeen im Dreißigjährigen Krieg, die Nazis und die Alliierten – alle haben sie in diesem Gebiet erbittert um die Kontrolle des Rheinübergangs gekämpft. Nach dem Ende des Zweiten

Weltkriegs haben die US-Army und die Bundeswehr an der Rheinseite des heutigen Naturschutzgebiets für ihre Manöver eine NATO-Übungsstraße errichtet, die bis heute existiert. Es ist also mehr als wahrscheinlich, dass er auf die sterblichen Überreste irgendeines armen Tropfs gestoßen ist, der im Krieg gefallen, notdürftig verscharrt und vergessen worden ist. Und das heißt: Wer auch immer den einmal geliebt hat, dürfte sich inzwischen mit dessen Verschwinden abgefunden haben – oder womöglich sogar selbst nicht mehr leben. Wenn er schweigt, entsteht also niemandem ein Schaden.

Er trinkt seinen Kaffee aus, geht hoch ins Bad und schmiert seine Stiche mit dem Gel ein, das Sabine ihm gegeben hat. Scheißviecher. Er sieht verdammt noch mal aus, als habe er die Beulenpest. Vielleicht sollte er die Sucherei im Steiner Wald zumindest für eine Weile ruhenlassen. Vielleicht sollte er auch den Toten in Frieden lassen, statt weiter nach einer Soldatenmarke zu suchen, einer Gürtelschnalle, irgendwas, mit dem sich seine Identität bestimmen lässt. Vielleicht ist das rostige Schaufelblatt Hinweis genug.

»Papa, Pipi!«

Julias Stimmchen reißt ihn aus seinen Gedanken. Ihre nackten Füßchen tapsen über den Flur, schlaftrunken lächelt sie zu ihm auf. Er kniet sich hin und breitet die Arme aus. Hebt sie aufs Klo und, als sie fertig ist, auf seine Hüfte, pustet in ihr Haar, so wie sie das liebt.

»Komm, Sonnenscheinchen, wir machen Frühstück und lassen Mama und Jan noch ein Viertelstündchen schlafen!«

Sie schlingt ihre Babyspeck-Ärmchen um ihn und presst den Kopf an seine Brust, was er als Zustimmung nimmt. Aber natürlich ist sie mit zweieinhalb Jahren noch viel zu klein, um ihm zu helfen, und sobald sie unten sind, will sie raus in den Garten, schaukeln, also öffnet er ihr die Terrassentür, denn der Garten ist eingezäunt, was soll schon passieren. Es wird Rührei mit Tomaten geben, beschließt er, und Cornflakes mit Milch und frischen Erdbeeren. Er hat genug Zeit, das vorzubereiten, und nach einer weiteren Hustennacht haben sie sich alle ein anständiges Frühstück verdient.

Euer Papa ist ein Dieb, ein Halunke, ein böser Mann. Er kann seinen liebreizenden Schwiegervater das sagen hören, den Triumph in seiner Stimme, sollte die Polizei ihn je wegen Raubgräberei drankriegen. Ich-hab's-ja-gleich-gewusst-und-auch-immer-gesagt – fast so deutlich, als stünde der Alte hier in der Küche. Sabine würde ihm seinen Ausrutscher mit dem Bronzeschild vielleicht noch verzeihen, doch ihre Eltern, ganz besonders ihr Herr Geschäftsführervater, sind ein anderes Kaliber. Seit er ins Leben ihres kostbaren Töchterleins getreten ist – ein ordinärer Handwerker –, warten die nur auf eine Gelegenheit, ihn aus ihrer sauberen Familie zu vertreiben, ohne jede Rücksicht auf Sabines Gefühle oder Jan und Julia. Aber das kann er nicht zulassen, nicht noch einmal, das –

»Paapaaa!«

Er fährt herum, Julia ist wieder auf der Terrasse, aber nicht allein, sie thront auf den Schultern von Kurt, wühlt in dessen Haar, juchzt und strahlt.

Die Karten vom Steiner Wald liegen noch auf dem Boden, Kurt darf nicht reinkommen, er muss – aber es ist zu spät, Kurt steht schon im Wohnzimmer.

»Morgen, Eric, entschuldige die frühe Störung, aber kannst du mich gleich mit in die Stadt nehmen? Marion braucht heute den Wagen und – was hast du denn gemacht?«

»Keine Ahnung, ist wohl irgend'ne Allergie.«

Eric fährt sich mit der Hand übers Gesicht. Es juckt wie Hölle, aber das ist egal. Er muss Kurt loswerden, die Karten wegräumen, schnell, sofort, vielleicht hat Kurt die ja noch gar nicht so genau betrachtet.

Er hört Schritte auf der Treppe, Sabines Schritte.

»Um halb sieben bei dir«, sagt er zu Kurt. Zu hastig, zu schroff, er kann es nicht ändern. Er hebt Julia von Kurts Schultern. Sie protestiert, windet sich, beginnt zu heulen. Und dann steht Sabine auch schon in der Küche, nur in ein Handtuch gewickelt.

»Was ist hier denn los?«, fragt sie, und das löst Kurt endlich aus seiner Erstarrung, doch bevor er sich verdrückt, wirft er noch einen langen Blick auf die Karten.

»Jemand soll hier in Südhessen einen römischen Bronzeschild gefunden und illegal verkauft haben«, sagt er langsam, »hast du das schon gehört?«

* * *

Die Stadt ist aufgeheizt, fiebrig, selbst morgens um fünf sind es knapp 30 Grad. Manni läuft los, über die Maybachstraße in den Mediapark und von dort Richtung Grüngürtel, seine gewohnte Route. Der Himmel ist blassgelb. Der Weg im Park staubt unter seinen Schritten, in den Platanen kreischen Vögel, als hätten auch sie vom Sommer genug. Frührentner-Kinderheim-Frohsinn-Erzieher. Sobald er im Rhythmus ist, springen die Worte in sein Hirn – Erinnerungen an den gestrigen Ermittlungstag, Satzfetzen, Bilder, Details aus den Akten, die Vernehmung des Maklers, das Haus in Hürth, das Kinderheim, quirlen durcheinander und verknüpfen sich neu. Frohrentner. Kindersinn. Früherzieher. Hat sich eines der Vollenweider-Kinder, oder beide gemeinsam, für eine vermutlich eher freudlose Jugend gerächt?

Sie haben keine Fotoalben in dem Haus gefunden. Nicht ein einziges Bild von den Vollenweiders, nicht ein einziges aus dem Kinderheim, nur das Foto auf Miriams Schreibtisch. Aber es muss zumindest ein paar mehr Fotos gegeben haben als die wenigen von den Vollenweiders mit den Heimkindern, die seit 20 Jahren in den Ermittlungsakten liegen. Vielleicht hat ja Jonas die Alben an sich genommen. Oder er hat sie vernichtet. Er oder seine Schwester. Oder war diese Familie so neurotisch gewesen, dass sie ihr Familienleben nicht dokumentierte?

Sein eigener Vater fällt ihm ein. Günter, der Fernfahrer, der sich noch im Rollstuhl aufführte wie ein despotischer König, der seine Untertanen nach Belieben tyrannisiert. Frührentner, Invalide – was heißt das schon? Wer kann einfach ablegen, was er Jahrzehnte gelebt hat? Doch keiner der Zeugen, die vor 20 Jahren vernommen wurden, hat Hans Vollenweider als Tyrannen beschrieben. Konservativ sei er gewesen, aber allgemein respektiert. Ein erfahrener Pädagoge, der mit Lob und Ehre in den Ruhestand verabschiedet worden war. Diskret sei er gewesen, auch was sein Privatleben angehe, hatte es übereinstimmend geheißen. Einzig mit seinem Sohn habe es wohl Probleme gegeben.

Manni läuft schneller, der Schweiß brennt auf seiner Haut, seine Lunge pumpt, aber er gibt nicht nach, beschleunigt noch mehr und erreicht seinen üblichen Wendepunkt in knapp acht Minuten. Er macht ein paar Dehnungen und kehrt wieder um. Bis fünf Jahre vor dem Mord hatten die Vollenweiders in einer Einliegerwohnung im Kinderheim gewohnt. Das ist eine Tatsache, genauso wie das Heimfoto im Zimmer der Tochter. Frohsinn. Ein Leben im Heim. Vor einiger Zeit kam mal so ein Fernsehbericht. Dramatisiert natürlich, zugespitzt auf Missbrauchsskandale, Misshandlungen, Ausbeutung. Liegt hier das Motiv für dieses Verbrechen? Ging es unter der Leitung Vollenweiders im Kinderheim längst nicht so pädagogisch korrekt zu, wie alle das behaupten? Doch wenn der Täter kein Familienmitglied war, war es ihm gelungen, am Tatort keinerlei Spuren zu hinterlassen: keinen Abdruck, kein Haar, nicht das winzigste Hautschüppchen. Und das ist schlicht unmöglich, es sei denn, die Kriminaltechniker haben damals etwas übersehen. Manni drosselt das Tempo, verfällt für den letzten Kilometer in einen lockeren Trott. Angenommen, bei dem Täter handelt es sich um Vater oder Tochter Vollenweider. Wie konnte er – oder sie – sich danach in Luft auflösen? Wie sind die Leichen aus dem Haus geschafft worden, wenn nicht im VW-Bus von Jonas Vollenweider? Und wo überhaupt sind diese Leichen? Es passt einfach nicht, passt hinten und vorne nicht. Jonas muss der Täter gewesen sein – doch warum wurde er dann ermordet?

Mannis Wohnung ist unaufgeräumt, in der Spüle verkrusten benutzte Teller und Bestecke, im Altpapier türmen sich Pizzakartons, Wäsche waschen müsste er auch wieder mal. Er duscht und rasiert sich, gibt dem Punchingball ein paar halbherzige Knuffe und frühstückt im Stehen am weit geöffneten Fenster. Zuhause. Heim. *Home, sweet home.* Im Laufe seiner Jahre bei der Polizei hat er so viele verschiedene Definitionen davon zu sehen bekommen, eine schier unendliche Bandbreite dessen, was Menschen schön oder gemütlich oder schick finden, was sie sich leisten und nicht leisten können, was ihnen wichtig ist, womit sie sich arrangieren, an was sie sich klammern, und sei es für Außenstehende noch so unerträglich hässlich, unbequem oder nutzlos. Er denkt an Sonja, an ihre Wohnung, diesen Duft nach Räucherstäbchen, Currys und Massageöl. Auf eine Art ist diese Wohnung für ihn mehr zum Zuhause geworden, als seine eigene es je war. Und doch schafft er es nicht, Sonja anzurufen und ihr zu versprechen: Alles wird gut. Feigling, denkt er, feiger Hund. Sie hat recht, du hast dich noch längst nicht entschieden. Packst es nicht, willst es nicht.

Er stopft Handy, Brieftasche und Fisherman's in seine Jeans, zieht die Wohnungstür hinter sich zu. Er ist früh dran, sehr früh. Er könnte ins Präsidium fahren und endlich seine Berichte tippen, so wie Millstätt das liebt. Doch der Dienstwagen, der ihm diesmal zuteilwurde, ist erstaunlicherweise fast neu, ein Mondeo, der dringend mal wieder rauskommen muss, richtig ausgefahren werden auf der Autobahn, und sei es auch nur für eine kurze Spritztour in die Eifel. Frohsinn. Es muss einen Grund dafür geben, dass Miriam sich gerade dieses Foto ins Regal gestellt hat. Einen Grund, der vielleicht Teil der Lösung, eine Erklärung, ein Hinweis auf das Motiv in diesem Mordfall ist.

Er zieht auf die Überholspur, sobald er auf der A 1 ist, tritt das Gaspedal durch. Der Wagen schnurrt wie ein Kätzchen und gehorcht ohne das kleinste Flattern oder Verziehen. Tempo. Bewegung. Vorwärtskommen. Nicht reden, nicht grübeln, nicht diskutieren. Jetzt, denkt Manni. Jetzt lebe ich. Jetzt ist alles offen, in meiner Hand. Straßenschilder fliegen vorbei. Brühl-Ost, Brühl-Süd, Bliesheim, Weilerswist. Der Makler hat ausgesagt, Jonas Vollenweider habe erleichtert gewirkt, fest entschlossen zu verkaufen, so schnell wie möglich. Viel zu lange habe er das schleifenlassen, hat er zu dem Makler gesagt. Den Verkauf vor sich hergeschoben aus Bequemlichkeit, vielleicht auch aus falsch verstandener Solidarität mit seiner Familie. Dabei habe er selbst zu dem Haus nie eine Beziehung entwickelt, er habe dort ja auch gar nicht lange gewohnt, nur ein knappes Jahr, dann sei es nicht mehr gegangen, er habe sich abgeseilt. Draußen sein, am Wasser, das sei sein Ding gewesen, immer schon, und wer weiß, wenn er damals geblieben wäre, würde er heute womöglich auch nicht mehr leben.

Wieder muss Manni an seinen eigenen Vater denken. Wie der Alte ihn auch dann noch beleidigte, als er ausgezogen war und nur hin und wieder mal zu Besuch kam. Mein einziger Sohn, ein elender Scheißbulle. Diese Schande! Dafür hab ich dich nicht zur Schule geschickt, mich krummgelegt auf der Straße. Bulle, Scheißbulle … Ein Schlag nur, ein einziger Schlag. Ein Uchi oder Tsuki, Vollkontakt, durchgezogen und dann Ruhe, endlich und für immer Ruhe! Mehr als einmal hatte er schon die Fäuste geballt und sich letztendlich doch beherrscht, wollte dem Alten den Triumph nicht gönnen. Und dann seine Mutter, die alles nur schlimmer machte, ihr Gejammer und Geflenne, bitte, Manfred, bitte nicht, bitte nicht, er ist doch krank, er meint es nicht so. Was natürlich nichts als Verblendung war. Jedes Wort hatte der Alte so gemeint, wie er es sagte, jedes einzelne Wort.

Manni gibt noch mehr Gas, der Mondeo macht einen Satz vorwärts, es ist fast wie Fliegen. Weitere Ausfahrten jagen vorbei. Euskirchen. Bad Münstereifel. Langsamere Autofahrer spritzen zur Seite, sobald sie ihn kommen sehen. Er umfasst das Lenkrad fester. Reiß dich zusammen, Mann, Jonas ist nicht du. Ja, klar, Jonas hat sich am Abend der Bluttat mit seinem Vater gestritten, hatte sich lange davor mit ihm überworfen, weil er nicht in dessen Lebensplan passte, dieses Klein-Klein in Eiche rustikal hinter vorgezogenen Gardinen. Doch Jonas hatte die Konsequenzen gezogen, schon mit 17, noch vor dem Abitur war er ausgezogen, um sein eigenes Ding zu machen. Er war also raus, er hatte Distanz. Das spricht gegen ihn als Täter. Und nur mal angenommen, dass er es doch gewesen war – wieso hätte er den Tatort jahrelang konservieren sollen, statt ihn durch den Verkauf des Hauses zu vernichten? Das ergibt keinen Sinn. Bleiben also Vater oder Tochter. Es sei denn, es gibt in der Biografie dieser Familie noch einen Abgrund, den sie nicht kennen.

Kurz vor Nettersheim bremst er ab und verlässt die Autobahn, und schon bald hat er das Gefühl, sehr weit weg von Köln zu sein. Wald und Wiesen wechseln sich ab. Die Sonne steigt sehr schnell höher, gleißt auf Asphalt und Motorhaube und im sattgrünen Laub der Bäume. Die Straße wird enger, windet sich in ein Tal. Kurz darauf passiert er einen Bachlauf, dann ein paar Häuser, die abweisend wirken, zu eng, zu geduckt. Nach einem weiteren Kilometer führt ihn der Navi auf eine winzige Nebenstraße und dann endgültig in die Pampa. Die letzten hundert Meter holpert er über eine Teerbuckelpiste zwischen Alleebäumen dahin, deren Kronen den Wagen in Schatten hüllen. Linden sind das, vielleicht, wirklich sicher ist er nicht, für Botanik hat er sich nie interessiert. Er erreicht eine Anhöhe und bremst ab, geblendet von der Sonne, die ihm hier in die Augen sticht. Er stellt den Motor ab und steigt aus. Vögel piepen, in den Bäumen summen Insekten, irgendwo kläfft ein Hund, etwas gluckert, vermutlich ein Bach. Rechts ist eine Scheune, die verwahrlost aussieht, lange verlassen, geradeaus steht der gigantische Laubbaum, den er vom Foto kennt. Doch das Heim ist nicht da. Steht nicht dort, wo es sein sollte. Manni läuft zu dem Baum, erkennt im Gestrüpp daneben

die Grundmauern eines Gebäudes, Backsteinreste, ver-
kohltes Gebälk.

»Das war mal ein Kinderheim«, sagt eine Männerstimme. »Frohsinn hieß das.«

Manni zuckt zusammen. Er hat den Mann nicht kommen gehört. Er richtet sich auf, dreht sich herum und
mustert ihn. Ein Spaziergänger in olivgrüner Outdoor-
Kleidung, ein Jagdhund hechelt an seiner Seite.

»Das Heim wurde geschlossen, dann ist es abgebrannt.«

»Wann war das? Wann ist es abgebrannt?«

»Irgendwann Anfang der 8oer.«

* * *

55 Tage ohne Zigarette. Es fühlt sich falsch an, ganz
falsch, gerade jetzt in diesem Moment. Ein Abschied ohne
Abschiedszigarette. Judith schüttet den Rest ihres Kaf-
fees ins Spülbecken, schultert den Rucksack und schließt
ihre Wohnung ab. Gleich nach dem Weckerklingeln hat
Millstätt sie angerufen. Du wirst Lea Wenzel auf Samos
vernehmen, Judith, dein Flug geht am Mittag. Samos.
Griechenland. Unwirklich ist das, unwirklich wie dieser
ganze Fall. Eine Reise ans Meer mitten in einer komple-
xen Ermittlung. Sie wird nicht viel Zeit haben dort, ihr
Rucksack ist leicht, er wird als Handgepäck durchgehen,
genau wie der, den Jonas Vollenweider auf seiner letzten
Reise bei sich trug. Ein schwarzer Nylonrucksack, das
haben Regina Sädlich und der Makler übereinstimmend
ausgesagt. Doch der Rucksack bleibt verschwunden, und
Jonas Vollenweiders Handy, dessen Nummer sie nun
kennen, ist nicht zu orten. Der Täter muss es vernichtet
haben, sobald er Jonas getötet hat. Weil er schlau ist und

nichts dem Zufall überlässt. Weil er die Fäden dieses perfiden Katz-und-Maus-Spiels, zu dem sich dieser Fall mehr und mehr entwickelt, in der Hand behalten will.

Im Präsidium schaltet Judith ihren Computer an und versucht, den Geruch nach kaltem Rauch, der noch immer aus jeder Ritze ihres winzigen Büros kriecht, zu ignorieren. Sie ruft die Website von Jonas Vollenweider auf, klickt durch die Bildergalerie und die Karte der Insel. Olivenhaine, Berge, Fischerboote, weiß getünchte Häuser, Kirchlein mit hellblauen Kuppeldächern, das Meer. Sie verharrt bei dem Strandfoto, auf dem Jonas und Lea Wenzel Arm in Arm in die Kamera lächeln. Was weiß diese glückliche, braun gebrannte Frau in den knappen Shorts von der Vergangenheit ihres Geliebten? Was wird sie ihrem ungeborenen Kind eines Tages über ihn erzählen? Dein Vater wurde getötet, bevor du auf die Welt kamst. Dein Vater war selbst ein Mörder, vor langer Zeit hat er deine Großeltern und deine Tante umgebracht? Hoffentlich muss Lea Wenzel zumindest diesen letzten Satz niemals sagen. Dein Vater war ein Mörder. Wie kann man mit einem solchen Wissen leben? Wenn überhaupt, dann nur, wenn es keinen Zweifel daran gibt, sondern Erklärungen und Beweise. Eine abgeschlossene Ermittlung. Weil nur die Wahrheit das eigentlich Unerträgliche erträglich macht. Nicht sofort, aber später.

Neun Uhr, in dreieinhalb Stunden muss sie am Flughafen sein. Judith steht auf und holt ihre Post. Zwischen Umlaufmappen, Berichten und einer Ausgabe des KURIER liegt ein weiterer anonymer Brief für sie, die altmodischen Lettern sind ihr fast schon vertraut. Sie streift Handschuhe über, bevor sie den Umschlag vorsichtig öffnet. Die anderen Briefe und Fotos hat sie gestern Nacht in die Kriminaltechnik gegeben. Das Foto, das diesmal herausfällt, ist nicht so minimalistisch, es zeigt das gesamte Wohnhaus der Vollenweiders: die ockerfarbene Fassade, den dunkelbraunen Sockel, die blinden Fenster, die Eingangstür. Die Auflösung des Rätsels. Judith dreht das Foto herum, überprüft das Innere des Umschlags. Keine geschriebene Botschaft, genauso wie in den drei anderen Briefen. Der Kölner Poststempel trägt das Datum des gestrigen Tages.

Ihr Herz schlägt zu schnell und viel zu laut. Der Täter weiß, dass wir das Haus gefunden haben. Er will sogar unsere Aufmerksamkeit darauf lenken. Das Haus ist ihm wichtig. Der alte Tatort. Etwas verbirgt sich dort, etwas, das wir noch nicht gefunden haben oder nicht richtig verstehen. Stimmt das, oder ist das nur eine Fantasie? Ist der Absender dieser Briefe womöglich gar nicht der Täter? Doch, denkt Judith, doch. Er will, dass wir wissen, dass er in unserer Nähe ist, dass er uns beobachtet. Nein, nicht uns, mich. Denn warum sonst schickt er mir diese Briefe?

Sie lässt das Foto auf den Schreibtisch fallen, greift nach links, greift ein weiteres Mal ins Leere. Ihre Lunge ist zu leer, ihr Herz schlägt zu laut. Verdammt. Verdammt! Jetzt reiß dich zusammen, KHK Krieger. Sie schlägt den KURIER auf, findet den Bericht auf der dritten Seite. ›Altstadtmord: Spur führt zum Todeshaus‹. Das Foto zeigt sie am Gartentor der Vollenweiders, wie sie die Spurensicherer instruiert.

Sie schleudert die Zeitung in den Papierkorb. Zobel, die Ratte. Er muss ihr gefolgt sein, oder seine Verbindungen ins KK 11 sind noch besser, als sie angenommen hat. Oder ist er der Täter? Unsinn, dazu ist er zu jung, 1986 war er noch ein Kleinkind.

Raus, sie muss raus, sich bewegen, etwas tun. Die Beklemmung abschütteln. Auf einmal ist sie froh, dass sie gleich nach Samos fliegt, auch wenn es schwer werden wird mit Lea Wenzel. Sie schiebt das Foto und den Briefumschlag in eine Beweismitteltüte, beschriftet sie und läuft über den Flur zu den Aufzügen. In der Kabine presst sie den Hinterkopf an die Metallwand und starrt sich in die Augen, registriert halbbewusst, wie die Kühle in ihren Körper dringt, was sie seltsamerweise beruhigt. Auch im Kellerlabor der Kriminaltechnik schlägt ihr Kälte entgegen. Asservaten in Tüten, Kisten und Kartons stapeln sich auf den Ablagen, akribisch nummeriert. Abklebeband, Chemikalien und Geräte liegen daneben. In einer Ecke bringen die beiden Munzingers mit Pinzetten mikroskopisch winzige Flusen auf Objektträger auf.

»Nichts, absolut nichts, keine Fingerabdrücke oder Fasern, nicht einmal Speichelreste an der Briefmarke«, sagt Karin Munzinger statt einer Begrüßung. »Ganz offenbar tütet dein Brieffreund seine Nachrichten unter Laborbedingungen ein.«

Ein Perfektionist also. Oder ein Profi. Stumm hält Judith der KTUlerin die Papiertüte hin.

»Schon wieder eins?« Karin Munzinger runzelt die Stirn.

»Kannst du sagen, mit was für einer Kamera er fotografiert?«

»Dazu bräuchte ich die Datei, aber vermutlich digital und nicht allzu hochwertig. Die Fotos sind jedenfalls Ausdrucke Marke Homeoffice, das Fotopapier stammt von Aldi. Welcher Drucker, welche Schreibmaschine ...«, Karin Munzinger wedelt mit ihrer Pinzette in Richtung der Asservaten. »Sei so nett und gib uns etwas Zeit!«

Zeit, Zeit. Das immer gleiche Thema. Zeit, die sie nicht haben und doch haben müssen. Sie fährt wieder hoch ins KK 11, denkt an das Meer und dann vollkommen unvermittelt an das Pferd und die Landschaft mit der es verwachsen zu sein scheint. Letzte Nacht hat sie geträumt, dass das Pferd vor ihr weglief. Ein fliehender Schatten in Weiß, fast ohne Kontur vor dem durchscheinenden Himmel. Hat das irgendeine Bedeutung? Nein. Ja. Im Tarot ist das Pferd ein Symbol für die Intuition.

Sie will nicht zurück in ihr enges Büro, geht stattdessen zu Manni, der eine Berichtmappe zuschlägt und mit theatralischer Geste die Sonnenbrille auf seiner Nase platziert, als er sie bemerkt.

»Samos«, sagt er. »Gratuliere. Millstätt hat dich wieder richtig lieb.«

»Viel Zeit zum Baden werde ich wohl nicht haben.« Sie lehnt sich an ein vollgestopftes Aktenregal. Er wippt mit seinem Stuhl zurück, verschränkt die Arme hinter dem Kopf, lässt sie dann wieder sinken. Seine Augen sind wegen der Sonnenbrille nicht zu erkennen. Unter seinem T-Shirt-Ärmel schaut eine Tätowierung hervor, ein chinesisches oder japanisches Zeichen.

Er bemerkt ihren Blick. Grinst. »Willst du wissen, was das heißt?«

»Unbedingt.«

»In der Ruhe liegt die Kraft.« Er grinst noch mehr. »So ähnlich jedenfalls.«

»Jemand schickt mir Fotos«, sagt sie und erzählt ihm endlich von den Briefen. »Das erste Foto bekam ich schon, bevor Jonas überhaupt in Köln gelandet ist.«

»Und das sagst du erst jetzt?«

»Ich hab's anfangs nicht ernst genommen. Und dann war keine Zeit. Du warst viel unterwegs.«

Er antwortet nicht. Schiebt nur seine Sonnenbrille ins Haar, was genauso cool aussieht, und mustert sie. Sie haben sich angebrüllt, missverstanden, misstraut und schließlich doch noch zusammengerauft. Er hat sie im

95

Arm gehalten und geheult, weil er dachte, sie sei tot. Er hat ihr das Leben gerettet und sie vermutlich auch seins. Und dennoch ist da noch immer eine Art Scheu zwischen ihnen. Dennoch, oder vielleicht gerade wegen dieser Nähe, die Manni vor zwei Jahren wohl für genauso utopisch gehalten hatte wie sie.

»Der Täter kündigt dir seine Tat also an«, sagt er genau in dem Moment, in dem auch ihr das Schweigen zu unbehaglich wird.

»Ja.«

»Warum dir?«

»Ich weiß es nicht.«

Sie schaut aus dem Fenster, denkt an die Nacht in der Altstadt, als sie den toten Jonas gefunden hat, an die Gaffer und an den Mann auf der Brücke. War das der Täter, hat er diesen Tatort mit Absicht gewählt? Damit er sie beobachten konnte? Dieselbe Frage, wieder und wieder.

»Das Heim, in dem die Vollenweiders gelebt und gearbeitet haben, ist 1981 abgebrannt«, sagt Manni langsam. »Kaum drei Monate nachdem es geschlossen worden war und die Vollenweiders nach Hürth gezogen sind.«

»Brandstiftung?« Sie starrt ihn an.

»Ja. Benzin.«

»Und?«

»Wer das war, wurde nicht aufgeklärt.«

»Man ließ das einfach so stehen?«

»Das Heim stand ja leer, niemand wurde verletzt. Es gab in dem Jahr mehrere Fälle von Brandstiftung in der Gegend. Man ging davon aus, dass auch dieses Feuer auf das Konto desselben Täters ging.«

»Und als die Vollenweiders ermordet wurden, stellte man keinen Zusammenhang her?«

»Tja. Das war ja fünf Jahre später und in Köln. Ein

Mord, keine Brandstiftung. Laut Schneider und Dannenberg und allen Ermittlungsprotokollen gab es keinen Anhaltspunkt dafür, dass das derselbe Täter war.«

Manni blättert in einem Papierhaufen auf seinem Schreibtisch. »Frohsinn! Ich hatte recht, der Name stammt aus der Nazizeit.«

»Du meinst, Hans Vollenweider war rechtsradikal?«

»1929 geboren. Aufgewachsen im Heim ...« Er steht auf. »Ich schau mir das Heim und seine Geschichte jedenfalls näher an, während du dich am Strand aalst.«

»Ich ess ein Eis für dich mit.« Auf einmal hat sie das Bedürfnis, ihn zu umarmen, aber dann lässt sie es doch, sagt einfach Tschüs und geht in ihr Büro.

Noch zwei Stunden, bis sie einchecken muss. Sie könnte Berichte tippen, doch stattdessen schaltet sie ihren Rechner aus, nimmt ihren Rucksack und fährt nochmals nach Hürth. Langsam, sehr bewusst, geht sie durch das Haus und fotografiert alle Zimmer. Warum, weiß sie selbst nicht, aber sie weiß, dass es wichtig ist, diese Fotos zu haben. Sich ein Bild von dem Haus zu machen, es sich anzueignen – so wie der Täter. Das Heim brennt er nieder, das Wohnhaus in Hürth konserviert er. War es so? Ja, vielleicht, auch wenn wir nicht wissen, warum.

Zeit vergeht, Minuten, fast eine Stunde. Die Stille tut ihr gut, erdet sie. Irgendetwas ist hier in diesem Haus, etwas, das sie sucht. Etwas anderes als alte Fotos. Etwas, das sie dringend finden muss.

»Frau Kommissarin?«

Als sie wieder vor das Haus tritt, steht Regina Sädlich am Gartentor.

»Sie hatten doch gesagt, wenn mir noch etwas einfällt ...«

»Ja?« Judith geht auf die Nachbarin zu.

»Ich weiß nicht, wie ich das sagen soll, vielleicht war es ja nur Einbildung, ich hab das auch nie ernst genommen, es war ja außer mir nie jemand in dem Haus, es war immer alles an seinem Platz, aber jetzt ...« Regina Sädlich stockt, schließt die Augen, gibt sich dann einen Ruck. »Es roch manchmal anders da drin«, flüstert sie. »Nein, eigentlich roch es gar nicht, aber die Luft wirkte nicht mehr so abgestanden, irgendwie lebendig. Als ob das Haus atmen würde, kam es mir vor.«

* * *

Es läuft gut, es läuft spitze! Als kleinen Lohn zwischendurch gönnt er sich in der Kantine ein Extra-Schokodessert und einen doppelten Espresso.

»Wir haben dich auf'm Plan«, sagt der Chef vom Dienst im Vorbeigehen, »hab gerade mit Berlin telefoniert. Wenn du es schaffst, diese Todeshaus-Story neu aufzurollen, bist du auf Seite eins, bundesweit.«

René Zobel grinst und signalisiert sein Okay mit erhobenem Daumen. Die Story ist sein, daran ist nichts zu deuteln. Inzwischen hat er eine sehr passable Liste von Personen, die er zu den Vollenweiders befragen wird, zunächst einmal natürlich die lieben Nachbarn und Bekannten aus Hürth. Irgendjemand quatscht immer, so wird es auch dieses Mal sein. Doch bevor er auf Interviewtour geht, braucht er noch mehr Background. Ein Besuch im Redaktionsarchiv ist angesagt, auch wenn das nicht gerade seine Lieblingsbeschäftigung ist.

Er trägt sein Tablett zur Geschirrrückgabe und entscheidet sich in Anbetracht des Extra-Desserts für die Treppe, um in den Archivkeller zu gelangen. Das dumpfe Brummen der Klimaanlage begrüßt ihn. Er schaltet das

Deckenlicht ein, das trübe wirkt, eine der Neonröhren kriegt die Kurve nicht richtig, flackert und flackert, begleitet von einem nervtötenden Sirren. Willkommen in der Steinzeit! Er sieht sich um. Stahlschränke und Regale, Hängeregistraturen stehen hier dicht an dicht. Früher gab es wohl jemanden, der das Papierarchiv der Redaktion betreute und über dessen Ordnung wachte, aber dieser Job wurde, wie so viele andere in den Medien, schon vor Jahren wegrationalisiert.

René Zobel studiert den Archivplan, den der ehemals zuständige Kollege offenbar mit großer Hingabe angefertigt hat, und macht sich auf den Weg zwischen die übermannshohen Regale. 1986. Das war der Sommer, bevor er eingeschult wurde. Die DDR existierte noch, die Sowjetunion, an ein wiedervereinigtes Deutschland mit einer Mecklenburger Pfarrerstochter als Bundeskanzlerin war nicht zu denken. 1986 – Bingo! Da ist der Schrank schon. Staub wölkt auf, als er die KURIER-Ausgaben vom Juli aus ihrem Schuber zieht. Er hustet. Archivsuche analog – was für ein Mist! Bei ihm zu Hause hat Staub keine Chance, da liegt Laminat, und Papier gibt es nur in kleinstmöglichen Mengen. Zwei Zimmer, Küche, Bad, zentrale Lage, maximal 500 warm und bloß keine Staubfänger wie Vorhänge oder Teppiche, das waren seine Kriterien bei der Wohnungswahl, und das hat er bekommen. Dass sein Heim deshalb direkt über dem Barbarossaplatz liegt, ist ihm egal, auch wenn der nachweislich der lauteste und wohl auch hässlichste Platz in ganz Köln ist, was bei der gründlich vermurksten Nachkriegsarchitektur und Chaosverkehrsplanung der rheinischen Metropole schon etwas heißen will.

Er blättert durch die Zeitungen und niest, seine Augen jucken. Bestimmt sieht er binnen fünf Minuten wie ein rotäugiges Karnickel aus. Es ist schon ein ziemlich abgefahrener Witz, dass ausgerechnet er, der Zeitungsmann und angehende Top-Bestseller-Autor, gegen Staub und ganz besonders gegen Papierstaub allergisch ist. 19. Juli, na also, es geht doch. Der erste Report zum Todeshaus. Er fischt die Zeitung und ihre Folgeausgaben aus dem Schuber und breitet sie eine neben der anderen auf dem dafür vorgesehenen Tisch am Ende der Regalreihen aus. ›Blutbad in Hürth!‹. ›Todeshaus‹. ›Sohn ist flüchtig‹. ›War es der Sohn?‹. Tatsächlich hatte Rufus Feger persönlich berichtet. René Zobel überfliegt die Artikel des Altmeisters und bewundert einmal mehr dessen Stil. Die meisten Leute glauben, kurze Sätze zu schreiben sei leicht, ja sogar primitiv. Bildzeitungsstil nennen sie das despektierlich. Dabei ist es eine hohe Kunst, die höchste sogar, einen hochkomplexen Sachverhalt prägnant und verständlich darzustellen. Reduktion auf das Wesentliche. Knappe Sätze. Starke Bilder. Die genau richtigen Worte wählen. Oft nicht mehr als fünf, maximal zehn in einem Satz. Je leichter und lockerer das beim Lesen wirkt, desto anstrengender war das Schreiben, das ist nun mal so. Aber wenn man sein Handwerk beherrscht wie der große Feger, fressen einem die Leser zum Dank aus der Hand, dann reißt man sie in einen regelrechten Sog, zwingt sie dahin, wo man sie hinhaben will, lässt sie nicht mehr los.

Einen flüchtigen Augenblick lang denkt er an Judith Krieger, die sich immer noch weigert, mit ihm zu sprechen, und so tut, als sei der KURIER eine Art Schmuddelporno, keinen Blick wert. Doch Frau Kommissarin wird ihre Meinung noch ändern, bald sogar, nach all der Ziererei wird sie doch noch mit ihm kooperieren, ja, sie wird ihn sogar darum bitten, sie wird ihm noch dankbar sein für seine Informationen.

1986. Die Urlaubsreisen mit seinen Eltern fallen ihm ein. Zelt, Schlauchboot, Gepäck im Kofferraum des Taunus, vorne die Eltern, auf der Rückbank er und sein nerviger kleiner Bruder. Und dann ab durch die Mitte, immer nachts, die große Fahrt über die Alpen, runter nach Italien. Er sieht noch die riesigen Straßenkarten, mit denen seine Mutter auf dem Beifahrersitz hantierte. Immer falsch gefaltet, immer war die Abzweigung, nach der sie suchte, direkt hinter dem Knick oder gerade durch diesen Knick völlig unleserlich. Einmal waren sie auch liegen geblieben, mitten in der Nacht, irgendwo in den Bergen hinter dem Brenner, *in the middle of nowhere.* Handys gab's damals noch nicht, also hatten sie auch nichts vermisst. Sie hatten einfach gewartet, Wurstbrote gefuttert und Hagebuttentee aus der Thermoskanne getrunken, was eigentlich als ihr Frühstück gedacht war. Ein nächtliches Abenteuer. Bis es irgendwann dämmerte und ein Bäuerchen auf einem Trecker angezuckelt kam und sie ins nächste Dorf abschleppte.

War das tatsächlich im Sommer 1986 gewesen oder ein Jahr davor, oder später? Egal, völlig egal. Er zieht die Nase hoch und konzentriert sich wieder auf die Artikel. Zuerst hatte Rufus Feger täglich berichtet: Eine verschwundene Familie. Blut. Keine Leichen. Die Suche nach dem Sohn, die Suche nach den Leichen, die Verhaftung des Sohns Jonas V. Ab August wurden die Abstände dann größer und die Reportagen zum Todeshaus kleiner, sie rutschten immer weiter nach hinten im Blatt, wurden von Kurzmeldungen abgelöst. Obwohl, halt, da, am 15. September hatte Feger unter der Überschrift »Jonas V. weiter in U-Haft« die Frage aufgeworfen, ob dieser womöglich unschuldig sei. Feger hatte spekuliert, ob es in der Vergangenheit des Vaters Hans V. nicht vielleicht etwas gäbe,

was einen Mörder dazu bewegen könnte, die Familie auszulöschen. Ein historisches Schwarz-Weiß- Foto, das einen
jungen Hans V. im Kreise großäugiger Kinder vor einem
Fachwerkhaus zeigt, diente zur Illustration. Zobel beugt
sich tiefer über das Foto. *Haus Frohsinn* steht über dem
Eingang. ›Hans V. mit Heimkindern in den 60er Jahren‹
lautet die Bildunterschrift. Direkt daneben ist das Interview mit einer Erna H., 69, abgedruckt. Einer ehemaligen
Erzieherin aus dem Heim. ›Die Kinder haben ihn geliebt‹,
beteuert die. ›Er war wie ein Vater für sie, hat das Heim
mit großer Umsicht geleitet‹, blablabla. René Zobel durch-
blättert weitere Ausgaben. Andere Zeugen aus dieser Ära
gab es offenbar nicht. Oder sie hatten alle das Gleiche
gesagt, jedenfalls hatte Feger nicht weiter über das Heim
berichtet.

Ob diese Erna noch lebt? Vermutlich nicht, und falls
doch, dürfte sie mittlerweile wohl senil sein. Aber das
Foto ist interessant. Irgendwo hier im Archiv muss es
noch das Original dazu geben, zumindest einen Abzug
davon, und – so gründlich, wie Rufus Feger immer war –
noch weitere Fotos. René Zobel kopiert die Artikel,
bringt sie wieder an ihren Platz und macht sich auf in den
hinteren Teil, wo die Quellen verwahrt werden. Das wird
Hardcore für seine gebeutelten Schleimhäute, das weiß er
aus Erfahrung. Er putzt sich die Nase, die davon völlig
unbeeindruckt sofort weitertrieft. Oben im Schreibtisch
hat er eventuell noch ein Antiallergikum, aber jetzt ist
es eh schon zu spät, je schneller er das hier hinter sich
bringt, desto besser. Kartons und lose Papiere quellen
ihm aus dem 1986er-Schrank entgegen, noch mehr Staub
wirbelt auf. Ein paar gammelige Fotos segeln zu Boden.
Vergilbte Papiere. Nichts ist so alt wie die Zeitung von
gestern. Er grinst, als er an diesen Journalisten-Leitspruch

denkt. Stimmt natürlich, aber im Gegensatz zu diesem alten Krempel hier ist die Zeitung von gestern heutzutage immer nur ein paar Mausklicks entfernt. Eine Tatsache, die gerade Promis und Politikern gar nicht behagt, denn so ist es ein Kinderspiel, sie jederzeit mit ihren Meinungen, Affären, Versprechen und Kehrtwenden von gestern zu konfrontieren – und natürlich mit den entsprechenden Fotos.

Aber es geht auch anders, in mühsamer Handarbeit, so wie früher. Erstaunlich eigentlich, dass auch in diesem Papier-Quellenarchiv Ordnung herrscht. Der alte Krempel mieft und staubt zwar, aber die Kladden und Kisten sind tatsächlich zutreffend beschriftet. Mai 1986, Juni, Juli. Er wischt mit dem Unterarm über seine tränenden Augen. August, September, Oktober. Immer noch nichts. Wieso eigentlich – zu jeder anderen Story ist hier doch auch alles abgelegt? Aber vielleicht hat Rufus Feger ja noch länger berichtet und seine Quellen erst später abgelegt. Er nimmt den November und den Dezember in Angriff. Dann das Jahr 1987. '88. '89. Springt sogar zurück nach 1985 und '84. Nichts, gar nichts. Nicht ein winziges Fitzelchen zum Todeshaus findet sich zwischen all den Quellen, auch nach zwei weiteren Suchdurchgängen nicht.

Hustend richtet René Zobel sich auf. Jemand hat die Quellen zum Todeshaus einkassiert. Oder vernichtet. Es gibt keine andere Erklärung dafür. Wer? Wann? Warum? Die klassischen W-Fragen jeder journalistischen Grundausbildung hämmern ein wüstes Stakkato hinter seiner Stirn.

*　*　*

Der Fall ist in Bewegung gekommen, wird immer verzwickter. Jeder noch so kleine Fortschritt wirft sofort eine Reihe neuer Fragen auf. Nachdem Kollegin Krieger zu ihrer Jetsettour aufgebrochen ist, hat er es auch nicht mehr lange am Schreibtisch ausgehalten. Stattdessen ist er nochmals zu den Überresten der ehemaligen Wirkungsstätte Hans Vollenweiders in die Eifel gefahren und dann gleich weiter nach Euskirchen zum Jugendamt, der für das Kinderheim verantwortlichen Behörde, wo er an eine optisch durchaus nicht unattraktive und einigermaßen hilfreiche Mitarbeiterin namens Elke Schwab geriet. Das Kinderheim Haus Frohsinn existierte bereits seit 1934, gab sie unumwunden zu. Und ja, auch nachdem die Nationalsozialisten nicht mehr das Sagen hatten, sei dort nicht alles in Ordnung gewesen, ganz im Gegenteil, schwarze Pädagogik sage man heute dazu. Doch das treffe nicht nur auf das Haus Frohsinn zu, sondern auch auf die gut 3000 anderen Kinderheime, die es nach 1945 in Deutschland gegeben habe, egal, ob die unter staatlicher oder kirchlicher Leitung gestanden hätten. Was dann folgte, war ein Gewalttritt durch ein rabenschwarzes Kapitel deutscher Nachkriegsgeschichte. Ein Morast aus Misshandlungen und Ausbeutung unter Leitung pädagogisch ungeschulten Personals tat sich vor ihm auf. Und zum krönenden Abschluss eröffnete Elke Schwab ihm dann noch, dass bei dem Brand 1981 nicht nur das Heimgebäude, sondern auch Personalakten und Chroniken vernichtet worden seien, weil man nach der Schließung des Heims schlicht versäumt habe, diese sicherzustellen.

Manni wirft die Unterlagen, die die Schwab für ihn kopiert hat, auf den Beifahrersitz, lässt den Motor an und gibt Gas, jagt den Mondeo zurück auf die Autobahn. Die Scheiße dampft, dampft ganz gewaltig, was das Haus

Frohsinn und Hans Vollenweider angeht. Ist es denkbar, dass einer der ehemaligen Zöglinge sich an der Familie des ehemaligen Heimleiters rächen will, hat er Elke Schwab gefragt. Ja, absolut, lautete ihre Antwort. Einige der Jungen, die in dem Heim lebten, galten als sogenannte schwierige Klientel. Jungen, die niemand hätte haben wollen, seien das gewesen. Kaputte Kinder, verstoßen, vergessen, ins Heim abgeschoben, wo man versuchte, sie mittels Zucht und Drill wie in alten Zeiten umzuerziehen, und wenn das nicht gelang, zumindest zu verwahren und als billige Arbeitskräfte zu verdingen.

Er erreicht den Kölner Autobahnring und wenig später das Präsidium. Über 400 Jungen haben bis zur Schließung 1981 im Haus Frohsinn gelebt. Teils für Jahre, teils nur für einige Monate. Über 400 inzwischen längst erwachsene und in alle Himmelsrichtungen verstreute Männer, die man auffinden und befragen muss, falls sie nicht doch noch einen anderen Hinweis auf den Täter finden. Aber was das angeht, sieht es mager aus. Die Kriminaltechniker sind noch immer nicht mit der Auswertung der Spuren fertig und können mit keinerlei neuen Erkenntnissen dienen. Es ist wie verhext, als ob dieser Täter nicht existiert. Aber das ist natürlich Unsinn. Es gibt ihn. Es gibt schließlich auch seine Taten. Die Tatorte. Die Opfer und nun endlich auch ein plausibles Motiv. Es ist völlig unmöglich, dass er nicht doch einen Fehler gemacht hat, der ihn überführt. Vorerst hat er die Nase allerdings vorn, und wie um ihnen zu beweisen, wie doof sie sind, schickt er ihnen auch noch ominöse Briefe mit Fotos. Warum das, und warum adressiert er die ausgerechnet an Judith Krieger? Noch so eine Frage, die sich nicht beantworten lässt. Noch so eine Frage, die sie aber dennoch ganz dringend beantworten müssen.

Oben im KK 11 tippt Manni einen ersten Bericht und bringt den Antrag auf einen Durchsuchungsbeschluss auf den Weg, damit sie möglichst schnell Zugriff auf die Personaldaten des Jugendamts bekommen, die die Schwab nicht herausrücken wollte. Danach holt er sich eine große Flasche Cola, legt die Füße auf den Schreibtisch und überfliegt die Kopien, die sie ihm mitgegeben hat: eine Artikelserie aus dem Magazin *Spiegel* und den Entwurf einer Studie, die der Landschaftsverband Rheinland in Auftrag gegeben hat, um die Geschichte der Heime aufzuarbeiten.

Das alles fängt ja gerade erst an, hat Elke Schwab erklärt, man hatte von den Missständen in den Heimen ja lange nichts gewusst. Erst seit ganz kurzer Zeit brechen einige ehemalige Heimkinder ihr Schweigen. So ist das eben bei Traumata, die Seele braucht Jahre, meist sogar Jahrzehnte, die Verletzungen zu verwinden. Zuerst geht es einfach ums Überleben, man steht unter Schock, ist nicht in der Lage zu reflektieren, was einem geschah, drängt es beiseite, macht einfach weiter. Das trifft doch auf die Kriegsgeneration genauso zu. Jetzt werden die alt, auf einmal kommen Erinnerungen hoch, sie weinen plötzlich und reden drüber, was ihnen damals geschehen ist. Oder auch nicht, denkt Manni, und dann geht es trotzdem irgendwann nicht mehr, dann platzen die alten Wunden auf, entladen sich in Gewalt. Solche Storys hat er schon in zig Vernehmungen gehört.

Rastlosigkeit treibt ihn wieder raus aus dem Büro, zurück in den Wagen. Der Tag geht zu Ende, ohne dass sie wesentlich weitergekommen sind. Vielleicht wird es morgen einen Durchbruch geben, vielleicht finden die Kriminaltechniker doch noch etwas, vielleicht sagt Lea Wenzel auf Samos der Krieger irgendetwas, das sie weiterbringt.

If you love me, I'll make you the star of my universe.
Wieder läuft dieser Song im Radio, zum dritten Mal seit gestern schon, fast wie der Soundtrack in einem Roadmovie kommt ihm das vor. Er fädelt sich in den Verkehr Richtung Severinsbrücke, erreicht Sonjas Wohnung in fünf Minuten. Sie öffnet nicht auf sein Klingeln, geht auch nicht an ihr Handy. Seit Sonntag hat er sich nicht mehr bei ihr gemeldet, seitdem steht seine Antwort auf ihre Frage noch aus, auf einmal wird ihm das klar. Seine Antwort, die ihm noch immer nicht über die Lippen will. Er dreht sich um, will wieder gehen, als der Türöffner doch noch summt. Der Anflug von Erleichterung zerplatzt jäh und wandelt sich in etwas, das er lieber nicht genau definieren will. Manni stößt die Haustür auf und nimmt die Treppen zu Sonjas Etage im Laufschritt.

Sie sieht schrecklich aus, fix und fertig und übernächtigt. Ihre Haare sind strähnig, die Augen verquollen und rot, als hätte sie stundenlang geheult.

»Sonni, verdammt, was ist passiert?«

»Ich schaff das nicht.« Sie tastet nach der Wand, lehnt sich dagegen. »Muttersein, Scheiße, wie soll das gehen?«

Bleib. Bleib jetzt hier. Irgendeine Stimme, die er so nicht kennt, befiehlt ihm das. Langsam, ganz vorsichtig, zieht er Sonja in seine Arme. Fühlt, wie sie sich erst steif macht, fühlt, wie sie dann doch nachgibt und zu zittern beginnt.

›Leben‹. Das hat er der Krieger nicht gesagt. Dass das chinesische Zeichen auf seinem Arm einfach Leben bedeutet. Dass es Sonjas Zeichen ist. Sein Bekenntnis zu ihr. Doch als er es tätowieren ließ, hatte er nicht an ein Kind gedacht, hatte das nicht geplant, genauso wenig wie Sonja.

Es ist stickig hier in der Wohnung. Viel zu warm. Viel zu düster. Draußen vor dem Fenster reflektiert die Abendsonne im Laub der Platanen, jemand ruft etwas auf der Straße, lacht und hupt.

»Du musst hier mal raus, Sonni, du brauchst frische Luft.«

»Ich kann nicht.«

Er legt den Arm um sie, schiebt sie wieder Richtung Tür.

»Hast du heute schon was gegessen?«

»Nicht richtig.« Sie schluchzt auf, wischt mit dem Handgelenk über ihre Augen. Tastet nach ihrem Bauch.

Also Pizza, entscheidet er. Pizza zum Mitnehmen in den Park, alkoholfreies Weizenbier, eine Tüte Gummibärchen und eine Decke. Er lotst Sonja die Treppe runter, ins Auto und wieder raus, als sie am Volksgarten sind. Er führt sie mitten hinein ins pralle Stadtsommerleben, mitten ins Gewimmel leicht bekleideter Menschen, die auf der Wiese herumlümmeln, Bier trinken, grillen, Ball spielen, jonglieren, lachen, lesen, auf Bongos eindreschen oder mit Tretbooten auf dem Volksgartenteich rumkurven. Er fasst Sonja fester, dirigiert sie am knallvollen Biergarten vorbei zu einem einigermaßen ungestörten Plätzchen am Ufer des Teichs und breitet die Decke aus.

»Los, setz dich hin, häng die Füße ins Wasser.«

»In diese Brühe?«

»Es ist nass. Und kühl.« Er taucht die Hand rein und macht ein Werbeonkelgesicht.

Sie zögert, schnickt dann doch ihre Flip-Flops beiseite.

Er setzt sich so, dass sie sich an ihn lehnen kann, öffnet die Pizzakartons, reicht ihr ein Stück, merkt auf einmal, wie hungrig er selber ist. Spinat und viel Knoblauch. Sonjas Lieblingspizza. Er schlingt selbst ein Stück herunter, reicht ihr das nächste. Öffnet ein Bier für sie, dann für sich selbst.

»Du wirst fantastisch sein«, sagt er ihr ins Ohr.

Sie beißt ein großes Stück von ihrer Pizza ab. Kaut. Dreht sich halb zu ihm herum und mustert ihn.

»Woher willst du das wissen?«

»Ich weiß es eben. Du wirst fantastisch sein. Ganz genau richtig für unser Kind.«

Unser Kind. Der hellblaue Nachttopf mit dem roten Auto fällt ihm ein, den seine Mutter all die Jahre aufgehoben hat. Das Gebrüll seines Vaters, wenn es mit dem Nachttopf nicht klappte, mit dem Schlafen, mit dem Essen, mit dem Mundhalten beim Fernsehen.

Rund 800000 Kinder wuchsen im Westdeutschland der Nachkriegszeit in Heimen auf. Vielleicht sogar noch mehr. Fast eine Million Kinder und Jugendliche, die niemand wollte, weder ihre Eltern noch die Gesellschaft, und die bis weit in die 60er-Jahre hinein und oft auch noch länger der Willkür ihrer Erzieher ausgeliefert waren, ohne Lobby, ohne Perspektive. Eine Million. Eine ungeheure Zahl. Er hat nichts davon gewusst. Nie davon gehört. Eine Parallelrealität.

Er erzählt Sonja davon, nachdem sie die Pizza aufgegessen haben. Sie liegt ausgestreckt vor ihm, ihr Kopf auf seinem Oberschenkel. Sie streichelt ihren Bauch, hört ihm zu, fragt die richtigen Dinge. Sie sieht jetzt wieder besser aus, die Farbe ist in ihr Gesicht zurückgekehrt, vielleicht auch die Hoffnung.

»Du hast mich gerade gerettet, Fredo, weißt du das?«, sagt sie, als er mit seinem Bericht zu Ende ist.

Er reißt die Gummibärchen-Tüte auf und legt sie auf ihren Bauch. Sie sucht sich systematisch ein paar rote raus, wechselt dann zu weiß, grün und orange. Nur die gelben lässt sie für ihn drin, bloß weil er ihr mal erzählt hat, dass er die schon als Kind am liebsten mochte, egal,

wie sehr sein Vater versucht hat, ihm diese ›Marotte‹ abzugewöhnen.

Er trinkt einen langen Schluck Bier. Es schäumt und
kitzelt in seiner Kehle. Er wirft ein paar gelbe Gummibärchen dazu. Süß und herb. Gut.

»Schwangerenirrsinn«, sagt Sonja und seufzt.

Sein Hirn macht einen Satz vorwärts. Sieht sie zu dritt
hier, das Kind, das jetzt noch ein Flattern unter Sonjas
Haut ist, in ihrer Mitte, als Säugling, als Krabbelkind, das
sie daran hindern, im Teich zu ertrinken. Als Schulkind.
Die glückliche Familie. Kitsch, alles Kitsch, oder etwa
nicht?

Wieder denkt er an Hans Vollenweider. Wie es für ihn
gewesen sein muss. Als 15-Jähriger im Krieg, die Mutter
verhungert, die Brüder und der Vater bereits gefallen, die
Heimatstadt Köln ein Trümmerfeld, in dem Psychowracks
ums Überleben kämpften. Ausgebombte und Traumati-
sierte. Ex-Nazis. Ex-Judenhasser, Ex-Soldaten. Heimatlos,
führerlos, alles verloren. Er versucht sich vorzustellen, wie
es gewesen sein muss, in dieser Zeit ins Heim eingewiesen
zu werden, in dem noch der Geist der Nationalsozialisten
regierte: Gehorchen. Parieren. Keine Flausen im Kopf haben. Feldarbeit leisten, in der Schlachterei aushelfen, in
der Wäscherei, ohne Ausbildung, ohne Bezahlung, ohne
Anerkennung. Verrohung, hatte Elke Schwab gesagt. Gewalt löst Gewalt aus, so ist das eben.

Er stellt sich denselben Mann ein paar Jahre später vor.
Als Gruppenleiter, dann als Heimleiter und Vater. Sieht
die düstere Eichenschrankwand in Hürth vor sich. Die
blickdichten Gardinen. Er denkt an den Sohn, Jonas, der
es dort nicht mehr aushielt und ausbrach. Er denkt an all
die namenlosen Jungen aus dem Heim, die vielleicht nicht
die Kraft hatten, sich zu wehren.

»Wieso schickt er euch die Fotos, was glaubst du?«, fragt Sonja in seine Gedanken.

»Weil er Aufmerksamkeit will.« Manni trinkt sein Bier aus und schiebt die leere Flasche in die Tüte mit den Pizzakartons.

»Für sein Schicksal, meinst du?« Sonja runzelt die Stirn. »Aber warum schickt er euch dann keine Fotos vom Heim?«

»Shit!« Er starrt sie an, greift nach seinem Handy.

Was würdest du tun, nachdem du den Mann, der dein Leben zerstört hat, getötet hast? Wo würdest du ihn begraben? Die Antwort scheint auf einmal sonnenklar: Du würdest ihn dort begraben, wo er dich gequält hat. An dem Ort, den du auch schon vernichtet hast.

*   *   *

Unwirklichkeit. Sie sitzt zwischen erwartungsfrohen Urlaubern in einem Ferienflieger. Mitten in einer Ermittlung. Mit Jesuslatschen an den Füßen. Judith bewegt ihre nackten Zehen. Sie konnte nicht widerstehen, hat noch vor dem Einchecken ihre Converse-Chucks gegen die Lederschlappen getauscht. Jesuslatschen, wahrhaftig. Zum letzten Mal hat sie die vor zwei Jahren auf Korfu getragen, in dem ersten und einzigen Urlaub mit Martin. Martin, der sie heiraten wollte und glücklich machen. Aber sie wollte kein Reihenhaus und auch kein Kind, kein Leben mit ihm. Martin war für sie da gewesen, nach Patricks Tod, sie hatte ihn gebraucht, aber sie hatte ihn nicht geliebt. Sie hatte dennoch eine Weile gehofft, dass es anders wäre. Sie trinkt einen Schluck Weißwein, um das labbrige Käsesandwich, das die Stewardessen spendiert haben, runterzuspülen. Weißwein im Dienst und Gedanken an verflossene Liebhaber, zum Wohl, Frau Hauptkommissarin. Judith unterdrückt ein Lächeln und streckt die Beine aus, so gut es geht. Tief unten im diesigen Blau schwimmen winzige Inseln, vielleicht sind sie bewohnt, vielleicht auch nicht, aus dieser Höhe betrachtet, geben sie es nicht preis. Sie sehnt sich auf einmal nach Karl, sehnt sich danach, eine ganz normale Touristin zu sein, die mit ihrem Freund in den Sommerurlaub fliegt, nicht eine Polizistin, deren Aufgabe es ist, eine trauernde, hochschwangere Witwe mit Fragen zu malträtieren. Mit Karl war von Anfang an so viel mehr möglich als mit Martin. Kein Kind, das nicht, das will weder sie noch er, aber ein Leben. Sie trinkt ihren Wein aus und schließt die Augen. Das Meer, das Meer, wann war sie eigentlich zum letzten Mal am Meer?

Sie muss eingeschlafen sein, denn als sie die Augen wieder öffnet, beginnt das Flugzeug bereits zu sinken, und die Stewardessen sammeln die Becher und Sandwichverpackungen ein. Sie presst die Stirn an die Fensterscheibe. Wieder taucht unten eine Insel auf, dunkel gefältelt, wie der Rücken eines Fabeltiers. Licht gleißt darüber, goldenes Abendlicht. Sie stellt ihre Uhr eine Stunde vor, auf die griechische Zeit. Warum ist Jonas Vollenweider ausgerechnet nach Samos gezogen, und warum hat der Täter ihn nicht bis dorthin verfolgt? Will oder kann er nicht reisen? Auch das ist ein Rätsel, eines von vielen. Das Flugzeug sinkt jetzt sehr schnell, dreht eine Schleife über dem Meer, überfliegt Olivenhaine, setzt dann auf dem Boden auf.

Hitze hüllt sie ein, sobald sie das Flugzeug verlässt, eine ganz andere Hitze als die stickige Schwüle, die für die Kölner Sommer so typisch ist. Die Luft ist sehr weich und würzig, und der Wind kommt vom Meer her, das unmittelbar hinter der Landebahn liegt. Judith schultert ihren Rucksack und folgt den Urlaubern zum Flachbau des

Flughafengebäudes. Woran hat Jonas Vollenweider gedacht, als er hier vergangene Woche zu seiner letzten Reise aufbrach? Hat er geahnt, dass er mit dem Verkauf seines Elternhauses die alten Dämonen zum Leben erweckt? Vielleicht kann Lea Wenzel diese Frage beantworten, diese und viele andere. Wenn sie ansprechbar ist. Wenn sie bereit ist, zu sprechen, trotz all ihrer Trauer. Wenn sie überhaupt etwas über Jonas' Vergangenheit weiß.

Judith läuft an den Gepäckbändern vorbei zu dem Ausgang, der für EU-Bürger vorgesehen ist. Niemand kontrolliert ihren Pass, ein gelangweilter Zollbeamter schenkt ihr keine Beachtung. Wie viele Flugzeuge starten und landen hier pro Tag? Selbst wenn sie die Identität des Täters kennen würden, dürfte es schier unmöglich sein, festzustellen, ob er in den letzten 20 Jahren jemals auf diese Insel kam. In der Ankunftshalle stehen lächelnde Reiseleiterinnen mit den Logos diverser Touristikunternehmen Spalier. Judith schüttelt den Kopf, läuft an ihnen vorbei. Ferien. Urlaub. Selbst nach drei Stunden Flug, in denen sie sich darauf vorbereiten konnte, auf Samos zu landen, wirkt dieses unschuldige Szenario vollkommen irreal.

»Kommissarin Krieger?«

Die Sprecherin ist zierlich, trägt eine dunkelblaue Uniform und schwarze Schnürstiefel und schiebt sich eine spiegelnde Sonnenbrille ins blonde Haar.

»Maria Damianidi.« Sie drückt Judiths Hand mit überraschend festem Griff und lächelt. »Herzlich willkommen. Ich habe Sie gegoogelt, damit ich Sie gleich erkenne.«

»Sie sprechen hervorragend Deutsch.«

»Meine Mutter ist Deutsche. Ich bin in Hamburg zur Schule gegangen. Deshalb hat man beschlossen, dass ich Sie hier auf Samos begleite.«

Maria Damianidi fasst Judith am Arm und führt sie zu einem Land Rover mit aufmontiertem Blaulicht, schwingt sich auf den Fahrersitz und spricht in schnellem Griechisch in ihr Funkgerät, hört zu, fragt nach, runzelt die Stirn.

»Probleme?«, fragt Judith.

»Nur eine Änderung. Wir fahren direkt nach Limnionas.«

»Warum? Ich dachte, Lea Wenzel sei im Krankenhaus in Samos-Stadt.«

»Da war sie auch, ja.« Maria Damianidi gibt Gas und lenkt den Wagen auf eine schmale Straße, weg vom Meer, auf ein Bergmassiv zu.

»Aber?«

»Sie ist dort nicht mehr, sie hat sich entlassen. Sie hat den Ärzten gesagt, sie wollte nach Hause.«

›Wollte‹, Konjunktiv. Oder Vergangenheit. Judith fühlt, wie ihr Körper sich verspannt, wie dieses latente Gefühl von Bedrohung, das sich während des Flugs nach und nach verflüchtigt hatte, wieder nach ihr greift. Das Gefühl, dass der Täter ganz nah ist, zu nah. Dass er sie beobachtet, dass er ein Spiel mit ihr spielt, das sie weder durchschaut noch gewinnen kann.

Maria Damianidi wirft ihr einen Seitenblick zu. »Ein Kollege ist bereits zu Leas Haus gefahren. Sie wird dort bestimmt sehr bald eintreffen.«

»Das heißt, niemand weiß, wo sie jetzt gerade ist.«

Die Polizistin lacht, wird dann schnell wieder ernst, als sie merkt, dass Judith keine Miene verzieht. »Machen Sie sich bitte keine Sorgen. Hier auf Samos geht man nicht so schnell verloren.«

Keine Sorgen, na klar. Sie ist stundenlang geflogen, um Lea Wenzel zu vernehmen, und kaum ist sie hier, ist diese womöglich wichtigste Zeugin verschwunden. Judiths Handy spielt Queen, auf dem Display erkennt sie die Nummer ihrer Mutter, was die ganze Situation noch weiter ins Absurde treibt. Sie lässt den Anruf auf die Mobilbox leiten, sie braucht diese Nachricht nicht einmal abzuhören, sie weiß auch so, dass ihre Mutter ein weiteres Mal darauf dringt, dass sie am nächsten Freitag nach Frankfurt kommt. Weil es doch der 75. ihres Stiefvaters ist. Weil er doch immer gut zu Judith gewesen ist, sie angenommen hat, ihr seinen Namen gab, sie erzogen hat, unterstützt, ihr das Studium finanziert.

Aus dem Funkgerät quillt erneut Unverständliches. Maria Damianidi antwortet, nickt, zündet sich eine Zigarette an und beginnt mit dem Handy zu telefonieren. Der Tabakrauch macht Judith schwindelig vor Verlangen. Sie dreht den Kopf zum Seitenfenster, weiß nicht, ob sie lachen oder schreien soll. Ist der Täter hier? Ist er Jonas von hier nach Deutschland gefolgt? Hat er nun Lea Wenzel in seine Gewalt gebracht?

Ein paar weiß getünchte Häuser und eine Taverne ziehen an den Autofenstern vorbei, Olivenhaine mit silbrig flirrendem Laub. Dann eine majestätische Kiefer, einsam und windschief, wie in ihrem Traum.

»Ich habe Sie in der Pension meiner Tante einquartiert, direkt am Strand«, sagt Maria Damianidi, als gebe es kein Problem. Und vielleicht stimmt das ja auch, vielleicht sieht sie wirklich Gespenster, vielleicht hatte Lea Wenzel einfach die Nase voll vom Krankenhaus und ist auf dem Heimweg, und es gibt nichts zu fürchten. Sie passieren ein Bergdorf, kurz darauf noch ein zweites, dann gibt die Straße den Blick wieder frei auf das Meer, das nun nicht mehr dunkelblau ist, sondern grauviolett, und der Himmel ist rosa, aber nicht sehr lange, und das ist auch gut so, denkt Judith, sonst würde ich wirklich jeden Sinn für die Realität verlieren.

Es ist schon dunkel, als sie Limnionas erreichen. Wieder krächzt das Funkgerät, und diesmal scheint die Männerstimme aus dem Äther eine gute Nachricht zu überbringen, denn Maria Damianidi lächelt jetzt deutlich entspannter.

»Lea ist in ihrem Haus. Aber sie bittet darum, dass Sie sie erst morgen befragen«, sagt sie zu Judith. »Ich habe gesagt, das ist sicher in Ordnung.«

»Ist jemand bei ihr?«

»Natürlich, ja.« Wieder ein Lächeln.

»Ein Polizist?«

»Glauben Sie, Lea ist in Gefahr?«

»Ich weiß es nicht. Aber ich muss sie dringend befragen. Und ich möchte nicht, dass ihr etwas geschieht.«

Maria Damianidi nickt. Spricht wieder in ihr Funkgerät.

»Die Pension meiner Tante«, verkündet sie dann in fröhlicher Reiseführermanier und lenkt den Land Rover vor ein zweistöckiges Haus mit Balkonen.

Sand knirscht unter Judiths Schuhsohlen, als sie aussteigt. Das Haus liegt tatsächlich direkt am Strand, doch das Meer ist jetzt nichts als Schwärze. Trotzdem kann sie es hören, und sie weiß, dass es irgendwo weit entfernt an einem unsichtbaren Horizont an den Himmel stößt. Eine grauhaarige rundliche Frau in Kittelschürze führt Judith zu ihrem Zimmer im ersten Stock. Es ist einfach und sauber. Ein großes Bett, ein Schrank, ein Kühlschrank mit einer Kochplatte darauf, Geschirr, ein Tisch, zwei Stühle, ein Badezimmer mit Dusche.

Judith öffnet die Terrassentür und tritt auf den Balkon. Eine halbwüchsige Katze springt scheinbar aus dem Nichts auf die steinerne Balustrade und mustert sie prüfend, als kenne sie Judith aus einem früheren Leben und habe sehr lange darauf gewartet, sie wiederzusehen.

»Machen Sie sich in Ruhe frisch, dann gehen wir essen«, ruft Maria vom Hof.

Judith streichelt der Katze über den Kopf, die kein bisschen scheu ist, sondern sich an ihre Hand presst und leise miaut. Sie geht nach drinnen und füllt eine Untertasse mit Wasser, schüttet den Inhalt des Milchportionsdöschens dazu, das sie im Flugzeug eingesteckt hatte, eine alte Gewohnheit von früheren Reisen. Sie trägt den Teller hinaus zu der Katze, die sich, ohne zu zögern, darüber hermacht.

Und vielleicht ist es ja das, worauf es vor allem ankommt: dass man auskostet, was sich an Glück gerade bietet, auch wenn man weiß, wie endlich es ist. Später, nach dem Essen, als Maria Damianidi gefahren ist und sie der Katze dabei zuschaut, wie sie einen der Fischköpfe frisst, die sie aus der Taverne für sie mitgebracht hat, denkt Judith das. Sie öffnet eine Flasche Bier, setzt sich auf einen Stuhl, legt die Füße hoch. Immer noch ist die Luft sehr lau, und der Himmel über ihr ist ein Sternenmeer, sogar die Milchstraße kann sie erkennen. Sie trinkt einen langen Schluck Bier, legt den Kopf in den Nacken. Echt sein. Pur. Ohne Pflichten und Rücksichten. Pures Gefühl. Wie viele Momente dieser Art gibt es in einem erwachsenen, westeuropäischen Leben? Eine Fahrt in den Süden fällt ihr ein. Ihre erste Reise alleine ans Meer. Mit dem Interrail-Ticket bis nach Rijeka und von dort mit der Fähre weiter nach Dubrovnik. Sie hatte auf Deck geschlafen und in die Sterne geschaut, so wie jetzt. Sie weiß sogar noch, wie sie damals aussah, denn es gibt ein Foto von dieser Fährfahrt, das sie mit einem langhaarigen Jugoslawen zeigt, der aus heutiger Perspektive eher ein halbwüchsiger Junge ist. Sie hatten sich eine Flasche Wein geteilt, mitten am Tag, und geraucht und versucht, sich mit Händen und Füßen und ein paar Brocken Englisch ihre Leben zu erklären. Sie weiß noch, wie samtig die Luft war, als sie auf der Insel Korčula von Bord gingen, und dass sie nach Salz und nach Pinienharz roch. Und sie weiß noch genau, wie es war, in der Nacht mit dem Jungen ins Meer zu laufen. Dass sie gelacht hatte vor Glück und Salzwasser geschluckt und sich von den Wellen wiegen ließ. Sie war unschlagbar gewesen, nichts und niemand konnte ihr was, und der Tod war eine abstrakte Größe, nein, er existierte noch nicht für sie, war noch kein Dauergast in ihrem Leben. Und der Junge hatte versucht sie zu küssen, natürlich hatte er das, nicht nur das … aber sie hatte nichts von ihm gewollt als diesen Augenblick, genau so, wie er war, und er hatte das akzeptiert.

Die Katze ist jetzt mit dem Fischkopf fertig, putzt sich ausgiebig und springt auf Judiths Schoß.

»Mach's dir nicht zu gemütlich, ich geh gleich ins Bett«, sagt Judith und streicht ihr übers Fell.

Die Katze antwortet leise und beginnt mit den Vorderpfoten zu treten, rollt sich dann zusammen, ihr kleiner Körper vibriert. Offenbar ist sie wild entschlossen, Judiths Ansage zu ignorieren.

Judith lächelt. Auf einmal ist sie sehr froh, dass sie hier ist, und die Sorge um Lea erscheint völlig unbegründet, ja fast hysterisch, eine Überreaktion.

»Es wird schon gutgehen«, sagt sie zu der Katze und gähnt. »Es ist alles in Ordnung. Du wirst sehen.«

* * *

Etwas ist anders in dieser Nacht. Er kann nicht sagen, was, hat keinerlei Anhaltspunkt dafür, und doch ist es da, dieses miese Gefühl. Sitzt ihm im Nacken und belauert ihn. Er hält den Atem an und horcht in die Dunkelheit, die heute kompakter zu sein scheint als in den Nächten zuvor, greifbar beinahe. Als sei sie ein Wesen, das zwischen den Baumstämmen hockt, bereit, ihn zu ersticken. Jetzt reicht's aber wirklich, Eric, Himmel, Arsch und Zwirn. Hier ist niemand außer dir, niemand und nichts. Nur die Gebeine von ein paar toten Soldaten unter der Erde, einem zumindest, und das zu beweisen, bist du hier. Er checkt seine Position auf dem GPS-Gerät und wendet sich nach links, dorthin, wo er den Skelettfuß gefunden hat. *A man's gotta do, what a man's gotta do.* Wer hat das noch mal gesungen oder gesagt? Es fällt ihm nicht ein, und es ist auch egal. Der Satz begleitet ihn, wiederholt sich im Takt seiner Schritte, und er ist schlicht wahr. Handeln muss er, sich Gewissheit verschaffen, ob er tatsächlich auf einen toten Soldaten gestoßen ist, das ist die einzige Lösung für sein Dilemma, das hat er im Laufe des Tages kapiert.

Noch 300 Meter trennen ihn von der Stelle. Der Spaten hängt an seinem Gürtel, daneben die Lampe, der Deus ist einsatzbereit und voll geladen. Schön wird das nicht, aber was sein muss, muss sein. Irgendeinen Hinweis auf die Identität des toten Soldaten wird der Deus schon noch finden. Einen Jackenknopf zum Beispiel. Oder ein Einheitsabzeichen, so wie letzten Sommer auf dem Acker, wo er legal mit Kurt unterwegs war. *100th Engineer Battallon, 34th Division* stand da drauf, eine US-Army-Einheit aus South Dakota, die im Zweiten Weltkrieg in Europa im Einsatz war, wie ihm Google verriet. Es gab sogar einen Link zu einer Veteranenseite, die die Nachkommen der Hinterbliebenen in den USA ins Internet gestellt hatten.

Da konnte man nachlesen, dass die meisten Jungs dieser Division bereits in Italien gefallen waren, nur die wenigsten hatten es bis nach Deutschland und dort ins Rhein-Main-Gebiet geschafft. Und einer hatte dann hier sein Abzeichen verloren – und aller Wahrscheinlichkeit nach auch sein Leben.

Etwas knackt hinter ihm, splittert und raschelt, es klingt fast wie Schritte. Er fährt herum, versucht etwas zu erkennen. Der Schatten der Büsche wirkt seltsam verzerrt, und da ist so ein Glitzern, wie das Weiß von Pupillen. Er tastet nach der Lampe, atmet durch, knipst sie an. Nichts, gar nichts. Nur Gesträuch und Bäume und drum herum Schwärze.

Er kontrolliert seine Position. Nur noch wenige Meter. Wieso ist er heute so nervös? Etwas surrt an seinem Ohr. Er schlägt danach, blind. Verfluchte Scheißmücken, Herrgott noch mal. Kurt ist schuld, dass er so durch den Wind ist. Seine komischen Blicke, seine Fragen, sein Gerede von dem Schild. Ist Kurt ihm etwa gefolgt, will ihn hier quasi in flagranti ertappen? Quatsch, das ist Quatsch. Er war noch verdammt viel vorsichtiger als die letzten Male. Falls ihm jemand gefolgt ist, das hätte er bemerkt.

Er wischt sich den Schweiß von der Stirn und leuchtet über den Boden. Er ist am Ziel. Die Stelle, wo er den Fuß gefunden hat, springt ihm sofort ins Auge. Jeder Depp kann erkennen, dass hier jemand gegraben hat. Sollte jemals ein Polizist hier herumlatschen, wird der in null Komma nix auch die anderen Grablöcher finden. Besser also, wenn das niemals geschieht. Und dafür wird er jetzt sorgen. Sich Klarheit verschaffen. Gewissheit. Und wenn er die hat, kann Kurt so viel rumnerven, wie er will, das ist dann egal. Sie können ja auch mal wieder zusammen auf Tour gehen, ganz legal, so wie früher, und hier im Steiner

Wald kann in Frieden Gras über seinen kleinen Fehltritt wachsen, auch wenn das *darkcave* natürlich nicht schmecken wird.

Er kniet sich hin und positioniert die Lampe so, dass sie die Stelle anleuchtet, an der er gleich graben wird. Wieder raschelt etwas hinter ihm. Instinktiv dreht er sich herum, kann jedoch ohne Lampe überhaupt nichts erkennen. Schwarz, nur schwarz, alles ist still. Unnatürlich still, als halte jemand den Atem an.

Jetzt reg dich mal ab, Eric, krieg dich mal ein. Wenn hier was raschelt, dann irgendein Viech. Aber warum ist das dann nun, wo er hinguckt, völlig starr? So sind Tiere doch nicht, so berechnend, so schlau?

Dort ist ein Mensch. Sein Instinkt sagt ihm das, und schon hört er im Gebüsch ein metallisches Klicken.

Sabine. Die Kinder. Er muss die Lampe ausschalten. Er greift nach ihr, wirft sich darauf. Ohne zu denken, ohne zu zögern. Wie laut so ein Schuss ist, wie verdammt laut.

Du verstehst nichts, verstehst überhaupt nichts. Ich bin enttäuscht von Dir, nein, ich bin wütend! Warum bist Du so blind? Dein Kollege ist viel weiter als Du, er hat bereits etwas Wesentliches begriffen.

Und Du, was tust Du? Du fliegst zu ihr, dieser Frau, die sein Kind im Leib trägt. Gut, ich gebe es zu: Vielleicht ist es auch das, was mich wütend macht. Du bist einfach weg, und ich habe nicht einmal gewusst, dass sie schwanger ist. Damit habe ich nicht gerechnet. Das habe ich nicht mal geahnt. Wut hüllt mich ein wie flüssiges Blei. Es hört nicht auf, hört einfach nicht auf. Das lässt alles noch einmal in neuem Licht erscheinen.

Es wird nun noch schwerer, das musst Du verstehen. Was ich zu tun habe, wird wehtun. Nicht nur mir. Auch Dir.

Keine Kerzen heute für Dich, keine Rosen. Ich habe Dir vertraut, und Du lässt mich im Stich, lässt mich wieder im Stich.

Mittwoch, 5. August

Sie erwacht mit dem Gefühl reinen Glücks. Vom Balkon aus kann sie die Bucht überblicken. Den hellen Strand mit den ordentlich aufgereihten Liegen und Schirmen, einige wenige Pensionen und Tavernen, die Olivenhaine, die die Bucht umschließen, das Bergmassiv des Kerkis, das sich dahinter erhebt. 5:30 Uhr erst, aber sie fühlt sich wie neugeboren, zum ersten Mal seit langem hat sie nichts geträumt. Sie zieht den Bikini an, den sie in Deutschland in letzter Sekunde eingesteckt hat, wirft sich ein Badetuch über die Schulter und läuft zum Strand. Der Sand unter ihren Füßen ist kühl. Ein paar Boote dümpeln am Ufer, das Meer schimmert silbrig und ist so klar, dass sie Fische erkennen kann und bunte Kiesel am Grund, und es ist wunderbar frisch, nicht zu warm, nicht zu kalt.

Sie schwimmt lange, und als sie zurück in ihr Zimmer kommt, wartet auf dem Balkon die Katze auf sie. Jetzt im Hellen erkennt Judith erst, wie lustig sie aussieht. Ihr Kopf ist grau getigert, doch vom Hals abwärts verwischt das Muster zu gelben, orangeroten und braunschwarzen Flecken. Eine dreifarbige Katze, eine Glückskatze. Judith gibt ihr den zweiten Fischkopf, duscht, zieht das schwarze Trägerkleid aus Baumwolle und die Jesuslatschen an, bändigt ihre Haare mit einem blauen Seidenschal und packt ihre Jeans und die Strickjacke zu den Leinen-Chucks in den Rucksack. Die Sonne steigt schnell höher und lackiert den Himmel in kühlem Gelb, irgendwo kräht ein Hahn. In der Taverne nebenan bestellt Judith ein Omelett mit Tomaten und Schafskäse, frisch gepressten Orangensaft und Frappé – schaumig geschlagenen eiskalten Nescafé –, und das Glück hält immer noch an. Ein Gefühl von Leichtigkeit, dass ihr nichts fehlt, überhaupt nichts, nicht einmal Zigaretten. Vielleicht ist ja die Katze dafür verantwortlich, hin und wieder hat sie schon mit dem Gedanken gespielt, eine anzuschaffen, vielleicht sollte sie das tatsächlich tun. Das Geld statt in Tabak in Katzenfutter investieren, wunderlich werden und ihre Fälle und Herzensangelegenheiten mit dieser Katze diskutieren.

Sie lächelt über diese Idee, während Maria Damianidi sie zu Lea Wenzel fährt, und der Schock ist deshalb umso größer, denn kaum sind sie dort angekommen, sieht sie das Pferd. Ein Schimmel, wie in ihren Träumen, prüfend hebt er den Kopf und wittert. Omen oder Zufall oder Halluzination? Sie zwingt sich, auszusteigen und das Anwesen mit dem Blick der Polizistin zu betrachten: ein gedrungenes Steinhaus mit grün getünchten Läden und Türen. Eine überdachte Veranda mit Holztisch und Stühlen und Hängematte. Scheune und Schuppen. Uralte, knorrige Oliven, die alles mit lichthellen Schatten überziehen. Ein Maultier trottet zu dem Schimmel, beide Tiere schauen zur Veranda hinüber, wo im nächsten Moment Lea Wenzel erscheint. Sie lebt also, sie ist tatsächlich hier, so wie Maria Damianidi das versprochen hat. Das zumindest ist eine gute Nachricht. Zikaden sägen, der ganze Hain ist ein einziges Sirren und Rufen, während Judith auf Lea Wenzel zugeht, fällt ihr das plötzlich auf.

Die richtigen Worte finden. Wie oft hat sie schon mit

Angehörigen von Opfern gesprochen und sich gewünscht, dass es einen Trick gebe, geeignetere Worte, Fragen, die nicht wehtun, jedenfalls nicht so sehr. Aber es geht niemals gut, egal, wie man es anstellt. Weil nicht die Worte unerträglich sind, sondern die Tatsachen. Man kann nur versuchen, das zu respektieren.

»Bitte«, sagt Lea Wenzel, nachdem sie sich begrüßt haben, und macht eine einladende Geste in Richtung Holztisch.

Sie selbst setzt sich nicht, sondern holt von drinnen einen Krug Wasser und Tonbecher. Fragt, ob Judith und Maria Kaffee trinken möchten oder Tee, ob sie sonst etwas anbieten könne. Ihr Bauch ist gewaltig, aber sie bewegt sich mit Leichtigkeit, anmutig beinahe, und ihre Stimme ist fest. Nur die tiefen Schatten unter den Augen und die vor Anspannung beinahe weißen Lippen verraten, wie es tatsächlich um sie steht.

Judith lässt sie gewähren, Kaffee holen, Brot. Eine Schale mit Feigen. Weil auch dieses Hinauszögern zu dem grausamen Ritual einer solchen Befragung gehört. Aber dann gibt es für Lea nichts mehr zu tun, und sie sinkt auf einen Stuhl, nicht mehr anmutig, sondern mit einer steifen, schwerfälligen Bewegung.

Langsam, so schonend wie möglich, tastet Judith sich vor. Fragt nach Leas Gesundheit, nach dem Kind, nach dem Krankenhausaufenthalt und wie sie in der letzten Nacht klargekommen sei. Lässt sie erzählen, wie sie Jonas Vollenweider fünf Jahre zuvor in Limnionas kennenlernte, in ihrem Urlaub, bei einer Schnorcheltour. Wie sie gleich wusste, dass sie bleiben wollte, weil sie damals in Deutschland kurz vor dem Zusammenbruch gestanden hatte, vor lauter Stress, ausgerechnet sie, die doch als Psychotherapeutin in einer Burn-out-Klinik arbeitete. Wie sie von einem Tag auf den anderen dort kündigte und nach Limnionas zog und mit Jonas gemeinsam ein Kursangebot zum Stressabbau konzipierte. Wie gut das angenommen wurde. Wie sie schwanger wurde, jetzt noch, wo sie nach all den Jahren nicht mehr daran geglaubt hatte, mit 41 Jahren. Wie sie sich gefreut hatten auf dieses Kind. Als man ihnen dann auch noch das Angebot machte, das angrenzende Grundstück zu kaufen – mitsamt einer Zehn-Zimmer-Pension, zu einem fairen Preis –, schien alles perfekt. Der Besitzer mochte sie und gab ihnen den Zuschlag, nicht einem der Touristikkonzerne, die darauf spekulierten.

»Deshalb also wollte Jonas sein Elternhaus in Hürth verkaufen«, folgert Judith.

»Er war so erleichtert, nachdem er das entschieden hatte, so froh.« Zum ersten Mal sieht Lea Wenzel Judith an.

»Das Haus hat ihn also belastet?«

»Natürlich. Ja. Bei dieser Geschichte.«

»Wie war das, als er nach Köln flog, war er nervös?«

Lea schüttelt den Kopf. »Nein, überhaupt nicht. Eher entschlossen. Nachdem er mit dem Makler im Haus gewesen war, haben wir noch einmal telefoniert. Er klang glücklich. Alles laufe wie geschmiert, hat er gesagt.«

»Wann genau war das, und was hatte er dann vor?«

»So gegen sechs. Da war er auf dem Weg in die Innenstadt. Er würde im Dom zum Abschied von Köln eine Kerze anzünden, hat er gesagt, dann in der Altstadt etwas essen gehen.«

»Wollte er noch jemand treffen?«

»Nein.«

»Und dann?«

Lea schlägt die Hände vors Gesicht und schluchzt auf. »Ich bin nachts aufgewacht und hatte auf einmal schreckliche Angst um ihn. Ich habe sofort versucht, ihn anzurufen, aber sein Handy war aus.«

Sie holt Luft, hebt den Kopf, starrt hinüber zu dem Pferd und dem Maultier, die einträchtig nebeneinanderstehen.

»Aus war es, immerzu aus. Die ganze Zeit aus.«

»Sein Rückflug ging nicht nach Samos, sondern nach Athen?«

»Er hatte keinen anderen gekriegt, und er wollte doch so schnell zurück, es ist doch Saison, unsere Kurse sind ausgebucht. Er hoffte, er könne in Athen *last minute* einen Inlandsflug ergattern oder sonst die Fähre nehmen.«

So einfach ist das alles, so logisch. Judith blickt zum Meer hinunter, das am Fuß des Olivenhains glitzert, aquamarinblau, unwirklich schön. Sie stellt sich vor, wie Lea hier gesessen hat und Jonas' Handynummer wählte. Stunden, dann Tage. Wie sie versucht hat, zu hoffen.

»Ich wusste nicht, was ich machen sollte. Jo war mit dem Handy oft vergesslich, aber eigentlich nicht mehr, seit ich schwanger war«, flüstert Lea. »Wer tut denn so was? Wer bringt ihn denn einfach um? Er hat doch niemandem etwas getan.«

»Sie wissen, dass er 1986 als Hauptverdächtiger im Mord an seiner Familie galt und in Untersuchungshaft saß?«

»Aber das war doch absurd! Er hätte doch nie ...« Lea bricht ab, krampft die Hände ineinander. »Sie meinen, jemand hat ihn deshalb ... nach all diesen Jahren?«

»Wir stehen noch am Anfang, aber wir untersuchen diese Möglichkeit, ja.«

Eine Floskel ist das. So oft schon benutzt, doch das macht sie nicht besser. Judith denkt an Jonas' Haus und die Worte der Nachbarin. Dass vielleicht jemand dort war. Der Täter, der ihr die Fotos geschickt hat.

»Waren Sie jemals mit Jonas in Köln?«

»Nein, nie. Er lebte doch hier.«

Judith zeigt Lea die Fotos, die sie in dem Haus gemacht hat, im Display ihrer Digitalkamera.

»So sah es dort also aus«, sagt Lea leise.

»Hat er Ihnen denn nie davon erzählt?«

Lea schüttelt den Kopf, ihr Blick flieht zum Meer, und für einen kurzen, verbotenen Moment fragt Judith sich, ob sie den Mut – oder den Leichtsinn – hätte, für die Liebe zu einem mehr oder weniger Fremden volles Risiko zu spielen und alles zurückzulassen: den Beruf, die Familie und Freunde, das Land und die Sprache.

»Was wissen Sie von Jonas' Vergangenheit, Lea?«

»Genug.« Ein trotziger Blick. »Er sprach nicht gern darüber. Aber ich weiß, dass er unschuldig ist.«

»Seine Kindheit fand quasi im Heim statt. Er hatte sich mit seinem Vater überworfen.«

»Das war doch alles schon ewig vorbei.«

»Aber deshalb kann es doch trotzdem noch von Bedeutung sein.«

Lea antwortet nicht, sitzt wie versteinert.

»In dem Wohnhaus seiner Eltern haben wir keinerlei Fotoalben oder Briefe gefunden. Vielleicht hat Jonas die hier?«

»Nein.«

»Gibt es einen Ort hier im Haus, wo er seine persönlichen Dinge verwahrte?«

»Sie glauben mir nicht.«

»Darum geht es nicht.«

»Ach?«

»Es geht darum, Jonas' Mörder zu überführen.«

Lea antwortet nicht, und eine Weile ist nur das Geschrei der Zikaden zu hören. Dann stemmt Lea sich hoch und bedeutet Judith, ihr zu folgen.

»Er hat nicht viel aufgehoben von damals«, sagt sie über die Schulter, doch schon der erste Blick in das Eckzimmer, in das sie Judith führt, straft ihre Worte Lügen. Ein Foto im A3-Format ist der einzige Wandschmuck in diesem Raum. Ein von der Vergrößerung leicht körniges Schwarz-Weiß-Foto in einem aus Treibholz gefertigten Rahmen. Ein junger Mann und eine junge Frau sind darauf zu sehen. Schön und lebendig. Seite an Seite.

»Das sind Jonas und Miriam.« Judith dreht sich herum und sieht Lea in die Augen.

»Jo mochte das Bild. Sie haben das an Miriams 21. gemacht«, sagt Lea leise.

»An dem Tag, als das Verbrechen geschah.«

Wieder verstummt Lea. Wieder sind nur die Zikaden zu hören. Selbst hier im Haus, wie ein krächzendes Meeresrauschen, das niemals verstummt.

»Sie müssen mir vertrauen, Lea. Ich brauche Ihre Hilfe, sonst kann ich nicht ermitteln.«

Lea nickt, langsam, wie in Trance. Aber dann hebt sie plötzlich den Kopf, und zum ersten Mal liest Judith etwas anderes in ihrem Gesicht als dumpfe Trauer. Entschlossenheit. Den Willen, zu kämpfen.

»Okay, also gut. Was wollen Sie wissen?«

»Alles«, sagt Judith.

*   *   *

Polizeiautos, Suchhunde, Kriminaltechniker in weißen Overalls, die mit Spaten und Schaufeln hantieren – es ist unglaublich. Nicht zu fassen. Da düst er in die Eifeler

Pampa, um ein schnelles Foto von einer Brandruine zu schießen, die Kilometer entfernt von jeglicher Zivilisation einsam und vergessen im Wald vor sich hin rottet, und stolpert mitten hinein in ein astreines Tatort-Szenario, fast so wie in einem Actionfilm. Wobei mitten hinein leider nicht ganz korrekt ist, denn auch mit Absperrband hat die Polizei nicht gegeizt. René Zobel hängt sich die Nikon über die Schulter und schlendert zu Torsten Reiermann rüber, der vor der Auffahrt zum Heimgelände Position bezogen hat und ihm mit einer Mischung aus Staunen und Widerwille entgegensieht, um dann sofort in sein Standard-Mantra zu verfallen: Ich kann noch nichts sagen, wir sind erst am Anfang, wieso ist der KURIER überhaupt schon hier … René Zobel grinst und bietet dem Polizeipressesprecher eine Cola an. Knackig kalt aus der Kühlbox im Kofferraum – einer seiner Tricks, die Zungen potenzieller Interviewpartner zu lösen. Doch Reiermann ist heute stur. Er schüttelt den Kopf und wendet sich ab.

Was ist hier los, warum tobt hier ein Polizeigroßeinsatz? Vorhin hat er mal wieder versucht, Judith Krieger zu erreichen, aber ihr Handy war ausgeschaltet, und im Präsidium hieß es nur lapidar, sie sei in einer Dienstangelegenheit unterwegs. Aber hier ist sie nicht, hier hat ganz offenbar ihr blonder Heißsporn-Kollege das Sagen, der wie ein Zootiger mit Lagerkoller auf und ab schnürt und dabei pausenlos telefoniert.

René Zobel schießt ein paar Totalen, dann noch ein paar Bilder aus der Hocke mit dem Polizeiabsperrband als Vordergrund, zoomt sich dann näher ran. Die suchen nach was, so viel ist klar, irgendetwas stinkt hier ganz gewaltig, deshalb waren die also vorhin beim Jugendamt so nervös und reserviert. Aber so richtig von Erfolg gekrönt ist die Aktion bislang wohl nicht, denn Korzilius sieht alles andere als begeistert aus. Womit sie immerhin etwas gemeinsam haben. Denn auch seine Bilanz des heutigen Morgens ist nicht gerade der Brüller. Mit Todesverachtung und sehr spitzen Fingern hat Rufus Fegers Hausdrache sich schließlich dazu herabgelassen, die Mappe entgegenzunehmen, die er zusammengestellt hat, um Feger davon zu überzeugen, seine Erinnerungen an die Causa Todeshaus mit ihm zu teilen und ihm Einblick in sein Privatarchiv zu gewähren, in dem sich aller Wahrscheinlichkeit nach die verschwundenen Quellen aus dem KURIER-Keller befinden. Doch seit seinem Schlaganfall ist Feger für Besucher ungefähr so empfänglich wie Angelina Jolie oder die Queen. Niemandem ist es bislang gelungen, eine Audienz bei ihm zu ergattern, und so wie Fegers Hausdrache ihn vorhin abgekanzelt hat, steht zu befürchten, dass Feger seine Bewerbung gar nicht erst zu Gesicht bekommen wird.

Die Polizisten konzentrieren sich inzwischen auf ein bestimmtes Areal. Was genau sie dort tun, kann er nicht erkennen, ein Bus der Kriminaltechnik versperrt ihm die Sicht. René Zobel diktiert ein paar Ideen für Headlines in sein iPhone, nur so als Gedankenstütze, und schießt weitere Fotos. Einer der Wache schiebenden Polizeimeister beäugt ihn misstrauisch. Zobel bietet ihm die nun leider nicht mehr ganz so eiskalte Cola an, die Reiermann verschmäht hat. Der Beamte grinst, lehnt aber ab. Zwölf Uhr schon, *high noon*. Die Luft steht, klebrig vor Hitze. In den Alleebäumen, die den Zufahrtsweg zu dem Heimareal säumen, summen Insekten. Ein friedliches, sommerliches Geräusch, dennoch steigt die Anspannung da drüben, das ist deutlich zu spüren, und Korzilius blökt noch aufgeregter in sein Handy.

René Zobel wirft einen prüfenden Blick auf den Zufahrtsweg. Er ist der einzige Pressevertreter, er hat die
Nase vorn, aber lange wird es nicht mehr dauern, bis die
lieben Kollegen aus ihrem Sommerlochkoma erwachen.
Todeshaus. Frohsinn. Kinderheim. Er kickt die Begriffe
mental hin und her. Kein Frohsinn im Kinderheim. Tod im
Haus Frohsinn … Und das Jugendamt mauert. Warum eigentlich, was haben die zu verbergen? Eine Idee formt sich
in seinem Hinterkopf, nimmt rapide Gestalt an, gefällt
ihm immer besser. Wer weiß am besten Bescheid darüber,
wie es damals im Kinderheim war? Die Kinder, die dort
einmal lebten. Und wenn man nicht übers Jugendamt an
deren Namen herankommt, schaltet man halt einen Auf-
ruf im KURIER. Die ganze Wahrheit – Ex-Heimkinder
packen aus. Das ist gut, das ist sehr gut. Das wird eine
Story mit Pathos und O-Tönen und Leserbeteiligung. In-
teraktiv, die Leser-Blatt-Bindung fördernd, genau so, wie
die Chefredaktion es liebt.

Ein Kombi gleitet jetzt den Zufahrtsweg hinauf, wie
zum Lohn für seine geniale Idee. Ein dunkler Kombi der
Rechtsmedizin, und am Steuer erkennt er eine winzige Gestalt mit absurder Frisur, in der es rosa schillert. Ekaterina
Petrowa höchstpersönlich, und das kann nur eines bedeuten: Die Polizei hat etwas gefunden. Nein, nicht was.
Jemanden. Jemanden, der nicht mehr unter den Lebenden
weilt. Die Frage ist nur: wen?

* * *

Verdorrtes Gras raschelt unter ihren Füßen, der Wind
trägt den Duft wilden Thymians her. Unten im Meer
schwimmen Inseln in goldblauem Dunst, kaum mehr als
Silhouetten, entlegen wie Träume.

»Hier oben war Jo immer glücklich, hier konnte er echt sein und fühlte sich frei, können Sie das verstehen?«, fragt Lea Wenzel.

»Ja«, sagt Judith, und Lea nickt, als hätte sie genau diese Antwort erwartet, wendet sich ab und führt Judith zwischen zwei Felsen zu einem Trampelpfad höher hinauf. Als ob sie und Lea die einzigen Menschen seien, kommt es Judith bald vor. Maria Damianidi, die sie auf Leas Wunsch hin über eine holprige Schotterpiste hierher an die raue Westküste gefahren hat, ist beim Wagen zurückgeblieben und schon nicht mehr zu sehen. Nur der Wind ist da, ein warmes Streicheln, das Rauschen der Wellen, die Weite. Der Trampelpfad macht noch eine letzte Wendung, dann endet er direkt am Rand der Klippen in einer schattigen Nische, dort lässt Lea sich auf einen Baumstamm sinken. Judith setzt sich neben sie. Ein geheimer Ort ist dies, ein Ort, der eigentlich Lea und Jonas gehört, das versteht sie, ohne dass Lea es erklärt. Wie zur Bestätigung beginnen die Zikaden zu rufen, hüllen sie ein mit ihrem Gekrächze. Lea stützt ihr Kinn in die Hände und starrt runter aufs Meer. Sie wirkt anders als in ihrem Haus, mehr bei sich, als wiege die Trauer nicht mehr ganz so schwer. Als sei sie nun stark genug, sich zu erinnern.

Vier Stunden lang hat Judith Jonas' Arbeitszimmer durchsucht. Den Schrank und die Schreibtischschubladen, sogar die Dateien in seinem Computer. Doch das Ergebnis ist mager. Lea hatte recht. Jonas hat tatsächlich kaum etwas aufgehoben, das ihn an Deutschland erinnert. In einem Ordner befanden sich die nötigsten Zeugnisse, Urkunden und Dokumente, ein Testament, in dem er Lea sein Vermögen vermacht. In einem flachen Karton ein paar Fotos, die offenbar aus einem Album herausgerissen wurden. Ein einziges Foto von seinen Eltern, einige von ihm und Miriam als Kinder und Teenager, ein paar zeigen ihn mit seinem VW-Bus, in dem er am Bodensee lebte. Aber er hat kein Foto vom Kinderheim Frohsinn aufbewahrt, keins von dem Haus in Hürth und auch keine Briefe, mit Ausnahme mehrerer Postkarten von Miriam. Die letzte war eine Einladung zu ihrem 21. Geburtstag, geschrieben mit runder Mädchenschrift. Er solle doch kommen, sie müsse ihm so viel erzählen. Er würde sich freuen für sie, ganz bestimmt.

»Wir sind manchmal abends hierhergeritten«, sagt Lea leise. »Jo auf Koios und ich auf Silber.«

Koios, das Maultier, benannt nach einem griechischen Titanen, und Silber, das Pferd, das in ihren Träumen erschienen ist, noch bevor sie von seiner Existenz überhaupt etwas wusste. Judith will nicht darüber nachdenken, sich nicht einmal ansatzweise fragen, wie das möglich sein kann und was daraus folgt. Für sie, für den Fall, für ihr Leben. Für das, was man in ihrem Beruf als Fakten und Beweise bezeichnet, als Wirklichkeit.

»Wenn wir mehr Zeit hatten, sind wir manchmal noch weiter geritten«, Lea macht eine unbestimmte Handbewegung in Richtung des hellen Gebirgsmassivs, das sich zu ihrer Rechten erhebt. »Wir hatten einen Unterschlupf, ein lange verlassenes Olivenerntehaus, das Jo wiederhergerichtet hat. Manchmal blieben wir über Nacht. Nur wir zwei, ganz allein, ohne dass jemand uns finden und stören konnte.«

Tränen laufen Lea übers Gesicht. Sie macht keine Anstalten, sie wegzuwischen, sitzt sehr still und blickt weiter auf die Ägäis, die zu leuchtend blau ist angesichts dieser Trauer, viel zu schön. Aber vielleicht ist es auch anders, denkt Judith, vielleicht ist diese lichtflirrende Weite überhaupt die einzige Möglichkeit, Schmerz zu ertragen, gerade weil sie stoisch weiter existiert, sodass alles Menschliche an Bedeutung verliert.

Sie denkt an Manni, die Suche nach den Leichen der Vollenweiders auf dem Gelände des niedergebrannten Heims. Liegen sie wirklich dort, hat Manni recht? Sie checkt ihr Handy, aber der Empfang ist zu unstet. Vielleicht gibt es Neuigkeiten, die sie noch nicht kennt. Jonas hat kein einziges Bild aus dem Kinderheim aufbewahrt, nicht ein einziges. Und seine Schwester stellt sich ein Foto dieses Heims in ihr Schlafzimmer. Warum, was hat das zu bedeuten? Wusste Jonas etwas und seine Schwester nicht, oder war es genau umgekehrt?

»Jonas war ein Geschenk, die Zeit mit ihm. Das habe ich immer so gesehen. Und merkwürdigerweise war mir auch von Anfang an bewusst, dass es kein Geschenk von Dauer war«, sagt Lea sehr leise.

»Sie hatten Angst, dass ihm etwas geschieht?«

»Ich weiß es nicht, ja, vielleicht. Ich kann das nicht richtig erklären.«

»Sie haben vorhin gesagt, dass Jonas hervorragend mit Menschen umgehen konnte, dass er enorm viel Gespür für die Touristengruppen hatte, die er leitete.«

»Ja.«

»Also war er gewissermaßen auch ein Pädagoge. Genau wie sein Vater.«

Lea sieht Judith an. Wachsam, irritiert. »Jo hätte es gehasst, das so zu sehen.«

»Das gehasst? Oder seinen Vater?«

Lea wendet den Blick wieder ab und starrt aufs Meer. »Hans Vollenweider war ein Despot«, sagt sie sehr sachlich. »Natürlich kann man das alles psychologisch erklären, vielleicht ihn sogar bedauern: der Krieg, der ihm seine Familie nahm. Seine eigene Kindheit im Heim. Er war mit Sicherheit schwer traumatisiert. Aber um das zu kompensieren, hat er seine Umgebung tyrannisiert. Alles und alle hat er kontrolliert, damit die Welt sich seinen Regeln fügt.«

Judith denkt an das Haus in Hürth. Die Präsenz des Täters darin, die selbst die Nachbarin fühlt. Ein Täter, der dennoch keine verwertbaren Spuren darin hinterlassen hat. Der Hass sitzt sehr tief in dem Haus. Ein alter Hass. Das glaubt sie zu wissen. Was aber folgt daraus? Ist es möglich, dass Jonas' Vater der Täter ist? Dass er erst Frau und Tochter und dann Jahre später auch noch den Sohn auslöscht – ein Mann, der bald 80 wird? Die altmodische Schreibmaschine, die der Täter benutzt, um seine Briefe an sie zu adressieren, scheint für diese Theorie zu sprechen, doch wenn tatsächlich Vollenweider ihr diese Fotos schickt, was wäre sein Ziel? Warum sollte er den Verdacht auf sein eigenes Haus lenken und damit auf sich? Das ergibt keinen Sinn.

»Johanna Haarer«, sagt Lea. »Sagt Ihnen das etwas?«

»Nein. Sollte es?«

»Johanna Haarer hat Erziehungsratgeber geschrieben. Ihr berühmtester hieß *Die deutsche Mutter und ihr erstes Kind*. Im Nationalsozialismus war das eine Art Bibel, ein echter Bestseller. Für Hitler war Haarer die Topexpertin für alle Erziehungsfragen.« Lea tastet nach ihrem Bauch, streichelt darüber. Eine unbewusste Geste, die dennoch ganz zart ist, ihr Blick liegt noch immer auf dem Meer.

»Aus heutiger Sicht ist Haarers Buch nichts anderes als die systematische Anleitung zur Kindesmisshandlung: den Willen brechen. Gehorsam lernen. Sich fügen vom ersten Tag an. Ein Kind bekommt zu bestimmten Zeiten zu essen, wenn es dazwischen schreit, lässt man es schreien, bis die Zeit für die nächste Mahlzeit gekommen ist. Ein

Kind muss lernen, brav allein zu schlafen, zu viel Schmusen und Herumgetragenwerden und Nähe schadet ihm nur. Natürlich muss man das auch politisch sehen: Ein Kind, dessen Willen früh gebrochen wird und das nicht einmal eine enge Bindung zu seiner ersten Bezugsperson entwickeln darf, ist ein labiles Kind, perfekt als Untertan. Ideal also, in einer Diktatur zu kuschen.«

»Und Hans Vollenweider ist so erzogen worden, glauben Sie?«

»Nicht nur er!« Lea lacht auf, es ist mehr ein Krächzen. »Haarers Ratgeber war das einzige Buch aus dem Haus seiner Eltern, das Jonas aufgehoben hatte.«

»Seine Eltern befolgten die Erziehungsregeln aus dem Nationalsozialismus?«

»Damit waren sie nicht allein. Bis weit in die 60er-Jahre galt Haarers Buch in Deutschland als Standardratgeber. Man hat nach 1945 lediglich die Passagen entfernt, die den Nationalsozialismus explizit erwähnten. Das hat Jo mal recherchiert.«

»Wo ist das Buch jetzt?«

»Jo hat es verbrannt, als ich ihm sagte, dass ich schwanger bin.« Wieder lacht Lea ihr bitteres Lachen. »Geisteraustreibung hat er das genannt. Wir haben tatsächlich gedacht, dass das funktioniert.«

»In Miriams Zimmer in Hürth steht ein Foto von dem Heim. Doch Jonas hat nicht ein einziges Bild davon aufgehoben. Wissen Sie, warum?«

»Ich kann nur spekulieren: Miriam wollte verstehen, und Jo einfach nur vergessen?«

Immer noch streicheln Leas Hände über ihren Bauch. Schöne Hände, schlank und gebräunt, mit kurz geschnittenen Nägeln.

»Jonas hat sich große Vorwürfe gemacht, dass er in jener Nacht gefahren ist«, sagt Lea. »Er hat gedacht, wenn er dageblieben wäre, würde Miri noch leben. Er war ja überhaupt nur ihretwegen gekommen.«

»Sie wollte ihm etwas erzählen, nicht wahr? Das hat sie auf ihrer Einladung geschrieben.«

»Sie hatte einen Freund. Darum ging es. Sie war sehr verliebt.«

»Felix Schmiedel aus ihrer Nachbarschaft. Aber der war damals mit Freunden zum Surfen am Gardasee. Sehr verliebt klingt das nicht.«

»Ich weiß es nicht. Kann sein. Den Namen hat Miriam Jo nicht verraten. Sie machte ein großes Geheimnis daraus. Wie alt war dieser Felix denn?«

»So alt wie sie.«

»Dann war das vielleicht nicht der Freund, von dem Miriam erzählte. So wie Jonas sie verstand, war dieser Freund schon älter, und er lebte nicht in Hürth. Er hatte ihr eine Kette geschenkt. Wertvoll. Aus echtem Gold.«

Ein geheimer Freund. Älter. Eine goldene Kette. Das passt überhaupt nicht zu dem billigen Modeschmuck in Miriams schulmädchenhaftem Zimmer. Oder passt es gerade deswegen? War dieser Freund, wenn es ihn denn wirklich gab, für Miriam eine Vaterfigur? Sie müssen diesen Freund finden. Einen weiteren Unbekannten, ein weiteres Rätsel.

»Warum hat Jonas meinen Kollegen damals nichts von diesem Freund erzählt?«

Lea zieht die Schultern hoch, scheint dabei zu schrumpfen. »Ich weiß es nicht, das habe ich ihn nie gefragt.«

»Wir haben so eine Kette nie gefunden.«

»Miriam hat die Kette nicht getragen, wenn sie zu Hause war. Selbst an ihrem Geburtstag hat sie das nicht gewagt.«

»Wegen ihres Vaters?«

»Natürlich, ja. Er durfte nichts von dem Freund erfahren.«

»Aber Jonas schon.«

»Jo war ihr Verbündeter. Er hatte gehofft, Miri würde es mit seiner Unterstützung endlich wagen, sich gegen den Vater aufzulehnen. Auszuziehen. Jetzt, wo sie einen Freund hatte und studierte.«

»Aber das tat sie nicht.«

»Sie hatte Angst, einfach zu viel Angst.«

»Angst vor ihrem Vater?«

»Ja.«

* * *

Er hatte recht, sein Instinkt hat einen Volltreffer gelandet. Aber es fühlt sich nicht gut an, ganz und gar nicht. Es fühlt sich an wie ein Schritt in einen Sumpf. Manni zieht den Schirm seiner Baseballkappe tiefer in die Stirn. Die Sonne knallt gnadenlos aus einem unverändert stahlblauen Himmel, selbst noch am Spätnachmittag. Stahlblau – was für ein blödes Wort, ist Stahl überhaupt jemals blau? Stahlblau, stahlhart, hart wie Kruppstahl, wieso denkt er das? Hans Vollenweider war kein aktives Mitglied der rechten Szene, jedenfalls gibt es keinen Hinweis darauf. Er geht in die Hocke und versucht in der Grube, in der Ekaterina Petrowa und zwei KTUler im Zeitlupentempo Erdkrumen beiseitelöffeln, einen Fortschritt zu erkennen. Einen halben Schädel, ein paar Rippen, ein Stück Kiefer haben sie inzwischen freigelegt, aber irgendetwas ist komisch daran, irgendetwas stimmt nicht mit den Proportionen. Einer der Kriminaltechniker beginnt zu fotografieren, dann beugt sich die Russin wieder vor und bearbeitet die Erde mit ihrem Spatel. Sind das nun die sterblichen Überreste der Vollenweiders oder nicht? Er weiß, dass es sinnlos ist, die Rechtsmedizinerin zu einer vorschnellen Aussage bewegen zu wollen. Sie hasst Spekulationen und wird erst dann reden, wenn sie selbst den Zeitpunkt für gekommen hält.

Manni richtet sich auf und schlendert zu dem Bus der Spurensicherer, aus dessen spärlichem Schatten ihm Elke Schwab mit großen Augen entgegenblickt und so wirkt, als sei sie ohne Vorwarnung mitten in einen Albtraum katapultiert worden, der einfach nicht aufhört. Was ja durchaus nicht falsch ist, auch ihm selbst geht das Setting an die Nieren und die Aussichten auf ein Happy End sind alles andere als rosig. In ihren Händen hält Elke Schwab den Plan des Kinderheim-Geländes, dreht ihn und dreht ihn immer hin und her. Dort, wo sie graben, lag früher das Gemüsebeet. Es gehörte zur Philosophie aller Kinderheime im Nationalsozialismus und auch in der Nachkriegszeit, dass die Zöglinge durch Landarbeit und Obst- und Gemüseanbau zu ihrer Ernährung beitragen sollten, hat die Mitarbeiterin des Jugendamts ihm erklärt. In einer Art Flashback sieht Manni Zweierreihen von mageren Jungen in kurzen Hosen mit Schaufeln und Hacken aufmarschieren, um Unkraut zu jäten und Radieschen und Möhren zu ernten. Warum wurden die Leichen ausgerechnet im Gemüsebeet vergraben? Hatte sich dort unter der Ägide der Vollenweiders ein besonderes Drama abgespielt? Vielleicht ist es so, vielleicht ist es aber auch bloß Zufall, dass der Täter die Leichen gerade hier vergrub, oder er hat darauf spekuliert, dass das Erdreich hier dank jahrzehntelanger Bestellung lockerer und also leichter auszuheben war. Wenn dort in der Grube überhaupt die sterblichen Überreste der Vollenweiders liegen. Wenn der Täter, den sie suchen, überhaupt ein ehemaliges Heimkind ist, das

Rache nahm. ›Die Radieschen von unten begucken‹ – für einen Moment füllt sich dieser Kalauer vor Mannis innerem Auge auf eine Weise mit Leben, die ganz und gar nicht appetitlich ist, vor allem, wenn er daran denkt, wie gerne und oft Sonja Radieschen isst. Er zwingt diese Assoziation beiseite. Das hier war erst ein Gemüsebeet und dann ein Grab, Mann. Das ist die korrekte Reihenfolge, verdreh die jetzt nicht.

Sein Handy beginnt zu fiepen, zum x-ten Mal an diesem Tag, das Display zeigt die Nummer von Judith Krieger, die also doch noch aus ihrem griechischen Funkloch aufgetaucht ist. Er nickt Elke Schwab zu und begibt sich außer Hörweite, stellt mit einem Seitenblick fest, dass der KURIER-Fuzzi hinter der Absperrung inzwischen Gesellschaft von weiteren Pressevertretern bekommen hat. Auch zwei Fernsehteams packen ihr Equipment aus und beäugen jede seiner Bewegungen.

»Jonas war davon überzeugt, dass sein Vater der Täter war«, sagt die Krieger, sobald er sich gemeldet hat. »Laut Jonas war Hans Vollenweider ein Tyrann, seine Pädagogik war rabenschwarz – von den Nationalsozialisten geprägt.«

Stahlblau, Kruppstahl, die Nazis, schon wieder. Er dreht der Pressemeute den Rücken zu. »Wieso hat Jonas das damals, als er in U-Haft saß, nicht ausgesagt?«

»Es hätte ihm ja doch niemand geglaubt, meint Lea Wenzel. Und er hatte ja auch keine Beweise.«

Beweise, ja. Wenn Hans Vollenweider tatsächlich der Täter von damals ist, wäre er heute 77. Ein stattliches Alter, aber möglicherweise wäre er doch noch kräftig genug, seinem Sohn eine Knarre an den Kopf zu halten und abzudrücken. Aber wo hätte er sich zuvor 20 Jahre lang verstecken sollen? Doch wohl kaum in dem Haus, dessen rechtmäßiger Besitzer seit Jahren Jonas war. Außerdem haben sie das ja akribisch durchsucht, und die Nachbarn sind aufmerksam. Und wie hätte es ihm überhaupt gelingen sollen, seinen Sohn zu überrumpeln?

»Manni, hey, hörst du mir eigentlich zu?«, sagt die Stimme Judith Kriegers in sein Ohr.

»Sorry, was?«

»Miriam hatte einen Freund, von dem wir bislang nichts wussten«, sagt sie, jedes Wort überdeutlich betonend. »Dieser Freund war wohl deutlich älter als sie und betucht. Er hat ihr eine goldene Halskette geschenkt, die sie allerdings nicht zu Hause trug – aus Angst vor ihrem Vater.«

Ein heimlicher Liebhaber, na bravo, der hat noch gefehlt. »Der hätte ja wohl kaum einen Grund gehabt, sowohl Miriam als auch ihre Eltern zu töten, und dann so viel später auch noch Jonas«, sagt Manni.

»Es sei denn, Miriam und dieser Mister X sind Komplizen, und Jonas kam ihnen auf die Schliche. Aber laut Lea Wenzel standen Miriam und Jonas sich sehr nah.« Die Krieger seufzt. »Ich versteh es doch auch nicht, Manni. Aber in jedem Fall könnte dieser Freund etwas wissen. Wir können seine Existenz nicht einfach ignorieren.«

Nicht ignorieren, nein, das wohl nicht. Und wer weiß, vielleicht gibt dieser ominöse Lover dem Fall ja wirklich einen vollkommen neuen Dreh. Er hört sich den weiteren Bericht Judith Kriegers über ihren Jetsettrip an, bringt sie seinerseits auf Stand. Sie sei schon so gut wie auf dem Heimweg, sagt sie zum Abschied. Sie hoffe, noch in der Nacht zurückzufliegen.

Er schiebt das Handy wieder in die Hosentasche, fühlt sich auf einmal bleiern müde. Vielleicht geht es ja doch nicht um Hans Vollenweiders Heimleitertätigkeit, vielleicht müssen sie nicht mehrere Hundert ehemalige Heimkinder, die in alle Himmelsrichtungen verstreut leben, aufspüren und vernehmen, um denjenigen zu finden, der auf Rache sinnt. Vielleicht haben sie es mit einer banalen Familientragödie zu tun, einem Eifersuchtsdrama, einem weiteren Scheißkerl, der seine Familie so sehr hasst, dass er sie auslöscht.

Wut packt ihn bei diesem Gedanken, eiskalte Wut, und es ist, als ob Ekaterina Petrowa diese Stimmung wahrnimmt, präzise wie ein Seismograf, denn sie hebt den Kopf und sieht ihm aus kohlschwarzen Mongolenaugen entgegen, als er zurück zur Grube läuft. Sieht ihn so an, als wüsste sie ganz genau, was in ihm vorgeht, besser sogar als er selbst, besser, als er das überhaupt je ergründen will.

Sind das dort nun die Gebeine der Vollenweiders oder nicht? Er will endlich wissen, was Sache ist, irgendeinen Anhaltspunkt muss es doch geben. Aber irgendetwas stimmt nicht mit diesen Knochen, stimmt ganz und gar nicht.

»Ich habe so etwas schon einmal untersucht.« Ekaterina Petrowa spricht ungewöhnlich leise, trotzdem schrillt jedes Wort in seinen Ohren.

»Was denn?« Er beugt sich zu ihr herunter, starrt auf die Knochen.

»Ein Gräberfeld. Daheim auf der Kola-Halbinsel.« Sehr sacht schiebt die Rechtsmedizinerin ein wenig rötliche Erde beiseite, legt einen weiteren Knochen frei. Ein Schienbein vielleicht. Dann ein paar skelettierte Zehen. Winzig sehen die aus.

»Es gab nur einen Unterschied.« Wieder sieht sie ihn an, unergründlich und schwarz.

»Nämlich?«

»Bei uns oben wurden Soldaten verscharrt.«

»Und hier?«

»Kinder.«

* * *

»Mein Gott.« Lea Wenzel krümmt sich über ihrem Bauch zusammen, als könne sie ihr noch ungeborenes Kind auf diese Weise vor Judiths Worten schützen. Sie sind wieder in Leas Haus im Olivenhain, sitzen erneut auf der Veranda, und um sie herum tost der Ruf der Zikaden. Doch er hat nichts Romantisches mehr, nicht nach dem, was Judith Lea nach einem weiteren Telefonat mit Manni eröffnet hat.

Maria Damianidi steht auf, entfernt sich ein paar Meter und zündet sich eine Zigarette an. Ein Versuch, Lea zu schützen, ihr ein klein wenig Freiraum zu lassen. Was natürlich nicht funktioniert, nicht funktionieren kann. Es gibt keine Intimsphäre in einer Polizeiermittlung, auch nicht für die, die unschuldig sind.

Gab es besondere Vorkommnisse im Heim? Eklats? Streitereien? Wurde eines der Kinder besonders grausam oder häufig gequält oder bloßgestellt? Lea schüttelt den Kopf, wieder und wieder, ihr Blick irrt zum Meer, dann zum Haus, bleibt schließlich an dem Olivenbaum hängen, unter dem der Schimmel und sein dunkler Schatten, das Maultier, stehen und unverwandt zu ihnen herübersehen.

»Da war manchmal so eine Stille um Jonas«, sagt sie nach einer langen Pause, sagt es mehr zu den Tieren als zu Judith. »Fast wie ein Mantel. Das war es wohl auch, was uns in die Berge zog. Die Stille wog leichter dort oben, sie passte dorthin.«

»Aber Sie haben doch sicher nicht immer nur geschwiegen, irgendetwas aus seiner Kindheit hat Jonas Ihnen bestimmt erzählt.«

Lea antwortet nicht, regt sich nicht, sitzt wie versteinert. Judith lehnt sich vor, sieht die Blässe unter Leas dunkelbraunem Teint, erkennt winzige Schweißperlen an ihren Schläfen. Auf einmal merkt sie, wie müde sie selber ist, müde und hungrig und seltsam leer. Sie will diese Frau, die schon so viel verloren hat, nicht so quälen müssen. Sie will die Leichtigkeit wiederhaben. Den Balkon und den Strand und die lustige Katze, und sie sehnt sich nach Karl.

»Jonas und Miriam lebten Tür an Tür mit den Kinderheimkindern, und sie besuchten dieselbe Schule«, sagt sie trotzdem.

Immer noch reagiert Lea nicht. Ihre eigenen Eltern sind vor neun Jahren bei einem Autounfall ums Leben gekommen, hat sie auf dem Rückweg von den Klippen erzählt. Geschwister hat sie keine, auch ihre Großeltern sind schon lange tot. Vielleicht sei es ihr auch deshalb so leichtgefallen, nach Griechenland zu ziehen. Von null anfangen, sich ein neues Leben aufbauen, eine neue Familie, mit einem Mann, der bis dahin genauso allein gewesen war wie sie.

Judiths Unruhe wächst, das Gefühl, auf etwas zuzusteuern, immer schneller, ohne erkennen zu können, worauf. Wusste Jonas von dem Kindergrab unter dem Gemüsebeet, war er deshalb so still? Doch warum hätte er diese Ungeheuerlichkeit für sich behalten sollen? Er hatte sich mit seinem Vater überworfen, hatte ihn gehasst, er war sogar davon überzeugt, dass sein Vater seine Schwester und Mutter umgebracht hatte. Wenn er also etwas von dem Kindergrab wusste, warum hat er das weder der Polizei noch der Frau, die er liebte, gesagt?

Lea hebt den Kopf, es sieht aus, als erwache sie aus tiefer Trance. »Ihr habt es besser als die, also benehmt euch«, sagt sie mit einer seltsam harten Stimme. »Das war der Standardspruch, den Jonas und Miriam in Bezug auf die Heimkinder hörten.« Sie dreht sich zu Judith herum, sieht ihr zum ersten Mal, seitdem sie wieder auf der Veranda sitzen, in die Augen. »Besser! Letztendlich hieß das doch nur Zucht und Ordnung in einem intimeren Rahmen. Aber niemals hat Jonas erzählt, dass sein Vater die Kinder …« Sie schafft es nicht, weiterzusprechen, verbirgt ihr Gesicht in den Händen.

»Und Jonas' Mutter?«

Auf einmal ist diese Frage da, und im selben Moment begreift Judith, dass sie wichtig ist. Eine neue Frage, die sie noch nicht gestellt haben, weder Manni noch sie.

»Soweit ich weiß, hat seine Mutter sich niemals gegen ihren Mann gestellt«, sagt Lea. »Aber sie war kein Unmensch, mit ihr hatte Jonas jedenfalls nicht solche Konflikte wie mit seinem Vater.«

»Und was heißt das konkret?«

»Ich weiß es nicht. Ich spekuliere nur. Natürlich kann auch seine Mutter die Kinder im Heim gequält oder hart angefasst haben. Auch Frauen sind keine Engel. Denken Sie an diesen Erziehungsratgeber von Johanna Haarer.«

Das ist zu wenig, viel zu allgemein. Doch mehr kann oder will Lea nicht sagen. Es ist offensichtlich, dass sie am Ende ihrer Kräfte ist. Eine Freundin ist auf dem Weg zu ihr, eine schwedische Ärztin, die im benachbarten Ferienort Kampos eine Praxis führt. Also muss Lea zumindest in dieser Nacht nicht alleine sein. Also kann ihr zumindest in dieser Nacht nichts geschehen. Ihr und dem Kind. Gibt es überhaupt eine Gefahr für sie, hier auf Samos? Nichts, was sie bislang über den Täter wissen, spricht dafür, dass er jemals hier war oder hierherkommen könnte. Und doch ist das keine Beruhigung, kann keine Beruhigung sein, solange sie nicht einmal richtig begreifen, worum es in diesem Fall überhaupt geht.

Wieder fährt Maria Damianidi Judith an der Küste entlang. Wieder ist der Himmel über dem Meer fast golden, vollkommen irreal. Am Flughafen erfährt Judith, dass sie erst einen Platz in dem 23-Uhr-Flug nach Köln bekommen hat.

»Dann fahre ich Sie noch schnell nach Pythagorio, und Sie essen dort zu Abend«, verkündet die griechische Polizistin und setzt wieder ihr Touristenführer-Lächeln auf. Doch es wirkt nicht mehr so strahlend wie am Abend zuvor, nicht mehr so selbstverständlich. »Immer die Nazis«, sagt sie zum Abschied. »Immer noch müssen wir mit ihrem Schatten leben, egal, ob in Deutschland oder hier.«

1943 hat eine deutsche Fliegerstaffel Samos bombardiert. Zuvor hatten die faschistischen Besatzer in den Bergen der Insel schon griechische Partisanen massakriert. Doch die Spuren davon sind längst unsichtbar. Der Ort Pythagorio entpuppt sich als weißes Touristenidyll, das sich um ein rundes Hafenbecken schmiegt. In einer Taverne am Wasser isst Judith gegrillten Fisch und trinkt ein Glas Wein. Ihre Füße in den Jesuslatschen sind staubig von diesem langen Tag, ihr Kleid ist verschwitzt, die Müdigkeit kommt mit Macht zurück, doch zugleich ist sie angespannt, als ob sie auf etwas anderes warte als auf ihren Flug. Sie ruft Karl an, erreicht jedoch nur seinen Anrufbeantworter. Sie weiß, dass sie auch ihre Mutter anrufen müsste, ihr versprechen, dass sie zumindest versuchen wird, zum 75. ihres Stiefvaters nach Frankfurt zu kommen. Ihm die Ehre erweisen, wie ihre Mutter das nennt. Sie sucht die Nummer im Handy heraus, betrachtet sie auf dem Display, schafft es nicht, sie zu wählen. Jemand lacht neben ihr. Aus den Lautsprecherboxen des Restaurants dudelt Sirtaki. Paare schlendern vorbei. Eine junge Familie. Vater und Mutter, Sohn und Tochter, Eis essend, glücklich.

Judith bezahlt ihre Rechnung und beginnt zu laufen, weg von den Souvenirläden und Tavernen und Touristen. Eine schmale, mit weißem Naturstein gepflasterte Straße führt entlang niedriger weißer Wohnhäuser schnurgerade zu einer Festung hinauf. Rosa glühende Oleanderbäume säumen sie. Eine Katze huscht vor Judith her und verschwindet in einem Hauseingang. Stille empfängt sie auf dem Gelände der Festungsruine. Hinter einem Spalier aus Zypressen mit weiß gekalkten Stämmen verbirgt sich ein Friedhof, dahinter leuchtet das Meer, tiefdunkelblau im letzten Licht.

Die Grabstätten sind aus weißem Marmor gemauert, genau wie die Kreuze. In gläsernen Vitrinen präsentiert jedes Grabmal ein ewiges Licht, Blumen aus Plastik und ein Bild des Verstorbenen. Feierliche Porträts die einen, Schnappschüsse die anderen, manche beginnen bereits zu verblassen. Eine Frau um die 40 in dunklem Kleid guckt regelrecht trotzig. Als sei dieses Foto auf ihrem Grab ein Irrtum, ihr ganzes Leben vielleicht und auch ihr Tod. Das aufwendigste Grab gehört einem Mann, der nur 23 Jahre alt wurde. Ein geliebter Sohn, arglos und pausbäckig, doch für all die Putten und Elfen und gläsernen Windspiele auf seiner letzten Ruhestätte würde er sich sicher schämen. Aber so ist es ja immer, die Gräber sind ein Ort für die Lebenden, viel mehr als für die Toten. Ich kann Jonas doch nicht unter einer Marmorplatte begraben, hat Lea gesagt. Er wollte doch immer frei sein, er liebte den Wind.

Eine Kirchenglocke erklingt, dünn und zittrig, wie von

Hand geschlagen, fremd. Unwirklichkeit, wieder dieses Gefühl. Als sei sie aus der Zeit gefallen, oder aus der Welt. Als würden Traum und Wirklichkeit verschmelzen. Judith verlässt den Friedhof und steigt über steinerne Treppen zur Festung hinauf. Jenseits der Bucht erkennt sie die Startbahn des Flughafens. Sie setzt sich auf eine Mauer und schlingt die Arme um die Knie. Was waren das für Kinder, auf deren Gebeine Manni gestoßen ist? Wie sind sie gestorben, warum gibt es keine Erinnerung an sie, keinen einzigen Stein, nicht einmal Namen? Ihr habt es besser als die, hört sie Lea sagen. Sie muss sich in Köln das Buch dieser Johanna Haarer besorgen, sie muss herausfinden, ob es wirklich beschreibt, wie man Kinder zu Untertanen formt, und ob es tatsächlich möglich ist, dass dieses Nazimachwerk in Deutschland bis weit in die 60er-Jahre hinein ein Standardwerk zur Kindererziehung war. Sie denkt an das Haus der Vollenweiders in Hürth, an die Präsenz des Täters dort, einen Nachhall seiner Gewalt, den sie in diesem Haus förmlich zu spüren glaubte, vielleicht war es auch die Angst der Opfer. Ist tatsächlich Hans Vollenweider der Täter, den sie jagen? Hat er nicht nur die Heimkinder, für die er zu sorgen hatte, umgebracht, sondern auch seine Familie?

Die Dunkelheit kommt jetzt sehr schnell, Dunst kriecht übers Meer, jenseits der Bucht blinken die Positionsleuchten des Flughafens auf. Ein Ferienjet hebt ab, zieht eine Kurve über dem Meer und verschwindet aus Judiths Sichtfeld. Wind streichelt ihre Haut, immer noch warm, immer noch würzig, erinnert sie wieder an den Sommer in Jugoslawien. 1984 war das, sie war gerade 18 geworden, zwei Jahre vor dem blutigen Drama im Haus der Vollenweiders, das vielleicht ein außer Kontrolle geratener Familienkonflikt war, vielleicht aber auch nicht.

Sie denkt an ihre Mutter und an ihren Stiefvater, Wolfgang Krieger. Der Mann, dessen Nachnamen sie trägt, der einzige Vater, den sie bewusst erlebt hat. Der sie erzog, der mit ihrer Mutter die Zwillingsbrüder zeugte, der ihr das Studium finanzierte und trotzdem für sie ein Fremder ist. Unverstanden und ungeliebt, so hatte sie sich in ihrer Familie gefühlt. Unpassend. Außen vor. Das fünfte Rad am Wagen. Wahrscheinlich tat das sehr weh, aber sie hatte nicht geweint, jedenfalls nicht, wenn sie hinsahen, sie hatte rebelliert. Da war etwas, was sie dazu trieb. Ein Stachel. Das Schweigen ihrer Mutter, vielleicht war es das. Ein Schweigen über alles, was vergangen war. Ihre Kindheit im Krieg in ärmlichsten Verhältnissen. Der Tod ihres ersten Ehemanns, Judiths leiblichem Vater, der 1969 auszog, um gemeinsam mit Millionen anderen Hippies die Welt zu retten, und niemals zurückkehrte, weil er in Nepal erfror. Hatte Eva Krieger ihn jemals betrauert? War sein Tod für sie mehr gewesen als der Verlust eines vermeintlich sicheren Hafens, in den sie mit ihrer Heirat hatte einlaufen wollen? Falls es so war, hatte sie dies zu verbergen gewusst, denn die einzigen Gefühle, die Judith in ihrem Schweigen zu erspüren glaubte, waren Enttäuschung und Wut. Aber vielleicht lag doch mehr darin, vielleicht sogar Liebe. Der Gedanke ist unbequem. Neu. Er tut weh, ohne dass Judith begreift, warum.

Sie schultert ihren Rucksack, läuft zurück ins Getümmel am Hafen. Leben und Leichtigkeit, auf einmal giert sie danach. Die letzte Stunde auf Samos. Sie will sie auskosten, in die Länge ziehen. Sie bestellt sich Retsina und Wasser, trinkt in kleinen Schlucken und betrachtet die schaukelnden Jachten und Fischerboote. Selbst die Sirtaki-Musik nervt sie jetzt nicht mehr, und vielleicht hört sie ihr Handy deshalb nicht, vielleicht ist auch der Empfang so schlecht, dass der Anruf Lea Wenzels direkt auf die Mobilbox geleitet wird. Jedenfalls bemerkt sie ihn erst, als sie schon im Flugzeug sitzt und ihr Handy ausschalten will.

»Mir ist noch etwas eingefallen«, sagt Lea. »Es gab da mal irgendein Drama um ein Bild. Ich kann mich nicht mehr genau dran erinnern, auch Jonas wusste das nicht ganz genau. Aber es war offenbar außerordentlich erschütternd. Der Junge, dem das Bild gehört hatte, war wohl sehr verzweifelt. Das Bild ging verloren, glaube ich.«

3. TEIL

BESINNUNG

Sie graben jetzt. Graben beim Heim. Ohne Dich. Dein Kollege ist wirklich gut, und er ist schnell. Techniker, Leichenspürhunde, Rechtsmediziner, das ganze Programm hat er aufgefahren.

Graben, im Dreck wühlen. Sollen sie doch. Sollen sie ruhig ans Licht bringen, was dort zu holen ist.

Aber die Wahrheit werden sie doch nicht ermessen können. Niemand kann das, niemand, der nicht dort leben musste. Kinderheim Frohsinn. Allein dieser Name ist grauenhaft falsch.

Ich weiß schon, was in den Zeitungen stehen wird, dasselbe wie immer: Zuerst geht es um Missbrauch. Dann um Züchtigungen. Sex und Gewalt, darauf stürzen sie sich, danach geiern sie alle, bis zum nächsten Skandal, der noch grausamer ist, noch schmutziger und noch perverser.

Aber weißt Du, man muss Kinder gar nicht vergewaltigen und verprügeln, um sie zu zerstören. Man kann ihren Willen auch auf andere

Weise brechen. Langsamer zwar, aber dafür endgültig. Eine Art schleichende Deformation.

Mich haben diese kleinen, alltäglichen Demütigungen zermürbt. Weil sie so selbstverständlich waren, so allgegenwärtig. Wie oft sie mich auslachten. Wie oft sie mich bloßstellten. Wie sie über mich sprachen. Ihr Hohn, wenn ich wieder mal nicht genügte oder einfach nur ein bisschen eigen war. Ihre Verachtung für alles, was nicht passte. Dreckslümmel. Nichtsnutz. Hurensohn.

Nachts war es am schlimmsten, dann wuchs meine Angst ins Unermessliche. Wenn ihre Schritte näher kamen und es keinen Ort mehr gab, wo ich mich verstecken konnte. Wenn ich einfach nur stocksteif im Bett liegen musste und warten. Ich erinnere mich daran, als ob es erst gestern gewesen wäre. Diese Schritte von ihr. Eine Art Schlurfen. Hartgummi auf Holz. Plock-zsch. Plock-zsch. Der Geruch von Trockenshampoo und Kölnischwasser. Eine Hand, die mir die Decke wegreißt. Manchmal pinkelte ich dann erst los, in genau diesem Moment. Einfach nur, weil ich die Anspannung nicht mehr aushielt.

Und dennoch gab ich in den ersten Jahren nicht auf. Weil ich Hoffnung hatte. Weil ich darauf wartete, dass sie zurückkommen und mich holen würde. Und ich hatte ja ihr Bild, mein Heiligtum.

Du hast recht, ja, natürlich. Ich hätte wissen müssen, dass auch das kein Schutz von Dauer war.

Donnerstag, 6. August

Die Luft ist anders hier, zäher, und sie riecht nicht nach Meer. Aber Karl liegt neben ihr, in ihrer Wohnung, in ihrem Bett. Karl, der sie mitten in der Nacht am Flughafen abgeholt hat. Sie rückt näher zu ihm, fühlt seinen Körper an ihrem, ihr Begehren.

Karl zieht sie auf sich, liebkost sie, lächelt mit geschlossenen Augen. »Hast du mich vermisst?«

»Du mich etwa nicht?« Sie atmet den Duft seiner Haut, greift in sein Haar, schickt ihre Finger auf die Reise. »Und ob du mich vermisst hast«, flüstert sie ihm ins Ohr.

»Wie du das nur bemerkst.« Er lacht auf, fasst sie fester an, wissender, lässt sie weich werden, weich, bringt sie zum Schmelzen.

Nicht aufstehen müssen. Nicht ermitteln. Keinen Tod kennen, keinen Schmerz, wenigstens für diesen einen Morgen nichts anderes fühlen als Lust und die Trägheit danach. Gehalten werden. Geborgen sein. Es funktioniert nicht, funktioniert auch diesmal nicht. Ihr Handy reißt sie zurück in die Wirklichkeit, der erste Anruf des Tages, der nicht der letzte sein wird. Millstätt erwartet ihren Report. Die KTU will sie sprechen. Manni. Schneider. Sie quält sich hoch, stolpert unter die Dusche, merkt, wie zerschlagen sie noch ist. Gerade einmal drei Stunden hat sie geschlafen.

Traumlos, als sei sie in ein dunkles Loch kollabiert. Jetzt aber kommen die Erinnerungen zurück, überfluten sie förmlich: die toten Kinder. Das Pferd. Die Zikaden. Was Lea gesagt hat. Die Lehren der Johanna Haarer. Die Rolle der Mütter. Das verlorene Bild eines unbekannten Jungen. Seine Verzweiflung. Was für ein Bild war das? Ging es verloren, oder wurde es gestohlen? Noch vor dem Start des Flugzeugs hat sie Lea angerufen und dazu befragt, bis ein Steward damit drohte, ihr Handy zu konfiszieren. Doch auf keine ihrer Fragen wusste Lea eine Antwort. Nur dass der Junge wohl monatelang verzweifelt war und dass die Erzieher dazu angehalten wurden, diese ›Hysterie‹ nicht zu dulden, habe Jonas erzählt, sagte sie. Doch Jonas ist tot, was damals genau geschah, wird sich nun vielleicht nie mehr klären lassen. Und vielleicht ist es ohnehin irrelevant, vielleicht ist es nicht einmal von Bedeutung für diese Ermittlung.

Ihr Kühlschrank ist leer, nicht einmal Milch für den Kaffee hat sie, nur ein paar Flaschen Bier, ein Stück Parmesan und drei schrumpelige Karotten. Tag 57 ohne Zigarette. Warum fällt ihr das jetzt ein, wer zählt da in ihr? Das Verlangen nach Nikotin ist gemildert, die akute Verzweiflung des Entzugs. Doch die Sucht ist noch da, ist noch längst nicht besiegt. Sie zieht eine saubere Jeans an, stellt die Jesuslatschen wieder ins Regal, quält ihre Füße stattdessen in Converse-Chucks. Dieselbe Marke, die auch Jonas trug. Angesagt. Jugendlich. Was natürlich kein Schutz ist, keine Garantie für das Glück oder ein langes Leben. Ändert es irgendwas, wenn Lea ihren Geliebten nicht unter Marmor begraben wird, sondern im Meer? Nein. Ja. Vielleicht für Lea. Dem toten Jonas Vollenweider ist es vermutlich egal.

Judith schultert ihre Umhängetasche und zieht die Wohnungstür hinter sich zu. Obwohl sie kaum mehr als 24 Stunden auf Samos war, kommt es ihr vor, als sei sie von einer langen Reise zurückgekehrt und brauche Zeit, sich wieder einzugewöhnen. Unten im Hausflur ragt die Tageszeitung aus dem Briefkasten. Sie zieht sie heraus, schließt den Briefkasten auf, an die Post hat sie in der Nacht nicht gedacht. Sie erkennt das Kuvert sofort, die auf ungute Art vertraut gewordenen Lettern, merkt, wie sich etwas in ihr zusammenzieht.

Er weiß, wo ich wohne, wie kann er das wissen? Weil er mir gefolgt ist? Sie schlägt den Briefkasten wieder zu. Das Scheppern hallt durch den hohen Flur. Wann ist dieser Brief gekommen? Nicht heute, es ist noch ganz früh, nicht einmal sieben. Gestern also, während sie in Griechenland war. Sie läuft wieder hoch in ihre Wohnung, kramt aus den Tiefen des Küchenschranks die Butterbrottüten aus Pergamentpapier hervor, die sie irgendwann gekauft hatte, weil sie gesunde Vollkornbrote mit ins Präsidium nehmen wollte, was dann doch niemals klappte. Sie reißt eine Tüte aus der Packung und trinkt ein Glas Wasser, versucht sich zu beruhigen. Atmen, nur atmen, sie braucht Sauerstoff, kein Nikotin, auch wenn ihr Körper das noch nicht kapiert. Der Brief ist mit der Post gekommen, er war frankiert, so viel hat sie erkannt. Der Täter ist nicht hier, war nicht hier, wird nicht hierherkommen. Heute nicht, nie.

»Judith?«

Sie zuckt zusammen, sie hatte Karl für einen Moment ganz vergessen.

»Was ist passiert?« Er tritt in die Küche, nackt und verletzlich.

»Schon wieder ein Brief.«

»Mit einem Foto?«

»Die KTU wird ihn öffnen.« Sie stellt das Wasserglas ins Spülbecken und geht auf ihn zu. Karls Wärme hüllt sie ein, sein Brusthaar kitzelt an ihrer Wange. Sie lässt ihre Hände über seinen Rücken gleiten, atmet seinen Duft, fühlt sich für ein paar Sekunden geborgen. Mit Karl ist sie ruhig, weil er sie sein lässt, wie sie ist. Auch auf Samos war sie ruhig, frei hat sie sich dort sogar gefühlt, erleichtert. Weil der Täter nicht dort war, auf einmal wird ihr das klar. Weil er sie dort nicht beobachtet hat.

Sie löst sich von Karl und läuft wieder nach unten. Öffnet den Briefkasten und schiebt das Kuvert mit der Schlüsselspitze in die Tüte. Ihre Ente steht direkt vor der Haustür. Judith öffnet das Faltdach, kauft sich am Kiosk gegenüber ein belegtes Brötchen und einen Milchkaffee, isst ein paar hungrige Bissen, bevor sie die Ente startet. Im CD-Player steckt noch ihre neueste Errungenschaft: Angus und Julia Stone, zwei australische Geschwister, die wie Hippies aussehen und auch fast so klingen, wenn sie vom Unterwegssein singen und von der ewigen Suche nach besseren Welten, nur etwas lässiger und moderner als die alten Barden.

Won't you help me be on my way, so I can set me free. Freiheit, schon wieder. Die Melodie und die Worte klingen in ihr nach, nachdem sie geparkt und den CD-Player ausgeschaltet hat, begleiten sie in den Keller der Kriminaltechnik.

»Er benutzt eine mechanische Reiseschreibmaschine mit Typenhebel und Karbonband. Eine Lettera 22 der Marke Olivetti, um genau zu sein«, verkündet Klaus Munzinger mit sichtbarem Stolz, nachdem sie ihn begrüßt hat. »Das ›e‹ hängt ein bisschen, das ›m‹ schliert, und beim ›i‹ hämmert der i-Punkt so stark, dass er das Papier ansatzweise perforiert.«

»Das heißt also, du könntest diese Schreibmaschine eindeutig identifizieren.«

»Sobald du mir die Maschine bringst, ja.«

»Wie alt ist die ungefähr?«

»Auf den Markt kam dieses Modell 1949. Die Lettera 22 war damals revolutionär: sehr leicht, nicht mehr schwarz wie alle Vorgänger, sondern pistaziengrün.« Er zeigt ihr ein Foto. »Ein echter Bestseller wurde die Lettera damals. Sie bekam sogar einen Designpreis.«

Eine Schreibmaschine, die nicht aus dem Krieg stammt, also nicht aus der Ära des Nationalsozialismus. Was sagt das über den Benutzer aus? Gar nichts vielleicht. Er kann die Maschine geerbt oder irgendwann in den 50er- oder 60er-Jahren gekauft haben – oder erst vor kurzem auf einem Flohmarkt oder bei eBay. Sie gibt dem Kriminaltechniker den eingetüteten Brief. Er betrachtet ihn mit gefurchten Brauen, trägt ihn zu einem Untersuchungstisch, zieht Handschuhe und Mundschutz an, schaltet das Licht ein, beugt sich darüber.

»Der wurde in Darmstadt abgestempelt«, sagt er nach einer Weile.

Darmstadt – das ist in Hessen, in der Nähe von Frankfurt, wo ihre Mutter sie morgen zur Geburtstagsfeier erwartet. Warum denn Darmstadt, verdammt noch mal, was hat der Täter dort zu suchen? Sie ruft Millstätt an und erklärt, wo sie ist und dass sie noch abwarten will, bis Munzinger den Brief geöffnet hat. Kurze Zeit später kommt ihr Chef mit Schneider und Meuser im Schlepptau herunter.

»Wo ist Manni?«, fragt sie.

»Unterwegs mit Ekaterina.« Millstätt mustert sie. »Woher kennt unser Briefschreiber deine Privatanschrift?«

»Ich weiß es nicht, jedenfalls nicht aus dem Telefonbuch.«

Sie glaubt die Nähe des Täters beinahe physisch zu spüren, fast so wie im Haus der Vollenweiders, als sei er ganz nah. Was ist in dem Brief, was schickt er ihr diesmal? Sie will das wissen, augenblicklich, sofort, doch Munzinger lässt sich nicht hetzen, im akribischen Zeitlupentempo untersucht er den Briefumschlag auf Spuren, also zwingt sie sich zur Geduld und fasst die Ergebnisse aus Samos für die Kollegen zusammen.

»Bist du sicher, dass Jonas' Freundin nichts verschweigt?«, fragt Schneider, als sie geendet hat.

»Sicher – was heißt das schon? Ich glaube ihr, ja.« Sie starrt auf den Brief, alle starren sie darauf. Eine Nachricht vom Täter, daran hegt sie keinerlei Zweifel, auch wenn sie das bislang genauso wenig beweisen kann wie den Wahrheitsgehalt von Leas Worten.

»Keine Fingerabdrücke, keine DNA, die Marke ist selbstklebend.« Munzinger greift nach einem Messer und schneidet den Umschlag auf. Unwillkürlich treten sie alle näher.

Ein Foto fällt heraus, wieder nur ein einziges Foto. Ohne Erklärung, ohne Beschriftung, genau wie zuvor. Aber etwas ist dennoch grundlegend anders. Dieses Foto ist grün, und am oberen Rand verwischen ein paar verschwommene, senkrechte braune Linien.

Munzinger nimmt ein Vergrößerungsglas und beugt sich tiefer.

»Gras«, sagt er nach einer Pause. »Eine Art Lichtung oder Waldrand vielleicht. Die braunen Linien im Hintergrund dürften unscharfe Baumstämme sein.«

Bäume und Gras, ein Wald, irgendwo. In Deutschland, in Europa, vielleicht auch in Hessen. Unmöglich zu finden, wenn sie nicht weitere Anhaltspunkte bekommen. Sie denkt an die Marmorgräber von Pythagorio und an die

Kinderskelette, die Manni auf dem Heimgelände entdeckt hat. Die dort verborgen waren, Jahre, Jahrzehnte, ohne dass jemand das ahnte. Warum schickt der Täter nicht ein Foto von dort? Weil er weiß, dass wir die toten Kinder bereits gefunden haben, denkt sie. Weil er uns etwas zeigen will, von dem wir noch nichts wissen: die Stelle, an der er vor 20 Jahren die Leichen der Vollenweiders begraben hat. Warum tut er das, was ist seine Motivation? Er fühlt sich überlegen und will uns das zeigen. Er will mit uns spielen, sein grausames Spiel. Nein, nicht mit uns. Mit mir.

*　*　*

Der Schuss löscht alles aus, macht alles schwarz. Die Stille danach ist ein riesiges Rauschen. Weg, er muss weg, aber er kann sich nicht bewegen. Modrige Luft wallt ihm ins Gesicht, etwas drückt in seinen Magen, metallisch und hart. Noch ein Schuss. Ohrenbetäubend. Erdkrumen spritzen ihm um den Kopf. Er muss weg, er muss fliehen, sonst wird er sterben. Oder ist er schon tot? Nein, noch nicht. Wie durch ein Wunder haben ihn die Kugeln verfehlt. Oder ist das Berechnung, wartet der Schütze nur darauf, dass er sich bewegt? Nur eine Chance, wenn überhaupt, hat er nur eine einzige Chance. Weg von der Lichtung muss er, ins Unterholz, und dann die Bäume als Deckung nutzen, während er flieht. Atem holen. Kraft sammeln. Konzentration. Alle Muskeln anspannen. Sabine. Julia. Jan. Er darf sie nicht im Stich lassen, nicht auch noch sie. Schritte rascheln hinter ihm, Äste knacken. Der Schütze kommt näher. Jetzt, jetzt! Er fasst nach der Taschenlampe und schleudert sie dorthin, wo er den Schützen vermutet, dann hechtet er los, wirft sich ins Unterholz, duckt sich und rennt, so schnell es geht. Zweige peitschen ihm ins

Gesicht, Holz splittert, er glaubt Schritte zu hören, spürt den fremden Atem in seinem Nacken, eine Hand auf der Schulter, die ihn festhalten will. Ein metallisches Klicken.

Er schreckt hoch, keuchend, erkennt das helle Rechteck des Schlafzimmerfensters zu seiner Linken, die Konturen von Schrank und Kommode. Er lebt, Herrgott noch mal, er ist am Leben! Wer auch immer vorgestern Nacht auf ihn geschossen hat, hat ihn nicht getroffen. Er steht auf, schleicht ins Bad und schaufelt sich eiskaltes Wasser ins Gesicht, kriecht dann wieder ins Bett zu Sabine. Er hat niemandem von den Schüssen erzählt, auch nicht ihr. Aber er hat gebetet, zum ersten Mal in seinem Leben hat er ein Dankgebet gesprochen, nachdem er es tatsächlich heil aus dem Wald zu seinem Auto geschafft hatte und zurück nach Darmstadt.

Er rückt näher an Sabine heran. Er will sie jetzt, will nicht mehr denken, will sich nicht erinnern, will nicht überlegen, was mit dem Deus geschehen ist und der Lampe, die er bei seiner wilden Flucht zurückgelassen und am nächsten Tag trotz allen Suchens nicht mehr gefunden hat. Er will nicht darüber nachdenken, was das bedeutet, was der Schütze damit vorhat. Er will nur noch fühlen, das Leben, Sabine, sich selbst. Er will sich in ihr versenken und verlieren, tiefer und dringender als je zuvor.

Er kann nicht zur Polizei gehen, auf gar keinen Fall, wieder und wieder kommt er zu diesem Schluss, auch als sie später auf der Terrasse beim Frühstück sitzen, ist das nicht anders. Er kann nicht zur Polizei gehen, es sei denn, er würde sich gleich selbst als Raubgräber anzeigen und dadurch seine Familie zerstören. Er versucht, sich zu entspannen, und schmiert eine Brötchenhälfte für Jan, der fröhlich neben ihm auf seinem Kinderstuhl sitzt. Er hat noch eine halbe Stunde Zeit, bis er zur Arbeit muss, es ist schattig auf der Terrasse, nicht heiß, sondern angenehm warm, der Himmel über ihnen ist bilderbuchhimmelblau, so wie seit Wochen, Julia brabbelt im Sandkasten vor sich hin, und Sabine ist ihm gegenüber in die Zeitung vertieft. Er trinkt einen Schluck Kaffee und verbrennt sich die Zunge. Jetzt reg dich mal ab, Eric, jetzt krieg dich wieder ein und betrachte die Fakten: Die Lampe war an, als der erste Schuss gefallen ist. Du warst das perfekte Ziel und wurdest doch nicht getroffen. Weil der Schütze entweder unfähig ist, allerdings ist das wenig wahrscheinlich. Oder weil er dich gar nicht treffen wollte, sondern nur erschrecken. Und das ist dem Revierförster dort ohne weiteres zuzutrauen, der ist doch völlig durchgeknallt, wenn es um die Verteidigung seines geliebten Naturschutzgebietes geht. Bleibt noch das Problem, dass der nun deinen Metalldetektor und die Lampe hat. Doch deshalb kann er noch lange nicht beweisen, dass die dir gehören, der kennt deinen Namen nicht, dein Name steht da nicht drauf.

Sabine senkt die Zeitung und sucht seinen Blick, ein versonnenes Lächeln spielt in ihren Mundwinkeln.

»Wo bist du, Eric, was ist mit dir?«

»Wieso, was soll sein?« Er beißt in seine Brötchenhälfte, merkt im selben Moment, dass er noch gar nichts draufgetan hat.

»Vorhin diese wilde Leidenschaft, und auf einmal bist du ganz weit weg. Und dann schenkst du mir diese sicher sündhaft teure Kette.« Sie betastet das goldene Herz, das sich so perfekt in ihre Kehle schmiegt, ohne den Blick von ihm zu wenden.

Er greift nach der Butter, schluckt den trockenen Teigbrocken runter.

»Beschwerst du dich?«

»Um Himmels willen!« Sie grinst. »Marion hat mich

schon nach der Kette gefragt. Wo du die gekauft hast, wollte sie wissen.«

»Marion? Wieso Marion?«

»Ich vermute, sie will Kurt einen Tipp geben, sie hat doch Anfang September Geburtstag.«

Kurt, ausgerechnet Kurt. Als der erste Schuss krachte, hatte er für einen absurden Moment geglaubt, Kurt schieße auf ihn, denn schließlich konnte außer Kurt niemand auch nur ahnen, wo er sich befand. Aber Kurt ist der friedfertigste Mensch von der Welt, abgrundtief korrekt und zimperlich noch dazu. Und selbst wenn Kurt ihm heimlich gefolgt wäre, hätte er ja wohl kaum auf ihn geschossen, sondern nur wieder einen seiner Vorträge gehalten.

»Eric, hallo? Hörst du mir überhaupt zu?« Sabine tippt auf die Zeitung. »Hier ist ein riesiger Artikel über ein Kinderheim. Es geht um den Mord an einer Familie, der vor 20 Jahren geschah und nie aufgeklärt wurde. Jetzt haben die neben dem Heim, wo der Vater dieser Familie arbeitete, auch noch Kinderskelette gefunden.«

»Kindersettete!« Jan kichert. »Was ist das, Mama?«

»Das verstehst du noch nicht, Schatz«, sagt Sabine, ganz entgegen ihren sonstigen pädagogischen Prinzipien, alles zu erklären. Sie wuschelt Jan durchs Haar, gibt ihm einen Stups. »Guck mal, was Julia macht, ja? Bring ihr noch ein paar Erdbeeren.«

»Schrecklich, oder?«, sagt sie, sobald Jan außer Hörweite ist. »Offenbar kennt man nicht mal die Namen dieser Kinder. Niemand hat die jemals vermisst oder nach ihnen gefragt, es scheint fast so, als hätten die nie existiert.«

Kinder, die niemand haben will. Er will nicht daran denken, nicht auch noch daran, nicht an diesen Sohn, der ihm damals so egal war, so lästig, genauso wie dessen

Mutter, die er einfach nur hatte rumkriegen wollen, ein einziges Mal mit ihr vögeln, mit dem coolsten Girl aus der Clique, auch wenn sie damals schon viel zu viel kiffte.

»Dabei haben die bei dem Kinderheim gar nicht nach diesen armen Kindern gesucht, sondern nach den Leichen dieser ermordeten Familie«, sagt Sabine. »Das ist echt wie in so einem Gruselfilm, stell dir das doch mal vor. Die suchen seit 20 Jahren nach Leichen und finden und finden die einfach nicht.«

Der Vogelfuß fällt ihm ein, winzig und bleich. Die Knochen des toten Soldaten. Er biegt die Zeitung so, dass er was erkennen kann. Köln, es geht um Köln, und das Kinderheim ist in der Eifel. Weit weg. Nicht hier.

»Da ist auch ein Bericht über die Zustände, die früher in solchen Kinderheimen geherrscht haben müssen. Das grenzt schon an Misshandlung, da wird's einem wirklich schlecht, wenn man das so liest.« Sabine hält ihm die Zeitung hin. »Kurt macht das auch noch manchmal zu schaffen, sagt Marion.«

»Kurt, wieso Kurt?«

»Kurt ist doch Waise und deshalb auch in einem Heim aufgewachsen, weißt du das denn nicht?«

»Kurt? Im Heim?« Er starrt sie an.

Sabine lacht. »Ihr Männer, das ist wieder typisch für euch, ihr seid wirklich unglaublich! Da latscht ihr seit Jahren zusammen über sämtliche Felder, die Darmstadt zu bieten hat, um Hessens Geschichte zu rekonstruieren – aber über eure eigene Vergangenheit schweigt ihr euch aus.«

* * *

Manni gibt Gas, der schwindsüchtige Passat, der ihm an diesem Morgen zugeteilt wurde, macht einen erschrockenen Satz vorwärts bis zur nächsten roten Ampel. Neben ihm auf dem Beifahrersitz wird Ekaterina Petrowa unsanft nach vorn und wieder zurück katapultiert. Trotzdem verzieht sie keine Miene, sondern zupft nur würdevoll den Saum ihres signalorangerosa gestreiften Kleids zurecht. Wird es ihr in dem Wohnhaus der Vollenweiders gelingen, den Tathergang zu rekonstruieren? Es ist einen Versuch wert, hat er entschieden, und obwohl die rechtsmedizinischen Untersuchungen der Kinderskelette noch andauern, hat sie seinem Vorschlag, ohne zu zögern, zugestimmt.

Die Gebeine von neun Kindern hatten sie am Ende des gestrigen Tags schließlich in dem Garten des Heims freigelegt. Neun tote Kinder, für die es nie einen Grabstein gab, die offenbar niemand vermisste, als hätten sie niemals existiert. Wer sind diese Kinder? Wie sind sie gestorben? Und wer hat sie dort verscharrt? Keine dieser Fragen können sie bislang auch nur halbwegs befriedigend beantworten. Es wird Wochen dauern, das Erdreich akribisch nach eventuellen Spuren zu durchsieben und die Skelette vollständig zu bergen. Und selbst wenn die Untersuchung abgeschlossen ist, wird sich wohl nicht zweifelsfrei nachweisen lassen, seit wann es dieses Grab gibt. »In der Forensik existiert derzeit kein validiertes Verfahren, das eine sichere Datierung der postmortalen Liegezeit zulässt«, lautet die diesbezügliche Ansage zum Stand der Technik in der Rechtsmedizin. Will heißen: Die toten Kinder können 20, 30 oder auch 60 Jahre lang in dem Gemüsebeet gelegen haben, möglicherweise auch länger, allein anhand der Skelette ist der Zeitpunkt ihres Todes nicht zu klären. Und auch die Todesursache ist noch völlig offen. Sicher ist nur, dass sich bislang an keinem der Skelette Spuren einer zwingend tödlichen Verletzung fanden. Sicher ist auch, dass in deutschen Kinderheimen sowohl unter den Nazis als auch in der Nachkriegszeit schwere Misshandlungen an der Tagesordnung waren.

Die Ampel schaltet auf Grün, der Wagen säuft ab. Fluchend tritt Manni ihn wieder wach. Zwei der toten Kinder hatten zu Lebzeiten Knochenbrüche an Armen und Beinen erlitten, drei der Skelette wiesen Deformierungen auf, wie sie für eine durch Vitamin-D-Mangel bedingte Rachitis typisch sind. Doch gebrochene Knochen müssen nicht zwangsläufig ein Indiz für Misshandlungen sein. Auch schlechte Ernährung muss nicht bedeuten, dass jemand die Kinder absichtlich hungern ließ. Sie kann eine Folge des Kriegs oder auch der Nachkriegszeit sein, oder überhaupt nichts mit dem Krieg zu tun gehabt haben.

Der Fall nimmt immer absurdere Züge an, führt immer tiefer in einen Sumpf. Erst hatten sie ein Opfer, dann drei verschollene Leichen, und auf der Suche nach diesen stößt er auf ein Massengrab. In Windeseile hatte sich die Kunde von seinem Fund verbreitet. Immer zahlreicher drängten sich Pressevertreter und Gaffer am Absperrband, und bald schon machten Gerüchte die Runde. Die ganz Alten aus der Gegend erinnern sich noch, hieß es auf einmal. Erinnern sich an die grauen Busse mit den verhängten Fenstern, die in den 40er-Jahren nachts zum Haus Frohsinn kamen und Kinder abholten, die niemand danach je wiedersah. Kinder, die für Hitlers Schergen ›Ballastexistenzen‹ waren, unnütze Esser, denen man das Recht zu leben absprach. Weil sie als behindert galten. Krank. Verwirrt. Aufmüpfig. Asozial. Nicht normal. Nicht passend im Weltbild der Herrenmenschen.

Euthanasie. Ein unsägliches Wort. Dass in den Heimen der Nazizeit gnadenlos selektiert wurde, ist trotz jahrzehntelanger Vertuschung heute unbestritten, bestätigte

Elke Schwab vom Jugendamt. Allerdings sei das Haus Frohsinn nachweislich kein Zentrum der NS-Vernichtungsmaschinerie gewesen. Und das Schicksal der toten Kinder könne man nicht rekonstruieren, falls es im Heim Frohsinn überhaupt dokumentiert worden sei, wären die Unterlagen wohl 1981 verbrannt.

Was hatte Hans Vollenweider mit dem Kindergrab zu tun? Liegen darin womöglich seine Opfer und nicht die der Nazis? Er selbst kam erstmals im Herbst 1945 in das Heim, als der braune Spuk schon vorüber war, und er war damals 15, ein Junge, der seine Familie verloren hatte, so viel wissen sie mit Sicherheit. Vielleicht verbirgt sich in seinem Wohnhaus doch ein Hinweis auf die toten Kinder, den sie bislang übersehen haben: ein Bild. Ein Brief. Eine Namensliste, eine Notiz. Irgendwas, das man einfach nur finden muss.

GEKRAT hieß die NS-Organisation, die die Kinder in den grauen Bussen zur Tötung abholte, hat er in der Nacht recherchiert. ›Gemeinnützige Krankentransport-Gesellschaft‹ – was an Zynismus kaum zu überbieten ist. Er fasst seine Erkenntnisse für Ekaterina Petrowa zusammen, zählt ihr die Nazimordmethoden auf. Gift oder Gas. Medizinische Versuche mit Krankheitserregern oder Elektroschocks. Verhungern.

»Gift könnte ich eventuell nachweisen«, sagt sie, als er geendet hat.

»Sonst nichts. Auch nicht Verhungern?«

Sie schüttelt den Kopf, starrt auf die Werbung eines Fast-Food-Restaurants am Straßenrand, die alles in XXL-Größe verspricht, zu einem Hammerpreis.

Ein Schwall lauwarmen Fahrtwinds streicht in den Wagen, er hat nichts Erfrischendes, eher im Gegenteil, auch als sie Köln endlich hinter sich lassen, ändert sich das nicht. In Hürth biegt er nach rechts ab, schlängelt sich durch das nun schon fast vertraute Wohngebiet. Hin und her, her und hin. Der Fall artet mehr und mehr zu einem Wettrennen aus, das man nicht gewinnen kann, weil der Gegner immer schneller ist, wie der gerissene Igel in dieser Fabel. Und das ist erst der Anfang, die Befragung Hunderter ehemaliger Heimkinder steht ihnen noch bevor.

Die Straße, in der die Vollenweiders wohnten, wirkt auch heute verlassen, menschenleer, genauso wie das Haus. Er schaltet den Motor aus und betrachtet die ockerfarbene Fassade, das schmiedeeiserne Tor, den mit Waschbetonplatten gepflasterten Gartenweg. War dies das Heim eines Massenmörders oder nur der Schauplatz eines Verbrechens? Das Haus selbst gibt das nicht preis, immer ist das so. Er hat schon Mörder verhaftet, die sich hinter Spitzengardinen verschanzten, einer teilte sein Bett sogar mit einem Teddy aus Plüsch. Auch Hitler war tierlieb und mochte die Berge.

»Bei uns gab es auch Kinderheime«, sagt Ekaterina leise, fast so, als spräche sie nur zu sich selbst. »Stalin war auch nicht besser als Hitler. Wer nicht passte, wurde vernichtet. Oder in staatlichen Anstalten umerzogen, wenn man sich davon einen Nutzen versprach.«

Sie wendet den Kopf, sieht ihm zum ersten Mal an diesem Morgen direkt in die Augen.

»Stalin war ein Teufel. Niemand weiß das besser als mein Volk.«

»Dein Volk?«

»Die Samen«, sagt sie und wirkt plötzlich größer, obwohl ihre Füße nur mit Ach und Krach den Boden berühren. »Die wenigsten haben Stalin und sein Gefolge überlebt«, fährt sie fort, ohne ihn aus den Augen zu lassen, und auf einmal kapiert er, worauf sie hinauswill.

»Du bist in einem Heim aufgewachsen?«

Sie schüttelt den Kopf. »Aber meine Mutter. Ich hatte Glück, meine Großmutter nahm mich bei sich auf.«

»Und deine Eltern?«

»Als ich fünf war, hat mein Vater meine Mutter umgebracht und dann sich selbst.«

»Weil sie Samin war?«

»Weil er krank und kaputt war. Ein Trinker. Voller Hass und Gewalt.«

Sie bückt sich nach ihrer Tasche. Eine Geste, die sagt, bis hierhin und nicht weiter, doch noch immer sieht sie ihn unverwandt an.

»Das kenne ich gut.« Er hat das nicht sagen wollen, wird im Dienst nie persönlich. Scheiß drauf, denkt er auf einmal, fühlt sich sogar beinahe erleichtert.

»Ja.« Ekaterina Petrowa nickt, als habe er etwas bestätigt, was sie bereits wusste. Einen Moment lang sitzen sie stumm nebeneinander. Dann steigt er aus, und auch die Russin löst sich aus ihrer Starre und folgt ihm mit klackernden Absätzen über den Betonplattenweg zum Eingang.

Im Inneren des Hauses haben die Spurensicherer ihre eigenen Spuren hinterlassen und dabei ordentlich Staub aufgewirbelt. Er führt Ekaterina Petrowa ins Schlafzimmer und überlässt sie dort ihren Analysen, während er selbst noch einmal systematisch prüft, ob es in Erdgeschoss und Keller eine Nische, einen Hohlraum, einen Safe, irgendein Versteck gibt, das sie noch nicht kennen.

»Ich kann nicht sagen, ob Hans Vollenweider der Täter war oder nicht«, sagt Ekaterina Petrowa, als er nach einer erfolglosen halben Stunde wieder hoch zu ihr geht.

»Und Miriam, was ist mit ihr?«

Sie blättert in den alten Berichten, murmelt etwas auf

Russisch, tritt vor die Tür des Schlafzimmers, mustert die Treppe.

»Miriam ist gefallen, hier«, sie zeigt auf die mittlere Stufe, »hier war ihr Blut, und auf den folgenden drei Stufen. Oder aber der Täter kam ihr von unten entgegen und schlug sie nieder.«

»Was ist wahrscheinlicher?«

Sie hebt die Schultern. »Ich weiß es nicht.«

Kein Wunder. Kein Durchbruch. Keinerlei neue Erkenntnis. Er lehnt sich an die Wand, stellt sich zum x-ten Mal vor, wie es gewesen sein muss. Miriam schläft oben im Bett, während der Täter ihre Eltern umbringt. Etwas weckt sie auf. Ein Schuss, das Geräusch splitternder Knochen, Schreie, Hilferufe ... Warum hat sie das nicht gewarnt? Warum ist sie blindlings runtergerannt, so schnell, dass sie stürzte, statt sich in ihrem Zimmer zu verbarrikadieren? Kein Handy, fällt ihm ein. Vielleicht lag es daran. Vielleicht hätte sie heutzutage gar nicht nachgesehen, sondern die Polizei angerufen oder ihren Freund. Oder war es ganz anders, lag Miriam oben in ihrem Bett und wusste genau, was dort unten geschah, wer dort unten wütete, wollte das sogar, und ihr Sturz war die Folge von Unachtsamkeit, nicht von Panik. Oder sie war die Täterin, verletzte sich dabei.

Er läuft hoch in die Dachkammer, betrachtet das schmale Bett, die Regale, den Schreibtisch. Das kitschige Ölbild. Das Foto von dem Heim. Etwas ist hier, etwas muss hier einfach sein. Sein Instinkt sagt ihm das, verdammt noch mal.

»Wenn man sucht, findet man nicht immer das, was man erwartet«, sagt Ekaterina Petrowa hinter ihm.

Er leert die Schmuckschachtel aus, sortiert den Billigtand dann wieder rein. Kein goldenes Schmuckstück ist darunter, definitiv nicht. Er betastet die Rückseite der Regale, dann die Unterseite, checkt die Rückseite der Bilder, prüft, ob vielleicht eine Fußleiste lose ist.

»Dort, wo ich herkomme, auf der Kola-Halbinsel, gibt es das tiefste Bohrloch der Welt.« Ekaterina beobachtet ihn und wirkt zugleich so, als betrachte sie etwas in sehr weiter Ferne. »Das Bohrloch bei Sapoljarny war einst der Stolz der Sowjetunion. SG-3 hieß es, 15 Kilometer tief sollte es werden. 1970 fingen sie an, exakt an Lenins 100. Geburtstag.«

Ein russisches Bohrloch, na toll, das ist jetzt wirklich brennend interessant. Er nimmt sich die Rückseite des Schreibtischs vor, öffnet die Dachluke und rüttelt draußen an den Ziegeln.

»In drei Kilometer Tiefe nahmen sie Gesteinsproben und stellten fest, dass diese identisch mit jenen waren, die man auf dem Mond genommen hatte.«

Er schließt die Dachluke wieder, dreht sich zu Ekaterina um. »Man kann das als Beweis dafür nehmen, dass der Mond ein Russe ist.« Sie lächelt ihr seltenes Lächeln, wird dann gleich wieder ernst. »1979 waren knapp zehn Kilometer geschafft und damit alle Bohrungen der Amerikaner übertroffen. Doch sie bohrten weiter und weiter. Irgendwann hatten sie zwölf Kilometer geschafft, und nun gab es ein Problem: Die Erde war in dieser Tiefe nicht wie berechnet 100 Grad warm, sondern 180.«

»Und dann?« Manni starrt sie an, wider Willen fasziniert.

»Dann drang ein entsetzliches Wimmern und Schreien und Stöhnen aus der Tiefe herauf und versetzte die Forscher in so große Panik, dass sie die Bohrung stoppten. Und wenig später zerfiel ja auch die Sowjetunion, und es war kein Geld mehr da, das Projekt weiterzuverfolgen.«

Der Mond ist ein Russe, und die Erde weint. Sein Handy fiept los und enthebt ihn netterweise eines Kommentars zu diesem wahnsinnig erhellenden Fazit, auf dem Display erscheint die Nummer Judith Kriegers.

»Die KTU hat Fasern gefunden«, sagt sie. »Der Täter war im Haus, und zwar in demselben schwarzen Sweatshirt, das er trug, als er Jonas getötet hat. Er hat sich dort offenbar regelrecht heimisch gefühlt, denn er hat auf der Couch im Wohnzimmer gesessen. Und auf Miriams Schreibtischstuhl.«

* * *

Der Täter war im Haus. Sie hat sich seine Präsenz dort nicht eingebildet. Er war in dem Haus, obwohl niemand ihn sah, und er ist fast perfekt, hinterlässt keine Spuren. Bis auf ein paar schwarze Fasern an den Lehnen zweier Sitzmöbel, Fasern, laut KTU ein Gemisch aus Synthetik und Baumwolle, wie es die Firma Adidas seit drei Jahren in Trainingsbekleidung verwendet. Judith schaltet den Motor ab und versucht das Gefühl abzuschütteln, dass der Täter jeden Schritt, den sie tut, beobachtet, auch jetzt, hier, in diesem Moment. Die dritte Befragung an diesem Tag liegt vor ihr, das dritte fremde Haus, vor dem sie parkt. Ein Pflegeheim für die Alten und Lahmen, das sich Residenz nennt und das unabänderliche Warten auf den Tod mit gläsernen Loggien und einem gepflegten, rollstuhltauglichen Garten verbrämt.

Der Täter war in dem Haus. Sie hat das gespürt, und jetzt ist es bewiesen. Er trug eine langärmlige schwarze Trainingsjacke, genauso wie in der Altstadt, als er die Pistole an Jonas Vollenweiders Hinterkopf presste. Wann war er in dem Haus, vor oder nach diesem Mord, allein oder mit Jonas zusammen? Sie versucht es sich vorzustellen, ist aus irgendeinem Grund sicher, dass er dort allein war, dass er das Haus nachts betreten hat, ohne das Licht einzuschalten, denn Licht wäre zu riskant, das hätte Regina Sädlich bemerken können oder irgendein anderer Nachbar. Der Täter tritt ins Haus seiner Opfer, kehrt zurück an seinen ersten Tatort, setzt sich dort auf die Wohnzimmercouch, läuft dann hoch unters Dach und sitzt an Miriams Schreibtisch. Warum? Was hat er dort gemacht? Hat er etwas gesucht, vielleicht diese goldene Kette, von der Lea sprach? War er nur einmal dort oder mehrmals? Und wieso hat er einen Schlüssel?

Zu viele Fragen, zu viele Rätsel. Sie meldet ihre Position an die Kollegen im KK 11, steigt aus und läuft zum Eingang der Seniorenresidenz, dreht sich noch ein letztes Mal um, bevor sie durch die Glastür tritt. Nichts regt sich hinter ihr, niemand ist ihr gefolgt. Sie ist allein und auf einmal sehr müde und hungrig, und die Nachmittagshitze erscheint ihr im Inneren der Residenz noch drückender als draußen, sodass jede Bewegung zu einem Kraftakt gerät. Diese eine Befragung noch, dann trifft sie Manni zur Lagebesprechung in der Kantine, dort stünden in dieser Woche griechische Spezialitäten auf dem Programm, hat er gefeixt. Griechenland. Samos. Das Meer. Unendlich weit weg ist das jetzt, fast so, als hätte sie diese Reise nur geträumt. Auf Samos war der Täter nicht, dort war sie allein. Deshalb hat sie sich so leicht gefühlt. Trotz Lea Wenzels Trauer, trotz des Ermittlungsdrucks, trotz der Befürchtung, auch Lea sei in Gefahr und das weiße Pferd im Olivenhain neben ihrem Haus eine Warnung.

Eine Vernehmung noch, Judith, reiß dich zusammen. Der Versuch einer Vernehmung zumindest, denn dass die inzwischen 89-jährige Erna Henkel noch in der Lage ist, irgendetwas Brauchbares über ihre langjährige Tätigkeit im Heim Frohsinn zu berichten, erscheint fraglich. ›Kommando Frohsinn‹ nennen sie die Soko Altstadt inzwischen intern. Zwei Dutzend Kollegen gehören ihr an, und trotzdem haben sie auch am fünften Tag nach Jonas Vollenweiders Ermordung keinen konkreten Anfangsverdacht, keine heiße Spur, nur ihren Galgenhumor. Selbst über das Motiv des Täters können sie nur spekulieren.

Über 400 Namen gilt es zu überprüfen. Über 400 Namen, hinter denen sich die Schicksale von Jungen verbergen, die einmal im Kinderheim Frohsinn gelebt haben. Hinzu kommen ehemalige Erzieher, Küchen- und Reinigungskräfte, Aushilfen und Gärtner. Ein Wahnsinn ist es, schier unmöglich, all diese Menschen Jahrzehnte später ausfindig zu machen und herauszufinden, ob es Auffälligkeiten in ihren Biografien gibt. Todesfälle. Umzüge. Vorstrafen. Unerklärliche Veränderungen im Verhalten. Und natürlich muss man außerdem mit jedem Einzelnen über seine Erinnerungen an das Heim und seine Bewohner sprechen. Muss abklären, ob sich dort Tragödien ereigneten, die als Auslöser für eine Mordserie gelten könnten. Hat einer der einstigen Heimbewohner in Darmstadt gelebt oder lebt dort noch immer? Auch das müssen sie überprüfen, mit Vorrang sogar, denn alles spricht dafür, dass der Täter ein Perfektionist ist und dass also der Poststempel aus dieser Stadt kein Zufall ist, sondern eine wohlkalkulierte Botschaft.

Eine Pflegerin begleitet Judith in den zweiten Stock, führt sie über einen blank gewienerten Flur mit fröhlichen Aquarellen und Haltegeländern entlang der Wände. Erna Henkel sitzt in einem schmalen Zimmer im Rollstuhl an einem Tisch vor dem einzigen Fenster. Doch eine Jalousie sperrt die Sonne aus, sodass Judith sich fühlt, als trete sie in das Dämmerlicht einer dumpfwarmen Höhle. Sie stellt sich vor und drückt Erna Henkels Hand, die zart und kühl wie ein nacktes Vögelchen in der ihren liegt. Vor 20 Jahren hat Erna Henkel einem Journalisten des KURIER ein Interview gegeben, dessen Kopie in den Ermittlungsakten liegt. Im Vergleich zu dem Foto von damals ist ihr Gesicht faltiger geworden und ihre Haut fast durchscheinend, wie gelbliches Pergament. Judith reicht ihr die Kopie des Interviews und erklärt, um was es geht. Wortlos greift die ehemalige Erzieherin nach einer Leselupe mit integrierter Beleuchtung und beugt sich über das Interview.

Judith lässt ihr Zeit, Zeit, sich zu erinnern, vielleicht, hoffentlich. Ein unpersönliches Zimmer ist dies, wird ihr plötzlich bewusst. Auf dem Tisch, an dem sie sitzen, liegt eine Spitzendecke, in einer schmalen Vase lässt eine einzelne rosafarbene Rose den Kopf hängen. Aber Erna Henkel hat offenbar keine eigenen Möbel mitgebracht, und nirgendwo stehen Fotos von Kindern und Enkeln oder aus dem Kinderheim, nur ein paar Katzenfiguren aus Porzellan sind auf einem Sideboard neben dem riesigen Pflegebett aufgereiht.

Erna Henkel lässt die Lupe sinken und nickt, als wolle sie bekräftigen, was sie gerade gelesen hat. Allseits beliebt sei Hans Vollenweider im Haus Frohsinn gewesen, sehr fürsorglich und gut, hat sie dem KURIER-Journalisten vor 20 Jahren in die Feder diktiert. Und genau das wiederholt sie jetzt, sosehr Judith auch bohrt. Wiederholt es mit Kraft und Überzeugung, so als könne sie sich tatsächlich ganz genau an alles erinnern, auch wenn sie zwischendurch immer wieder innehält und beinahe weggetreten wirkt.

»Und Johanna Vollenweider?«, fragt Judith schließlich.

»Sie hat den Buben Eiscreme gegeben, wenn sie brav waren.« Ein vages Lächeln irrlichtert über Erna Henkels Gesicht.

»Und wenn sie nicht brav waren?«

Das Lächeln verblasst, der Blick der alten Frau scheint ins Leere zu gleiten.

»Sie hat die Buben nie geschlagen«, sagt sie schließlich.

»Sondern?«

»Wenn es gar nicht ging, gab es ja auch noch das Besinnungszimmer. Da kam ein Bub hinein, wenn er tobte. Da hat er sich wieder beruhigt.«

Ein Junge tobt und schreit und verzweifelt, und wenn er sich nicht beruhigen lässt, wird er weggesperrt. Ist es das, was dem Jungen mit dem Bild widerfuhr, von dem Lea erzählte? Vielleicht, vielleicht auch nicht. Erna Henkel jedenfalls will davon nichts wissen, oder sie hat es vergessen, oder es ist niemals passiert.

Der Himmel ist weiß, als Judith das Pflegeheim verlässt, die Luft ist statisch aufgeladen, beinahe greifbar. Vielleicht gibt es endlich ein Gewitter, Regen, Erfrischung, wenigstens für eine Nacht, vielleicht können sie dann besser denken und kommen voran.

Besinnungszimmer. Sie setzt sich ins Auto, lässt die Fenster herunter und versucht sich vorzustellen, was das für ein Raum war und was es für einen Jungen bedeutet haben mag, darin gefangen zu sein. In der Stadtbibliothek hat man ihr eine Kopie des Erziehungsratgebers von Johanna Haarer erstellt, eine Ausgabe von 1961. Judith blättert darin und stößt auf das Kapitel zur Säuglingspflege, das empfiehlt, selbst Neugeborene, sobald sie gestillt und gesäubert sind, allein in ein Zimmer zu legen und nicht weiter zu beachten. ›Nach wenigen Nächten, vielleicht schon nach der ersten, hat das Kind begriffen, dass ihm sein Schreien nichts nützt, und ist still‹, schreibt Haarer dazu.

Judith wirft das Buch auf den Beifahrersitz, dreht den Zündschlüssel und fährt zurück ins Präsidium. Die Luft, die durchs Fenster weht, schmeckt nach Staub und scheint trotzdem zu kleben. Musik wäre jetzt gut, irgendetwas mit sehr lautem und schnellem Beat, doch sie hat keine Lust, das Radio anzudrehen, sie will keine Werbung hören, keine Nachrichten, keine überdrehten Moderatoren.

Die Kantine ist ungewohnt voll dafür, dass es schon später Nachmittag ist. Offenbar ist die griechische Woche ein Renner bei den Kollegen, auch wenn die blauweißen Wimpel über der Essensausgabe ziemlich schlapp aussehen. Judith entdeckt Manni an einem Tisch am Fenster, er steckt sein Handy weg, als er sie sieht, und kommt ihr entgegen. In stummem Einvernehmen laden sie Souvlaki-Spieße, Hirtensalat und Pommes frites auf ihre Teller und schlingen am Tisch erst mal ein paar Bissen herunter, bevor sie sich auf Stand bringen und eine weitere Runde Fragen und Antworten durchspielen, die direkt zu neuen Fragen führen.

»Gehen wir mal versuchsweise davon aus, dass das Grab bei dem Heim tatsächlich eine traurige Hinterlassenschaft aus der NS-Zeit ist, von dem die Vollenweiders nichts wussten«, schlägt Manni vor. »Was folgt daraus?«

»Dass es unter der Leitung Hans Vollenweiders in dem Heim trotzdem brutal zugegangen sein kann, genauso wie in seinem Privatleben. Dass wir immer noch Leichen suchen und nicht mal wissen, wie viele. Dass der Täter mit uns spielt.«

Judith legt ihr Besteck beiseite. Der Täter ist nah, er beobachtet sie, er schickt ihr Botschaften. Warum ihr? Weil er am Tatort in der Altstadt gewartet hat, bis Jonas Vollenweider entdeckt wurde, und sie dort gesehen hat? Weil sie eine Frau ist? Weil er sie ganz bewusst ausgewählt hat und so gut kennt, dass er eine bestimmte Reaktion von ihr erwartet? Oder hat er ihren Namen einfach in der Zeitung gelesen? Sie muss das verstehen, um diesen Fall zu lösen, wird ihr auf einmal klar. Sie muss das wissen, um den Täter zu verstehen.

»In Darmstadt gibt es eine Menge Kasernen«, sagt Manni. »Vielleicht war unser Täter dort stationiert. Hat dort gedient und eine P1 mitgehen lassen.«

»Die Tatwaffe, ja, das könnte sein. Falls die tatsächlich eine P1 ist.«

»95 Prozent, sagt Munzinger.« Manni schüttet Ketchup über seine Fritten.

»War Hans Vollenweider bei der Bundeswehr?«

»*No*. Er musste nicht, gehörte zum weißen Jahrgang.«

»Bleiben also unsere rund 400 ehemaligen Heimkinder, wenn du mit deiner Annahme recht hast.«

»Oder Mister Unbekannt.«

»Oder unser Joker. Miriam.«

»Joker, na ja. Glaubst du das echt?«

Judith schiebt ihren Teller zur Seite. »Immerhin hatte sie laut Lea diesen heimlichen Freund.«

»Vielleicht wohnt der ja in Darmstadt.« Manni stellt den Ketchup zur Seite, greift wieder zur Gabel. »Von den Heimkindern, die mit A anfangen, hat jedenfalls keiner einen Bezug zu Darmstadt und auch nicht zur Bundeswehr. Aber wer weiß, jetzt kommt ja erst mal B an die Reihe, dann C und so weiter. Immer schön nacheinander. Leider sind die Listen wohl nicht mal ganz vollständig.«

»Wer sagt das?«

»Das Jugendamt.«

»Können sie das ändern?«

»Sie arbeiten dran, wollen aber nichts versprechen.«

Zu viele Rätsel. Zu viele Möglichkeiten. Zu wenig Zeit, sie alle zu verfolgen, und noch immer ist da ein blinder Fleck, etwas, das sie nicht sehen, sosehr sie sich auch bemühen. Ihr Handy meldet sich und signalisiert den Eingang einer Nachricht. Kein Text, nur ein Foto. Sie öffnet es, starrt darauf, beginnt wieder zu schwitzen, hier, in der klimatisierten Kantine. Zobel, die Ratte, lässt einfach nicht locker. Oder ist dieses Foto gar nicht von ihm? Sie checkt den Absender: keine Nummer. Teilnehmer unbekannt.

»*Bad news?*« Manni lässt die Gabel sinken und mustert sie.

KHK Krieger am Tatort in der Altstadt. Ein bleicher Schemen, mit den Händen auf der Leiche. Von oben fotografiert. Von der Brücke aus. Von dort, wo sie einen Moment lang glaubte, den Täter zu sehen, den Mann, der vor ihr weggelaufen war. Oder hat sie sich das eingebildet, war das nur ein Passant?

»Dieser KURIER-Reporter hat behauptet, er hätte Fotos, die mich am Tatort zeigen.«

Sie hält Manni das Display hin. Er wirft einen Blick darauf, runzelt die Stirn.

»Und?«

»Ich glaube nicht, dass das eins dieser Fotos ist.«

»Du glaubst, der Täter meldet sich jetzt auch per SMS bei dir?«

»Die Nummer des Absenders ist jedenfalls anonymisiert, Zobels Nummer nicht.«

Der kriegersche Verfolgungswahn. Sie glaubt das in Mannis Gesicht zu lesen, glaubt das schon zu hören, doch stattdessen mustert er das Display ein weiteres Mal, wirft ihr einen unergründlichen Blick zu und steht auf.

»Zeit für ein Interview, kommst du mit?«

»Interview mit wem?«

»Mit dem KURIER.« Er grinst. »Vielleicht haben ja unser Top-Reporter oder einer seiner Informanten aus Versehen den Täter fotografiert.«

* * *

Er war 18 damals, Herrgott noch mal, völlig grün hinter den Ohren. Natürlich wollte er vögeln, alle wollten sie das, immer und ständig. Abhängen, saufen und Mädels klarmachen. Alles, was sie damals taten oder dachten, lief früher oder später unweigerlich darauf hinaus. Beneidet haben sie ihn, als er bei Christin das Rennen machte. Er konnte ja selbst kaum glauben, wie eilig sie zur Sache kam, als sie erst mal anfingen. Natürlich hatte er da nicht an Pariser gedacht, er hatte ja nicht mal welche dabei, er war an dem Abend tatsächlich einfach nur zum Baggerloch gefahren, um zu baden, und dann liegt da Christin im Bikini, und auf einmal sind sie schon dran, viel geiler als in seinen kühnsten Fantasien, als ob sie's bezahlt bekämen, haben sie an diesem Abend gevögelt und dann noch ein paar Wochen lang immer mal wieder. Sie wird schon wissen, was sie tut, sie nimmt die Pille, wie alle Mädchen, das hatte er gedacht, wenn er überhaupt irgendwas überlegte. Und dann war der Sommer vorbei, und die Sache lief irgendwie aus. Sicher auch, weil er schnallte, dass Christin ganz schön viel kiffte, zu viel für ein Mädel, und dass sie bekifft jegliche Distanz verlor, und zwar nicht nur zu ihm. Und dann steht sie vier Monate später bei ihm vor der Tür und sagt, dass er Vater wird.

Er hatte gelacht im ersten Moment. Es war so absurd, so aus der Welt, und der Sommer längst vorbei und beinahe vergessen, und dann waren da doch ihre anderen Typen. Aber sie blieb völlig ernst, schien sich ihrer Sache absolut sicher. Du willst's also auch nicht, das dachte ich mir, sagte sie, mitten in sein Lachen, ganz cool, als spräche sie über ein Möbelstück, das man loswerden will und noch halbherzig versucht zu verzocken, bis man es entnervt auf den Sperrmüll wirft.

Eric Sievert lenkt den Kombi in die Garage und schaltet den Motor aus. Timo hieß der Junge, den Christin ein paar Monate später zur Welt brachte und direkt in die Obhut des Jugendamts gab. Ein Foto von diesem Jungen ist alles, was er je von ihm sah. Der leicht verwackelte Schnappschuss eines winzigen, roten Schrumpelgesichts, das erstaunlicherweise unverkennbar seine Kinnpartie aufwies und seine einen Tick zu eng beieinanderstehenden Augen. Keine Sorge, ich hab denen nicht verraten, dass du der Vater bist, hat Christin gesagt, als sie ihm das Foto unter die Nase hielt. Niemand wird dich je um Kohle angehen, und wenn der Kleine Glück hat, wird er adoptiert und kriegt echt nette Eltern. Und wenn nicht? Er hatte sich diese Frage verkniffen, sie brachte ja nichts, er hatte es sogar geschafft, diese Frage beinahe zu vergessen. Aber jetzt ist sie wieder da, als ob sie überhaupt nie weg gewesen sei, sondern nur in einer Untiefe seines Hirns vergraben, unsichtbar, stumm, aber dennoch vorhanden. Nichts bleibt für immer und ewig verschwunden. Alles kommt irgendwann wieder ans Licht, sei es, weil man danach sucht, sei es durch einen saudummen Zufall. Er hätte wissen müssen, dass diese Regel nicht nur für die Hinterlassenschaften von Römern, Nibelungen oder toten Soldaten gilt.

Eric steigt aus und verschließt den Wagen, geht durch die Hintertür der Garage in den Garten. Von Anfang an hatte er im Steiner Wald ein Scheißgefühl. Er hätte darauf hören sollen, die Sache abbrechen, als es noch ging, spätestens als er auf die Knochen stieß, hätte er sich vom Acker machen sollen. *Ciao, ciao, bye-bye*, auf Nimmerwiedersehen. Zu spät, viel zu spät. Er hat einen Fehler gemacht und hängt in der Scheiße und weiß nicht, wie er da wieder rauskommen soll.

Er lässt seinen Rucksack auf den Rasen plumpsen. Der Garten ist leer, das Haus verschlossen, Sabine und die Kids sind wohl noch im Schwimmbad. Er geht in die Scheune, die er sich zur Werkstatt ausgebaut hat. Sein Männerreich, wie Sabine gern spöttelt. Der Morgensex fällt ihm ein, ihr zufriedenes Lächeln beim Frühstück. Ihre Freude über die Kette, von der er längst wünscht, er hätte sie nie gefunden. Die ungeschminkte Wahrheit. Mit Sabine hatte es keine Lügen geben sollen, kein falsches Spiel. Aber von Timo hat er ihr dennoch nie erzählt, trotz Jan nicht, trotz Julia nicht, trotz aller Gespräche darüber, wie sie sich gegenüber Jans leiblichem Vater verhalten. Er nimmt ein Pils aus dem Kühlschrank, schlägt den Kronkorken an der Kante der Werkbank ab, setzt sich auf den Drehschemel und starrt die leeren Haken an, an denen sein Deus hängen sollte. Er hätte Sabine von Timo erzählen müssen. Er hätte ihr auch von den Knochen erzählen müssen, von der wahren Herkunft der Kette, von dem Bronzeschild, den er dann natürlich niemals hätte verkaufen können, von den Schüssen. Hätte. Hätte. Der Zug ist abgefahren. Definitiv. Jedes nachträgliche Geständnis wird nur Sabines Misstrauen schüren und ist Wasser auf die Mühlen ihres feinen Herrn Vaters. Wer einmal lügt, dem glaubt man nicht, und wenn er auch die Wahrheit spricht. Er gibt der Werkbank einen

Tritt, trinkt einen langen Schluck Bier. Er muss das jetzt durchziehen, er hat keine Wahl und kann nur hoffen, dass Kurt ihn mit seinem Misstrauen in Frieden lässt. Wenigstens hatte er seinen Rucksack noch auf, als der erste Schuss gefallen ist. Sonst hätte er den bei seiner panischen Flucht auch noch zurückgelassen, mitsamt seiner Adresse, dann wäre er wirklich am Arsch gewesen – vollkommen in der Hand dieses schießwütigen Försters.

Und wenn der Förster – oder wer auch immer auf ihn geschossen hat – ihm in dieser Scheißnacht bis zum Auto oder gar bis nach Hause gefolgt ist? Oder wenn der das gar nicht musste, um seine Identität rauszufinden, weil der gar kein Fremder war, sondern Kurt? Quatsch, das ist Quatsch, Kurt-der-Korrekte pirscht nicht mit einer Knarre durchs Unterholz, Kurt Böhm ist ein vollkommen friedfertiger Mensch. Eine Lusche, könnte man auch sagen. Ein Paragrafenreiter, der schon bei der bloßen Erwähnung eines nicht hundert Prozent legitimen Sondengangs ausflippt. Eric trinkt sein Bier aus und rammt die Flasche in den Kasten mit dem Leergut. Aber Sabine hat recht, Kurt hat manchmal so was Brütendes. Und er hat sich in den letzten Wochen verändert. Und neulich war Kurts Carport leer, als er vom Steiner Wald heimkam. Um drei Uhr nachts, und das mitten in der Woche – absolut keine Zeit, zu der Kurt sonst unterwegs ist.

Kurt war ein Heimkind, weißt du das denn nicht. Wieder und wieder hört er Sabine das sagen, seit dem Frühstück schon, wie in einer Endlosschleife. Regelrecht abgeschoben würden manche Kinder ins Heim, hat sie sich empört. Als normaler Mensch könne man solches Leid ja kaum ermessen. Wäre doch verständlich, wenn so ein jahrelang misshandeltes Kind sich an seinen Peinigern rächen würde.

Stopp. Stopp. Stopp. Eric springt auf und läuft raus in den Garten, schlägt die Tür der Werkstatt hinter sich ins Schloss. Schwere Jugend, was heißt das schon? Jeder hat sein Päckchen zu tragen. Auch bei ihm war früher nicht alles hopsasa und trallala. Aber deshalb ist er doch kein durchgeknallter Killer, genauso wenig wie Kurt. Die Knochen, die er im Steiner Wald gefunden hat, sind die sterblichen Überreste eines Soldaten. Punkt, aus, fertig, Schluss, damit hat es sich. Kurt ist ein Freund, auch wenn er manchmal seltsam ist. Und wenn Kurt ihn damals nicht mit der Renovierung seines Wohnzimmers beauftragt hätte, wäre er gar nicht hier. Dann hätte er Sabine nicht kennengelernt, hätte hier in der Nachbarschaft nicht so leicht Fuß gefasst, hätte nicht einmal mit dem Sondeln begonnen – das ist eigentlich ein Witz.

Er schultert seinen Rucksack und läuft rüber zum Haus. Kurts Wagen steht auch jetzt nicht im Carport, erfasst er mit einem Seitenblick. Vielleicht ist die Karre immer noch zur Reparatur, vielleicht war sie das auch neulich Nacht, und er hat das durcheinandergebracht. Eric schließt die Haustür auf und sieht sofort Sabines Zettel auf der Kommode. ›Schmeißt Du um 7 den Grill an, ich hab Kartoffelsalat gemacht.‹ Kartoffelsalat mit Würstchen. Ein kühler Weißwein dazu und später eine Gutenachtgeschichte für die Kiddies, und dann noch ein Glas Wein. Das Leben ist gut und kann wahnsinnig einfach und geradlinig sein, wenn man mit der richtigen Frau und der nötigen Kohle in einem Eigenheim lebt. Er hängt seinen Rucksack an die Garderobe und greift nach dem Briefumschlag, der unter Sabines Zettel hervorguckt. Sein Name und seine Adresse sind in altmodischer Schreibmaschinenschrift aufgetippt, bestimmt ist das wieder irgend so ein Werbescheiß. Doch er hat sich getäuscht, der Brief ist keine Werbung, ganz im Gegenteil. In dem Umschlag ist nur ein Foto, und das zeigt ihm so ziemlich das Wertvollste, das es für ihn gibt: Sabine, Jan und Julia, einträchtig im Sandkasten, völlig unverkennbar, auch wenn ihnen der Fotograf die Köpfe abgeschnitten hat. Was zum Henker soll der Scheiß, wer hat das so bekloppt aufgenommen und schickt es ihm? Oder ist das kein handwerkliches Unvermögen, sondern eine Drohung? Er betrachtet das Foto genauer. In Sabines gerade noch erkennbarem Dekolleté blinkt das goldene Herz. Das Foto ist also in den letzten Tagen entstanden. Eric dreht das Foto herum, schüttelt den Umschlag, wendet ihn. Nichts, gar nichts, keine Erklärung. Und auch kein Absender.

Ich erinnere mich an einen Sommertag. Wir ernten Möhren. Der Himmel ist hoch, Insekten summen im Kastanienbaum. Ich bin glücklich an diesem Tag, so glücklich es im Haus Frohsinn eben geht. Ich stelle mir vor, dass ich ein Forscher bin und die Erde erkunde. Ich stelle mir vor, dass sich tief unter dem Gemüsebeet ein Goldschatz verbirgt, den ich hebe und ganz für mich behalten darf, und dass ich meine Mutter wiederfinden und fortan mit ihr in einem Palast leben werde.

Ich rupfe die Möhren, so schnell ich kann, aus dem Boden und werfe sie in den Korb. Und sobald ich damit fertig bin, beginne ich zu graben. Aber ich finde kein Gold, ich finde eine winzige Hand aus Knochen.

Ich war noch klein damals. Ich war naiv. Ich trug diese Knochenhand zu ihnen, denn ich war sehr erschrocken. Und sie erschraken auch, das sah ich genau. Und dann schlugen sie mich. Nichts, gar nichts hast du gefunden, du Nichtsnutz, verstehst du? Wag es bloß nicht, davon zu reden, grab dort nie wieder.

Zwei Tage später gab es dann Möhrenein-
topf, und ich konnte nur an die Hand denken
und rührte den Eintopf nicht an. Frevel!
Verschwendung! Das gab es nicht, das wurde
nicht geduldet.

Ich musste sitzen bleiben. Aufessen. Und
als ich erbrach, zwangen sie mich, meine
Kotze zu essen. Einmal. Zweimal. Das gute Ge-
müse. Das böse Kind. Böse und undankbar, das
kann man nicht zulassen. Erna hatte schließlich Erbarmen und versprach mir ein Eis,
wenn ich am nächsten Tag folgsamer wäre. Am
Ende dieser Woche mochte ich auch keine Eiscreme mehr.

Erinnerungen. Ich habe gewusst, dass sie
wiederkommen, natürlich. Trotzdem halte ich
sie nicht aus.

Ich habe meinen Plan deshalb geändert und
die Dinge beschleunigt. Und Du musst mir
helfen. Du musst Dich jetzt wirklich auf das
Richtige konzentrieren. Damit es vorbei ist.
Damit ich endlich frei bin. Ich will doch
nichts als Erlösung von Dir.

Freitag, 7. August

Hufgetrommel. Das seidige Weiß einer fliegenden Mähne. Der Schimmel bäumt sich auf, fast glaubt sie, dass er sie unter sich begraben wird, aber dann wirft er sich herum und flieht in die andere Richtung, flieht vor ihr, sie versteht nicht, warum. Bleib, ruft sie ihm nach, ruft, so laut sie kann, mit dieser tonlosen, körperlosen Stimme, die Albträumen vorbehalten ist. Doch der Schimmel flieht nur noch schneller, und ein Schatten löst sich von ihm und jagt auf sie zu, eine rasant wachsende Schwärze, in deren Mitte zwei Augen glühen. Sie muss sich vor diesen Augen in Sicherheit bringen, sie muss den Schimmel zur Umkehr bewegen, er muss sie retten. Das war seine Botschaft, begreift sie endlich: Er wollte sie vor dieser Schwärze warnen. Doch jetzt ist die Dunkelheit schon beinahe da, der Sieg der Schatten, und sie darf nicht, sie darf einfach nicht, sie muss …

Sie erwacht von ihrem eigenen Schrei, aufrecht im Bett sitzend, die Fäuste vor der Stirn geballt, das Gesicht wie zum Schutz auf die Knie gepresst. Doch es gibt keinen Schutz, nicht so jedenfalls, nicht wenn sie die Augen verschließt wie ein ängstliches Kind. Sie versucht sich das klarzumachen, den Verstand einzuschalten, ihr waches Ich, die Kommissarin. Mach die Augen auf, schau genauer hin, ganz egal, wie schrecklich das Geschaute auch sein mag. Sehen musst du, alles sehen. Nur so hast du eine Chance, die Kontrolle zurückzugewinnen, die Dämonen zu bannen, wieder frei zu sein.

Sehen, alles sehen. Die Wahrheit erkennen. Darum geht es letztlich in jeder Todesermittlung, und Wahrheit ist der wohl einzige Trost, den sie den Angehörigen der Opfer am Ende anbieten können. Anfangs hat sie noch auf Gerechtigkeit gehofft, aber das ist lange her, und wie sollte man ein vernichtetes Leben auch je angemessen sühnen? Wahrheit also bleibt das Ziel und der größte Erfolg jeder Soko: Die Wahrheit des Täters, die Wahrheit der Tat. Und diese Wahrheit ohne jeden Zweifel benennen zu können, benennen und beweisen, das ist schon sehr viel und gelingt längst nicht immer. Doch man hat keine Wahl. Man muss nach dieser Wahrheit suchen. Nur durch sie kann es irgendwann wieder so etwas wie Frieden geben, sogar auf die trauernden Angehörigen der Opfer trifft das zu.

Etwas klappert in ihrer Wohnung, das Fenster schlägt zu. Judith hebt den Kopf und öffnet die Augen, zwingt sich, die Finger endlich zu entspannen, zu atmen. Blitzlicht zuckt auf, stroboskopgrell, dicht gefolgt von fast ohrenbetäubendem Donner. Das Gewitter. Endlich. Sie wirft das verschwitzte Laken, das sie als Decke benutzt hat, zur Seite. Der Himmel sieht psychedelisch aus, als habe ein wütender Künstler ihn mit brombeervioletter Tinte getränkt, wieder zuckt ein Blitz und zersplittert in Zickzacklinien, grellweiß geistern sie über die Dächer und lösen sich auf. Noch ein Knall, direkt über ihr.

Das Parkett ist kühl unter ihren nackten Füßen. Sie trinkt ein Glas Leitungswasser in der Küche und sichert das Fenster, schenkt sich Weißwein ein. Drei Uhr nachts, oder drei Uhr morgens, je nachdem, wie man das betrachtet. Ein neuer Ermittlungstag drängt heran, Tag 58 ohne Zigarette, sie hätte nie gedacht, es so lange zu schaffen, sogar Manni fängt allmählich an, sich daran zu gewöhnen, und lästert nicht mehr. Sie trägt den Wein ins Wohnzimmer und öffnet die Tür zur Dachterrasse. Auf dem Tisch draußen stehen noch die leeren Bierflaschen, die Manni und sie ein paar Stunden zuvor dort zurückgelassen haben. Sie hatten beide nicht einfach heimgehen wollen, als sie in der KURIER-Redaktion fertig waren. Waren noch zu aufgeputscht von einer weiteren Hoffnung auf einen schnellen Erfolg, die sich wieder zerschlagen hatte, hatten noch einmal die verschiedenen Möglichkeiten hin und her gewälzt. Trotzdem waren sie am Ende nur um eine Antwort klüger. Das Foto, das ihr aufs Handy geschickt wurde, stammt offenbar wirklich vom Täter. Als Absender hat die KTU ein vor drei Monaten als gestohlen gemeldetes Handy mit Prepaid-Karte ermittelt.

Der Himmel bricht auf, vollkommen überraschend, als habe jemand eine gigantische Dusche angestellt, prasselt der Regen auf die Holzbohlen der Terrasse, die Scheiben, die Dächer, zwingt die Halme der Bambusstauden in den Kübeln in eine zittrige Verbeugung, spritzt durch die offene Terrassentür auf Judiths Füße. Ja, denkt sie, plötzlich auf unerklärliche Weise euphorisch. Ja! Jetzt löst sich etwas. Es wird einen Durchbruch geben oder wenigstens eine neue Qualität der Ermittlung, ich weiß, dass es so ist, ich kann das spüren.

Regen, warmer frischer Regen aus einem Brombeerhimmel. Auf einmal reicht es ihr nicht, ihm von drinnen zuzuschauen, sie will ihn riechen, schmecken, fühlen, und bevor sie es sich anders überlegen kann, tritt sie aus ihrem Wohnzimmer mitten auf die Dachterrasse, legt den Kopf in den Nacken und breitet die Arme aus, lässt sich überströmen. Sie ist im Nu klatschnass, ihr Haar fällt ihr schwer in den Nacken, ihr T-Shirt klebt an der Haut. Aber es ist gut, auf eine verrückte Art wie ein Nachhausekommen, als habe der Regen schon lange auf sie gewartet. Wann hat sie zum letzten Mal in ihrem Leben so im Sommerregen gestanden? Lange her, verdammt lange her, irgendwann in Frankfurt mit Erri, als sie 16 war. Sie muss plötzlich lachen, trinkt ihren Wein aus, hebt das leere Glas hoch zum Himmel, breitet die Arme wieder aus. Sie hatten im Regen getanzt, sie und Erri, in jenem lange vergangenen hessischen Sommer, getanzt und gesungen und sich an den Händen gehalten, sie hatten geglaubt, das Glück währe ewig.

Das Wasser prasselt auf ihre Stirn, auf ihre Arme, auf ihre Brüste, auf ihren Rücken. Wasser. Leben. Die Frau im Regen. Wieder muss Judith lachen. Ein Buch könnte so heißen. Ein Film. Und es könnte ein Liebesdrama sein. Oder ein Thriller. Sogar eine romantische Komödie.

Später erst, als sie schon im Badezimmer unter der heißen Dusche steht, weil sie draußen völlig unvermittelt zu frieren begann, kommen auch die Erinnerungen an das jähe, zornige Ende jenes Frankfurter Mädchensommerglücks zurück. Wie sie getobt und geschrien und gewütet hatte, als ihre Mutter ihr offenbarte, dass ein weiterer Umzug in eine weitere Stadt unvermeidbar sei und damit ein weiterer Schulwechsel für Judith und die Brüder. Ihr müsst das verstehen, Papa hat gar keine Wahl, und wir leben doch alle von seinem Geld, und das sehr gut. Damals hatte Judith sich geschworen, nie, niemals von jemandem abhängig zu sein, immer ihr eigenes Geld zu verdienen. Und so hatte sie es gehalten, egal, wie hart das auch gewesen war. Doch in jenem Sommer hatte das nichts genützt, in jenem Sommer kam es auf sie nicht an und auf das, was sie wollte. Weil sie minderjährig war. Jugendlich. Ein Kind. Nicht befugt, ihre eigenen Entscheidungen zu treffen.

Natürlich hätte sie weglaufen können, als die Möbelwagen vorfuhren. Durchbrennen, untertauchen, das Beste hoffen. Aber das hätte nicht funktioniert, das begriff sie selbst damals mit 16, irgendwann hätten sie sie aufgegriffen und zurück zu ihren Eltern gebracht, in ein schickes Internat, womöglich sogar in ein Erziehungsheim, aber niemals zurück nach Frankfurt zu Erri.

Judith stellt die Dusche aus und wickelt sich in ein Handtuch. Sie hatte keine Macht gehabt. Kein Recht zu entscheiden, wo und wie sie leben wollte. Weil sie nicht volljährig war, sondern den Entscheidungen der für sie verantwortlichen Erziehungsberechtigten unterworfen. Und natürlich hatten ihre Eltern ihr letztendlich nichts Böses gewollt und nichts Böses getan. Sie hatten sie nicht misshandelt, sie hatten ihr eine gute Bildung ermöglicht, Urlaubsreisen, Weihnachts- und Geburtstagsfeiern, es fehlte an nichts. Sie hatte sich fremd gefühlt in ihrer Familie, das ja, sie hatte gestritten, je älter sie wurde, desto mehr, aber zugleich hatte sie ihre Brüder geliebt und auf eine seltsam verquere Art auch ihre Mutter.

Ihr habt es besser als die, also benehmt euch. Wie aus weiter Ferne hört sie Lea dieses Zitat aus Jonas' Kindheit wiederholen. Judith stellt sich vor den Badezimmerspiegel, spricht es laut aus, glaubt einen Moment lang wie ein schwaches Echo auch das zu hören, was darin mitschwingt, was Hans und Johanna Vollenweider aber vermutlich niemals laut aussprechen mussten, weil es so selbstverständlich war, auf so machtvolle, brutale Weise allgegenwärtig: das Leiden der Heimkinder gleich nebenan, die niemanden hatten, der mit ihnen verwandt war oder sich aus einem anderen Grund persönlich mit ihnen verbunden fühlte, die vollkommen der Willkür Fremder unterworfen waren, in deren Obhut sie sich befanden.

Etwas in ihrem Nacken beginnt zu prickeln. Ungut, wie eine Warnung, als ob jemand hinter ihr stehe mit bösem Blick. Und dann begreift sie endlich, warum der Täter in der Altstadt gewartet hat, bis sein Opfer gefunden wurde. Warum er auch zu seinem ersten Tatort, dem Haus in Hürth, immer wieder zurückkehren musste, dem Heim seiner einstigen Peiniger. Warum er ihre Leichen versteckt, sodass niemand sie finden kann. Warum er alles fotografiert. Weil er die Kontrolle behalten will, immer, unter allen Umständen. Weil das für ihn die einzig mögliche Konsequenz aus seiner Kindheit im Heim ist, der Hilflosigkeit dort, dem Ausgeliefertsein. Und er schickt ihr die Fotos, weil er davon überzeugt ist, dass er auch sie unter Kontrolle hat und deshalb nach Gutdünken manipulieren und quälen kann. Genau so, wie seine Erzieher es früher mit ihm getan haben.

* * *

Bewegung, endlich. Kurt Böhm heißt ihr Mann der Stunde. Geboren 1960. Aufgewachsen im Kinderheim Frohsinn. Wehrdienst in Aschaffenburg. Wohnhaft in Darmstadt seit 1979. Manni fädelt sich auf die linke Spur der A 3, neben ihm rammt Judith Krieger reflexartig die nackten Füße ins Bodenblech.

»Relax, Baby, ich hab alles im Griff.« Manni grinst und beschleunigt auf 170.

Sie verdreht die Augen, kramt in ihrer Handtasche rum, fördert eine CD zutage.

»Ich leg die mal auf.«

»Wenn's dir hilft.«

Zum Glück haben sie ihm heute Morgen nicht eine der Schwachmaten-Gurken zugeteilt, sondern den flinken Mondeo. Er schert kurz nach rechts, um einen BMW vorbeizulassen, dessen Fahrer offenbar noch nie was davon gehört hat, dass das dauerhafte Betätigen der Lichthupe als Nötigung gilt. Wenn der wüsste, wen er da gerade so hübsch bedrängt. Manni grinst noch ein wenig breiter. Aus den Wiesen neben der Autobahn steigt Wasserdampf. Die Sonne ist eben dabei, die letzten Regenwolken in Wohlgefallen aufzulösen. Eine schöne Welt ist das, so gesehen. Sogar die CD von der Krieger ist erstaunlich erträglich. Lässig und leicht irgendwie, mit einem coolen Beat, der nach Highway klingt, ganz anders als dieses Weltverbesserer-Politgejaule der 70er, auf das sie normalerweise steht. Sie ist überhaupt ziemlich locker in letzter Zeit. Vielleicht liegt es an ihrem neuen Freund, den er gestern Abend kurz in Augenschein nehmen durfte. Oder am Nikotin-Entzug. Vielleicht auch an beidem, verraten wird sie ihm das nicht, das weiß er schon.

»Wenn Kurt Böhm unser Täter ist und uns also durch seine Briefe an mich absichtlich auf seine Spur gebracht hat, muss er sich verdammt sicher fühlen, und dann dürfte es schwer werden, ihm was zu beweisen«, sagt sie düster. »Denn der Mann, den wir suchen, ist ein Perfektionist.«

»Niemand ist perfekt, Judith. Denk an die Fasern auf Miriams Schreibtischstuhl.«

»Fasern, ja, aber keine DNA.«

»Noch sind die Munzingers mit den Spuren aus Hürth nicht am Ende.«

Sie schnaubt, was in Anbetracht des aktuellen Bulletins der Kriminaltechnik keine Überraschung ist. Zwei Haare der Krieger haben die KTUler am Morgen als echte Entdeckung präsentiert und dazu noch weitere Spurenträger quasi aller Kollegen, die irgendwann in den letzten 20 Jahren mal berechtigterweise in dem Vollenweider-Wohnhaus gewesen sind. Schneider hatte sogar das Klo benutzt, Dannenberg in der Küche ein Glas Wasser getrunken. Das ist natürlich alles sehr schön und füllt etliche Seiten in den Akten, hilft ihnen aber kein bisschen weiter.

Wenn man sucht, findet man nicht immer das, was man erwartet. Ekaterina Petrowas Worte fallen ihm ein, ihre irre Geschichte von dem Mondgestein in dem russischen Bohrloch und der heulenden Erde, und im nächsten Moment denkt er einmal mehr an die Kindergebeine unter dem Radieschenbeet, deren exaktes Alter die sonst so findige Rechtsmedizinerin offenbar tatsächlich nicht bestimmen kann. Doch es spricht einiges dafür, dass die toten Kinder ein Relikt der Nazis sind. Inzwischen hat er Belege dafür, dass das Haus Frohsinn 1941 ein paar Monate lang als eine Art Sammellager für Kinder aus der Eifel gedient hatte, die die Nazis vernichten wollten. Einige dieser Kinder könnten bereits vor dem Transport in die Todeslager in dem Kinderheim gestorben und dann einfach bei Nacht und Nebel hinter dem Haus verscharrt und vergessen worden sein, hat Elke Schwab gemutmaßt. Manni versucht sich ein Deutschland vorzustellen, in dem Kinder einfach umgebracht werden können, ohne dass das jemanden kümmert. Er schafft es nicht, will es gar nicht schaffen.

If you love me, I'll make you a star in my universe. Vollkommen unvermittelt ist der nächste Song auf der CD der Krieger genau sein Sonja-Lied, und sofort muss er an das Kind denken und an die Wohnung, die sie plötzlich auch auf dem Zettel haben, so rasant, als hätte jemand mitten in einem Film den Schnellvorlauf betätigt. Drei Zimmer im Parterre mit großem Hinterhof in einer Südstadt-Hausgemeinschaft. Und im Vorderhaus wird im Januar eine Praxis frei, war es aus Sonja hervorgesprudelt, als sie ihn durch die Wohnung zerrte. Da könnten Helen und ich mit unserem Massagestudio hinziehen, das wäre ideal, dann hätte ich ganz kurze Wege zur Arbeit, und das reduziert die Kosten für den Babysitter, und zur Uni ist es von dort auch nicht weiter als von meiner alten Wohnung. Manni fasst das Lenkrad fester. Drei Tage Bedenkzeit haben sie, so lange ist diese Wohnung für sie reserviert. Er versucht es sich vorzustellen: abends heimkommen zu Frau und Kind, Abendbrot, Abwasch und Gutenachtgeschichte, und wenn er zu spät kommt, Genörgel und Tränen. Denn so wird es sein, so endet es immer. Jeder Polizist kann ein Lied davon singen. Er wirft der Krieger einen Seitenblick zu.

»Willst du eigentlich Kinder?«

»Wie kommst du denn jetzt da drauf?«

»Heißt das ja?«

»Fragst du wegen Karl?« Sie klappt die Berichte zu, in denen sie geblättert hat, und lächelt ein schiefes Katzenlächeln. »Nein, will ich nicht. Und du?«

»Keine Ahnung«, sagt er und fühlt sich wie ein mieser Verräter. Vielleicht wird das Kind ja ein Mädchen, das Sonja ähnelt. Vielleicht wird es dann ganz leicht, dieses Kind zu lieben, weil es ihn nicht ständig an seinen Vater und sich erinnern wird.

Die CD springt zum nächsten Song, statt der elfenhaften Mädchenstimme knödelt jetzt ein Kerl mit leicht kratzigem Schlafzimmercharme etwas von einem Flugzeug, in dem er sein Mädchen mitnehmen will, hoch, ganz hoch hinaus, *gonna take her for a ride on a big jet plane, hey hey,* und das ist entsetzlich banal und trotzdem ein Ohrwurm, perfekt für einen schnellen Ritt auf der Autobahn.

Bei Limburg kaufen sie sich einen Kaffee, den sie im Weiterfahren trinken, kurz vor dem Frankfurter Flughafen verlässt er die A 3 und heizt noch einige Kilometer über die A 67 durch eine unglaublich platte und nichtssagende Landschaft, bis sie die Autobahnausfahrt Darmstadt erreichen. Eine mehrspurige Straße führt danach schnurgerade auf irgendeinen Säulenheiligen im Stadtzentrum zu, aber sie biegen rechts ab und fahren aus der City heraus zum Stadtteil Eberstadt, was wohl so eine Art Vorort in besserer Lage ist, umgeben von Wald, mit gepflegten Straßen und protzgrünen Gärten. Kurt Böhm wohnt beinahe am Ortsausgang in einem sauber hellgelb verputzten frei stehenden Haus, mit modern bis zum Boden heruntergezogenen Fenstern. Manni schaltet den Motor aus. Neben ihm gibt die Krieger einen Seufzer von sich, der wohl andeuten soll, dass sie dankbar ist, eine weitere Fahrt mit ihm am Steuer überlebt zu haben.

»Wahrscheinlich ist Böhm sowieso bei der Arbeit.« Sie angelt nach ihren Sneakers.

»Der Schlitten im Carport ist aber kein Frauenauto«, widerspricht Manni.

»Sexist.« Sie knufft ihn auf den Oberarm.

»Wetten, ich hab recht!«

Sie steigen aus, hübsch synchron, wie diese albernen Ermittlerduos im Fernsehen, die er immer direkt wieder wegzappt. Hitze brütet sie an, beste hessische Mittagshitze, falls es hier in der Nacht auch ein Gewitter gab, ist die Abkühlung, die das möglicherweise gebracht hat, schon lange verflogen. Am Ende der Straße wölbt sich ein bewaldeter Hügel in den makellosen Himmel.

»Frankenstein«, sagt die Krieger. »Der heißt wirklich so. Der Anfang der Bergstraße. Hübsch, nicht wahr?«

»Zu Kohle hat er's jedenfalls gebracht.« Manni mustert

Böhms Heim genauer. Ein geschmackvoller Naturstein-pflasterweg führt in angenehmem Schwung zur Haustür, raffiniert gepflanzte Sträucher schirmen den hinteren Teil des Gartens vor Blicken von der Straße ab, ohne im Mindesten an das immer gleiche Friedhofs-Immergrün zu erinnern, für das sich talent- und mittellosere Hobbygärtner entschieden hätten. Nach seiner vermutlich nicht uneingeschränkt glücklichen Kindheit im Heim hat Kurt Böhm studiert und sich hochgearbeitet und ist im warmen Schoß des wohlsituierten Mittelstands gelandet.

Manni drückt auf die Klingel. Sie warten. Nichts regt sich, niemand. Nur ein paar Vöglein piepen irgendwo im Geäst eines Baums, der ihn vage an den auf dem Foto vom Kinderheim Frohsinn in Miriams Zimmer erinnert. Die Straße ist menschenleer, trotzdem könnte er wetten, dass irgendjemand sie bereits beobachtet. Er klingelt erneut, länger diesmal, ist auf einmal sehr sicher, dass Böhm zu Hause ist. Instinkt ist das, Bauchgefühl, wie auch immer man das nun titulieren will. Fast eine Woche sind sie schon dran an dem Fall, ohne viel erreicht zu haben. Jetzt wird sich das ändern, heute, hier. Er drückt die Klinke des Gartentors runter, das bereitwillig aufspringt. Die Krieger protestiert, folgt ihm dann aber durch das Gesträuch in den hinteren Teil des Gartens. Und siehe da, das hat sich gelohnt. Ein Bachlauf plätschert hier herzerfrischend vor sich hin. Eine schattige Laube steht direkt daneben, und darin sitzt ein Mann mit Halbglatze vor einem Laptop, halb mit dem Rücken zu ihnen und offenbar ganz und gar in seine Arbeit vertieft.

Ein paar Sekunden lang lassen sie dieses Idyll auf sich wirken, dann wird es jäh von Kindergeplärr durchbrochen. Böhm reagiert nur mit einem knappen Blick zur Seite, tippt dann gleichmütig weiter. Automatisch guckt auch

Manni in die Richtung, aus der das Geblök kommt, und entdeckt zwei rotznasige Kleinkinder in einem Sandkasten auf dem Nachbargrundstück. Eine blond gelockte Frau in Jeansshorts, die ihre sinnlichen Kurven hervorragend zur Geltung bringen, hebt sich den Schreihals auf die Hüfte, der, so fixiert, augenblicklich verstummt. Sie wuschelt ihm durchs Haar und stutzt, als sie Manni entdeckt. Er verkneift sich ein Zwinkern. Nicht der Ort, nicht die Zeit.

»Herr Böhm?«, sagt Judith Krieger neben ihm.

Der Mann am Laptop fährt zusammen und springt auf.

»Was?«, stammelt er. »Wer?«

Aber da ist etwas in seinen Augen, das seine Verwirrung Lügen straft. Eine Art Reserviertheit, vielleicht auch Kälte, die noch zunimmt, sobald sie sich vorstellen. Er ist nicht überrascht, dass die Polizei zu ihm kommt, er hat uns erwartet, denkt Manni, und im selben Moment wird er plötzlich ganz ruhig, ja, fast heiter. Sie sind richtig hier, o ja, daran besteht kein Zweifel, und wie zur Bestätigung senkt Kurt Böhm den Kopf und klappt seinen Laptop zu.

»Kommen Sie bitte«, sagt er nach einem schnellen Blick auf seine Nachbarin, »gehen wir nach drinnen, da sind wir ungestört.«

* * *

Der Täter hat Kontakt mit der Polizei aufgenommen. Und er war offenbar noch in der Nähe des Tatorts, als Judith Krieger eingetroffen ist. Gut, okay, wirklich zugegeben hat die Polizei das nicht. Aber sie haben es auch nicht geleugnet, und tatsächlich lässt das plötzlich erwachte Interesse Judith Kriegers an seinen Tatortfotos keine andere Schlussfolgerung zu. Ein Täter, der der Polizei quasi vor der Nase herumspaziert – das ist ein echter Hammer! Schade, sehr, sehr schade, dass er darüber vorläufig nicht berichten kann. René Zobel erreicht das Nobelviertel Marienburg und manövriert seinen Wagen in eine Parklücke im Schatten eines Baums. Jeden noch so verwackelten Schnappschuss, die die Gaffer aus der Altstadt ihm zugespielt hatten, hat er der Krieger und ihrem coolen blonden Kompagnon gestern gezeigt, er hat wirklich die Hosen runtergelassen, aber glücklich waren sie mit der Ausbeute trotzdem nicht. Natürlich hatte er gehofft, dass sie ihm zum Dank für seine Kooperationsbereitschaft ein paar Exklusiv-Informationen stecken würden. Aber nein, Fehlanzeige. Ihnen ist klar, dass Sie Ihre Spekulationen über eine mögliche Kontaktaufnahme des Täters zur Polizei zum jetzigen Zeitpunkt keinesfalls publizieren dürfen, hieß es lapidar. Und dann hat es noch einmal eine geschlagene Stunde gedauert, die beiden davon zu überzeugen, dass es im KURIER-Archiv keine Materialien zu der Todeshaus-Berichterstattung von vor 20 Jahren gibt. Mühselig war das, aber schließlich sind sie doch abmarschiert – die Krieger wieder mit dieser Aura, wie sie Sigourney Weaver als Commander Ripley in *Alien* hatte, bevor sie einen glibberigen Außerirdischen eliminierte. Ich erzähl Ihnen jetzt mal was ganz Brisantes, Stoff für eine Oberhammerstory, aber das ist vertraulich, das schreiben Sie bitte nicht. Nee, ist klar, Gnädigste, erst wenn Sie das erlauben. Aber das hatte er natürlich nicht laut gesagt, sondern stattdessen versprochen, brav zu sein, wenn er sich im Gegenzug darauf verlassen könne, von nun an vor allen anderen Journalisten auf den Stand gebracht zu werden. Und das hatten sie ihm immerhin versprochen, widerwillig zwar, aber das ist ihm egal. Eine Hand wäscht die andere, so läuft das nun mal.

Er schnappt sich den KURIER des Tages und verschließt seinen Wagen. Ja, er hat eine ziemlich genaue Vorstellung davon, wo sich die verschwundenen Archivmaterialien über das Kinderheim Frohsinn befinden, und wenn er es schafft, diesen Stoff zu ergattern, wird das die Kooperationsbereitschaft von Frau Commander Ripley-Krieger beträchtlich steigern, darauf könnte er wetten. Er legt die letzten Meter zu Rufus Fegers Villa im Laufschritt zurück. Steter Tropfen höhlt den Stein. Nicht geschossen ist auch vorbei. Irgendwann auf einem Kindergeburtstag hat sein Vater ihm dieses Grundprinzip jeden nachhaltigen Erfolgs mal verklickert, beim Dosenwerfen, Ewigkeiten ist das her. Er war unglaublich sauer gewesen damals. Alle anderen Kinder, all seine Gäste, trafen dauernd, sogar sein total peinlicher kleiner Bruder – nur er warf daneben. Und irgendwann hatte er keine Lust mehr, verzog sich in eine Ecke und schmollte, wollte seine Gäste zum Teufel jagen. Komm schon, René, nicht aufgeben, versuch's noch mal, nicht geschossen ist auch vorbei, hatte sein Dad damals ganz ernsthaft gesagt und ihn wieder in die Reihe geschoben. Erst hatte er sich geziert und dann doch geworfen und getroffen – nicht spektakulär, aber immerhin. Eine Lektion fürs Leben. Sollte eines Tages mal ein Nachruf über ihn verfasst werden, wird ihm jedenfalls niemand darin vorwerfen können, dass es ihm je an Frustrationstoleranz gemangelt hätte.

René Zobel senkt seinen Zeigefinger auf den Messingklingelknopf von Rufus Fegers Villa. Er kann sich schon denken, was als Nächstes passiert – er wird eine Abfuhr kassieren, genauso wie gestern und vorgestern auch. Er wischt sich trotzdem ein unsichtbares Stäubchen vom Hemd, strafft die Schultern, setzt ein freundliches Lächeln auf. Ein Rauschen dringt aus der Gegensprechanlage, ein

Knistern, dann das nun schon fast vertraute Schnarren der Geisterbahnstimme von Fegers Hausdrachen.

»Ja?«

Er sagt sein Sprüchlein auf. Nur zehn Minuten wolle er Rufus Feger gern sprechen, ein Gespräch unter Kollegen, selbstverständlich auch kürzer oder zu einem späteren Zeitpunkt, wenn das besser passt, daran solle es nicht scheitern, wenn es auch, in der Tat, allmählich etwas dringlich sei, das Tagesgeschäft dränge leider, das kenne Feger ja selbst noch …

Es summt. Das Tor schwingt auf. Er kann es kaum glauben, ballt die Hand in der Hosentasche. Danke, lieber Daddy, für die beste Lektion meines Lebens, darauf trinken wir einen, auf meine Rechnung! Er zieht das Gartentor hinter sich zu und läuft über einen weiß gekiesten Weg auf die wirklich beeindruckende Jugendstilvilla zu. Der Hausdrache ist eine fleischgewordene Klischeefigur aus einem B- oder C-Movie. Formlos in Kittelschürze mit fettigem Haardutt und verkniffenen Lippen. Wortlos Missbilligung ausströmend, führt sie ihn durch einen schummrigen Flur in einen Wohnraum, an dessen Wänden sich Bücherregale mit sicher sehr teuren Ölschinken abwechseln.

Das also ist das Allerheiligste des großen Rufus Feger. Und das ist der einstige Starkolumnist selbst, ein – er muss kurz schlucken – zusammengesunkener, zittriger Greis im Rollstuhl, der nicht gerade nach Aftershave duftet. Doch die Augen sind wach und intelligent, auch wenn sie tief in den runzligen Höhlen liegen. René Zobel streckt die Hand aus und dienert, merkt, wie ihm doch tatsächlich die Ehrfurcht in die Stimme kriecht. Er ist nah, ganz nah dran an seinem Idol. Wenn er keinen Fehler macht, wird Feger ihm helfen, das wird sein Durchbruch, nicht nur in der Todeshaus-Geschichte.

»Herr Feger, es bedeutet mir so viel, Sie persönlich kennenzulernen. Ich habe all Ihre Kolumnen und Reportagen gelesen, und zwar nicht nur einmal. Ich bewundere Sie sehr.«

Feger lallt etwas und winkt ab, deutet mit zittriger Hand auf einen Sessel.

»Ich bring dann den Tee«, faucht der Hausdrache und verschwindet, was die Raumatmosphäre augenblicklich verbessert.

Zobel faltet sich in einen Sessel und legt den KURIER mit seiner heutigen Top-Story vor Feger auf den Tisch. SCHÖNE MIRIAM – JETZT SPRICHT IHR FREUND: WIR MUSSTEN UNS HEIMLICH LIEBEN! Schöne Miriam, hatte Judith Krieger gehöhnt. Schön ist wohl Ihr einziges Adjektiv, wenn es um Frauen geht? Nur wenn es zutrifft, hatte er erwidert und sich zu einem Lächeln gezwungen. Aber das hätte er sich ebenso gut für seine Topfpalme aufsparen können, die hätte sein Kompliment vermutlich besser zu würdigen gewusst. Klar, so richtig genial ist dieser Aufmacher nicht. Irgendwas war seltsam mit diesem Interview. Aber deshalb musste die Krieger sich nicht gleich so aufplustern. In seinem bislang leider einzigen Artikel über sie hat er sie schließlich auch als schön bezeichnet, dabei war das nun wirklich geschmeichelt, denn in dem Outfit, das sie offenbar extra für den Interviewtermin mit ihm angelegt hatte – eine konservative getüpfelte Bluse und streng zurückgestecktes Haar –, wirkte sie genau genommen wie eine verkniffene Gouvernante.

Der alte Feger scheint mit dem Studium des Artikels nun fertig zu sein und fördert aus einer Seitentasche an seinem Rollstuhl die Mappe hervor, die Zobel extra für ihn angefertigt und vor zwei Tagen abgegeben hat, um ihn von seinen Qualitäten zu überzeugen.

»Iiih esch«, stößt er hervor und verzieht den Mund zu einem schiefen Grinsen.

Nicht schlecht, meint er das? Ein Lob? Offenbar. René Zobel erwidert das Lächeln. »So schwer war das nicht, den Freund von Miriam aufzuspüren und ihm ein Jugendfoto und ein paar nette Worte abzuringen, das ist Routine, Sie wissen doch, wie so was läuft, die Leute zieren sich erst, aber dann hören sie sich doch gern selbst reden ...«

Nur dass dieser Miriam-Freund gar nicht so gerne und viel geredet hat, wird ihm schlagartig klar. Sobald es konkret um Miriam ging, war er äußerst zugeknöpft. Als sei er noch längst nicht drüber weg. Und das nach 20 Jahren.

Der Alte betrachtet ihn mit wässrigen Augen. Abwartend? Prüfend? Der Hausdrache bringt den Tee in Porzellan mit Goldrand, schenkt ihnen ein und verschwindet gnädigerweise wieder. René Zobel räuspert sich. Dieser Raum mit den Büchern und dicken Teppichen schluckt sein Zeitgefühl, er kann gar nicht mehr sagen, wie lange er schon bei Feger ist, weiß nicht, wie lange er überhaupt bleiben darf, ist für ein paar absurd anmutende Sekunden nicht einmal sicher, ob er sich überhaupt noch im 21. Jahrhundert befindet. Er lässt ein Stück Kandis in seine Tasse plumpsen und rührt, ruft sich das Ziel seines Besuchs vor Augen: Fegers Einschätzung hören, Fegers Unterlagen von damals zumindest anschauen und, noch besser, mitnehmen dürfen. Aber wenn er den alten Fuchs auf seine Seite ziehen will, darf er nicht rumzaudern, dann braucht er Biss, das ist ihm sonnenklar.

Er platziert den Löffel wieder ordentlich neben der Tasse, setzt sich so aufrecht wie möglich in dem scheußlich weichen Sesselchen zurecht und legt los. Wie er seine Position im KURIER so schnell erreicht hat, wie er den Fall Todeshaus bislang angegangen ist, wie er im Archiv auf die Lücke stieß und Feger deshalb um Hilfe bitten möchte. Dass die ersten Briefe und Mails ehemaliger Heimkinder eintreffen, aber leider nichts Konkretes enthüllen, nur allgemeines Gejammer über die Schlechtigkeit der Welt. Feger lässt ihn reden, reden und reden. Und dann, gerade als er glaubt, es versiebt zu haben, und Feger ihn auflaufen lässt, hebt der Alte die Hand und nuschelt etwas, das wie ›Familie‹ klingt.

René Zobel hält inne, sein Hirn läuft auf Hochtouren. Glaubt Feger, der Täter stammt aus der Familie, nicht aus dem Heim? Offenbar ja, denn als Zobel diese These laut wiederholt, ist die Antwort ein Nicken. Und dann ist die Audienz vorbei, jedenfalls ist Fegers Hausdrache dieser Ansicht, und Feger selbst macht keinerlei Anstalten, ihr zu widersprechen. René Zobel will protestieren, erkennt aber, dass ihm nichts anderes übrig bleibt, als sich zu fügen. Ohne die Unterlagen aus dem Archiv.

»Ich würde gern bald wiederkommen, wenn ich darf«, sagt er sehr viel freundlicher, als ihm zumute ist. »Sie über den Gang der Dinge informieren, ein bisschen plaudern. Und vielleicht haben Sie ja doch noch ein paar Unterlagen von damals?«

Feger mustert ihn. Ein beinahe spitzbübisches Lächeln spielt um seine Lippen. Dann hebt er die Hand und zeigt auf das Foto von Miriams Freund.

»Der lügt«, sagt er überraschend klar.

* * *

»Sie verstehen das nicht«, sagt Kurt Böhm ein weiteres Mal.

»Dann erklären Sie es. Sagen Sie uns, wie es gewesen ist«, erwidert Judith.

»Das würde nichts bringen.« Böhm schüttelt den Kopf, schwerfällig und stur, wie ein Ochse, der sich gegen Schmeißfliegen wehrt.

»Versuchen Sie es trotzdem.«

Böhm schweigt, den Blick auf den tadellos blank polierten Couchtisch geheftet. Er will nicht über die Jahre im Kinderheim sprechen. Er will überhaupt nicht mit ihnen sprechen, jedes Wort, das er sich entlocken lässt, jede seiner Bewegungen, jede einzelne seiner Körperzellen strahlt das aus. Ja, er ist im Haus Frohsinn aufgewachsen. Ja, er lebt seit 1979 in Darmstadt und hat seit einem Jahr beruflich oft in Köln zu tun, das hat er alles zugegeben. Aber Rache für eine nicht optimale Kindheit, Mord sogar, nein, ganz sicher nicht. Es sei absurd, ihn mit einer solchen Anschuldigung zu konfrontieren. Absurd, krank, durch nichts zu rechtfertigen. Er sei seit 1990 glücklich verheiratet, er habe vier Kinder, Erfolg im Beruf, ein gutes, befriedigendes Leben.

Manni wird unruhig neben ihr, steht auf und geht zum Fenster.

»1981 haben Sie zum ersten Mal geheiratet. Im April. Kurz zuvor hat jemand das Kinderheim Frohsinn niedergebrannt«, sagt er zu Böhms Hinterkopf.

Böhm regt sich nicht, sitzt wie versteinert.

»1985 hat Ihre Frau die Scheidung eingereicht. Ein halbes Jahr vor dem Mord an den Vollenweiders«, fährt Manni fort.

»Wir waren zu jung«, sagt Böhm monoton.

»Zu jung, tatsächlich, ja?«

»Ilona war gerade erst 18, als wir uns kennenlernten, ich habe noch studiert.«

»Das muss doch kein Grund für eine Scheidung sein.«

»Es hat nicht gepasst.«

»Was hat nicht gepasst?«

»Ilona und ich.«

»Einfach so?«

»Wer trifft schon auf Anhieb die richtige Frau?«

Er ist zu ruhig, denkt Judith, viel zu beherrscht, er gibt nichts Persönliches von sich preis, was wir hier zu sehen bekommen, ist eine Fassade.

»I-lo-na«, sagt Manni vom Fenster her, jede Silbe zerdehnend. »Wie sie das wohl sieht?«

»Das müssen Sie sie schon selber fragen.«

»Haben Sie noch Kontakt zu ihr?«

Böhms Augen verengen sich, etwas blitzt darin auf, das nicht zu seiner stoischen Ruhe passen will. Wut vielleicht. Die Angriffslust eines in die Enge getriebenen Tiers.

»Das ist Ihr Job, ja, unbescholtene Bürger mit absurden Unterstellungen belästigen, im Schmutz rumwühlen.«

»Wieso Schmutz, ich dachte, es hätte ganz einfach nicht gepasst mit Ilona und Ihnen«, sagt Manni ungerührt.

Böhm winkt ab, eine Geste, die wohl Resignation ausdrücken soll. »Soweit ich weiß, hat sie später einen amerikanischen Soldaten geheiratet, der damals hier in Darmstadt stationiert war, und ist in die USA ausgewandert.«

Ein Soldat, Militär, interessant, wenn man an die Tatwaffe denkt. Auch wenn Judith Mannis Gesicht vor dem hellen Fenster nur undeutlich erkennen kann, kann sie ihn das förmlich denken sehen. Aber es bringt sie nicht voran, ist nichts weiter als Spekulation. Ist Böhm der Täter, ist er der Mann, dessen Schatten sie vor einer Woche in der Altstadt gesehen hat? Er könnte es sein, er hat die Statur. Sportlich, 1,84 Meter groß, und als Alibi für jene Nacht nennt er lediglich seine Frau. Sie mustert ihn, sein sauberes Poloshirt, die gebügelten hellen Hosen, die gepflegten, kräftigen Finger, das militärisch kurz an den

Schädel getrimmte Haar, in dem ein erster Hauch Silber schimmert. Vielleicht gibt es irgendwo in diesem Haus eine alte Olivetti-Schreibmaschine, mit der er seine Fotos an sie adressiert. Vielleicht ist er der Mörder, nach dem sie suchen. Sie versucht, in sich hineinzuhorchen, irgendein Gefühl für diesen Mann zu bekommen, wie sonst in Vernehmungen, aber sie spürt nichts, gar nichts. Es ist, als ob er gar nicht richtig anwesend ist, als ob der richtige Kurt Böhm, der sich bei ihrem Anblick vorhin im Garten erschrocken hatte, einfach verschwunden ist und nur eine Hülle zurückgelassen hat.

Das Pferd fällt ihr ein, seine wilde Flucht, der verzweifelte Heimjunge, den Lea erwähnte, die Pädagogik der Johanna Haarer. Den freien Willen gilt es zu brechen. Ist das der Ursprung, liegt hier das Motiv des Täters? Rache für eine Kindheit, in der seine Erzieher alles daransetzten, ihn verstummen zu lassen, und ihm beibrachten, dass niemand ihn hört oder rettet, wenn er aufbegehrt, dass sein Schreien und Weinen nur zu immer größerer Einsamkeit führt? Manni will etwas sagen, will Böhm provozieren und ihn so aus der Reserve locken, aber Judith schüttelt den Kopf, denn sie ist auf einmal sicher, dass es so funktionieren wird, dass sie Böhm so erreichen, auf Druck wird er nur mit noch mehr Schweigen reagieren.

»Wenn es gar nicht ging, gab es das Besinnungszimmer«, zitiert sie die Worte der alten Erzieherin leise. »So war es doch, ja? Jungs, die nicht gehorchten, wurden dort eingesperrt.«

Böhm antwortet nicht, aber er sieht aufmerksamer aus. Nein, wachsam, denkt sie. Als würde er wittern, sich für etwas wappnen.

»Erzählen Sie mir davon, erzählen Sie mir, wie es war.«

»Ein Raum im Keller, eine Holzpritsche, ein Eimer, kein Licht.«

»Und dann?«

Er hebt die Schultern. »Nichts weiter, warten.«

»Wie lange?«

»Es gab keine Uhr dort.«

»Wie lange ungefähr?«

»Stunden, manchmal länger.«

»Einen Tag, mehrere Tage?«

»Man hatte keinen Einfluss darauf, man konnte nur warten.«

Ein Bild springt sie an, so deutlich, dass sie einen Moment lang glaubt, es wirklich einmal gesehen zu haben: ein Junge auf einer Pritsche, zusammengekrümmt, mit leerem Blick, jenseits aller Hoffnung, jenseits aller Macht.

»Die Hilflosigkeit war am schlimmsten, nicht wahr? Nicht zu wissen, wie lange es dauern würde, nicht zu wissen, ob man in diesem Raum nicht vielleicht ganz einfach vergessen worden war.«

»Das ist doch alles vorbei, warum quälen Sie mich damit, was soll das denn bringen?«

Quälen. Hinter Böhms Rücken nickt Manni ihr zu. Mach weiter, heißt das. Gleich hast du ihn.

»Die Vollenweiders haben Sie also gequält.«

Böhm schüttelt den Kopf, langsam, als habe er Schmerzen. Der Anflug von Leidenschaft, den sie gerade noch an ihm wahrgenommen hat, erlischt, wieder kann sie ihn nicht spüren, nur diese seltsame Leere, in der er sich verbirgt wie in Nebel. Er ist gefährlich. Er hat sich viel zu gut unter Kontrolle. Aber das reicht nicht, reicht bei weitem nicht. Der Staatsanwalt würde lachen, sollten sie es wagen, nur aufgrund dieses Gefühls und des Hinweises darauf, dass Böhm im Kinderheim Frohsinn aufgewachsen ist und schon lange in Darmstadt lebt, einen Durchsuchungsbeschluss zu beantragen.

»Darf ich mal Ihre Toilette benutzen?«, fragt Manni vom Fenster her.

Böhm zuckt zusammen, offenbar hat er Manni für ein paar Sekunden vergessen, doch er hat sich sofort wieder im Griff. »Geradeaus durch den Flur, und dann links neben der Eingangstür.«

Die Luft scheint sich abzukühlen, sobald Manni das Wohnzimmer verlassen hat, die Nähe zu Böhm ist ihr beinahe unerträglich. Sie beginnt zu schwitzen, kalten, ungesunden Schweiß. Sie fährt sich mit den Händen über die nackten Oberarme, räuspert sich, versucht wieder zu ihm durchzudringen.

»Man hat Sie also gequält im Kinderheim Frohsinn.«

»Was wollen Sie eigentlich von mir?« Böhm macht eine Geste zum Garten hin, als wolle er etwas durchschneiden. »Mein Leben ist gut. Das ist, was zählt. Mehr habe ich Ihnen nicht zu sagen.«

»Kennen Sie diesen Wald?« Sie legt die beiden neusten Fotos, die der Täter ihr geschickt hat, vor ihn auf den Tisch, sieht, wie sich seine Pupillen verengen.

Er weiß, wo das ist, er weiß das ganz genau. Doch er gibt es nicht zu. Egal, wie sehr sie sich auch anstrengt, sie dringt nicht zu ihm durch. Und dann, gerade als sie kurz davor ist zu schreien, kommt Manni zurück, wirft einen kurzen Blick auf die Fotos und lächelt.

»Interessantes Hobby haben Sie, Herr Böhm«, sagt er eine winzige Spur zu freundlich und hält ihm einen gerahmten Zeitungsartikel vor die Nase, in dessen Zentrum ein Foto prangt. Böhm und ein zweiter Mann mit Spaten und Metalldetektoren vor einer Lehmgrube. »Sondengehen. Hessens Vergangenheit ausgraben.« Manni lächelt noch breiter. »Da kennen Sie sich hier in der Gegend sicher gut aus.«

* * *

Er kann nicht länger schweigen, darf nicht länger schweigen. Kann nicht, darf nicht. Die Gedanken surren hinter seiner Stirn, gereizte Hornissen, all die verpassten Chancen, all seine Fehler, die nicht mehr gutzumachen sind. Vielleicht ist dieses Foto ohne Köpfe ja gar keine Drohung, vielleicht muss er sich nur einfach wieder beruhigen. Aber wer sollte ihm so etwas schicken, noch dazu anonym. Und kurz nachdem jemand auf ihn geschossen hat? Er packt die Schleifmaschine zu dem anderen Werkzeug in die Tasche, wirft alles in den Lieferwagen, gibt es dran für diesen Tag. Das Foto muss nicht von Kurts Grundstück aus aufgenommen worden sein, mit einem Teleobjektiv ginge das wohl auch von der Straße aus. Theoretisch kann jeder ein paar Meter in den Carport von Kurt reinlaufen und Sabine und die Kiddies im Sandkasten knipsen. Die Frage ist nur, wer würde so etwas tun?

Er erreicht den Betrieb, trägt sich aus für den Tag, sitzt schon kurz darauf in seinem eigenen Wagen. Heim, er muss heim, zu Sabine und den Kindern. Er lässt das Fenster runter, trinkt ein paar Schlucke lauwarmes Wasser, fädelt sich in den Berufsverkehr ein. Kurts Blick auf die Karten vom Steiner Wald neulich morgen. Kurts Blick auf seine Mückenstiche. Wie er mit Julia auf den Schultern über die Terrasse kam, ihr glucksendes Lachen, ihr Juchzen, sie liebt ihren Onkel Kurt, sie würde ihm ohne Protest überallhin folgen und Jan genauso. Wie leicht es für Kurt wäre, die Kinder irgendwohin mitzunehmen, leicht wie ein Flügelhauch. Auch Sabine würde ihm die beiden bedenkenlos anvertrauen.

Eric schlägt mit der Faust aufs Lenkrad, mit voller Kraft, doch er spürt keinen Schmerz. Krank ist das, absolut krank, so zu denken. Kurt ist sein Nachbar, sein Freund, kein Kindermörder. Und wenn er eine beschissene Jugend hatte, *so what*? Kurt ist glücklich mit Marion, er hat vier tolle Kinder, ist erfolgreich als Geschäftsführer, er ist immer korrekt. Und wenn nicht? Wenn diese scheinbar so heile Welt gar nicht heile ist? Jetzt weiß er, was ein Dilemma ist: Man kann nicht gewinnen, egal, was man tut, es droht immer kübelweise Scheiße. Und trotzdem hat er nur eine Möglichkeit, denn wenn Jan oder Julia irgendetwas geschieht, wenn sie einfach verschwinden würden, auf Nimmerwiedersehen, so wie diese Heimleiter-Familie, die die Polizei angeblich seit 20 Jahren sucht ... Wieder versetzt er dem Lenkrad einen Hieb. Zum allerersten Mal kann er Sabines ständige Sorge um die Kinder wirklich verstehen. Ihre Weigerung, wieder arbeiten zu gehen, solange die beiden nicht in der Lage sind, allein nach Hause zu finden, ihre Namen zu buchstabieren, Handys zu benutzen. Gluckenhaft hat er das manchmal bei sich genannt, übertrieben, das verwöhnte Gehabe der höheren Tochter. Wütend hat ihn das sogar gemacht. Er schuftet sich ab, und es reicht trotzdem nicht für sie alle. Sie bleibt zu Hause und buttert stillschweigend Geld von ihrem Daddy dazu, der ihn dafür verachtet.

Wenn er zur Polizei geht, fliegt er auf und kann seine Ehe vergessen. Wenn er Kurt anschwärzt und der unschuldig ist, verrät er ihre Freundschaft. Aber hat er eine Wahl? Hat er irgendeine Wahl?

Die ungeschminkte Wahrheit. Wieder drischt er aufs Lenkrad. Nie, niemals hätte er sich auf den Deal mit *dark-*

cave einlassen dürfen. Damit fing alles an, seitdem hat er im Steiner Wald dieses Scheißgefühl, seitdem hat er Sabine belogen. Und dann diese Kette, seine nächste Lüge. Wie soll er Sabine die abnehmen, ohne sie zu enttäuschen und dabei völlig sein Gesicht zu verlieren?

Er erreicht Eberstadt, seine vertraute Straße, die ihm plötzlich fremd vorkommt, so fremd wie anfangs, als er erst bei Kurt renovierte und dann bei Sabine, als er dachte, jemand wie er gehöre hier nicht her. Er unterdrückt den Impuls, einfach Gas zu geben und an seinem Haus vorbeizufahren, einfach immer weiter, irgendwohin in ein neues, ehrlicheres Leben. Er schaltet den Motor ab und steigt aus dem Wagen.

Er muss mit Sabine reden, vielleicht wird sie ihn ja verstehen, ihm noch eine Chance geben, vielleicht können sie zusammen eine Lösung finden, und auf jeden Fall muss er dafür sorgen, dass Jan und Julia nichts passiert. Doch es ist zu spät, das sieht er ihr an, als sie die Haustür öffnet.

»Hier sind zwei Kommissare aus Köln, wegen dieser Mordsache aus der Zeitung«, sagt sie. »Die wollen dich sprechen.«

* * *

Sie fahren Kolonne. Manni und sie bilden mit Eric Sievert auf dem Rücksitz die Spitze. Mehrere Streifenwagen folgen ihnen, ein Zivilfahrzeug mit Kollegen der hessischen Landeskriminalpolizei, Kriminaltechnikern und zwei Rechtsmedizinern aus Frankfurt. Judith starrt aus dem Fenster. Es ist spät geworden, der Himmel über der Bergstraße, deren grüne Hügel sich neben der Autobahn erheben, wird schon golden, fast so wie auf Samos. Wann war sie dort gewesen, vorgestern, gestern? Sie kann es nicht sagen, es kommt ihr vor, wie eine Erfahrung aus einem anderen Leben, irreal wie ein Traum. Sie schließt für einen Moment die Augen, glaubt den flirrenden Lockruf der Zikaden zu hören, sieht das Haus im Olivenhain zum Greifen nah vor sich, den Schimmel davor und Koios, seinen dunklen Begleiter.

»Hier müssen Sie raus und dann auf die B 44 in Richtung Biblis.« Eric Sieverts Stimme klingt heiser, vielleicht ist das normal, vielleicht liegt es auch an dem Druck, unter dem er ganz offenbar steht. Sie wollten ihm einfach nur die Waldfotos zeigen, weil sie mit Kurt Böhm nicht weiterkamen. Er kenne diese Stelle nicht, hat auch Sievert zuerst behauptet. Doch dann hat er die Ermittlungen auf vollkommen unvorhersehbare Weise vorwärtskatapultiert. Die Wiese auf den Fotos sähe sumpfig aus, hat Sievert gesagt. Der Wald könne ein Auwald sein. Er kenne ein solches Gebiet, sei dort in letzter Zeit manchmal gewesen. Er sei auf menschliche Knochen gestoßen, die Gebeine eines im Krieg gefallenen Soldaten vermutlich. Aber dann habe jemand auf ihn geschossen, und am nächsten Tag habe er mit der Post ein Foto erhalten, ein Bild ohne Köpfe, von seiner Frau und den Kindern. Unheimlich sei das, unerklärlich. Er könne schwören, dass der Schütze ihm nicht gefolgt sei, wieso also kannte der überhaupt seine Adresse? Und dann diese Berichte in der Zeitung, über die verschwundenen Leichen, und Kurt sei in letzter Zeit schon etwas komisch gewesen …

Judith dreht sich um und mustert Sievert. Ein sportlicher Typ mit Muskeln, kantigem Kinn und sinnlichen Lippen. Ein Machertyp, in dem sicher viele Frauen den perfekten Beschützer vermuten. Sievert ringt sich ein Lächeln ab, vermeidet es aber, ihr in die Augen zu sehen.

»Ich weiß nicht, ob Kurt auf mich geschossen hat«,

sagt er mechanisch. »Ich weiß es wirklich nicht, Kurt ist doch mein Freund.«

Sein Handy klingelt, bevor er noch etwas hinzufügen kann, er meldet sich hastig, stößt einen Seufzer aus.

»Sabine, ja, gut, ich …«

Er holt Luft, doch seine Frau hat schon wieder aufgelegt.

»Ist sie mit den Kindern bei ihren Eltern angekommen?«, fragt Judith.

Sievert nickt, starrt sein Handy an, als wolle er es zwingen, noch einmal zu klingeln. Seine Sorge um das Wohl seiner Familie wirkt echt, dessen ist Judith sich sicher. Doch er hat seiner Frau nichts von den Schüssen erzählt und auch nichts von seinem Verdacht. Du bist verrückt, Eric, hat sie geflüstert und nach dem goldenen Herz in ihrer Halskuhle getastet. Sag mir sofort, dass das alles nicht wahr ist.

»Von Biblis aus dann Richtung Nordheim«, sagt Sievert, ohne den Blick von seinem Handy zu nehmen. Vielleicht ist er so angespannt, weil er Eheprobleme hat. Vielleicht fürchtet er auch, dass seine illegale Schatzsuche juristische Konsequenzen haben wird. Oder da ist noch mehr, etwas, das er verschweigt, das sie nicht einmal ahnen.

Judith dreht sich wieder nach vorn. Die Landschaft, durch die sie jetzt fahren, ist flach und reizlos, von den Erhebungen der Bergstraße ist nichts mehr zu sehen. Sie müssen diese Knochen ausgraben, müssen so schnell wie möglich Gewissheit haben, ob Sievert die sterblichen Überreste der Vollenweiders gefunden hat. Erst dann können sie entscheiden, wie sie weiter vorgehen. Sie passieren ein Dorf, dessen Häuser sich entlang der Landstraße drängen, als gebe es sonst keinen Platz für sie. ›Hessischer Hof – *more you can eat*‹ verspricht die Reklametafel an der

Fassade einer Gaststätte mit Butzenfenstern. Dann taucht völlig unvermittelt das Atomkraftwerk Biblis in den Feldern vor ihnen auf, ein weißer Koloss, neben dem alles andere winzig erscheint.

Das Schweigen Eric Sieverts ist ein anderes als das von Kurt Böhm, wird Judith plötzlich klar. Böhms Weigerung zu sprechen hatte etwas Brütendes, Dunkles, sich selbst Verzehrendes. Sieverts Schweigen ist aggressiver, viel leichter zu ertragen. Ist Böhm der Mörder, den sie jagen? Seine Frau ist sein Alibi, es gibt keinerlei Spuren, die ihn eindeutig belasten, einen Durchsuchungsbeschluss für sein Haus haben sie nicht bekommen.

»Hier jetzt links und dann geradeaus bis zum Rhein, da führt dann eine NATO-Übungsstraße parallel zum Fluss fast bis zum Steiner Wald«, sagt Sievert.

NATO, Bundeswehr, Truppenübungen. Auch das passt zur Tatwaffe. Manni wirft ihr einen Seitenblick zu und hebt den Daumen. Es geht alles zu glatt, denkt Judith, fast wie vorprogrammiert. Die Waldfotos, die uns nach Darmstadt führen. Der gerahmte Zeitungsausschnitt auf Kurt Böhms Gästeklo, Böhm und Sievert Spaten schwingend nebeneinander, und prompt hat auch Sievert Post bekommen, anonym, abgestempelt in Köln, in genauso einem Briefumschlag wie ich, und dann hat er auch noch diese Knochen gefunden. Und wir springen darauf an wie die pawlowschen Hunde, gehen dieser Inszenierung voll auf den Leim. Und vielleicht ist genau das die Intention dieses Täters. Uns zu zeigen, dass er überlegen ist und uns unter Kontrolle hat und die Fäden in der Hand behält. Uns zu zeigen, dass wir ihn brauchen, um diesen Fall zu lösen, dass wir ohne ihn hilflos sind, genauso hilflos wie er damals in diesem Besinnungszimmer.

Sie will rauchen. Jetzt, sofort. Das Verlangen ist so intensiv und akut wie seit Tagen nicht mehr. Sie will den Kick in der Lunge, spüren, wie er ihr in den Kopf schießt. Sie will den Rauch auf der Zunge schmecken, sich in Qualm hüllen, wenigstens für ein paar Züge, ein paar Minuten oder Sekunden. Der Weg wird schmaler, führt durch sonnenverdorrte Felder bis direkt an den Rhein. Angler sitzen hier und gaffen ihnen entgegen. Ein Polizeigroßeinsatz in dieser verschlafenen Gegend – die Nachricht wird sich wie ein Lauffeuer verbreiten und ein Medienspektakel nach sich ziehen, was oder wen sie auch immer hier finden. Judiths Mund ist sehr trocken, ihre Lunge erscheint ihr zu leer, zu groß. Sie schaut auf ihre Armbanduhr. Schon nach sechs, spätestens in einer Stunde muss sie los, wenn sie ihr Versprechen halten und zur Geburtstagsfeier ihres Vaters nach Frankfurt will. Manni ist einverstanden, die Ausgrabung wird sich in die Länge ziehen, so viel ist sicher, und solange sie andauert, können sie nichts tun, nur rumstehen und warten. Aber sie muss zumindest wissen, ob sich in diesem Wald, der vor ihnen in Sicht kommt, überhaupt menschliche Knochen verbergen, mindestens das, sonst kann sie nicht weg.

Unwirklichkeit, wieder dieses Gefühl, als sie endlich anhalten, aussteigen und Eric Sievert zu Fuß in den Auenwald folgen. Mücken surren. Ein Kuckuck ruft. Es ist sehr warm, fast wie in einem tropischen Dschungel.

»Ich bin ein Star, holt mich hier raus«, sagt einer der Polizeibeamten hinter ihnen in tiefstem Hessisch, ein paar Männer lachen.

»Hier links hat man vor 20 Jahren die Reste der römischen Festung Zullestein ausgegraben, das Geld dafür haben die Betreiber des AKW gegeben«, sagt Sievert und deutet auf den Grundriss einer steinernen Ruine. »Und diese Erhebungen dort sind Reste von Sternschanzen aus dem Dreißigjährigen Krieg. Hier wurde immer schon viel gekämpft. Deshalb dachte ich ja, ich hätte einen Soldaten gefunden …« Er bricht ab, zieht ein GPS-Gerät aus der Hosentasche, tippt darauf herum, schlägt sich dann ins Unterholz und bedeutet ihnen, ihm zu folgen. Etwas sirrt an Judiths Ohr, gleich danach fängt ihr Hals an zu jucken. Hüfthohes Unkraut schlingt sich um ihre Jeans, ihr rechter Fuß sackt bis zum Knöchel in ein Wasserloch. Sie hat zwar ihr Standard-H-&-M-Cocktailkleid für die Party eingesteckt, aber keine passenden Schuhe, ein Geschenk hat sie auch nicht, fällt ihr plötzlich ein, und das ist so absurd, dass sie beinahe loslacht.

»Scheißviecher.« Manni schlägt sich auf den Oberarm.

Sievert wendet sich nach rechts, bahnt sich einen Weg durch Gestrüpp, hangelt sich schließlich über einen Graben auf eine morastige Lichtung.

»Hier ist es«, sagt er und reicht Judith eine Flasche Autan.

Die beiden Waldfotos, die der Täter ihr schickte, sind hier nicht entstanden, das erkennt sie sofort. Die Baumstämme am Rande dieser Lichtung sind zu dick und nicht so verästelt, der Boden ist nicht mit Gras bewachsen. Judith schüttet sich eine Ladung stinkenden Insektenschutz über die Arme, reibt sich auch das Gesicht ein, gibt die Flasche an den Kollegen neben sich weiter. Er nickt ihr zu, zündet sich eine Zigarette an. Selbst gedreht, wieder wird ihr Mund ganz trocken, und ihr Herz schlägt zu hart, schlägt viel zu hart. Sie wendet sich ab, betrachtet die Lichtung, versucht, sich allein darauf zu konzentrieren. Nicht die richtige Stelle, nicht die von den Fotos. Was hat das zu bedeuten? Dass, was auch immer sie hier finden, nicht das ist, was sie suchen? Gehört auch das zum perfiden Spiel dieses Täters?

Er ist hier. Er kann mich sehen. Für den Bruchteil einer Sekunde ist sie davon überzeugt, dann ist das Gefühl auch schon wieder verflogen. Die Zeit scheint dahinzuschleichen und dennoch zu rasen. Die Kriminaltechniker haben die Regie übernommen, untersuchen die Lichtung auf Spuren, langsam, unendlich langsam, Zentimeter für Zentimeter.

»Du musst los, oder?« Manni tritt neben sie.

»Ja, schon, aber ich kann doch nicht ...«

»Klar kannst du, das wird hier noch dauern, und ich halte die Stellung.«

»Das hier ist nicht die Lichtung von den Fotos.«

»Ich weiß, aber heute werden wir die nicht mehr finden.« Er hält ihr den Autoschlüssel hin, und sie will ihn nicht nehmen, nimmt ihn dann doch.

Unwirklichkeit, noch stärker jetzt, als sie den Mondeo zurück auf die Autobahn lenkt. Unwirklichkeit, und zugleich das Gefühl, einer Gefahr zu entkommen, die auf dieser Lichtung lauert, ungreifbar, unsichtbar, wie der Nachhall von etwas, das nicht vergehen will. Sie nimmt die A5 bis zum Frankfurter Kreuz, fährt von dort zum Flughafen, gegen dessen Ausbau sie einst demonstriert hat, früher, in einem anderen Leben. Sie parkt in einer der Tiefgaragen, hastet von dort durch endlose Korridore zu den Shopping-Malls, kauft ein paar silberne Absatzsandalen, ein passendes Schultertuch und eine sündhaft teure Flasche schottischen Edelwhisky, die sie als Geschenk verpacken lässt. In einem WC macht sie sich, so gut es geht, frisch, zieht das Kleid und die Sandalen an, bändigt ihre Locken mit einem Seidenschal und sitzt eine halbe Stunde später wieder im Auto. Fremd fühlt sie sich und zugleich seltsam leicht, als sie auf die Skyline des Frankfurter Bankenviertels zufährt. Sie schiebt Foreigners 4 in den CD-

Player, dreht die Lautstärke hoch, lässt sich für den Rest des Wegs von der rotzig-optimistischen Leidenschaft des Sängers in ein jüngeres Ich verwandeln.

Das Hotel, in das ihr Stiefvater geladen hat, verfügt über eine Tiefgarage. Im Aufzug schminkt Judith sich die Lippen und wünscht sich auf einmal, Karl wäre hier, aber bis zu diesem Moment war sie ja nicht einmal selbst sicher, dass sie es zu dieser Party schaffen würde. Der Aufzug gleitet fast geräuschlos nach oben, ihr Stiefvater hat sich mal wieder nicht lumpen lassen und das gesamte Hotelrestaurant inklusive der Dachterrasse für seine Gäste gemietet. Eine junge Frau in Uniform hakt Judiths Namen auf der Gästeliste ab, ein Kellner wieselt herbei und drückt ihr ein Glas Sekt in die Hand. Das Geklapper von Besteck und Porzellan klingt von der Terrasse herüber, Lachen und Stimmengewirr, es duftet nach Gebratenem, Windlichter flackern. Die Aussicht ist perfekt, ein Lichtermeer im Abenddunst bis zum dunkleren Horizont, wo sie eigentlich sein sollte, weil ihre Kollegen dort nach Leichen graben.

»Judith, endlich, du siehst …« Ihre Mutter fasst Judiths Hand und zieht sie an sich, tritt einen Schritt zurück und schickt einen schnellen Blick über Judiths Gesicht, ihr nachtblaues Billigkleid, das immerhin tadellos sitzt und keine Falten wirft, die Sandalen, bleibt einen Moment zu lange an den Narben auf ihrem linken Handgelenk hängen.

»Hinreißend sieht sie aus!« Judiths Bruder Edgar umarmt sie und drückt ihr einen Kuss auf die Wange, zieht sie dann mitten hinein ins Gewimmel auf der Dachterrasse, bis zu einem Stehtisch, an dem Wolfgang Krieger ihr entgegenlächelt und sie viel länger umarmt als jemals zuvor, und dann eilt auch schon ein Fotograf herbei, dicht gefolgt von ihrem zweiten Bruder Artur und ihrer Mutter, und im Nu werden sie alle für ein Foto in Position geschoben: Familie Krieger, glücklich vereint, und das fühlt sich sogar richtig an, richtig und wahr.

Erst später, als sie einen kurzen Moment alleine ist, erinnert sich Judith wieder an die Begrüßung ihrer Mutter und an diesen Blick, mit dem sie Judith angesehen hat. Etwas lag darin, etwas, das immer schon da war und ihr Verhältnis zu ihrer Mutter verkompliziert hat, aber auch jetzt kann sie nicht definieren, was genau das eigentlich ist. Doch es ist da, ganz ohne Zweifel, immer schon war es da. Ablehnung, hat sie früher gedacht. Ablehnung, weil sie ihre Mutter an die gescheiterte erste Ehe erinnerte, an Thomas Engel, ihren leiblichen Vater. Aber vielleicht liegt sie falsch, vielleicht ist es etwas ganz anderes. Skepsis oder Unsicherheit oder etwas dazwischen, etwas, das gar nichts mit ihr zu tun hat, sondern allein mit ihrer Mutter. Sie sieht zu ihr hinüber, sieht, wie sie lächelt und lächelt und dabei nie aufhört, alle und alles in ihrer Umgebung genau zu beobachten. Sie ist auf der Hut, denkt Judith plötzlich, als habe sie vor etwas Angst, genau wie Kurt Böhm. Aber wenn dem wirklich so ist, was bedeutet es? Dass Kurt Böhm unschuldig ist?

* * *

Stromgeneratoren brummen nervtötend laut, mobile Scheinwerfer tauchen die Lichtung in gleißende Helligkeit. Jenseits davon ist nichts als Schwärze, der Täter könnte dort irgendwo stehen und sie beobachten oder auf sie schießen. Manni zerbeißt ein Fisherman's, schluckt die Bröckchen herunter, was sein leerer Magen überhaupt nicht goutiert. Dreh jetzt bloß nicht ab, Mann, kein Täter der Welt ist so blöd, es mit einem ganzen Polizeieinsatzkommando aufzunehmen, es sei denn, der ist völlig durchgeknallt und läuft Amok, und nichts deutet darauf hin, dass das der Fall ist.

Manni dreht sich trotzdem um und versucht zumindest im Unterholz unmittelbar hinter sich irgendwas zu erkennen. Keine Chance, alles düster. Er gibt auf, wendet sich wieder dem Geschehen auf der Lichtung zu. Warten. Warten. Immerhin sind die hessischen Kriminaltechniker mit ihren Vorbereitungen fertig und beginnen endlich zu graben. Im Zeitlupentempo, wie es scheint, aufreizend langsam. Wie viele Tote werden sie in den nächsten Stunden zutage fördern? Einen, zwei oder drei? Hauptsache, es handelt sich nicht um Kinderskelette. Er schlägt nach einer Mücke, erwischt sie nicht. Sievert muss hier auf die sterblichen Überreste der Vollenweiders gestoßen sein. Alles andere wäre absurd, völlig abgedreht, geradezu irreal. Manni tastet nach der Asservatentüte mit dem Projektil in seiner Hosentasche. Bevor es dunkel wurde, hat er das am Rand dieser Lichtung in einem Baumstamm gesichert. 9 mm Luger – genau wie das, mit dem Jonas Vollenweider erschossen wurde. Und auch wenn die ballistische Untersuchung noch aussteht, ist er bereit zu schwören, dass es aus derselben Waffe abgefeuert wurde wie das in Köln. Aus derselben P 1, vom selben Täter.

Der Mörder, den sie jagen, war also hier, davon kann man ausgehen, und wenn man sich das rohe Fleisch vor Augen führt, das einmal Jonas Vollenweiders Gesicht gewesen ist, muss man Eric Sievert wohl dazu gratulieren, dass er noch lebt. Trotzdem geht ihm der Kerl auf die Nerven, denn er redet und redet. Ein bisschen Abwechslung, ein Ausgleich zum Familienleben sei das Sondengehen, ein Mann brauche das manchmal, Alleinsein und Abenteuer, das könne Manni doch sicher verstehen, und natürlich hätte Sievert sofort die Landesarchäologen informiert, hätte er hier etwas Wertvolles gefunden, er sei kein Raubgräber, bestimmt nicht, auch diesen Skelettfuß wollte er noch melden – ich tu nichts, ich mach nichts, ich will doch nur spielen, die übliche Masche, das immer gleiche Lied.

»Wenn Jan oder Julia etwas geschehen würde, ich könnte das nicht ...« Sievert räuspert sich neben ihm. »Haben Sie Kinder?«

Manni schüttelt den Kopf und sieht unwillkürlich Sonja vor sich, ihre Verzweiflung neulich, wie sie geweint hat. Im ersten Moment hatte er geglaubt, es sei etwas mit dem Kind, und war plötzlich sicher, dass Sonja das nicht verwinden könne, dass es keinen Trost für sie gäbe, dass sie beide dieses Kind zwar weder geplant noch herbeigewünscht hatten, aber dennoch schon tief in der Falle säßen, genauso wie alle anderen Eltern: lebenslange Unfreiheit und kein Weg heraus.

VaterMutterKind. Bedingungslose Liebe, auf Gedeih und Verderb. Natürlich ist das Kitsch, bar jeder Realität, das weiß er nur zu gut. Eltern missachten, misshandeln, missbrauchen ihre Kinder, seelisch und körperlich. Eltern lassen ihre Kinder verwahrlosen, verstoßen sie, töten sie sogar, und oftmals behaupten sie auch noch, das geschehe aus Liebe.

»Hier ist was«, ruft einer der Kriminaltechniker. »Ein Fuß!«

Manni drängt die Gedanken an Sonja und das Kind beiseite und tritt neben das Loch, das die Kollegen inzwischen ausgehoben haben. Knochen liegen darin, die Füße und Schienbeine eines Menschen. Von der Größe her gehörten sie einem Erwachsenen, nicht einem Kind. Manni macht den Kollegen Platz, die nun deutlich motivierter an die Arbeit gehen. Dies hier ist nicht die Stelle von den Fotos, die die Krieger bekommen hat, aber der Täter war hier, er hat hier auf dieser Lichtung auf Eric Sievert geschossen, es muss einen Grund dafür geben, einen Zusammenhang mit der Causa Vollenweider, nein, mehr als das: Dies hier muss einfach das Grab der Familie Vollenweider sein.

Aber warum verdammt noch mal veranstaltet der Täter diese makabere Schnitzeljagd mit ihnen? Und wenn dieser Täter tatsächlich Kurt Böhm ist, was bezweckt er damit, sie in seine unmittelbare Nähe zu locken? Will er überführt werden, ist es das? Oder ist Böhm tatsächlich unschuldig, und der Täter benutzt ihn, und sie fallen drauf rein? Ein Nachtvogel schreit irgendwo über ihm im Dunkel, klagend und schrill. Eric Sievert unterbricht sein Geplapper und schaut unwillkürlich nach oben. Manni lehnt sich an einen Baum und versucht sich vorzustellen, wie es gewesen sein kann, was sich hier vor 20 Jahren abgespielt haben muss. Der Täter muss diese Stelle gekannt haben. Irgendwann vor dem Mord war er schon einmal hier, vielleicht, wenn die Theorie mit der Bundeswehr stimmt, während einer Truppenübung auf dieser NATO-Straße. Er wusste also, dass dieser Sumpfwald verdammt unwirtlich und abgelegen ist, und er konnte sicher sein, dass die Kölner Polizei nie im Leben auf die Idee käme, hier nach der verschwundenen Heimleiterfamilie zu suchen, schließlich gibt es keinerlei Verbindung der Vollenweiders zu diesem Ort.

Manni ruft sich das Haus in Hürth vor Augen, die klobigen dunklen Möbel, die Enge, glaubt sogar die Toten vor sich zu sehen. Hans und Johanna, blutüberströmt in ihrem sargähnlichen Ehebett, erschlagen oder erschossen, die Tochter, Miriam, auf der Treppe, mitten in ihrem panischen Lauf zu den Eltern für immer gestoppt. Es muss ein Schlachtfeld gewesen sein, Blut überall, das Entsetzen der Opfer in der Luft, ihr Geruch und diese wahnsinnige, brüllende Stille, als es vorüber ist. Vielleicht hatte der Täter von Anfang an geplant, die Heimleiterfamilie im hessischen Ried verschwinden zu lassen, vielleicht war das auch eine spontane Idee. In jedem Fall ist er gründlich gewesen. Und erfolgreich. Es gelingt ihm, die Leichen ungesehen aus dem Haus in sein Fahrzeug zu schaffen, ebenso wie Matratzen und Bettzeug und Teppich, er hat dann sogar noch Zeit, alle Spuren im Haus, die auf ihn hinweisen, zu beseitigen. Vielleicht, nein, wahrscheinlich hat er damals auch alle Fotos und Unterlagen über das Heim beiseitegeschafft, damit die ihn nicht verraten. Und dann fährt er los und landet im Steiner Wald, wahrscheinlich in einer der folgenden Nächte. Wie lange wird es gedauert haben, eine Grube auszuheben, die tief genug ist? Länger als eine Nacht vermutlich, vielleicht hatte er das Grab also schon vor der Tat vorbereitet, oder er hat die Leichen irgendwo zwischengelagert, bis er fertig war. Womöglich hatte sich dann die Totenstarre schon wieder gelöst, was den Transport erleichtert hätte. Dennoch braucht es Kraft, all das zu bewerkstelligen, mehr Kraft, als eine Frau normalerweise hat.

Wieder schreit der Vogel über ihm, näher jetzt, lauter, ein 1-A-Horroreffekt. Die Angler fallen Manni ein, vielleicht saßen die damals auch schon da, vielleicht hat von denen sogar jemand das Fahrzeug des Täters bemerkt. Gab es vor 20 Jahren schon Angler am Rhein, oder war der Fluss da noch völlig tot? Das lässt sich sicher klären, wird aber wohl kaum etwas bringen. Denn selbst wenn jemand damals das Fahrzeug des Täters gesehen hätte, würde der sich heute sicher nicht daran erinnern.

»Hier ist ein drittes Bein«, ruft einer der Kriminaltechniker.

Manni tritt an die Grube, die nun deutlich an Breite und Länge gewonnen hat. Die neu freigelegten Knochen sind etwas kleiner als die ersten, aber nicht so klein wie die eines Kindes. Ganz offenbar wurden hier zwei Menschen nebeneinander begraben. Ein Paar vielleicht, Hans und Johanna Vollenweider. Oder Mutter und Tochter? Oder alle drei? Sobald sie auch die Schädel haben, können sie das klären, die Zahnröntgenbilder der Vollenweiders liegen bereit. Wenn man sucht, findet man nicht immer das, was man erwartet, hört er Ekaterina Petrowa sagen. Aber daran will er jetzt nicht denken, es muss schon mit dem Teufel zugehen, wenn das hier nicht die Vollenweiders sind.

Sein Magen knurrt, auch wenn das Szenario vor ihm nicht wirklich appetitlich ist. Zumindest sind die Knochen hier recht sauber und stinken nicht mehr. Er überlegt, ob er noch ein Fisherman's lutschen soll, lässt es dann aber, auch wenn seine Kehle staubtrocken ist. Die Krieger hat eindeutig das bessere Los gezogen, aber wirklich der Kracher ist ihre Party wohl nicht, denn sie hat ihn schon zweimal angerufen, und nun fiedelt sein Handy wieder los, doch diesmal ist nicht Judith Krieger dran, sondern Sonja, die nicht schlafen kann.

Er klemmt sich das Handy ans Ohr, schlägt mit der freien Hand eine Mücke auf seinem linken Unterarm tot, in flagranti quasi, denn zurück bleibt ein blutiger Fleck.

»Macht das Kind wieder Karate?«

Sonja lacht. »Fühlt sich so an. Es ist jedenfalls eindeutig nachtaktiv. Und du, was machst du? Ich hoffe, du findest nicht noch mehr tote Kinder?«

»Sieht nicht so aus im Moment.«

»Gut.« Sie zögert, holt Luft. »Deine Mutter hat mich heute Nachmittag angerufen.«

»Meine Mutter?«

»Sie will uns Geld geben, sie hat wohl jahrelang gespart, in der Hoffnung auf Enkel.«

»Hast du ihr von der Wohnung erzählt?«

»Hätte ich nicht?«

»Ich frag ja nur.«

Seine Mutter ruft Sonja an. Seine Mutter hat Geld gespart. Weit nach Mitternacht, als die KTUler es vorläufig drangeben, hallen diese Worte noch immer in ihm nach, aber auf eine seltsam abstrakte, losgelöste Weise, denn sein Hirn ist von der neuesten Entwicklung im Vollenweider-Fall absorbiert. Nur zwei Tote sind auf der Lichtung im Steiner Wald begraben, jedenfalls an dieser Stelle. Zwei, warum zwei, was hat das zu bedeuten? Haben sie es doch mit einem Familiendrama zu tun statt mit dem Rachefeldzug eines ehemaligen Heimkinds? Aber Böhm wuchs im Kinderheim Frohsinn auf, und er lebt in Darmstadt. Das muss eine Bedeutung haben, selbst wenn Böhm tatsächlich unschuldig ist.

Die Rechtsmediziner nehmen Manni mit nach Frankfurt. Er folgt ihnen durch die Korridore ihres Instituts, zieht sich an einem Automaten eine Cola, sitzt auf einem Hartschalenplastiksitz und wartet, während sie die Schädel röntgen, trinkt seine Cola, schmeckt sie kaum, hört sich das Ergebnis an, nimmt sich dann ein Taxi zu dem Hotel, das die Krieger ihm nennt.

Nach den Stunden im Wald kommt ihm die Lobby des Hotels völlig surreal vor, wie ein Fiebertraum, Leder und Holz und gedämpfte Musik, Personal in Livree und der Duft nach Parfum und mittendrin die Krieger mit blutroten Lippen und Silbersandalen, die auf ihn zuschwebt, ihn am Arm fasst und in einen Aufzug lotst.

Hans und Johanna Vollenweider haben sie auf der Lichtung gefunden, ganz ohne Zweifel, haben die Rechtsmediziner gesagt. Die Eltern also, nicht die Tochter. Was hat das zu bedeuten? Lebt Miriam noch? Ist sie die Täterin oder Komplizin dieses ominösen Freunds, für dessen Existenz es bislang keinerlei Beweise gibt? Hat Jonas Vollenweider das all die Jahre gewusst und deshalb beharrlich geschwiegen? Doch welches Motiv hätte Miriam gehabt, jetzt auch noch ihren Bruder zu töten? Weil er das Haus verkaufen wollte, war es das?

4. TEIL

EISCREME

Ich sehe Dein Bild an und frage mich, wo Du
jetzt bist und was Du tust. Ich habe Dir neulich unrecht getan. Du stellst die richtigen
Fragen. Du beginnst zu verstehen. Du woll-
test mich gar nicht verlassen.

Du fragst Dich, warum ich sie getötet habe?
Ich habe sie getötet, weil sie mir das Bild
weggenommen haben. Das Bild meiner Mutter.
Mein Heiligtum. Sie trug das getupfte Kleid
auf dem Foto. Sie lächelte mit den Augen,
fast schüchtern. Das Foto war ein bisschen
knittrig, weil ich es mal unter der Matratze,
dann wieder hinter der Dielenleiste verstecken musste, manchmal so schnell, dass ich
unachtsam war. Aber ein paar Kratzer waren
immer noch besser als das, was sie sagten,
wenn sie mich mit dem Bild erwischten: Deine
Mutter kommt dich nicht holen. Deine Mutter
hat dich doch schon längst vergessen. Deine
Mutter will keinen verstockten Dreckslümmel
wie dich, der nachts ins Bett pisst, die
braucht ihr Bett doch zum Arbeiten, hahaha.
Deine Mutter hat sich zu Tode gehurt.

Lügen waren das. Lügen. Verleumdungen, um mich gefügig zu machen. Heute weiß ich das. Damals schnitt jedes dieser Worte in mein Herz. Aber ich hatte noch das Foto, das sie mir zugesteckt hatte, damit ich sie nicht vergäße. Ich bin endlich volljährig und beantrage jetzt das Sorgerecht für dich, und wenn ich das nächste Mal wiederkomme, dann hab ich einen Papa für dich gefunden, und dann gehen wir weg von hier, hat sie mir zum Abschied versprochen.

Und dann war sie weg, genauso schnell und überraschend, wie sie an diesem Sommertag gekommen war. Und ich wartete, wartete. Hütete ihr Foto, versteckte es gut hinter der Bodenleiste. Nur wenn die Sehnsucht zu groß wurde, verbarg ich es unter meiner Matratze, damit ich es betrachten konnte, wenn alle schliefen.

Irgendjemand muss mich verraten haben. Es gab ja keine Privatsphäre in einem Schlafraum mit 20 Jungen.

Schritte, die sich nähern. Plock-zsch. Plock-zsch. Ihre Hand, die diesmal nicht die Decke wegreißt, sondern zielstrebig unter die Matratze fährt. Mein Bild nimmt, mein Heiligtum. Weg damit, du Nichtsnutz. Das brauchst du nicht mehr.

Ich weiß nicht, wie lange sie mich in den Keller sperrten. Ich schrie und schrie. Ich wollte mich nicht besinnen. Ich wollte mein Bild.

Tag und Nacht, Stunden und Tage – die Zeit

wurde außer Kraft gesetzt, verlor sich in Entsetzen. Manchmal muss ich eingeschlafen sein. Manchmal ging das Licht an, und durch die Klappe in der Tür schob man mir etwas Brot und Wasser zu. Und dann steht er plötzlich dort draußen, hält mein Bild in der einen Hand und ein Feuerzeug in der anderen. Grinst mich an.

Flammen, die an meinem Heiligtum lecken, in ihr Gesicht kriechen und es zerstören. Schreie, meine Schreie, unmenschlich hoch. Dieser irrsinnige Schmerz, als mein Kopf an die Tür schlägt, sie durchbrechen will, durchdringen, retten, was nicht mehr zu retten ist. Schwarze Ascheflocken, die zu Boden rieseln.

Damit du es ein für alle Male kapierst, hat er gesagt und die Asche mit seinem Stiefelabsatz verrieben. Dass sich schreien nicht lohnt.

Samstag, 8. August

Ihr ist schlecht, und hinter ihren Schläfen pocht der Schmerz bei jedem Geräusch und bei jeder Bewegung. Judith stellt den Handy-Weckalarm aus, taumelt an dem gigantischen Hoteldoppelbett vorbei ins Bad und stellt sich unter die Dusche. Den ganzen Abend hatte sie sich mit dem Alkohol zurückgehalten, doch sobald Manni da war, haben sie sich in kürzester Zeit betrunken und dabei immer aberwitzigere Tat-Szenarien diskutiert. Sie schaltet die Dusche aus, trocknet sich ab und löst zwei Aspirin im Zahnputzbecher auf, vermeidet es dabei, sich näher im Spiegel zu betrachten. Ihre Cargohose von gestern ist verdreckt, einer der Sneakers außerdem noch feucht, sie kann es nicht ändern, immerhin hat sie in Köln noch frische Wäsche und ein sauberes T-Shirt eingesteckt. Sie trinkt das Aspirin-Gebräu und kippt zwei Gläser Leitungswasser hinterher, bevor sie sich einigermaßen in der Lage fühlt zu telefonieren.

»Wir haben außer Böhm noch immer niemanden gefunden, der einen Bezug zu Darmstadt hat«, sagt Ralf Meuser, nachdem sie ihn auf den Stand gebracht hat. »Aber die Namensliste vom Jugendamt hat Lücken, das wird immer deutlicher.«

»Lücken? Was für Lücken?« Judith stopft die silbernen

Sandalen und das Kleid in den Rucksack, in ihrem Kopf wüten tausend Nadeln, sobald sie sich bückt, und ihr Magen scheint das Aspirin nicht zu vertragen.

»Die Heimjungen wurden offenbar nicht mit Namen, sondern mit Nummern angeredet«, sagt Meuser. »Einer der Ehemaligen, den wir vernommen haben, schwört, dass er die Nummer 448 war, es sind aber nur 392 Namen auf der Liste.«

»Scheiße.«

»Ja, so kann man das sagen.« Meuser lacht missvergnügt. »Warte mal, Judith, Schneider kommt eben rein mit so einem Brief.«

Kinder, die nicht einmal Namen haben dürfen, und ein weiteres Foto, das der Täter ihr schickt. Was hat das zu bedeuten, jetzt, nachdem sie die Leichen von Hans und Johanna Vollenweider gefunden haben? Etwas in ihr zieht sich zusammen. Der Täter wird weiter morden, er ist noch nicht fertig, und sie können das nicht verhindern, weil sie etwas essenziell Wichtiges nicht verstehen.

»Ich wollte dir gerade einen Bericht ins Fach legen, da seh ich den Umschlag«, sagt Schneider ins Telefon.

»Was ist diesmal drin?«

»Weiß ich noch nicht. Ich melde mich wieder, wenn die Spurensicherung durch ist.«

»Die sollen das Foto scannen und mir aufs Handy schicken. Und per Mail an die hessischen Kollegen. Wir brauchen hier dringend mehr Anhaltspunkte, um dieses Waldstück von den letzten Fotos zu finden.«

»Ich denke, das habt ihr schon.«

»Nein, leider nicht. Meuser kann dir das erklären.«

Sie verabschiedet sich, schultert ihren Rucksack und nimmt den Aufzug ins Dachgeschoss. Es ist kurz nach sieben Uhr, von ihren Brüdern und den anderen Geburtstagsgästen, die nach der Party hier im Hotel übernachtet haben, ist am Frühstücksbuffet noch nichts zu sehen, und ihre Eltern sind zum Schlafen in die eigene Wohnung gefahren. Aber Manni sitzt bereits an einem Tisch auf der Terrasse, schaufelt Rührei in sich hinein und wirkt frisch und munter wie das blühende Leben, und der Himmel über ihm ist hochsommerblau. Judith holt sich ein Croissant, Milchkaffee und Orangensaft und sinkt auf den Korbsessel ihm gegenüber. Er mustert sie.

»Coole Joggingstrecke da unten am Main.«

»Du warst schon laufen?«

»Der frühe Vogel fängt den Wurm.« Er grinst und spießt ein Stück Bacon auf seine Gabel.

Sie beißt in ihr Croissant, zwingt sich zu schlucken, spült mit einem großen Schluck Milchkaffee nach. »Das war wohl ein Märchen, dass man ohne Reue saufen kann, wenn man nicht mehr raucht.«

»Ich war gar nicht joggen, wenn dich das beruhigt.« Manni grinst noch breiter.

»Mistkerl.« Sie merkt, dass das Aspirin zu wirken beginnt, aber das Gefühl von Kälte hält an. Ein Ziehen irgendwo tief in ihrem Inneren, die Gewissheit, auf etwas zuzusteuern, immer schneller, ohne Umkehrmöglichkeit. Lea, denkt sie völlig unvermittelt. Ich muss sie anrufen und fragen, wie es ihr geht. Vielleicht ist ihr ja doch noch etwas eingefallen, das uns weiterhilft.

Manni lehnt sich zurück und wedelt mit seiner Brötchenhälfte in Richtung Restaurant. »Ziemlich großzügig, dein alter Herr, mir hier eine Nacht zu spendieren. War mir gar nicht klar, dass du aus der Upperclass stammst.«

»Das hier ist nicht *mein* Leben. Und meine Mutter stammt aus ziemlich ärmlichen Verhältnissen.«

Manni zieht die Augenbrauen hoch, sagt aber nichts, sondern beißt in sein Brötchen.

Scham ist das, was sie schon immer an ihrer Mutter spürte und doch nie benennen konnte, auf einmal wird Judith das klar. Ihre Mutter schämt sich für ihre Herkunft, schämt sich, dass ihr erster Mann, von dem sie sich Rettung erhoffte, sie mitsamt ihrer kleinen Tochter einfach sitzenließ, um die Welt zu verbessern. Deshalb ist sie immer so verkrampft und auf der Hut. Weil sie sich minderwertig fühlt, auch nach jahrzehntelanger, glücklicher Ehe mit ihrem zweiten Mann, dem weltgewandten und erfolgreichen Bankmanager Wolfgang Krieger. Und sie schämt sich für ihre wilde, rebellische Tochter, die das alles nie würdigte, sondern peinlich fand, die gegen alles Bürgerliche rebellierte und alle Angebote Wolfgang Kriegers, ihr in eine Karriere als Wirtschaftsjuristin zu helfen, zurückwies, weil sie sich lieber mit Verbrechern und Toten abgibt. Judith wird plötzlich sehr heiß, dann wieder kalt. Ist es auch Scham, was sie an Kurt Böhm zu spüren glaubt? Schämt er sich, weil er ein Heimkind war, ein Nichts, nur eine Nummer, obwohl er heute, zumindest was die Rahmenbedingungen angeht, ein glückliches und erfolgreiches Leben führt? Und wenn er sich schämt, was bedeutet das dann?

Ihr Handy meldet den Eingang einer Nachricht, die Kollegen in Köln haben das Foto, das Schneider in ihrem Postfach gefunden hat, gesimst, ein Foto, das nicht zu den Waldfotos der Vortage passt, sondern ganz eindeutig die Lichtung zeigt, auf der die Vollenweiders begraben worden sind. Sie dreht das Display so, dass auch Manni es sehen kann. Er knüllt seine Serviette zusammen, runzelt die Stirn.

»Erst schickt er dir Bilderätsel und dann die Auflösung.

Genauso war es mit dem Haus der Vollenweiders auch«, sagt er langsam.

»Die Reihenfolge stimmt aber nicht. Wir haben die Stelle zu den ersten beiden Waldfotos noch nicht gefunden.«

»Woher weiß er das eigentlich?«, fragt Manni, ohne den Blick von dem Foto zu wenden. »Er hat diese Lichtung fotografiert, bevor wir dort rumbuddelten, so viel ist klar. Aber woher weiß er, dass wir das letzte Nacht getan haben? Das ist doch erst ein paar Stunden her und war noch nicht in der Presse.«

Der Täter beobachtet sie. Er ist nah, viel zu nah. Unwillkürlich dreht Judith sich um, sieht aber an den Nachbartischen nur harmlos aussehende Frühstücksgäste.

»Ruf Schneider an und frag ihn, wo der Brief aufgegeben worden ist«, sagt Manni. »Wo und wann.«

»Du hast recht, ja.« Sie wählt, hört das Freizeichen, wartet. Der Täter ist ein Perfektionist. Er will die Kontrolle. Aber sie haben seinen Plan nicht verstanden, haben den nicht befolgt, das kann ihm nicht gefallen. Der Täter wollte, dass sein Opfer das Gesicht verliert, hat Manni bei der Obduktion Jonas Vollenweiders gesagt, und auch das hat vielleicht mit Scham zu tun, mit Schande. Oder dreht sie jetzt durch, projiziert ihre eigenen Familiendramen auf diesen Fall?

»Wo kam der Brief her?«, fragt sie, als Schneider sich endlich meldet.

»Das versuchen wir gerade zu klären, denn er war nicht frankiert und die Kollegen am Empfang wissen von nichts.« Sie hört seine Schritte durchs Telefon, seinen Atem, gedämpftes Gemurmel. »Ich melde mich wieder, sobald ich was weiß.«

Sie legt auf, starrt in Mannis himmelblaue Augen. Der

Täter reagiert auf die Ermittlungen, beobachtet sie. Er findet sogar einen Weg ins Präsidium. Wer geht so ein Risiko ein, wer ist so verrückt?

»Die sollen auch zu deiner Wohnung fahren«, sagt Manni.

Ihr Briefkasten zu Hause, vielleicht liegt auch dort ein Umschlag für sie, das Puzzleteil, das zu den anderen Waldfotos passt. Das Foto, das sie eigentlich vor dem letzten hätte erhalten sollen. Sie ruft Karl an, holt ihn aus dem Tiefschlaf. Bittet ihn nachzusehen, bittet ihn, Handschuhe anzuziehen und den Briefumschlag zu öffnen, vorsichtig, mit einem Messer, und ihn dabei so wenig wie möglich zu berühren.

Wieder hört sie Atem, Schritte, Rascheln. »Da ist Gras drauf, Geäst und etwas, das wie ein Baumstamm aussieht«, sagt Karl schließlich. »Kein Absender. Kein Poststempel. Gar nichts.«

»Kannst du das Foto scannen und mir aufs Handy schicken?«

Sie weiß, dass dieses Foto zu den anderen beiden Waldfotos passt, es muss einfach so sein. *Urgent, so urgent.* Foreigner brüllen los, sobald sie den Mondeo starten und aus der Tiefgarage fahren. Die CD vom Vorabend. Judith schlägt mit der Hand auf den Ausschaltknopf der Musikanlage. Manni lenkt den Wagen in den Berufsverkehr, klemmt sein Handy in die Freisprechhaltung, bittet die hessischen Kollegen um Verstärkung, vereinbart als Treffpunkt die Lichtung von gestern.

Sie passieren Autos, Passanten, Fassaden, erreichen eine Ausfallstraße, dann nach sich endlos anfühlenden zehn Minuten die Autobahn. Sie müssen die Stelle von den Fotos finden. Etwas ist dort. Etwas oder jemand. Ein weiterer Tatort. Ein weiteres Grab. Das Flughafen-Autobahnkreuz taucht vor ihnen auf, ein Passagierjet im Sinkflug kreuzt die Autobahn, zum Greifen nah, und verschwindet hinter struppigen, windschiefen Kiefern, die Judith an ihre Traumlandschaft erinnern, die Heimat des Schimmels, der neuerdings flieht.

Mannis Handy fiept los, und ein Rechtsmediziner namens Dr. Wu erläutert auf Hessisch, dass die Schädel und Rippen und Unterarme von Hans und Johanna Vollenweider multiple Verletzungen aufweisen, die darauf schließen lassen, dass beide mit einer Axt erschlagen wurden, und für einen Augenblick erscheint das Grauen, das sich in dem Wohnhaus in Hürth abspielte, zum Greifen nah, glaubt sie das Splittern der Knochen zu hören, das Schreien und Stöhnen, das Krachen der Axt, die ins Kopfteil des Bettes fährt, weil die Opfer sich zur Seite warfen, die Axtschläge mit den Armen abzuwehren versuchten, blind vor Panik und voller Entsetzen.

»Er wird erst Hans Vollenweider erschlagen haben«, sagt Manni.

Judith nickt. Den Stärksten zuerst, den, von dem am meisten Gegenwehr zu erwarten ist, natürlich, ja. Hat es lange gedauert, oder ging es zumindest schnell? Wie lange dauern Sekunden, wenn man ansehen muss, wie der eigene Mann neben einem erschlagen wird wie ein räudiger Köter? Was fühlt man, wenn man begreift, dass man selbst gleich genauso sterben wird? Kann man das überhaupt begreifen? Und was ist mit Miriam geschehen, der Tochter? Es erscheint unvorstellbar, dass sie das gewollt hat, geplant hat, vielleicht sogar an diesem Blutrausch aktiv beteiligt war, und doch ist es möglich.

»Glaubst du, es gibt diesen Freund, von dem Lea Wenzel dir erzählt hat?«, fragt Manni, der also mit seinen Gedanken an demselben Punkt angekommen ist wie sie. »Einen reichen Typen, der ihr wertvollen Schmuck schenkt und älter ist und von dem niemand etwas wusste?«

»Jonas wusste von ihm, sonst hätte er Lea ja nicht von ihm erzählen können.«

»Du glaubst ihr also.«

Judith nickt und denkt an das Foto von Jonas und Miriam in Leas Haus. Wie nah sich die beiden Geschwister darauf waren, wie glücklich sie aussahen und zuversichtlich, bereit, die Welt für sich zu erobern. Vielleicht hat Jonas all die Jahre gewusst, dass Miriam und ihr geheimer Freund die Eltern getötet haben. Vielleicht hat er sie gedeckt, das sogar gebilligt oder unterstützt und deshalb geschwiegen. Und nach 20 Jahren beschließt er, das Haus zu verkaufen, will sich endlich von der Vergangenheit lösen, reinen Tisch machen, nach vorn blicken, weil er Vater wird, und muss deshalb sterben. War es so? Ja. Nein. Das Ziehen in Judiths Magen wird stärker. Das Gefühl, dass der Täter schon zu viel Vorsprung hat, dass sie ihn nicht mehr einholen können. Sie wählt Lea Wenzels Nummer, erreicht nur eine Stimme, die etwas auf Griechisch herunterrattert. Kein Empfang, vielleicht ist es das. Oder ist auch Lea in Gefahr, weil sie viel mehr weiß, als sie sagt? Doch wenn es so ist, habe ich das nicht gespürt, denkt Judith. Und der Täter ist hier.

* * *

Der lügt, hatte Rufus Feger zum Abschied behauptet, unmissverständlich und sehr überzeugend. René Zobel starrt auf den Bildschirm, der ihm wie immer am Morgen ein bedrohlich leeres Dokument zeigt, das es bis zur Deadline mit Text zu füllen gilt. Der lügt. Der lügt. Miriams Freund Felix Schmiedel, sein Interviewpartner für den Aufmacher von gestern, ein Lügner. Natürlich hat er Feger sofort gefragt, wie er das meine und ob es Beweise dafür gebe. Doch der Alte hat seine Anschuldigung nur stur wiederholt und ihm zugezwinkert, und dann hat ihn Fegers Hausdrache mit Todesverachtung im Blick hinauskomplimentiert. Der lügt. René Zobel springt auf und wühlt in den Ablagekörben auf seinem Sideboard Fegers alte Artikel zum Todeshaus hervor. Auch Feger hatte Schmiedel damals interviewt, und Schmiedel hatte was von großer Liebe gefaselt und davon, dass er sich nie verzeihen würde, dass er am Gardasee war, als das unfassbare Verbrechen geschah, und dass er hoffe, Miriam sei noch am Leben. Doch von heimlicher Liebe und bösen Eltern hatte Schmiedel vor 20 Jahren keinen Pieps verlauten lassen, jedenfalls ist in Fegers Artikelserie nichts davon zu lesen. Ist das die Lüge, die der alte KURIER-Reporter meint? Sein Instinkt sagt ihm nein.

Mit Schmiedel stimmt etwas nicht, das ist ihm ja während des Interviews selbst aufgefallen, aber er hatte es eilig, es war kurz vor Redaktionsschluss, und er brauchte ein Aufmacherzitat, und das hatte Schmiedel ihm schließlich gegeben. René Zobel schiebt Fegers Artikelserie von damals beiseite und ruft auf dem Monitor Schmiedels Foto auf. Ein smarter Typ mit leicht angegrauten Schläfen und flaschengrünen Augen. Ein Frauentyp. Dreieinhalb Jahre nach jenem verhängnisvollen 15. Juli 1986 hatte er Roswitha geheiratet, eine mollige Rothaarige mit Mopsbäckchen und leichtem Überbiss. Sie stammte ebenfalls aus Hürth und war mit Miriam in einer Klasse und angeblich ihre beste Freundin gewesen, doch was die Optik angeht, spielte sie eindeutig in einer anderen Liga als Felix Schmiedel und die bildhübsche Vollenweider-Tochter. Warum also hatte Schmiedel Roswitha geheiratet? Die ganz große Liebe war das wohl eher nicht, denn seit 2001 ist er von seiner Roswitha geschieden und lebt in Düsseldorf mit einer deutlich jüngeren und attraktiveren Freundin in einem schicken Loft. Was ihm ja durchaus zu gönnen ist, aber man kann sich schon fragen, warum erst seit fünf Jahren? Ohne den Blick von Schmiedels Konterfei zu wenden, ruft Zobel sich die Interviewsituation in Erinnerung. Schmiedel war höflich gewesen, keine Frage. Doch da war so ein Flackern in seinen Augen, als Zobel sich und den Grund seines Besuchs vorstellte und erklärte, dass Schmiedels Exfrau ihm freundlicherweise Schmiedels Adresse genannt hatte. Es war ein fast mikroskopisches Flackern, eigentlich kaum zu sehen, und sofort hatte Schmiedel sich wieder im Griff. Aber die Nennung seiner Exfrau machte ihn offenbar nervös, und das ist interessant. Natürlich kann das lediglich die Reaktion auf eine eher unerfreuliche Scheidung gewesen sein, doch vielleicht verbirgt sich dahinter noch etwas anderes, irgendein Abgrund, der ein neues Licht auf den Todeshaus-Fall werfen kann.

René Zobel kramt ein Snickers aus der Schreibtischschublade, eigentlich seine Ration für den Nachmittag, doch ohne Ausnahmen taugt die beste Regel nichts, und kreative Höchstleistungen kann nur erbringen, wer sich bei Laune und Kräften hält, denn die Muse ist launisch, das weiß er aus Erfahrung. Er mampft sein Snickers und führt sich Exgattin Roswitha vor Augen, die in Hürth noch immer in dem Bungalow lebt, den sie – vermutlich mit einer großzügigen Finanzspritze von Mum und Dad – kurz nach ihrer Hochzeit gemeinsam mit Schmiedel bezogen hat. Warum hat der schmucke Felix die gute Roswitha geheiratet und ist mit ihr auch noch in ein Spießerhaus gezogen, gleich um die Ecke von dem Haus, in dem vermutlich seine Jugendliebe ums Leben kam, wenn er doch eigentlich viel lieber mit einer Rasselady in einem Düsseldorfer Loft leben möchte? Und was ist mit Roswitha? Hatte sie keinerlei Skrupel, sich den Freund ihrer angeblich besten Freundin zu schnappen, die so tragisch ums Leben gekommen oder zumindest verschollen war? Eifersucht, war vielleicht Eifersucht im Spiel, eine Ménage à trois mit bösen Folgen? Man soll ja nie nie sagen, aber so wie er Roswitha Schmiedel erlebt hat, ist das nur schwer vorstellbar, und noch abwegiger erscheint es, dass sie jemanden ermorden würde. Sie ist eher der mütterliche Typ mit einem großen, weichen Busen, an den sich alle flüchten, um sich auszuweinen, wenn sie allein nicht mehr weiterkommen.

Zobel schiebt den Rest des Snickers in den Mund, knüllt die Verpackung zu einem Bällchen und wirft es in einem präzise berechneten Bogen in den Papierkorb. Bestimmt hat sich auch der smarte Felix an Roswithas Busen ausgeweint, vielleicht weiß sie Dinge, die er selbst lieber vergessen und vor anderen nie und nimmer zugeben würde, vielleicht war er deshalb so nervös. Denn er war nervös, jetzt, aus der Distanz betrachtet, ist das völlig eindeutig. Beinahe ängstlich hat Schmiedel reagiert, als ob er nicht sicher sei, was Roswitha ausgeplaudert hätte. Als ob er es durchaus für möglich hielte, dass sie ihm einen Reporter auf den Leib hetzt, um ihn fertigzumachen. Zobel greift zu seinem iPhone und hört sich noch mal die Aufnahme dieses Interviews an. Die erste große Liebe. Wir haben uns sehr geliebt, wirklich sehr geliebt, wir waren sehr verliebt, sie war schön, wunderschön, so klug, so lebendig, so wunderbar. Nur ihr Vater war leider unglaublich streng. Wir mussten uns heimlich lieben, aber das war natürlich auch romantisch.

Zobel stoppt die Aufnahme. Sie kommt ihm plötzlich hohl vor, fleischlos. Nicht wie eine echte Erinnerung, sondern wie eine Lüge. Weniger ist mehr, hat ein ehemaliger Dozent von ihm gern gesagt. Etwas wirkt keinesfalls überzeugender, wenn man es gebetsmühlenartig wiederholt. Genauso wenig hilfreich ist es, Texte unnötig aufzublähen, indem man den Mangel an Substanz mit Adjektiven und Adverbien und sinnlosen Füllwörtern verbrämt. Denn die Leser riechen sofort, wenn mit einer Story etwas nicht stimmt, auch wenn sie in der Regel nicht fähig sind, zu benennen, was sie daran stört und warum sie nicht weiterlesen.

Rufus Feger hatte also recht. Schmiedel hat ihn angelogen, zumindest hat er nicht die ganze Wahrheit gesagt, sondern ihn mit Klischees abgespeist. Doch das wird Schmiedel wohl kaum zugeben, und ihn aus der Reserve zu locken dürfte in einem zweiten Interview noch schwerer sein als im ersten, zumal die Begründung dafür – Zweifel am Wahrheitsgehalt des ersten Interviews – Schmiedels Redseligkeit nicht gerade fördern dürfte. Doch zum Glück gibt es ja noch Roswitha, die verlassene Gattin. Wäre schon interessant, was die zu berichten weiß.

Ein leises Pling des Outlook-Programms gemahnt ihn daran, dass nun erst mal die erste Themenkonferenz des Tages ansteht. Irgendwas ist auch bei der Polizei im Busch, Reiermann hat vorhin so etwas angedeutet, ließ sich aber noch nichts Konkretes entlocken. Und dann sind da auch noch die Zuschriften ehemaliger Heimkinder, um die er sich kümmern muss und für die er eine Platzierung im Blatt braucht, und er muss einen weiteren Versuch starten, Rufus Feger davon zu überzeugen, ihm seine Unterlagen von früher zu zeigen oder noch besser gleich auszuhändigen. Er hat nicht bestritten, dass solche Unterlagen exis-

tieren, das ist ja schon mal was. Mitschriften, Fotos, wer
weiß, welche Schätze in Fegers Villa schlummern. Heimkinder. Polizei. Roswitha. Feger. René Zobel notiert sich
sein Tagesprogramm und sprintet Richtung Chefredaktion. Vielleicht wird der alte Fuchs ja redseliger, wenn er
ihm einen Beweis dafür bringt, dass Schmiedel tatsächlich
lügt. Und vielleicht wird sogar René Zobel *himself* den
Ermittlungen in Sachen Todeshaus schon sehr bald eine
spektakuläre Wendung bescheren.

* * *

Er hat nicht gewusst, dass Mücken auch tagsüber stechen.
Es scheint sogar so, als würden die Biester in der Mittagshitze, die sich immer unerbittlicher über die Niederungen
dieses hessischen Urwalds senkt, extra aggressiv. Winzige
Viecher nur, und sie haben die Macht, eine ganze Polizei-
mannschaft zu terrorisieren. Irgendwo links schlägt ein
Suchhund an und verstummt wieder.

»Falscher Alarm«, brüllt der Hundeführer rüber.

Manni schippt sich eine Ladung Autan in den Nacken
und wirft die Flasche der Krieger zu, die blass und verbissen ein paar Meter neben ihm durchs Unterholz pflügt.
Sie suchen. Laufen durch den Steiner Wald und suchen.
Zuerst haben sie gedacht, dass die Fotos am Waldrand
aufgenommen worden sind, aber das war offenbar falsch,
also dringen sie jetzt in die Tiefen des Auenwalds vor. Suchen, hoffen, denn viel anderes bleibt ihnen im Augenblick
nicht übrig. Er erkenne die Stelle noch immer nicht, hat
Sievert geschworen. Und Kurt Böhm, den sie dringend,
gleich als Erstes an diesem Tag vernehmen wollten, war
nicht da. Er hole die Oma in Karlsruhe ab, also ihre Mutter, hat seine Ehefrau gesagt, erst um 13 Uhr sei er wieder

zu Hause, und vielleicht ist das wahr, und vielleicht kann Marion Böhm sich auch einfach nicht vorstellen, dass ihr Mann in diesem Augenblick Spuren eines Verbrechens vernichtet, einen weiteren Mord plant oder auf und davon ist, über alle Berge.

Noch ein Schritt. Und noch ein Schritt. Die Fotos angucken. Vergleichen. Bücken. Weitergehen. Das Foto, das der Lover der Krieger am Morgen aus ihrem Briefkasten gezogen hat, ergänzt die Sumpfwiese der ersten beiden Bilder um einen charakteristischen Baumstumpf mit Mooshaube und knotigen Wurzeln und um einen umgeknickten Ast. Es kann nicht so schwer sein, diese Stelle zu finden, haben sie gedacht, aber es ist höllisch schwer, wenn nicht gar unmöglich. Man sieht vor lauter Wald die Bäume nicht, inzwischen begreift er, wie dieses Sprichwort entstanden sein muss. Aber irgendwo hier in diesem Scheißdschungel muss der Baumstumpf sein, und sie müssen ihn finden, den Baumstumpf und das, was sich in seiner Nähe verbirgt. Ein weiterer Tatort. Ein weiteres Grab. Oder sie haben in diesem Wald schon alles aufgespürt, was es zu finden gab, und die Fotos sind gar nicht hier aufgenommen worden oder nur eine grandiose Verarschung, eine Falle, in die sie bereitwillig tappen.

Aber der Täter war hier. Nicht nur vor 20 Jahren, auch vor wenigen Tagen. Das Projektil von der Lichtung stammt eindeutig aus derselben Waffe, mit der Jonas Vollenweider erschossen wurde, hat die Kriminaltechnik bestätigt, und das lässt nur eine vernünftige Schlussfolgerung zu: Jonas' Mörder hat am Grab von Jonas' Eltern auf Eric Sievert geschossen. Der Mörder oder die Mörderin?

»Wir müssen uns noch mal das Haus in Hürth vornehmen und vor allem Miriams Zimmer«, sagt die Krieger, als hätte er seine Gedanken laut ausgesprochen.

Unter seinem Fuß zersplittert ein Ast. Wieder kläfft einer der Hunde los und verstummt sofort wieder. Manni schlägt nach einer Mücke, die irgendwo unsichtbar an seinem rechten Ohr herumsirrt. »Das Haus haben wir doch schon zigmal durchsucht.«

»Trotzdem«, sagt Judith Krieger und hat wieder diesen Tunnelblick.

Er grinst, merkt auf einmal, dass ihn ihre Sturheit nicht mehr nervt. Letzte Nacht haben sie das nun schon beinahe zwei Jahre andauernde Projekt Teambildung um eine neue Facette bereichert. Zum ersten Mal haben sie sich zusammen so richtig die Kante gegeben. Ein Besäufnis mit teuren Weinen auf einer Dachterrasse inmitten der glitzernden Banktürme Frankfurts, und die Krieger kann witzig sein, witzig und selbstironisch, das war ihm bis dahin völlig entgangen. Sie hat ihm sogar ein paar Anekdoten aus ihrer Jugend erzählt, wie sie gegen die Startbahn West und Atomkraftwerke demonstriert hat, gegen die Amerikaner und natürlich für den Frieden.

Sie erwidert sein Grinsen, wird dann gleich wieder ernst, lehnt sich an einen Baumstamm und versucht ein weiteres Mal, Lea Wenzel auf Samos zu erreichen.

Er hätte ihr von dem Kind erzählen können, von der Wohnung. Von Sonja. Er hätte das tun sollen. Hätte und hat nicht. Ich werde Vater. Drei Worte nur, drei kleine Worte, die alles verändern.

Die Krieger bekommt nun offenbar endlich ihre lang ersehnte Verbindung.

»Frau Wenzel, hallo«, sagt sie, hebt den Daumen und fängt nach kurzem Höflichkeitsvorspiel an, ihre Fragen herunterzurattern.

»Die hatten einen Stromausfall auf der Insel, von dem auch die Mobilfunk-Sendemasten betroffen waren, des-

248

halb hab ich Lea stundenlang nicht erreicht«, erklärt sie ihm, als sie das Gespräch beendet hat.

»Und ist Lea noch irgendwas Sinnvolles zu diesem Miriam-Freund eingefallen?«

»Miriam könnte ihn an der Uni kennengelernt haben, das hält Lea für das Wahrscheinlichste.«

»Die Uni, na toll. Wie viele zehntausend Leute haben dort 1986 studiert?«

Die Krieger zuckt die Schultern. »Einen Versuch ist es wert, ich setz Meuser drauf an. Wenn Miriams Freund das Geld hatte, ihr Goldschmuck zu kaufen, war er vielleicht ein Dozent.«

Ein Herr Psychologieprofessor für ein verschüchtertes Mädchen mit Vaterkomplex, ein Idealdaddy sozusagen, das könnte schon stimmen, denkt er, als sie wenig später zum zweiten Mal an diesem Tag nach Darmstadt-Eberstadt fahren, wo Kurt Böhm nun angeblich für sie zu sprechen ist.

»Lass es mich gleich erst mal auf die sanfte Tour versuchen«, sagt die Krieger und kratzt einen Mückenstich auf ihrem Handrücken blutig.

Manni nickt. Die sanfte Tour ist die Psychotour, die Spezialität von KHK Judith Krieger, und vielleicht wird es ja funktionieren, gestern war sie ja schon für ein paar Momente zu Böhm durchgedrungen, auch wenn das Ergebnis letztendlich nicht befriedigend war.

Er schiebt sich die Sonnenbrille auf die Nase, jagt den Mondeo auf die Autobahn. Manchmal hat sein Vater ihn in seinem Zimmer eingesperrt. Eingesperrt und den Schlüssel in die Hosentasche gesteckt. Manchmal hatte ihn der Alte vorher auch noch verprügelt. Das Kinderzimmer lag im Obergeschoss. Unter dem Fenster führte eine Betontreppe in den Keller, deshalb traute er sich nicht zu springen. Später lernte er dann, sich zum Regenrohr rüberzuhangeln und zu klettern, aber da war er schon älter, 13 oder 14, und der Alte wagte es nur noch selten, ihn anzurühren. Der Geruch seiner Bettwäsche. Seines Teppichs. Die Legosteine, mit denen er sich Raumschiffe baute, die dann doch niemals flogen, egal, wie er sich mühte. Der Druck in seiner Blase, stärker werdend, immer stärker. Pinkeln müssen. Jetzt. Sofort. Es nicht länger aushalten können. Es doch aushalten müssen. Und auf der anderen Seite der Zimmertür seine Mutter. Unerreichbar. Verzweifelt. Machtlos wie er. Manfred, Manni, mein Junge, so sag doch was. Tut es sehr weh, geht es dir gut? Wenn ihr Schluchzen unerträglich wurde, hatte er sie getröstet. Nicht so schlimm, Mama, es tut schon nicht mehr weh. Aber in Wirklichkeit hatte er sie verachtet. Weil sie schwach war, weil sie ihn nicht retten konnte. Weil sie bei seinem Vater blieb.

Deine Mutter hat mich angerufen. Deine Mutter hat Geld gespart. Die Erinnerung an Sonjas Worte treibt ihm das Blut ins Gesicht, unwillkürlich packt er das Lenkrad fester. Denn sie war da, wird ihm plötzlich bewusst. Seine Mutter war immerhin da und litt mit ihm, und sie bettelte um seinen Zimmerschlüssel, selbst wenn sein sauberer Alter ihr dann auch noch ein paar verpasste. Und sogar der zeigte hin und wieder einen Anflug von Reue und schwor, es nie wieder zu tun, nie, nie wieder, ich liebe euch doch, ihr seid doch meine Familie. Die Wonnen der Kindheit, Herrgott noch mal.

Im Gegensatz zum Vortag haben die Böhms heute Full House. Die Oma aus Karlsruhe gibt es wirklich, sie sitzt mit Böhms Frau und zweien seiner Kinder auf der Terrasse bei Kartoffelsalat und Grillwurst und bedenkt die beiden Polizisten, die dieses Wochenendidyll trüben, indem sie ihren Schwiegersohn abführen, mit giftigen Blicken. Sie entschuldigen sich höflich und folgen Kurt Böhm durch den Flur in sein Arbeitszimmer. Er selbst wirkt heute nicht mehr ganz so feindselig. Gewappnet, denkt Manni, er hat damit gerechnet, uns wiederzusehen. In dem engen Heimbüro ist es heiß und stickig, durch das geöffnete Fenster weht nicht das mickrigste Lüftchen. Die Krieger angelt ein Haargummi aus der Hosentasche und verzwirbelt ihre wirre Mähne zu einer Art Pferdeschwanz. Böhm guckt ihr zu, offenbar fasziniert.

»Wir haben gestern im Steiner Wald die Leichen Ihrer Heimeltern gefunden«, sagt sie, nachdem ihr Frisurproblem fürs Erste gelöst ist. »Hans und Johanna Vollenweider. Kaum 20 Kilometer von hier.«

Böhm gibt einen Laut von sich, der wohl Überraschung ausdrücken soll.

»Sie wurden mit einer Axt erschlagen. Ihr Mörder ist nachts in ihr Haus eingedrungen und hat sie im Schlaf überwältigt. Und dann hat er sie von Köln in den Steiner Wald gefahren und im Wald vergraben, wie räudige Hunde.«

»Mein Gott.«

»Sie haben damals schon hier in Darmstadt gelebt, Herr Böhm. Und Ihre erste Ehe war da gerade gescheitert.«

»Aber deshalb habe ich doch niemanden umgebracht.«

»Vielleicht fanden Sie ja, Ihre Heimeltern seien schuld an Ihrer Scheidung.«

»Eltern«, echot Böhm und starrt ins Leere.

»Hans und Johanna Vollenweider haben Sie gequält. Sie haben Sie in einen Keller gesperrt, und wer weiß, was sie noch alles mit Ihnen anstellten, um Sie gefügig zu machen. Sie und die anderen Jungen im Kinderheim Frohsinn. Sie haben Ihnen nicht einmal Namen zugestanden, nur Nummern, sie haben in Ihnen nur unnütze Esser und billige Arbeitskräfte gesehen, den Abschaum der Gesellschaft.«

»Sie wissen doch gar nicht, wovon Sie reden.«

»Dann helfen Sie mir. Erzählen Sie mir, wie es war. Helfen Sie mir, den Mörder zu finden, bevor es noch weitere Opfer gibt.«

Böhm schüttelt den Kopf. »Ich weiß nicht, wer dieser Wahnsinnige ist.«

»Er hat vor einer Woche Jonas Vollenweider erschossen. Den Sohn Ihrer Heimeltern. Und wahrscheinlich hat er auch Miriam Vollenweider getötet.«

»Jonas und Miriam.«

»Die kannten Sie doch sicher. Mochten Sie sie?«

»Das waren doch Kleinkinder damals, viel jünger als ich.«

»Kleinkinder, die Eltern hatten. Und Namen.«

Böhm zuckt die Schultern. »Leicht hatten die beiden es wohl trotzdem nicht.«

Miriam und Kurt Böhm, überlegt Manni. War Böhm damals ihr heimlicher Liebhaber, ist das eine Möglichkeit? Er lässt sich scheiden, begegnet ihr wieder, die nun kein Kleinkind mehr ist, sondern ein hübscher Schwan. Man knüpft an die gemeinsamen Erinnerungen an. Vielleicht hat er sie auch nur benutzt, ihr Vertrauen erschlichen, um seinen Racheplan durchzuziehen.

»Der Mörder von Jonas Vollenweider hat vor wenigen Tagen im Steiner Wald versucht, Ihren Freund Eric Sievert zu erschießen«, sagt die Krieger leise. »Und er bedroht Sieverts Familie.«

Böhm zuckt aus seiner Lähmung und starrt sie an. »Jan und Julia? Sabine? Aber warum?«

»Vielleicht ist ihm Eric in die Quere gekommen. Vielleicht mag er auch keine glücklichen Familien. Vielleicht wird er Sie bald auch noch bedrohen.«

Böhm beginnt zu schwitzen. Wahre Schweißbäche rinnen ihm übers Gesicht.

»Helfen Sie uns«, setzt die Krieger nach. »Bitte. Erinnern Sie sich. Gab es im Heim einen Jungen, der besonders zu leiden hatte? Gibt es irgendjemanden dort außer Ihnen, der einen Bezug zu Darmstadt hat?«

Böhm wirkt noch immer, als betrachte er etwas in sehr weiter Ferne und finde nur mühsam einen Weg zurück. Doch dann gibt er sich einen Ruck und sieht Judith Krieger zum ersten Mal direkt in die Augen.

»Wissen Sie, was am schlimmsten war?«, fragt er sehr sachlich. »Die Eiscreme, die es sonntags gab.«

»Die Eiscreme?«

»Es gab immer nur zwei Sorten. Vanille und Schokolade. Eigentlich schmeckten beide vor allem süß. Aber wir liebten dieses Eis, wir wollten es unbedingt haben. Wer in der Woche brav war, dürfe eine Sorte wählen, und wer ganz besonders brav war, bekäme sogar zwei Kugeln, versprachen sie uns. Und wir hofften, hofften, jeden Sonntag aufs Neue. Dass wir nicht nur Prügel und kalte Abreibungen verdient hätten, sondern einen Nachtisch. Doch in Wirklichkeit wurde das Eis vollkommen willkürlich zugeteilt. Nur die Spitzel, also die Jungen, die so tief gesunken waren, dass sie andere denunzierten, die bekamen immer eine doppelte Portion.«

»Und Sie glauben, wegen der Eiscreme …?«

Böhm schüttelt den Kopf. »Ich erzähle Ihnen das, damit Sie verstehen, warum ich bis jetzt geschwiegen habe. Ich habe mir damals nämlich geschworen, niemals jemanden zu denunzieren.«

Stille senkt sich über den Raum, die Luft scheint noch wärmer zu werden, irgendwo weit entfernt tickt eine Uhr.

»Die 417«, sagt Böhm leise. »Der Rudi. Den habe ich Anfang der 80er tatsächlich mal hier in Darmstadt getroffen, zufällig, mitten auf dem Luisenplatz, als ich gerade von einer Vorlesung kam.«

Die 417. Der Rudi. Ist das der Täter, oder werden sie hier gerade Zeuge eines Schauspiels?

Böhm räuspert sich. »M 417 hat der Vollenweider immer gerufen, um ihn bloßzustellen. M wie Mamakind. Weil es wohl in den ersten Jahren irgendein Drama um Rudis Mutter gab. Aber genau weiß ich das nicht, das war vor meiner Zeit, und wir hatten auch im Heim kaum etwas miteinander zu tun. Er war ein paar Jahre älter, gehörte zu einer anderen Gruppe, schlief in einem anderen Schlafsaal.«

»Hat dieser Rudi auch einen Nachnamen?«, fragt Judith Krieger.

»Natürlich«, antwortet Böhm. »Aber den weiß ich nicht. Wir hatten, wie gesagt, nicht viel miteinander zu tun, und ich habe ihn hier auch nur ein einziges Mal getroffen. Er wohnte nicht mal in Darmstadt, verstehen Sie. Er hatte sich wohl bei der Bundeswehr verpflichtet und war hier während einer Truppenübung stationiert. Aber die Wanderjahre wären nun bald vorbei, hat er damals gesagt. Er würde heiraten, ein neues Leben anfangen, ohne Armee. Er wirkte sehr überzeugend, er war wirklich glücklich, glaube ich. Er war mit seiner Verlobten in einem Café verabredet und bestand darauf, dass ich dorthin mitkam, damit er sie mir vorstellen konnte, und damals habe ich mir nichts dabei gedacht, aber jetzt im Nachhinein ist das schon etwas merkwürdig.« Böhm hält inne, schließt die Augen, guckt dann wieder die Krieger an und nickt, als ob er etwas bestätigt fände. »Sie sehen ihr ähnlich«, sagt er leise.

* * *

Das Haus ist zu groß für ihn allein, viel zu leer, viel zu still. Er passt hier nicht hin, hat wahrscheinlich nie gepasst, und doch ist dieses Haus mehr sein Zuhause als jeder andere Ort, an dem er je gelebt hat. Er nimmt Julias Plüschgiraffe Lydia in die Hand. Sie hat lange, gestickte Wimpern und scheint zu lächeln, und sie ist weich, sehr, sehr weich. Wie konnte Julia heute Nacht ohne sie schlafen? Irgendwie wird es wohl gegangen sein, Sabine und ihre Eltern haben sich bestimmt etwas einfallen lassen, sie darüber hinwegzutrösten, dass ihr Lieblingskuscheltier bei dem überstürzten Aufbruch vergessen worden ist, und selbst wenn nicht, ist das keine Katastrophe, alles ist verschmerzbar, wenn Julia, Jan und Sabine nur leben, wenn ihnen nur nichts passiert. Eric Sievert streicht die rosa geblümte Bettdecke glatt und hievt sich von dem Kinderhöckerchen, auf dem er gekauert hatte, wieder in die Senkrechte. Sabine will nicht mit ihm reden. Sabine will ihn nicht sehen, und schon gar nicht will sie nach Hause kommen, bevor dieser ganze Wahnsinn, wie sie das ausdrückt, geklärt ist.

Er klemmt sich Lydia unter den Arm und geht zum Fenster. Vor Kurts Einfahrt parkt noch immer das Auto der Kommissare aus Köln, seit über einer Stunde sind sie jetzt schon drüben. Heißt das, dass Kurt tatsächlich ein kaltblütiger Mörder ist, der seine Opfer im Wald verscharrt und auf jeden schießt, der ihm in die Quere kommt, selbst auf seinen Freund? Oder hat ihn dieser Freund völlig zu Unrecht bei den Bullen angeschwärzt? Es macht ihn wahnsinnig, das nicht zu wissen, das noch immer nicht zu wissen, aber die Polizisten sind damit nicht rausgerückt. Gestern Nacht nicht und auch heute Morgen nicht, als sie ein weiteres Mal bei ihm auf der Matte standen und ihm ein weiteres Foto vor die Nase hielten. Ob er die Stelle nun vielleicht identifizieren könne, wollten sie wissen. Ob ihm doch noch irgendetwas eingefallen sei, das ihnen weiterhelfen könnte? Er hatte verneint, und sie hatten schmale Augen gemacht und ausgesehen, als ob sie ihm kein Wort glaubten.

Halten Sie sich bitte auch weiterhin zu unserer Verfügung, Herr Sievert. Was für ein Satz. Was für ein Scheißsatz. Und kaum hat er aufgelegt, ruft der Chefarchäologe vom Landesamt für Denkmalpflege an und brüllt einen Vortrag ins Telefon. Selbst eine Grabung, die von geschulten Archäologen durchgeführt werde, zerstöre letztlich immer etwas: Fasern, Leder- und Holzreste, kleinste Verfärbungen des Erdreichs gingen bei jedem Spatenstich unwiederbringlich verloren, und wenn Stümper wie Eric in ihrer Gier nach Gold einfach blindwütig drauflosbuddelten, sei das das Schlimmste, was der Archäologie widerfahren könnte, und das habe ein Nachspiel, die für Raubgräber zuständige Abteilung des Landeskriminalamts sei informiert und seine Grabgenehmigung für Darmstadt könne er nun ein für alle Male vergessen, das, immerhin, sei ihm wohl hoffentlich klar.

Eric geht durch den Flur zum Schlafzimmer, lehnt sich in den Türrahmen. Sabines Kette hat nichts mit diesen Skeletten zu tun. Sie lag ganz woanders, und dort, wo er sie ausgegraben hat, waren keine Knochen. Er sagt sich das vor, wiederholt es sogar laut. »Die Kette hat nichts mit den Morden zu tun.« Aber es funktioniert nicht, er bekommt nicht aus dem Kopf, wie das war, als Kurt ihn gefragt hat, wo er die denn gekauft habe. Und wie Kurt ihn angeschaut hat, als er was von einem Auktionshaus in Frankfurt stammelte, wo er die Kette ersteigert habe, weil sie ihm so gefiel, genau richtig für Sabine, aber das solle Kurt ihr bitte, bitte nicht verraten, sie glaube nämlich, es sei ein eigens für sie hergestelltes Unikat. Hätte er das den Bullen erzählen müssen? Kurt noch tiefer in die Scheiße reiten, Kurt und sich selbst und auch noch Sabine? Hat er Sabine womöglich als Pfand seiner Liebe den Schmuck eines Mordopfers geschenkt?

Er drischt mit der Faust auf den Türrahmen, fühlt den Schmerz wie durch Watte. Schlägt noch einmal zu. Und nochmals. Und nochmals, bis es blutet. Die ungeschminkte Wahrheit. Er hat gewollt, dass sie das leben. Er hat gedacht, das sei leicht. Aber er hat sich was vorgemacht, in Wirklichkeit hat er Sabine von Anfang an belogen. Sie und sich selbst, denn natürlich hätte er ihr von Timo erzählen müssen, als sie ihn fragte, ob er Kinder habe. Und dann kam Jan auf die Welt, und er kriegte die Zähne noch immer nicht auseinander. Und dann war der Zug einfach abgefahren.

Er geht rüber ins Bad, wäscht sich das Blut von den Knöcheln, klebt Pflaster darüber und rasiert sich. Eric der Loser. Eric der Lügner. Aber das ist nicht die ganze Geschichte, auch das ist so nicht wahr. Er zieht sich ein frisches Hemd und eine saubere Jeans an und klemmt sich Lydia wieder unter den Arm.

Er fährt schnell, mit heruntergelassenen Fenstern. Er versucht möglichst wenig zu denken, bis er das noble Darmstädter Komponistenviertel erreicht. Die Villa seiner Schwiegereltern liegt groß und protzig hinter hohen Hecken im Haydnweg. Er stellt den Motor ab und steigt aus.

Er gehört hier nicht hin, noch weniger als in sein eigenes Haus, er, der Erbschleicher und Emporkömmling, der Verführer der höheren Tochter, aber auf einmal ist ihm das egal, und wahrscheinlich hätte es ihm schon immer egal sein müssen, denkt er, während er auf die weiß lackierte Haustür zuläuft.

»Eric.« Sein Schwiegervater selbst öffnet die Tür. Sein Blick gleitet von Erics Gesicht zu Julias Giraffe in seiner Linken. Sein Händedruck wahrt gerade eben so die Höflichkeit.

»Sind sie da?«

»Im Garten.«

Er folgt seinem Schwiegervater ins Haus. Die Glasflügeltüren zur Terrasse sind weit geöffnet, von irgendwoher hört er die Stimmen seiner Kinder. Der Alte will weiter vorangehen, um sein kostbares Töchterlein zu beschützen, aber Eric stoppt ihn, indem er ihm die Hand auf die Schulter legt und den Kopf schüttelt, und zu seiner Überraschung nickt sein Schwiegervater nach kurzem Zögern und macht brav wieder kehrt.

Sabine sitzt auf der Bank unter dem Apfelbaum. In ihrem Schoß liegt ein Buch, aber sie liest nicht, sondern blickt ihm entgegen, stumm und reglos, als sei sie aus Marmor, wie die albernen Kitschlöwen, die den Abgang von der Terrasse zum Rasen flankieren. Die ungeschminkte Wahrheit. Alles, ohne Ausnahme. Er weiß nicht, wie sie reagieren wird. Weiß nicht, ob er die richtigen Worte finden wird. Weiß nicht, ob es nicht schon längst zu spät ist. Aber etwas verändert sich in Sabines Augen, das sieht er mit jedem Schritt, den er auf sie zugeht. Sie liebt ihn noch immer, vielleicht ist es das. Er hat noch eine Chance, eine, die er besser nicht versieben sollte, egal, was passiert, auf gar keinen Fall.

Er kniet sich vor ihr ins Gras, immer noch mit Lydia in der Hand, die weich ist, sehr weich.

* * *

Die Verlobte des Täters sieht ihr ähnlich. Kurt Böhm hat geschworen, dass er das nicht erfunden hat und dass sein Gedächtnis für Gesichter ganz ausgezeichnet ist. Susanne. Jünger als Judith sei sie damals natürlich gewesen, etwa Mitte 20. Aber die blasse Haut und die Augenpartie und die Gesichtsform – die ganze Zeit habe er sich schon gefragt, warum Judith ihm bekannt vorkäme, und als sie dann ihre Haare zurückgebunden hatte, sei ihm schlagartig bewusst geworden, wie groß diese Ähnlichkeit ist. Die Verlobte des Täters sieht ihr ähnlich, und der Täter schickt ihr Briefe mit Fotos von seinen Tatorten. Nicht der Polizei, nicht der Mordkommission, sondern ihr. Weil sie wie seine Verlobte aussieht? Weil er sie für seine Verlobte hält? Ich will das nicht, denkt sie wild. Ich will diesen Wahnsinn nicht. Die Narben des Winters sind doch noch ganz frisch, ich habe doch gerade erst wieder gelernt, mich frei zu bewegen. Ohne Verfolgungswahn. Ohne Angst. Ohne Misstrauen gegen alles und jeden.

Sie schiebt sich die Kopfhörer ihres iPods in die Ohren. Foreigner, wieder Foreigner. Die sonnendurchtränkte Lässigkeit der australischen Geschwister Stone passt jetzt nicht mehr. *I'm gonna win*, brüllt Lou Gramm, *I'm gonna win*, auch wenn der Gewinn seinen Preis hat, werde ich gewinnen, und sie will mitjohlen, schreien, etwas zerschlagen, zertreten, zerstören, aber es würde nicht helfen, und sie ist nicht allein, sie sitzt neben wochenendlaunigen Fahrgästen in einem herunterklimatisierten ICE-Abteil.

Du kommst sofort zurück nach Köln, hat Millstätt

befohlen, nachdem sie ihn auf den Stand gebracht haben. Zwei Kollegen machen sich in dieser Minute auf den Weg, um Manni zu verstärken. Ich will, dass du erst mal aus der Schusslinie bist, Judith. Nimm dir einen Tag frei und schlaf dich aus, und ja, das ist eine Dienstanweisung, über die ich nicht diskutiere.

Der Fall entgleitet ihr. Alles entgleitet ihr, und trotzdem hat sie das Gefühl, dass sich etwas um sie herum verdichtet, dass sie vor dem Durchbruch stehen, obwohl sie noch immer etwas Wesentliches nicht begreifen. Ausschlafen. Freinehmen. Es klingt verlockend, aber es wird nicht funktionieren. Sie könnte auf eine Südseeinsel fliegen, und das Gefühl, dass der Täter sie beobachtet, bliebe trotzdem. Dass er ihr schon zu nah ist. Dass sie seine Marionette ist. Vielleicht ist das Hysterie. Übermüdung. Die alte Angst, von der sie schon glaubte, sie sei überwunden.

Es ist zu kalt in diesem Waggon, wenn sie hier sitzen bleibt, wird sie sich erkälten. Sie schultert ihren Rucksack und macht sich auf die Suche nach dem Speisewagen. Eine heiße Suppe. Eine Tasse Kaffee. Mitten im Hochsommer, der draußen vor den Zugfenstern in einer fliegenden, goldgrünen Landschaft verwischt. Sie fragt sich, was Manni macht. Ob er noch bei Böhm ist oder bei Eric Sievert oder schon wieder durch den Wald läuft. Ob er die Stelle von den Fotos heute noch finden wird, und wenn ja, was sich dort verbirgt. Gestern war sie sicher, dass Kurt Böhm der Täter ist, jetzt weiß sie nicht mehr, was sie denken soll. Seine Ehefrau hat sein Alibi bestätigt. Eine Tankquittung belegt, dass er an dem Abend, an dem Jonas Vollenweider erschossen wurde, um 21:14 Uhr bei Limburg getankt hat. Er oder jemand anderes, das muss man noch klären. Und natürlich kann Böhm nach dem Tanken nicht, wie er behauptet, nach Darmstadt, sondern nach Köln gefahren sein. Rudi, denkt sie. Rudi, der Soldat ohne Nachnamen. Rudi und Susanne, die mir ähnlich sieht. Rudi, Rudolf, Rüdiger. Die M 417. Ein Junge auf einer Pritsche im Keller, der um seine Mutter weint und deshalb verhöhnt wird. Ist es wirklich denkbar, dass Kurt Böhm das nur erfindet, oder spricht er am Ende von sich selbst?

Der Speisewagen ist leer. Sie schaltet den iPod aus, setzt sich an einen Zweiertisch und bestellt Chili con Carne und schwarzen Kaffee. Irgendwo hinter ihrer Stirn lauert noch der Schmerz, bereit, jederzeit wieder aufzuflackern. Wenn sie versucht, in der fliegenden Landschaft einen Fixpunkt zu entdecken, wird ihr schlecht, und der metallene Fuß des Speisekartenhalters reflektiert ihr Gesicht, blass und verzerrt, das Gesicht von Susanne, die vielleicht nur die Erfindung eines Wahnsinnigen ist. Judith springt auf und läuft ins WC, wäscht sich Hände und Gesicht und betrachtet sich im Spiegel. Die graublauen Augen ihres Vaters, die Sommersprossen, das Kinn ihrer Mutter, die verschwitzten Locken. Sie reißt das Haargummi weg, wirft es in den Müll. Ich. Sie. Der Fall droht in Tausende Splitter zu zerspringen, nicht mal die sonst üblichen Routinen des KK 11 geben dem Ganzen noch Struktur. Berichte, Soko-Meetings und Pressekonferenzen, all das geschieht in Köln ohne sie. Es kommt ihr so vor, als sei sie schon seit Ewigkeiten unterwegs in fremden Häusern, Landschaften, Leben.

Sie geht wieder an ihren Tisch, isst das Chili und trinkt den Kaffee.

»Die politische Dimension, hast du die bedacht, Judith?«, fragt Ralf Meuser, als er sie endlich zurückruft, und redet gleich weiter, atemlos. »Der Zorn der 68er entzündete sich auch an dem nationalsozialistisch geprägten autoritären Erziehungsstil und dem damit verbundenen

Ideal von Zucht und Ordnung, beides war damals immer noch Standard. Sogar die RAF-Terroristen setzten zunächst beim Thema Erziehung an. Andreas Baader und Gudrun Ensslin gründeten Heimbefreiungskomitees und riefen die Zöglinge zur Revolte auf. Peter-Jürgen Boock ist so ein ehemaliges Heimkind. Und Ulrike Meinhof berichtete zunächst als Journalistin genau über diese Zustände und schrieb dann das Drehbuch zu dem Fernsehspiel *Bambule*, das die brutalen Zustände in den Mädchenheimen öffentlich machen sollte. Aber der Film wurde dann doch nicht gezeigt, weil Meinhof im Mai 1970, kurz vor dem geplanten Sendetermin, in den Untergrund ging, denn sie glaubte nicht mehr ...«

Ein Tunnel verschluckt Meusers Stimme, die Leitung ist tot, Kunstlicht flackert auf und reflektiert Judiths Gesicht in den Fensterscheiben, grünlich mit doppelten Konturen. Sie denkt an die Lehren der Johanna Haarer und an Hitlers Begeisterung dafür. Sie fragt sich, ob diese Lehren den Krieg und den Nationalsozialismus vielleicht überdauerten, weil ein Volk, das in einer Mischung aus Schock, Scham und ungeheuerlicher Schuld erstarrt war, einfach nicht fähig war, sich davon zu lösen. Sie versucht sich vorzustellen, wie es in den 60er-Jahren in Deutschland wohl war, zur Zeit ihrer Geburt, bevor die ersten Studenten und mit ihnen ihr Vater die Starre und Enge eines Weltbilds, das auf Gleichtritt und Gehorsam setzte, nicht mehr aushielten und dagegen rebellierten. Denn um Konformität ging es Johanna Haarer letztendlich. Ihr Menschenbild ließ keinen Raum für Individualität, persönliche Eigenarten und Vorlieben. Wer sich nicht fügte, galt als verwahrlost oder debil oder asozial, den durfte man wegsperren und umformen, und in den Kinderheimen war dazu jedes Mittel erlaubt: Prügel, Hunger, Zwangsarbeit, Isolation. Folter könnte man das auch nennen. In jedem Fall aber Missbrauch und Misshandlung Schutzbefohlener.

Judith bestellt sich noch einen Kaffee. Hat Ralf Meuser recht, geht es um Politik? Doch der Täter schickt ihr keine Forderungen oder Pamphlete, sondern Fotos von seinen Tatorten. Der Täter nimmt Rache, Rache für das, was ihm angetan wurde, ihm ganz persönlich. Was ist persönlich, was ist politisch, wie soll man das trennen? Wer trägt die Schuld, wenn ein ganzes Gesellschaftssystem auf Gewalt und Unterdrückung basiert? Sie denkt an die Eiscreme im Kinderheim Frohsinn, denkt, dass es vielleicht manchmal gar nicht allzu großer Brutalität bedarf, um Menschen zu zerstören, dass manchmal die kleinen Alltäglichkeiten die verheerenden sind, weil sie von innen heraus zermürben. Eiscreme als Knastwährung. Eiscreme als Lohn für die Spitzel und Denunzianten. Wenn Verzweiflung und Sehnsucht nach Liebe und Anerkennung nur groß genug sind, kann das perfekt funktionieren, um zu beherrschen und zu manipulieren. Und doch gibt es immer auch den freien Willen. Menschen entscheiden sich für oder gegen etwas, sind sogar bereit, dafür mit ihrem Leben zu bezahlen. Und manche Menschen zerbrechen früher als andere, weil sie weniger ertragen, so ist das eben, so war das schon immer.

»In den 70er-Jahren änderte sich die Pädagogik dann allmählich, das Prügeln wurde verboten, neue Erzieher wurden eingestellt, die alten entlassen«, sagt Ralf Meuser, als die Telefonverbindung wieder zustande kommt. »Jedenfalls für die nachfolgenden Generationen der Heimkinder wurde es also besser.«

»Aber die Vollenweiders blieben bis 1981.«

»Bis das Heim Frohsinn geschlossen wurde, ja. Dann schickte man sie in Frühpension. Vermutlich sogar mit einem goldenen Handschlag, jedenfalls mussten die keinen Kredit aufnehmen, um ihr Haus zu bezahlen.«

Das Haus. Das Haus. Immer wieder das Haus. Ralf Meuser will sie dort nicht hinfahren, nicht ohne vorher Millstätt zu fragen zumindest, lässt sich dann aber doch überreden. Mein Team, denkt Judith, als sie am Kölner Hauptbahnhof zu ihm ins Auto steigt. Manni und Meuser. Meine Kollegen.

Sie reden nicht viel auf der Fahrt nach Hürth, aber es ist ein gutes Schweigen, wie ein Atemholen. Das Atemholen vor einem Tauchgang, denkt Judith. Wir sind längst nicht auf dem Grund, sehen ihn vielleicht noch nicht einmal. Sie überlegt, ob sie Manni anrufen soll, fragen, wie es geht, lässt es dann aber, denn er hat versprochen, sich zu melden. Sie blättert in den Vernehmungsprotokollen, die Meuser für sie kopiert hat. Geschichten, die sich wiederholen. Geschichten von Männern, die nicht sprechen wollen, sich nicht erinnern an ihre Kindheit im Kinderheim Frohsinn, es dann doch tun, unwillig und verstockt. Anklagend, aggressiv oder resignierend. Um uns hat sich doch nie jemand geschert, sagt einer. Ich warte bis heute auf eine Entschuldigung von den Verantwortlichen. Sie klappt die Berichte zu, blinzelt in die Sonne, die schon wieder zu sinken beginnt und den Himmel verfärbt. Hürth in Gelbgold, es hilft aber nicht, das Haus der Vollenweiders wirkt trotzdem kein bisschen einladend, eher im Gegenteil, denkt sie, als sie an der Thujahecke vorbeiläuft. Abweisend wirkt es. In sich verkapselt. Wie eine Festung.

Sie streifen Fußüberzieher und Handschuhe über, dann öffnet Ralf Meuser die Haustür, und sie treten ins Dunkel. Etwas ist verändert, denkt Judith. Minimal, fast nicht wahrnehmbar. Etwas ist in der Luft. Die Luft sei manchmal anders gewesen, hat die Nachbarin ausgesagt, plötzlich fällt ihr das wieder ein. Als ob das Haus atmen würde, sei ihr das vorgekommen.

Ralf Meuser zieht die Tür hinter ihnen ins Schloss. Judith schließt die Augen, glaubt einen Nachhall des Entsetzens zu spüren, Entsetzen und Hass. Ralf Meuser drückt auf den Lichtschalter, ein leises Klicken, orangerot explodiert es hinter ihren Lidern. Sie öffnet die Augen wieder und sieht sich um. Die Möbel, die Rollos, der Staub, die Rollos, die blinden Fenster, alles ist genau so, wie sie es in Erinnerung hat.

Sie geht weiter, nach oben, am Schlafzimmer vorbei, bis in Miriams Dachkammer, wo sich die Hitze des Tages gestaut hat und ihr den Schweiß aus den Poren treibt. Etwas ist hier, muss hier einfach sein. Wieder sieht sie sich um. Das Bett, das Regal, der Schreibtisch, der Stuhl, auf dem auch der Täter gesessen haben muss, alles wie beim letzten Mal. Warum hat der Täter hier gesessen? Um das Foto des Kinderheims Frohsinn zu betrachten oder um Miriam nahe zu sein? Oder hat er etwas in ihrem Schreibtisch gesucht?

Er war hier, war noch einmal hier, vor kurzem erst. Sein Geruch liegt noch in der Luft, begreift sie auf einmal, ein Geruch, den sie schon einmal irgendwo wahrgenommen hat. Aber sie weiß nicht mehr, wo, und selbst wenn ihr das einfiele, wäre das noch kein Beweis. Sie kann ja nicht einmal beschreiben, was sie eigentlich riecht.

* * *

Sekt, Pralinen, Blumen oder nur eine Ausgabe des KURIER? Blumen dürften Roswitha Schmiedels Herz am weitesten öffnen und in unmittelbarer Folge auch ihre Lippen, hat er entschieden. Er drückt auf die Klingel ihres

Bungalows, verbirgt das quietschrosarote Bouquet, das er just vor Ladenschluss noch ergattert hat, hinter seinem Rücken. Von drinnen ertönt ein melodischer Dreiklang. Witwenschütteln, er ist gut darin, sehr gut sogar, das gehört zu seinem Job, aber genau genommen hasst er es bis heute, schockstarren, trauernden Angehörigen direkt nach einer Katastrophe auf die Pelle zu rücken, um ihnen Fotos und O-Töne zu entlocken. Das hier ist jedoch etwas anderes. Falls Roswitha Schmiedel wegen des Verlusts ihrer Freundin Miriam überhaupt sehr gelitten hat, dürften die Wunden nun doch längst verheilt sein, auch ihre Scheidung liegt schon Jahre zurück. Er hört Schritte hinter der Tür, strafft seine Schultern und setzt ein gewinnendes Lächeln auf. Sein Atem riecht nach Pfefferminz, sein Hals nach Aftershave, seine Schuhe sind geputzt. *Showtime*. Er ist bis ins letzte Detail perfekt vorbereitet, an ihm liegt es nicht, wenn das hier jetzt nichts wird.

Die Tür schwingt auf, und Roswitha Schmiedel steht vor ihm, eingehüllt in ein weißes Wallegewand, unter dem orangefarbene Pluderhosen hervorlugen, eine violette Sonnenbrille baumelt in ihrer Linken.

»Sie schon wieder?«

René Zobel lächelt noch breiter und hält ihr mit Schwung das Bouquet vor die Nase.

»Ich wollte mich für Ihre Hilfe bedanken. Den Artikel habe ich Ihnen natürlich auch mitgebracht.«

Sie wird tatsächlich ein bisschen rot und fängt an zu strahlen, was ihrem Mopsgesicht einen ungeahnten Charme verleiht.

»Aber das ist doch wirklich nicht nötig, das ist ja ganz reizend ...«

Er muss gar nicht fragen, sie besteht darauf, dass er hereinkommt, und führt ihn auf ihre Terrasse, unentwegt

plappernd. Gerade habe sie sich Schnittchen zurecht-
gemacht und ein Fläschchen Sekt geöffnet, man gönnt
sich ja sonst nichts, und was für ein herrliches Wetter und
dazu Samstagabend, vielleicht kommt später noch eine
Freundin vorbei, das sehen wir dann, und jetzt hole ich
rasch noch ein Glas für Sie und die Schnittchen und stelle
die schönen Blumen in eine Vase …

René Zobel lässt sich in einen der bequemen Korbsessel plumpsen. Sekt, warum nicht. Seine Berichte für
morgen sind fertig, die Chefredaktion frisst ihm derzeit
sowieso aus der Hand, und selbst Rufus Feger hat sich
erweichen lassen und sein Privatarchiv für ihn geöffnet,
was allerdings weitaus weniger erhellend war, als er sich
das erhofft hatte. Am spannendsten waren noch ein paar
Uraltfotos von dem Kinderheim. Ernst blickende Jungs
im Sonntagsstaat auf dem Weg zur Kirche, im Pyjama
neben ihren Betten im Schlafsaal, strammstehend, barfuß
im Garten beim Unkrautjäten, vor dem Haus gemeinsam mit den Heimleitern posierend. Er muss sich diese
Ausbeute noch mal genauer vornehmen, vielleicht gibt es
doch etwas darauf zu entdecken. Aber jetzt, hier, in dieser
Sekunde geht es erst mal um die Geheimnisse des Felix
Schmiedels.

René Zobel streckt die Beine aus und gibt sich dem
Panorama hin, das sich ihm bietet. Hinter Roswithas
Minigärtchen ist Hürth zu Ende, da ist nur noch ein Feld
mit Überland-Stromleitungen. Man kann das mögen, ja
sogar schön finden, und so übel ist es tatsächlich nicht,
zumindest nicht, während der Himmel sich allmählich so
orange einfärbt wie Roswithas Hose.

Sie lächelt noch immer, als sie wieder auf die Terrasse
kommt. Reicht ihm ein eiskaltes Glas Sekt und platziert
eine Platte sehr appetitlicher Schnittchen in der Mitte des

Tischs, bevor sie mit einem zufriedenen Seufzer in den Sessel an seiner Seite sinkt. Roswitha Schmiedel, eine Frau über 40. Auf einmal bewundert er sie dafür, wie sie sich ihr Leben einrichtet und offenkundig auch zu genießen versteht. Als sie einst ihrem Felix das Jawort gab und mit ihm hier einzog, hat sie ganz sicher nicht davon geträumt, hier allein leben zu müssen.

Der Sekt ist nur halbtrocken, passt aber erstaunlich gut zu dem dunklen Baguette mit Salami und Gurke. Es gibt auch Käseschnittchen mit Radieschen, aber Radieschen erinnern ihn an das Gemüsebeet des Kinderheims Frohsinn. Opfer der Nationalsozialisten seien die toten Kinder, die man darin geborgen habe, hat Reiermann gesagt, ob die Vollenweiders davon gewusst haben, sei wohl nicht mehr zu klären. Gemüseanbau auf einem Massengrab – man darf sich das nicht zu plastisch ausmalen, wenn man bei Verstand bleiben will. René Zobel schluckt den letzten Bissen herunter und säubert sich den Mund mit einer Blümchenserviette, die seine Gastgeberin für ihn bereitgelegt hat.

Sie prostet ihm zu, lächelt, mustert ihn auf eine Weise, die ihm einen Hitzeschwall ins Gesicht jagt. Roswitha, verdammt, wer hätte das gedacht, entwickelt sich noch zur Venusfalle. Er schenkt ihr Sekt nach. Sie legt die Füße auf eine gepolsterte Fußbank. Hübsche Füße mit perfekt gepflegten, blutrot lackierten Nägeln, registriert er, während sie aus den Weiten ihres Gewands eine Lesebrille zutage fördert und sich in das Interview ihres treulosen Gatten vertieft.

Der lügt. Wenn Roswitha das gleich bestätigt – und er ist sicher, dass sie das tun wird –, dann hat er vermutlich nicht nur eine Superstory, dann kann er vielleicht sogar einen völlig neuen Ermittlungsansatz für die Aufklärung eines Verbrechens liefern, an dem sich die Polizei seit zwei Jahrzehnten die Zähne ausbeißt. Oder haben sie Miriams Freund schon längst im Visier? Konzentration, René, Konzentration, ermahnt er sich stumm. Eins nach dem anderen, hier spielt jetzt die Musik. Er gönnt sich noch ein Schnittchen und betrachtet Roswitha. Sehr erbaulich scheint sie die Einlassungen ihres Gatten nicht zu finden, ihr Gesicht sieht wieder mopsig aus, zwischen den Augenbrauen steht eine steile Falte.

»Wissen Sie, was ich glaube?« René Zobel senkt die Stimme, als gelte es, das, was er gleich sagen wird, gegen heimliche Mithörer zu schützen. »Ich glaube, Ihr Mann hat ein Problem mit Frauen.«

»Exmann.« Sie lässt die Zeitung sinken.

»Exmann, natürlich, ja.«

Sie lächelt auf eine Weise, die ihn schon wieder verlegen macht. »Ein Problem mit Frauen. So. Das glauben Sie.«

Er macht eine Geste, die Haus, Garten und Roswitha umfasst, deutet dann auf den KURIER. »Das wirkt doch alles gekünstelt und wird Ihrer Freundin Miriam überhaupt nicht gerecht. Ich bin sicher, sie selbst hätte etwas ganz anderes über ihre Jugendliebe zu erzählen, sie …«, er hält inne, lächelt. »Aber das brauche ich Ihnen ja nicht zu sagen, Sie waren ja ihre Freundin, und was Freundinnen sich so alles anvertrauen, davon können wir Männer ja nur träumen …«

Sie nippt an ihrem Sekt und betrachtet das Feld, auf dem jetzt zwei kläffende Köter rumrennen und ihr Geschäft verrichten. Ein Hauch Gülle steigt ihm in die Nase, aber vielleicht bildet er sich das auch nur ein.

»Es war damals bestimmt nicht ganz leicht für Sie und Felix, das schreckliche Drama loszulassen und nach vorn zu blicken und sich zu Ihrer Liebe zueinander zu bekennen. Man muss sich ja nur mal vorstellen, was geschehen wäre, wenn Miriam wie durch ein Wunder doch überlebt hätte und zurückgekehrt wäre und entdeckt hätte, dass ihr Freund und ihre beste Freundin …«

»Sie waren doch gar nicht mehr zusammen, als das …« Roswitha Schmiedel bricht ab, knallt ihr Sektglas auf den Tisch.

»Die beiden waren kein Paar mehr, als das Verbrechen geschah, meinen Sie?«

Sie leert ihr Glas in einem langen Zug, schenkt sich nach. »Sie hatte ein paar Tage vorher mit ihm Schluss gemacht. Deshalb war er ja an den Gardasee gefahren, statt mit ihr Geburtstag zu feiern.«

»Aber warum hat er das nicht ausgesagt?«

Sie seufzt. »Weil er Angst hatte, sich in Schwierigkeiten zu bringen. Weil er feige war. Aber damals habe ich das natürlich noch nicht gesehen. Damals war er für mich der unerreichbar tolle Freund meiner wunderschönen Freundin Miriam, die mich trotz ihrer Schönheit brauchte, weil sie noch schüchterner war als ich. Völlig verschüchtert, die stand total unter der Knute ihres Vaters, nichts durfte sie, nichts traute sie sich. Und ich war das nette Pummelchen, bei dem sie aufblühte, was ich, doof, wie ich war, für echte Zuneigung hielt. Na ja, vielleicht war es das sogar, das werde ich wohl niemals erfahren. Damals habe ich das jedenfalls geglaubt, ich dachte ja sogar, Felix würde mich mögen. Also hab ich den beiden geholfen, sich zu treffen, ohne dass Miriams Eltern es merkten.« Roswitha fegt den KURIER von ihrem Schoß. »Den Anstand hat Felix immerhin, nicht laut zu sagen, dass er mich nie geliebt, sondern immer nur ausgenutzt hat, und Sie, junger Mann, versprechen mir, dass Sie das niemals schreiben.«

»Natürlich, ja. Mein Ehrenwort.«

Sie mustert ihn prüfend. Nickt.

»Ich verstehe aber noch nicht, warum Felix nicht einfach aussagte, dass Miriam sich von ihm getrennt hatte, er war doch am Gardasee, kam also nicht als Täter infrage. Und wieso überhaupt gab Miriam ihm den Laufpass, wenn sie doch so schüchtern war, wie Sie sie beschrieben?«

Roswitha lächelt. »Sie sind clever, Herr Zobel, aber das wissen Sie sicher.«

Jetzt wird er wahrhaftig schon wieder rot. Er habe Welpencharme, hat mal eine Sekretärin über ihn gesagt, aber gut, damit kann er leben, denn sein Hirn funktioniert trotzdem ganz ausgezeichnet, und gerade läuft es auf Hochtouren, sortiert und gewichtet die neuen Fakten, so rasant, dass es beinahe unheimlich ist.

»Sie hatte einen anderen, die ganz große Liebe, einen Psychologieprofessor«, sagt Roswitha, die sich nun offenbar entschlossen hat, reinen Tisch zu machen. »Martin Scholzen. Nach den Semesterferien wollte Miriam den ihren Eltern vorstellen und endlich ausziehen, bis dahin wollte ihr Prof. die Trennung von seiner Frau über die Bühne bringen, diskret und in Würde.« Sie verdreht die Augen.

»Und Felix?«

»Er hat herausgefunden, was lief, bevor Miri den Mumm hatte, es ihm zu gestehen. Ihr Prof hatte ihr eine Halskette geschenkt, wunderschön, ganz schlicht, ein goldenes Herz. Sie war immer sehr vorsichtig, hat diese Kette nur heimlich getragen, nachts allein in ihrem Zimmer oder an der Uni oder wenn sie bei mir war, aber einmal hat Felix sie überraschend in der Uni abgeholt, und da kam es dann raus.«

Ein abservierter Liebhaber, der seit 20 Jahren lügt, seine Exgattin, die ihn deckt, und ein Professor, der durchaus auch als Täter infrage kommen kann, von dem aber bis zum heutigen Tag offenbar niemand etwas wusste. Das ist der Hammer, ein echter Knaller, ein Wahnsinns-Aufmacher, eine Megastory. Aber warum hat Felix gelogen, er hatte doch ein Alibi, und warum die Hochzeit mit Roswitha?

»Er war da«, sagt Roswitha leise, als hätte er diese Frage laut gestellt. »Die Nacht, als es geschah, war doch Miriams 21. Geburtstag. Felix war die ganze Strecke vom Gardasee hochgefahren, um sie zu überraschen. Das war seine Art, um sie zu kämpfen. Er hatte wirklich gehofft, er könne sie so beeindrucken und umstimmen.«

»Und dann?«

»Er hatte ewig im Stau gestanden und kam erst sehr spät in Hürth an, kurz vor Mitternacht. Das Haus der Vollenweiders war schon dunkel, alles war still. Felix schlich in den Garten und warf Steinchen an Miriams Fenster. Keine Reaktion, sooft er es auch versuchte. Schließlich fuhr er zu mir weiter, weckte mich, wollte wissen, ob Miri bei mir war oder bei ihrem Prof. Er war fix und fertig, er heulte sogar, aber alles, was ich ihm sagen konnte, war, dass Miri mit ihren Eltern und ihrem Bruder hatte feiern wollen und wahrscheinlich längst schlief, und dann hat er gesagt, verrat mich bloß nicht, sonst mach ich mich völlig lächerlich, und ist wieder an den Gardasee gefahren.«

Und ist wieder an den Gardasee gefahren. René Zobel starrt sie an. Gerade noch hat er die gute Roswitha beinahe bewundert, und nun kommt sie ihm dermaßen himmelschreiend naiv? Aber sie bleibt dabei, sosehr er auch nachbohrt. Felix sei wieder an den Gardasee gefahren, sie habe doch keinen Mörder geheiratet, um Himmels willen, was denke er denn von ihr? Und dann, gerade als er glaubt, dass er schreien muss, weil sie so dämlich ist, klingelt es, und Roswitha springt auf und verschwindet im Haus, also gibt es diese Freundin, von der sie vorhin gesprochen hat, wohl tatsächlich. René Zobel steht auf. Zwei Frauen dieses Kalibers sind definitiv zu viel für ihn, das ist also ein perfekter Moment, um sich zu verabschieden. Denn es ist eine Frau, die gekommen ist, das hört er, als die beiden näher kommen. Aber irgendwas stimmt nicht, und bevor er kapiert, was Sache ist, steht auch schon Judith Krieger vor ihm, grinsend wie ein ausgehungerter Piranha, der ganz unverhofft einen Leckerbissen zwischen die Zähne kriegt.

»Die Zeit ist reif, Herr Zobel«, sagt sie. »Reif für den Deal, den Sie sich so sehr wünschen.«

* * *

Um 17:48 Uhr finden sie endlich den Baumstumpf von den Fotos. Um 19:02 Uhr stoßen sie drei Meter daneben auf die ersten menschlichen Knochen. Eine halbe Stunde später liegen Brust und Schädel frei. Das Skelett eines erwachsenen Menschen, ob weiblich oder männlich, lässt sich nicht sagen, auch Identität, Todesursache und Liegedauer sind vorerst nicht feststellbar. Aber Zähne und Kiefer sind erhalten, und es müsste schon mit dem Teufel zugehen, wenn sie hier nicht die sterblichen Überreste Miriam Vollenweiders gefunden hätten, denn wer außer ihr sollte hier begraben worden sein, im selben Wald wie ihre Eltern?

Manni richtet sich auf, die KTUler beginnen wieder zu schaufeln. Rudi. Rudolf. Rudolph. Rüdiger. Berufssoldat zumindest bis 1981. Vermutlich Jahrgang 1954–1958. Oder ein bisschen älter oder jünger. In Darmstadt stationiert im Spätsommer 1981. Bei der Bundeswehr haben sie herzlich gelacht, als er ihnen diese mageren Angaben präsentierte, und schließlich versprochen, ihr Bestes zu geben. Auf der Liste der ehemaligen Zöglinge des Kinderheims Frohsinn gibt es zwei Rudolfs und einen Rüdiger, die die Kollegen in Köln nun bevorzugt überprüfen, doch sein Gefühl sagt ihm, dass das nichts bringen wird, dass sie den Namen des Täters auf dieser Jugendamts-Liste nicht finden.

Etwas nagt in ihm, irgendwo in seinem Hinterkopf. Eine Information über den Täter, die sie schon haben, aber nicht richtig bewerten. Er geht das Profil noch mal durch, das sich allmählich herauskristallisiert. Ein Mann um die fünfzig auf Rachefeldzug, der will, dass seine Opfer ihr Gesicht verlieren. Die M 417 aus dem Kinderheim Frohsinn. Ein Mann mit Mutterkomplex, der als Kind von seinen Heimeltern gehänselt und gequält wurde und später Berufssoldat wurde. Der 1981 mit einer Frau verlobt war, die aussieht wie Judith Krieger. Ein Perfektionist, der ein Fotosuchspiel mit der Polizei spielt, das er an Judith Krieger adressiert, vielleicht, weil sie ihn an seine Verlobte erinnert. Eine tickende Zeitbombe, um es ganz klar zu sagen. Doch nichts von all dem ist das, was in ihm nagt.

Er denkt an Böhm und an Sievert. Dass es immer noch möglich ist, dass Böhm sie verarscht und die Rudi-Nummer nur erfunden hat. Doch Böhms Alibi für den Mord an Jonas Vollenweider erhärtet sich. Zur Aussage seiner Frau und dem Tankbeleg aus Limburg kam ein Telefonat mit einem Kollegen in den USA, das Böhm nachweislich etwa eine Stunde vor der errechneten Tatzeit von seinem Festnetztelefon in Darmstadt aus führte. Böhm ist also raus, man schafft es nicht in einer Stunde von Darmstadt nach Köln. Sievert ist ein anderes Thema, da sind noch eine ganze Reihe Fragen offen. Manni versucht sich das Szenario vorzustellen: Sievert mit seiner heimlichen Sucherei im Steiner Wald. Der Täter, der zu der Stelle fährt, an der er seine ersten Opfer verscharrt hat. Vielleicht hat er das in den letzten 20 Jahren häufiger getan, vielleicht war es auch ein spontaner Entschluss, ausgelöst durch den Mord an Jonas. Der Täter fährt also in den Steiner Wald, nachts vermutlich, um nicht gesehen zu werden, und dann latscht ihm unversehens Eric Sievert mit seinem Metalldetektor vor die Nase und spürt auch noch zielsicher das Grab der Vollenweiders auf. Das kann der Täter natürlich nicht dulden, also schießt er auf Eric, um ihn zu vertreiben, was ja auch gelingt.

Manni glaubt förmlich zu fühlen, wie die Synapsen in seinem Hirn in den Turbomodus schalten. Der Täter schießt, und Sievert geht stiften, im Zickzack durchs Gebüsch, dann versteckt er sich im Unterholz, wartet, bis die Luft rein ist, pirscht über die dunklen Felder zu seinem Wagen und rast heim, und er schwört, dass ihm niemand gefolgt ist und dass weder der Metalldetektor noch die Taschenlampe, die er bei seiner Flucht zurückließ, einen Hinweis auf seinen Namen oder gar seine Adresse trugen. Und doch hat der Täter die herausgefunden, denn als Nächstes schickt er Sievert ein Foto von seiner Familie. Unwillkürlich ballt Manni die Faust. Das ist zumindest ein Teil dessen, was ihn so unruhig macht: Der Täter kann Sieverts Adresse nicht kennen, und kennt sie doch.

Er meldet sich bei den Kollegen ab und sitzt kurz darauf schon wieder im Mondeo. Sievert verschweigt etwas, es muss so sein, aber jetzt ist die Schonzeit vorbei, jetzt muss er ausspucken, was Sache ist, ohne Wenn und Aber. Manni klemmt sein Handy in die Freisprechanlage und wählt Sieverts Nummer. Er sei nicht zu Hause, sondern bei den Schwiegereltern, sagt Sievert und gibt ihm brav die Adresse durch. Haydnweg, ganz am anderen Ende von Darmstadt. Aber auf ein paar Kilometer mehr kommt es nicht an. Es wird schon dämmrig, ein weiterer Tag geht zu Ende, ein weiterer Tag zwischen Wald und Straße, Straße und Wald, immer hin und her. Warum hat der Täter Jonas erst 20 Jahre später als dessen Eltern getötet? Was hat er in diesen 20 Jahren gemacht? Und warum lotst er die Polizei jetzt plötzlich zu seinen Opfern, die er zwei Jahrzehnte zuvor so perfekt verschwinden ließ?

Sein Handy reißt ihn aus diesen Grübeleien, und sobald er sich meldet, sprudelt die Krieger eine völlig abgedrehte Story in den Wagen. Dass sie mit Meuser nochmals zu dem Haus gefahren sei. Dass sie versucht habe, sich vorzustellen, wie das damals gelegen habe, einsam am Ortsende Hürths, direkt am Feld. Dass sie deshalb auf dem Rückweg noch durch das Wohngebiet gefahren seien, das ein paar Jahre nach den Morden dort entstanden ist, bis an den heutigen Feldrand, und dort, exakt vor dem Haus, in dem Meuser vor kurzem die Exfrau von Felix Schmiedel vernommen hatte, parkte der Wagen des KURIER-Reporters, er wisse schon, von welchem, und als der nach einer halben Stunde immer noch in dem Haus war, hätten sie geklingelt. Die Krieger schnappt nach Luft und redet gleich weiter. Erzählt von einem verheirateten Liebhaber, einem Professor, der Miriam ein goldenes Herz geschenkt hat, aber Jonas unmöglich getötet haben kann, weil er vor drei Jahren an einem Krebsleiden gestorben ist. Von Miriams Freund Felix Schmiedel, der genau genommen bereits in der Tatnacht vor 20 Jahren ihr Exfreund war und mitnichten am Gardasee weilte, sondern in Hürth.

»Halt«, sagt Manni, »stopp. Selbst wenn dieser Felix Miriam und ihre Eltern getötet hätte, wäre er dann auch in der Lage gewesen, die Spuren so perfekt zu beseitigen? Wie alt war der denn damals?«

»22. Er war gerade fertig mit der Bundeswehr.«

»Das heißt noch lange nicht, dass er auch ein kaltblütiger Stratege ist. Und selbst wenn, was für ein Motiv hätte er, auch noch Jonas zu töten? Jetzt? Nach 20 Jahren?«

Sie seufzt. »Ich weiß es nicht. Gar keins. Aber er war am Tatort. Vielleicht hat er zumindest irgendwas gesehen. Meuser vernimmt ihn jetzt und klärt das ab.«

»Meuser? Und du?«

»Ich bin brav zu Hause, Millstätt ließ sich nicht umstimmen.«

Aus dem Schussfeld, denkt er und im selben Moment: Aber was soll das bringen, wenn der Täter doch ihre Privatanschrift hat?

»Er war noch mal in dem Haus«, sagt sie leise. »Vor kurzem erst. In Miriams Zimmer. Ich konnte ihn riechen.«

»Riechen?«

»War vielleicht auch nur Einbildung, eine Überreaktion, weil ich nicht mehr rauche. Ralf hat jedenfalls nichts gemerkt.«

»Wie roch er denn?«

»Ich weiß es nicht, es war fast nicht wahrnehmbar. Irgendwie schien die Luft sich verändert zu haben. Es roch frischer. Irgendwie sauber.«

»Nach Putzmitteln?«

»Ich weiß es nicht.« Er hört ihren Atem, fast so wie früher, als sie noch rauchte. »Es sah nicht aus, als sei etwas geputzt oder verändert worden.«

»Aber du glaubst, er war dort.«

»Ja. Und wir haben die Fasern von Miriams Schreibtischstuhl.«

Der Schreibtisch unter der Dachschräge, das schmale Bett, das Foto vom Kinderheim, die klaustrophobische Enge der Kammer, er sieht all das so deutlich vor sich, als sei es ihm schon seit Jahren vertraut, hört ein weiteres Mal Ekaterinas Worte: Man findet nicht immer das, was man erwartet.

Er stellt sich den Täter in Miriams Zimmer vor, versucht zu kapieren, was er dort wollte. Zum Tatort zurückkehren. Die Tat noch einmal durchleben. Den Triumph auskosten, dass er, der als Kind kein Zuhause hatte, nun das Heim seiner einstigen Peiniger für sich allein hat. Und dann sieht er eines Tages das Maklerschild, und deshalb muss auch Jonas sterben. Weil er das Haus für sich haben will. Aber wenn es so war, wenn der Täter wirklich in diesem Haus ein und aus geht, warum hinterlässt er dann außer ein paar schwarzen Fasern keinerlei Spuren?

Sie gehen das noch einmal durch, kommen trotzdem nicht wirklich weiter. Nur seine Unruhe wächst. Das Gefühl, dass der Täter ihnen schon wieder voraus ist, dass er viel zu gut über ihre Ermittlungen Bescheid weiß, dass sogar das zu diesem Spiel gehört, das er mit ihnen spielt.

»Vielleicht solltest du Personenschutz beantragen«, schlägt er der Krieger vor, als sie sich verabschieden.

Sie schnaubt. »So besorgt ist Millstätt nun auch wieder nicht.«

Darmstadt liegt vor ihm. Kurz darauf fährt er durch eine Straße, die von hohen Gründerzeitmietshäusern gesäumt ist, passiert einen von Kastanien beschatteten Biergarten, biegt nach links ab und erreicht nach kurzer Fahrt das Viertel, in dem Sieverts Schwiegereltern leben. Doch von diesen Schwiegereltern ist nichts zu sehen, Eric Sievert selbst öffnet ihm die Tür und führt ihn ins Esszimmer. Seine Frau hat dort offenbar mit ihm auf Manni gewartet.

Sie springt vom Stuhl auf, um ihn zu begrüßen, setzt sich dann wieder, dicht neben Sievert, Manni gegenüber.

Er trinkt von dem Wasser, das sie ihm ungefragt hinstellen, mustert die beiden. Etwas hat sich verändert zwischen ihnen, lässt ihn unwillkürlich an Sonja denken, die Entscheidung, die er noch treffen muss, oder schon getroffen hat, ohne es ihr zu sagen. Aber das ist ein anderes Thema, das muss noch warten.

Sieverts Frau trägt die Kette nicht mehr, das goldene Herz, Miriams Herz, er ist schlagartig sicher, dass es so ist. Aber es macht ihn nicht froh, es ist nicht mal erleichternd, es erfüllt ihn stattdessen mit eisiger Wut. Eine Wut, die nicht abebbt, auch wenn ihm die beiden die Kette sofort übergeben.

Wieder jagt er den Mondeo auf die Autobahn, zurück zum Steiner Wald, ein weiteres Mal. Sievert hockt neben ihm, unentwegt plappernd. Ich wusste doch nicht, konnte doch gar nicht wissen, wollte doch nicht, und die Kette war doch ganz woanders vergraben als die Knochen, und sie lag gar nicht so tief im Boden, fast so, als hätte jemand die nur halbherzig vergraben, oder vielleicht nur verloren oder weggeworfen.

Die Dunkelheit kommt jetzt schnell, doch im Wald leuchten die Scheinwerfer der Spurensicherung. Als sei ein Raumschiff mit Außerirdischen dort gelandet, sieht das aus.

»Das war nicht hier«, sagt Sievert, als sie die Lichtung erreicht haben. Seine Augen flackern zu dem Grab, das die Spurensicherer inzwischen vollständig freigelegt haben.

Einer der Rechtsmediziner nimmt Manni beiseite.

»Die Schädelverletzung ist anders als bei denen von gestern, so viel kann ich schon sagen. Die Folge von stumpfer Gewalteinwirkung, vielleicht auch von einem Sturz.«

Ein anderes Grab. Ein anderer Tatmodus. Oder nur ein Unfall. Das bestätigt exakt, was schon Ekaterina Petrowa gesagt hat, aber was hat es zu bedeuten?

»Zeigen Sie mir, wo die Kette lag.« Manni packt Sieverts Arm und zerrt ihn zur Seite. Weg von dem Grab, von Miriams Grab, denn das muss es sein, denkt er. Muss es einfach sein.

Sievert zückt sein GPS-Gerät, führt ihn dann von der Lichtung ins Unterholz, in Richtung Rhein, soweit Manni das nachvollziehen kann. In Richtung Rhein und NATO-Straße. Er versucht es sich vorzustellen. Das Grauen in dem Haus. Miriam, die aufwacht und aus ihrem Zimmer stürmt, und dann auf der Treppe ausrutscht und fällt und sich tödlich verletzt. Vielleicht wollte der Täter sie gar nicht töten, vielleicht hat er sie deshalb an anderer Stelle begraben als ihre Eltern. Vielleicht kommt als Täter Felix Schmiedel infrage. Aber hätte der in seinem Frust nicht vielmehr die Frau getötet, die ihn abblitzen ließ, als deren Eltern?

»Hier war das, genau hier.« Sievert bleibt stehen und leuchtet mit seiner Taschenlampe auf den modderigen Boden.

Manni nickt. »Wie weit ist es von hier bis zum Ende des Fahrwegs?«

»Etwa 100 Meter.«

100 Meter zu Fuß mit einer Toten auf dem Rücken. Einer Toten im Nachthemd, mit einem goldenen Herz, das sie nur nachts trägt, heimlich, wegen ihrer Eltern. Vielleicht hat sich der Verschluss der Kette geöffnet, und das Herz fiel herunter, und der Täter hat es nicht einmal gemerkt. Vielleicht hat er es auch einfach weggeworfen. Jedenfalls trägt er sein Opfer von dieser Stelle noch einmal 100 Meter tiefer in den Wald bis zu der Lichtung. Und

dort hebt er ihr Grab aus, entkleidet sie, vergräbt sie. Hier, warum hier, und warum allein?

Der Täter ist Perfektionist. Ein Stratege. Es muss einen Grund dafür geben, das ist kein Zufall. Aber warum auch immer er zwei Gräber anlegte – er kann das alles unmöglich in einer einzigen Nacht geschafft haben. Die Morde in Hürth, das Verwischen der Spuren. Das Verladen der Leichen, ihres Bettzeugs, des Teppichs in seinen Wagen. Die gut zweistündige Fahrt in den Steiner Wald und dann das Vergraben der Leichen. Es haut zeitlich nicht hin, auf gar keinen Fall.

Er hat die Leichen also in einer der Folgenächte der Tat hier vergraben. Vielleicht war das Grab sogar vorbereitet, auch der Tatzeitpunkt war ja kein Zufall, sondern bewusst gewählt: ein Familienfest, Miriams 21. Geburtstag. Doch vielleicht war das Grab, das er ausgehoben hat, nicht groß genug. Weil er nur mit zwei Toten gerechnet hatte, nicht mit drei. Vielleicht ist Miriam nicht einmal in derselben Nacht wie ihre Eltern gestorben. Möglicherweise hat sie ihm sogar geholfen. Weil sie seine Komplizin war. Oder seine Geisel.

* * *

Sie ist gerade eingeschlafen, als das Telefon sie aus dem Schlaf reißt. Eine endlos lange Nummer auf dem Display. Queens *Spread your wings*, immer lauter werdend. Judith kämpft sich hoch. Griechenland. Lea. Atemlosigkeit in ihrer Stimme, unterbrochen von Rauschen und Knistern.

»Ich habe etwas gefunden, in Jonas' Sachen. Können Sie kommen?«

»Was ist passiert? Was haben Sie gefunden?«

»Ich kann das nicht richtig erklären, Sie müssen das sehen, es ist …« Rauschen, wieder Rauschen. Satzfetzen dazwischen, Aufregung in Leas heller Stimme. Miriam … Jonas … ein Versteck, ein Tagebuch.

Die Verbindung bricht ab, lässt sich nicht wiederherstellen. Kurze Zeit später kommt eine SMS. SCHLECHTER EMPFANG, WIEDER DER STROM! KÖNNEN SIE KOMMEN? MORGEN SCHON?

Morgen schon, das ist beinahe heute. Der freie Sonntag, den Millstätt ihr verordnet hat. Judith steht auf und geht ins Wohnzimmer, schaltet den Laptop an, setzt sich damit aufs Sofa. Sie hat von dem Schimmel geträumt, bevor Leas Anruf sie weckte, sie weiß nicht mehr, was, weiß nur, dass er da war und auf sie zu warten schien. Sie geht ins Internet und ruft eine Flugbörse auf. Es gibt einen Direktflug von Köln nach Samos um 5:05 Uhr, und er hat noch freie Plätze. Es gibt einen Flug zurück nach Düsseldorf um 23:00 Uhr.

Sie denkt an die bunte Katze und an das Meer. Sie denkt an das Regengefühl der vergangenen Nacht. Sie war sich so sicher gewesen, dass ein Durchbruch bevorsteht, sie hat das gefühlt. Und stattdessen stellt sich heraus, dass der Täter ein Wahnsinniger ist, der sie für seine Verlobte hält, und ihr Chef zieht sie ab, lässt sie nicht einmal helfen, diesen Spuk zu beenden. Sie springt auf und läuft in die Küche, reißt die Tischschublade auf, holt das Tabakpäckchen heraus. Drum light. Ihre Marke. Der Geruch macht sie schwindelig, das Zigarettenpapier gleitet wie von selbst zwischen ihre Finger.

Bist du verrückt, Judith, nach diesem Entzug? Willst du das wirklich noch einmal durchmachen? Sie schleudert den Tabak samt der fertig gedrehten Zigarette in den Müll, wäscht sich die Hände, schöpft eiskaltes Wasser in ihr Gesicht, trinkt direkt aus dem Hahn, in langen Zügen. Karl, sie will Karl. Sie will ihn umarmen und fühlen und ihn fragen, was um Himmels willen sie jetzt machen soll. Aber Karl ist unterwegs, fotografiert in der Schweiz, wo genau und was, hat sie vergessen.

Sie wählt Leas Nummern, erst das Handy, dann das Festnetz. Erreicht nur eine Automatenstimme, die etwas auf Griechisch herunterrattert. An einem Tag nach Samos und wieder zurück. Es ist möglich, sie kann das machen. Es ist ihre Freizeit, ihr Geld, ihre Entscheidung, sie muss einfach nur buchen. Aber wenn sie dort ermittelt, wird dieser Trip ohne offizielle Genehmigung zum Dienstvergehen, und das ist dann das Ende ihrer Zeit in der Mordkommission, ein weiteres Disziplinarverfahren wird sie kaum überstehen.

Sie geht auf die Dachterrasse, fühlt die Nachtluft auf ihrem Gesicht, staubig und warm, hört die Stadt wie ein Wispern. Sie denkt an den Regen und an ihre Träume. Sie denkt, dass nichts ohne Risiko ist, gar nichts. Man kann immer verlieren, jeden Tag, jede Sekunde, und je mehr man liebt und sich auf etwas einlässt, desto mehr. Aber es gibt keine Alternative, trotzdem nicht. Nicht für sie jedenfalls, nicht für ihr Leben.

Dein Fall, Judith, hat Millstätt gesagt, als sie mit ihm vor dem toten Jonas stand. Sie läuft zurück ins Wohnzimmer und bucht ihren Flug, während sie seine Nummer wählt, erklärt seinem Anrufbeantworter, was sie vorhat, und verspricht sich zu melden, sobald sie weiß, ob Lea wirklich etwas gefunden hat, das relevant für die Ermittlungen ist.

Sie lacht, als sie zwei Stunden später in ihrer Ente zum Flughafen fährt. Eine Fahrt durch die Nacht, mit weit offenem Verdeck. Foreigner singen wieder, und sie ist frei, fast wie früher, nur dass sie trotzdem im Rückspiegel prüft, ob ihr jemand folgt. Aber da ist niemand, nicht auf der Autobahn und nicht im Flughafenparkhaus, und auch nicht, als sie in einem Pulk übermüdeter Urlauber über die Gangway ins Flugzeug geht.

5. TEIL

ERLÖSUNG

Um Miriam tat es mir beinahe leid. Jahre hatten ihre Eltern gebraucht, ihr das Lächeln abzugewöhnen. Heimkinder anlächeln, sogar mit ihnen reden und spielen wollen, das wurde im Hause Vollenweider nicht geduldet. Aber Miriam hatte Mühe, das einzusehen. Anfangs zumindest. Doch je älter sie wurde, desto mehr fruchtete die Dressur ihrer Eltern, desto stummer wurde sie. Und dennoch rief sie meinen Namen, als sie in ihrer Panik die Treppe herabstürzte. Meinen Namen, Rudi, nicht meine Nummer. Vielleicht gab ich ihr deshalb ein eigenes Grab.

Du willst wissen, ob ein anderer Weg für mich möglich gewesen wäre? Einmal habe ich das tatsächlich geglaubt. 1981, als ich Susanne kennenlernte. Ich habe sie geliebt, ehrlich geliebt. Ich habe wirklich geglaubt, mit ihr zusammen würde alles gut. Ich fand einen Beruf, bei dem ich meine bei der Bundeswehr erworbenen Fähigkeiten einsetzen konnte. Anständig. Bürgerlich. Anerkannt. Wir heirateten und bekamen unseren Sohn. Ein gutes

Leben, dachte ich. Ein Leben nach eigenen Maßstäben, endlich auch für mich. Ich habe wirklich geglaubt, das würde funktionieren. Aber der Wille allein reicht nicht aus, der Sog der Vergangenheit ist viel zu stark. Kindesmisshandlung warf Susanne mir vor. Und das Gericht gab ihr recht. Sie bekam das alleinige Sorgerecht. Da wusste ich, dass ich verloren hatte. Dass es keine Familie für mich geben würde, nie. Kein Heim. Kein Entkommen. Das konnte ich den Vollenweiders nicht verzeihen. Und deshalb werde ich diesen Weg nun auch bis zum bitteren Ende gehen.

Ich bin traurig. Trotzdem. Uns bleibt nur noch so wenig Zeit. Gestern habe ich zum letzten Mal die Kerzen vor Deinem Bild entzündet und Dir noch einmal frische Rosen gebracht. Du siehst ihr so ähnlich, viel mehr als Susanne. Das gibt mir Hoffnung. Ich will Dir vertrauen.

Sonntag, 9. August

Er erwacht mit einem unguten Gefühl, und die Tatsache, dass zwischen seiner spätnächtlichen Rückkehr aus der hessischen Walachei und dem Gefiepe seines Weckers nur viereinhalb Stunden liegen, verbessert seine Laune nicht wirklich. Manni quält sich hoch und steigt in seine Joggingklamotten. Der erste Kilometer ist eine einzige Viecherei, danach fügt sich sein Körper allmählich, und sein Hirn schaltet in den Arbeitsmodus, fängt wie von selbst an, die gestrigen Ergebnisse zu rekapitulieren. Bevor er sich auf den Heimweg machte, haben sie die dritte Leiche aus dem Steiner Wald anhand der Zähne eindeutig identifiziert. Es ist Miriam Vollenweider. Sie haben auch ihr goldenes Herz und kennen ihren Liebhaber. Doch sie wissen noch immer nicht, ob Miriam durch einen Unfall starb oder erschlagen wurde, und es ist nicht mehr nachvollziehbar, wann sie starb und begraben wurde. Und was den Täter angeht, haben sie genau genommen gar nichts, außer ein paar höchst spekulativen biografischen Bruchstücken. Es ist fast so, als stehe der Mann, den sie suchen, hinter einem venezianischen Spiegel: Er kann sie sehen, aber sie ihn nicht.

Manni erreicht seinen Wendepunkt, macht ein paar Dehnübungen und sprintet zurück. Etwas nagt an ihm, immer noch, stärker sogar als gestern. Etwas, das sie begreifen müssen, um diesen Täter zu fassen. Er duscht, zieht sich an, kauft sich auf dem Weg ins Präsidium ein Brötchen, das nach Sägemehl schmeckt, aber immerhin seinen grollenden Magen beschwichtigt. Sonntägliche Stille empfängt ihn auf dem Flur des KK 11, irgendwer hat sich aber schon erbarmt und die Kaffeemaschine angeschmissen, und in seinem Postfach stapeln sich Berichte. Er klemmt sie sich unter den Arm und ist schon fast an seinem Schreibtisch, als ihm einfällt, dass die Krieger ja heute Ruhetag hat. Er macht wieder kehrt, holt auch ihre Post, entdeckt den Brief zwischen zwei Umlaufmappen: ein weißer Umschlag, ihr Name getippt, unfrankiert, ohne Eingangsstempel der Poststelle. Kein Absender natürlich, auch diesmal nicht. Keine Erklärung drinnen und auch keine Spuren, wie ihm die Kriminaltechniker kurze Zeit später bestätigen. Nur das Motiv ist neu, denn das Foto zeigt schönstes Meeresblau.

Danach geht alles sehr schnell. Millstätt bekommt einen seiner raren cholerischen Anfälle und wird dann von einem Moment auf den anderen gefährlich ruhig. Eine SMS von der Krieger trudelt auf Mannis Handy ein und tut kund, dass sie soeben auf Samos gelandet und nun auf dem Weg zu Lea Wenzel sei und sich bald wieder melde. Manni wählt ihre Handynummer, erreicht nur die Mobilbox. Er spricht ihr drauf, was Sache ist. Legt auf, versucht gleich noch einmal, sie zu erreichen. Nichts, *nada*. Entweder hat sie ihr Handy gleich wieder ausgeschaltet, oder sie will nicht rangehen, oder sie hat keinen Empfang. Er schickt eine SMS hinterher. Sie soll sich melden. Dringend. Sofort. Die Krieger fliegt nach Samos, und in ihrem Postfach liegt ein Foto vom Meer. In Millstätts Augen blitzt nicht allein Wut, sondern auch Sorge und zugleich widerwillige

Bewunderung für seine einstige Lieblingsermittlerin, die einmal mehr stur und zielsicher ihr Ding durchzieht, auch gegen seine Anweisungen und selbst dann, wenn sie das in Teufels Küche bringt.

Manni starrt auf das Foto, das unschuldsblau auf Millstätts Schreibtisch liegt, wie ein Urlaubsgruß. Der Täter spielt mit ihnen, führt sie regelrecht vor. Es ist ihm ein weiteres Mal gelungen, einen Brief ins Postsystem der Polizei zu schmuggeln. Wie hat er das geschafft, ohne dass ihn jemand sah? Es ist unmöglich und trotzdem geschehen. Weil er zu viel weiß, viel mehr, als er eigentlich wissen kann. Millstätt ist offenbar zu demselben Ergebnis gekommen, er nickt Manni zu und beginnt zu telefonieren. Manni springt auf und sitzt kurz darauf schon wieder im Mondeo. Der Täter weiß mehr, als er wissen kann. Er ist exakt über den Stand ihrer Ermittlungen informiert. Es gibt nur eine einzige Erklärung dafür, eine unschöne Erklärung, und der Beweis dafür muss in dem Haus der Vollenweiders zu finden sein. Etwas, das sie längst hätten erkennen müssen und trotzdem übersehen haben.

Er parkt vor dem Gartentor und mustert das Haus, registriert halbbewusst, dass der Himmel darüber diesig ist, lichtgrau, als habe der Sommer die Lust verloren. Er schließt die Haustür auf, zieht sie hinter sich zu, hört wie aus weiter Ferne die Stimme der Krieger. Der Täter war noch einmal in dem Haus. Ich konnte ihn riechen. Er atmet ein, hoch konzentriert. Nichts, gar nichts riecht er, nur Staub und den Muff alter Möbel. Wieder wählt er die Handynummer der Krieger, erreicht diesmal nicht einmal mehr ihre Mobilbox. Stromausfall, vielleicht ist es das, was da gerade passiert. Wie gestern Nachmittag, als Judith stundenlang vergeblich versuchte, Lea Wenzel auf Samos zu erreichen. Vielleicht ist auch einfach nur ihr Akku leer.

Er geht die Treppe hinauf in den ersten Stock, bis zum Schlafzimmer der Eltern, betrachtet die steilen Holzstufen, die hinauf zu Miriams Dachkammer führen. Ihr Schädel weist zwei Frakturen auf, wie sie von der Einwirkung stumpfer Gewalt herrühren, haben die Frankfurter Rechtsmediziner erklärt. Denkbar ist ebenfalls, dass sie fiel und mit dem Hinterkopf auf die Kante eines Tischs oder einer Treppenstufe krachte und vom Täter einen weiteren Schlag gegen die linke Schläfe bekam – bevor sie fiel oder danach. Ihr rechtes Handgelenk ist gebrochen, auch das spricht für einen Sturz, ein missglückter Versuch, sich abzufangen. Doch wann sie gestorben ist und ob sie hier auf dieser Treppe gefallen ist oder woanders, lässt sich nicht mehr rekonstruieren.

Er geht hoch in ihr Zimmer, riecht wieder nichts. Meuser hat gestern ja auch nichts bemerkt, nur die Krieger, vielleicht ist das so ein Frauen-Männer-Ding. Er betrachtet den Schreibtischstuhl, auf dem vor kurzem der Täter in schwarzer Sportkleidung gesessen hat, sodass sie ein paar Fasern sicherstellen konnten, immerhin einen Beweis seiner Existenz. Er lehnt sich in den Türrahmen und stellt sich Miriam vor. Miriam im Nachthemd mit dem goldenen Herz um den Hals, das sie nur heimlich trägt, wenn ihre Eltern schon schlafen. Miriam an ihrem Schreibtisch über ihre Psychologiebücher gebeugt. Miriam, wie sie den Kopf hebt und das Foto vom Kinderheim Frohsinn betrachtet und versucht zu begreifen, was sie dort erlebt hat. Oder hat gar nicht sie dieses Foto aufgestellt, sondern ihr Mörder? Ist das Heimfoto auf Miriams Schreibtisch ein weiteres Puzzleteil dieser perfiden Schnitzeljagd, die er mit ihnen spielt?

Wenn man etwas sucht, findet man nicht immer das, was man erwartet. Ekaterinas Worte. Wieder, schon wieder. Manni geht in die Hocke und betrachtet das Foto. Frohsinn hatten die Nazivorgänger der Vollenweiders das Heim genannt. Was für ein bodenloser Zynismus, wenn man an die Kinder denkt, die sie einfach im Heimgarten verscharrt hatten, weil sie sie so wertlos fanden, dass nicht einmal ein Grabstein an sie erinnern durfte. Und dann war der Krieg vorbei und verloren und Hitler tot, aber der Nazigeist wehte weiter durchs Heim. Drill und Härte und blinder Gehorsam. Im Haus Frohsinn genauso wie in den 3000 anderen Heimen, die es in der Nachkriegszeit allein in Westdeutschland gab. Verwahranstalten für rund eine Million Kinder.

Zahlen jagen ihm durchs Hirn, Fakten. Bilder, die er in den letzten Tagen betrachtet hat: Schwarz-Weiß-Fotos von mageren Heimkindern mit blassen Gesichtern, die kein bisschen kindlich aussehen. Doch das hilft ihm nicht weiter. Die meisten dieser Kinder haben zwar auch nach ihrer Heimzeit gelitten, aber sie haben ihre Leben dennoch gelebt, ohne zu Verbrechern zu werden. Und selbst Rudi, die M 417, der Mörder, den sie suchen, war einmal glücklich gewesen, hoffnungsfroh und verliebt, wenn man Kurt Böhms Worten glauben darf.

Manni blättert in den Psychologiebüchern, die auf Miriams Schreibtisch liegen. Hatte sie eine besondere Beziehung zu diesem Rudi? Ist sie ihm später wiederbegegnet? Hat sie seinetwegen Psychologie studiert? Hat sie an diesem Schreibtisch gesessen und Erinnerungen an das Heim in ihrem Tagebuch notiert, das Lea Wenzel nun angeblich gefunden hat? Der Schreibtisch gibt es nicht preis, Staub und Reste des Rußpulvers der Spurensicherer liegen auf den Büchern, dem Foto, dem Schreibblock, den Stiften, dem Lineal. Dort, wo sich diese Gegenstände zwei Jahrzehnte lang befanden, ist das Kiefernholz der Tischplatte heller. Auch in der Mitte des Schreibtischs muss irgendwann einmal für längere Zeit etwas gelegen haben, etwas, das größer war als ein Buch. Manni neigt den Kopf, erkennt vier runde Vertiefungen in den Ecken dieses Vierecks, Druckstellen sind das, kaum wahrnehmbar.

1986. Eine andere Welt. Gerade erst vergangen und schon nicht mehr vorstellbar. Eine Welt ohne Handys und Laptops und Homecomputer. Er springt auf, reißt den ersten Ordner aus dem Regal, in dem Miriam ihre Studienunterlagen abheftete, dann den zweiten, wird schließlich im dritten fündig. Eine Seminararbeit Miriams, ordentlich getippt in einer Schrift, die er inzwischen auswendig kennt. Das hängende ›e‹, das leicht verwischte ›m‹, der i-Punkt, der das Papier durchbohrt. Miriam hat eine Schreibmaschine benutzt. Eine Lettera 22. Dieselbe, mit der der Täter seine Fotos an Judith Krieger adressiert, wahrscheinlich hat er die ersten Briefumschläge sogar hier an Miriams Schreibtisch beschriftet. Vor dem Mord an Jonas Vollenweider schon.

Die Kriminaltechniker müssen her. Wieder. Sofort. Er ruft sie an, lässt sich die Maße der Lettera durchgeben. Sie passen exakt in das Rechteck auf dem Schreibtisch. Wieder probiert er, die Krieger zu erreichen, und landet im Leeren. Verdammt. Verdammt! Immerhin weiß er jetzt, wonach er suchen muss, um diesen Täter zu überführen. Er zieht sich Handschuhe an und flucht laut, als er Miriams Schreibtisch durchwühlt. Sie hat eine Schreibmaschine benutzt, dann muss es auch irgendwo Zubehör geben. Farbbänder zum Beispiel, die außer ihr auch der Täter in der Hand hatte. Er öffnet die nächste Schublade, entdeckt Kohlepapier und Tipp-Ex. Tipp-Ex, das noch flüssig ist, also nicht 20 Jahre alt.

Der Täter war hier, ist an seinem ersten Tatort ein und aus gegangen. Er hat hier in diesem Haus, in diesem Zimmer gesessen und alles geplant. Natürlich konnte er unmöglich wissen, dass Judith Krieger bei ihrem nächtlichen Spaziergang in der Altstadt unversehens über den erschossenen Jonas stolpern würde. Doch er wusste, dass sie zum KK 11 gehört, und war entschlossen, sie in die Ermittlungen reinzuziehen. Deshalb hat er ihr schon das erste Foto geschickt, bevor er Jonas ermordete. Weil er ganz unbedingt ihre Aufmerksamkeit will. Weil sie ihn an seine Verlobte erinnert oder warum auch immer. Und deshalb verheißt es nichts Gutes, wenn er jetzt ein Foto von der Ägäis schickt.

Manni legt das Tipp-Ex zurück an seinen Platz und atmet scharf aus. Es wird Spuren auf dieser Flasche geben. Oder auf dem Kohlepapier. Oder anderswo in dieser Schublade. Spuren, die sicher längst registriert sind. Registriert und dann abgehakt, nicht als Täterspuren bewertet.

Er wählt Millstätts Nummer. Sie müssen handeln. Personalakten durchsehen. Die Kollegen auf Samos einschalten. Schnell, sehr schnell.

Rudi, der kleine Rudi. Die M 417. Er war die ganze Zeit da, ganz nah, sie haben ihn nur nicht gesehen. Weil er einer von ihnen ist. Ein Kollege.

* * *

Enge. Hitze. Dunkelheit. Irgendwo brummt etwas, ein Motor vielleicht. Sie öffnet die Augen, mühsam, die Schwärze bleibt, nur ein winziger Lichtschlitz zittert in unerreichbarer Ferne, vielleicht ist das aber auch eine Halluzination. Sie schließt die Augen wieder, merkt, dass sie wegdriftet, abdriftet, das Bewusstsein verliert. Bewegung bringt sie wieder zu sich, ein Schaukeln und Vibrieren, das Brummen wird lauter, etwas poltert unter ihr. Schlecht, ihr ist schlecht, und ihr Kopf tut weh, hämmert und dröhnt, und das Brummen soll aufhören, dieses Vibrieren, das jetzt in ihren Körper kriecht und sich in ihr ausbreitet, bis es sie völlig erfasst hat und schüttelt. Sie versucht sich dagegenzustemmen, sie will sich aufrichten, schafft es aber nicht, sie kann weder Arme noch Beine bewegen. Das Vibrieren wird zum Schaukeln, zum Ruckeln, etwas schlägt unter ihr an den Boden. Ein Stein, weiß sie plötzlich und begreift, dass sie in Embryohaltung im Kofferraum eines Autos liegt, und das Auto fährt, fährt sie irgendwohin, und sie ist gefesselt und hat keine Kontrolle, keine Orientierung, kein Zeitgefühl. Sie hat alles verloren und weiß nicht, wie.

Benzingeruch ist das Nächste, was sie wahrnimmt, und das bringt die Panik zurück, die Erinnerung an den Januar, an das Gäste-WC und den Wahnsinnigen mit dem Kanister und die endlosen Minuten, in denen sie sicher war, gleich zu verbrennen. Sie bäumt sich auf, knallt mit dem Kopf gegen Metall, sackt wieder auf den schaukelnden Boden. Ihr Schrei erstickt in ihrer Kehle, erstickt in Stoff, Stoff in ihrem Mund. Wer auch immer er ist, er hat sie geknebelt, und sie darf sich um Himmels willen nicht erbrechen, denn dann wird sie ersticken.

Judith zwingt sich zu atmen, ein und aus, langsam, bewusst, zwingt sich, die Panik zurückzudrängen. Ihre Nase ist frei, sie wird nicht ersticken, und das Benzin ist im Auto, Autos riechen nach Benzin und nach Gummi, vielleicht liegt ein alter Kanister in diesem Kofferraum, aber das heißt noch längst nicht, dass sie gleich verbrennen wird, dass das das Ende dieser Reise ist, aber was ist dann das Ende, was ist das Ziel?

Das Schaukeln verstärkt sich, das Brummen wird lauter, Steine prasseln. Eine Bodenwelle, vielleicht auch ein Schlagloch wirft ihren Körper hoch und lässt ihn hart wieder aufprallen. Der Motor heult auf, das Fahrttempo scheint sich zu verlangsamen. Kurven folgen, Geruckel, eine Steigung, die sie rutschen lässt und ihre Knie an Metall presst. Vielleicht haben sie eine Hauptstraße verlassen und fahren nun auf Wegen, die nicht mal geteert sind. Wieder macht der Wagen einen Satz in ein Schlagloch, aber jetzt ist sie gewappnet und schafft es rechtzeitig, die Halsmuskeln anzuspannen, um ihren Kopf vor dem nächsten Aufprall zu schützen. Sie muss wach bleiben, sie darf das Bewusstsein nicht wieder verlieren, sie muss zumindest versuchen zu verstehen, was mit ihr geschieht.

Schaukeln. Hitze. Dunkelheit. Sie weiß nicht, wie lange, dann dringt ein neuer Geruch in ihre Nase. Zigarettenrauch. Ein Duft, der so lange Heimat für sie war. Sie stand in ihrer Küche, plötzlich weiß sie das wieder. Sie hat eine Zigarette gedreht und dann doch nicht geraucht, sie hat ihre letzte Tabakreserve in den Müll gepfeffert und ist über die Autobahn zum Flughafen gefahren. Nacht, es war Nacht, und dann ist sie nach Samos geflogen. Sie hat sich frei gefühlt, alles war gut.

Samos, Samos. Judith starrt auf den winzigen Lichtschlitz, der wohl beweist, dass es Tag ist. Ein griechischer Sommertag, draußen, auf Samos. Das Meer war tiefblau, als sie am frühen Morgen gelandet ist, ein letzter Rest Gold lag auf den Bergen. Sie hat Wasser gekauft, Frappé und Blätterteigtaschen mit Schafskäse, und bei einem der

Autovermieter in der Ankunftshalle hat sie einen Wagen gemietet, einen hellblauen Peugeot, der schon ein paar Schrammen hatte, aber günstig war. Und dann ist sie losgefahren, und sobald sie in der Gegend von Limnionas war, hat sie alles wiedererkannt, als habe sich diese Landschaft mit allen Farben, Gerüchen, Geräuschen in ihr eingebrannt, mit all diesem Licht, und auf einmal hat sie gewusst, dass sie sich die ganze Zeit wieder hierhergewünscht hatte, dass sie deshalb bereit gewesen war, direkt loszufliegen, als Lea anrief. Dass sie nicht nur als Kommissarin hier ist, sondern auch für sich.

Sie hat an die schwarzbunte Katze gedacht, als sie mitten hinein in das Sirren der Zikaden auf Leas Grundstück gefahren ist, und auch das hat sich beinahe angefühlt wie eine Heimkehr.

Und dann der Schock: Leas Schimmel war nicht da, nur Koios, sein Schatten, stand auf der Koppel und sah ihr entgegen. Angst trieb sie auf die Veranda zur Haustür. Sie hat geklopft und gerufen, und als die Tür aufging, war sie eine Millisekunde lang verwirrt, ja fast erleichtert, und dann war nur noch Schwärze.

Das Ruckeln verlangsamt sich, der Motor heult auf. Wieder rutscht Judith nach vorn, ihre Hände sind taub von den Fesseln, nicht zu gebrauchen, um sich abzustützen, etwas bohrt sich in ihr Knie. Atme, Judith, atme. Du bist gefangen, gefesselt, aber du bist nicht schwer verletzt, und du bist noch nicht tot, und –. Der Motor verstummt abrupt, das Schaukeln hört auf. Sie glaubt, das Geräusch einer Handbremse zu hören, zuckt trotzdem zusammen, als die Autotür knallt. Und jetzt, was ist jetzt? Schritte, die näher kommen, Schritte auf Kies. Schritte, die anhalten, abwarten, sich wieder entfernen. Sie merkt plötzlich, dass sie aufgehört hat zu atmen, und zittert und saugt Luft in ihre Lungen. Sie darf dieser Panik nicht nachgeben, wenn sie eine Chance haben will, das hier zu überleben. Es ist wie Tauchen in schwarzem Wasser, zurück an die Oberfläche, zurück ans Licht.

Atmen, atmen. Atmen und denken. Da war noch etwas, als sie vor Leas Haustür stand. Verwirrung, Erleichterung und ein Geruch, den sie schon einmal wahrgenommen hat. Frische. Sauberkeit. Seife vielleicht, Kernseife. Der Geruch des Täters, der in Miriams Dachzimmer hing.

Der Täter, natürlich, er ist es, er. Wer sonst sollte sie hier auf Samos entführen. Was wird er tun? Was hat er vor? Das Auto fährt nicht mehr, sie hört seine Schritte nicht mehr, lässt er sie hier etwa einfach verrecken? Sie hält den Atem an, hört nur ihren eigenen Herzschlag, rasend und laut. Gefangen sein, eingesperrt, ausgeliefert, sie hält das nicht aus, nicht noch einmal. Doch darum geht es nicht, wird ihr plötzlich klar. Es geht darum, wie es für ihn war, damals, im Keller des Kinderheims Frohsinn, den man nicht Gefängnis nannte, sondern Besinnungsraum. Rudi, der Heimjunge. Der kleine Rudi. Ein Junge, der um ein Bild geweint hat und sicher auch um seine Mutter. Was für ein Bild mag das gewesen sein? Konzentrier dich, Judith, dieses Bild ist wichtig, du weißt, dass es so ist, gleich als Lea davon erzählte, hast du das gewusst.

Schritte, wieder Schritte, sie kommen zurück. Aber da ist noch ein zweites Geräusch, eine Art Rascheln und Schleifen, als ob etwas über den Boden gezerrt wird. Lea, was um Himmels willen ist mit Lea und mit ihrem Kind?

* * *

Rudi. Rudolf. Es ist ganz leicht, sobald sie seine Fingerabdrücke haben. Der Mörder, den sie seit 20 Jahren jagen, ist einer von ihnen, ein Mitglied der Soko, damals wie heute. Der kleine Rudi ist Kriminalhauptkommissar Rudolf Schneider, der sich heute Rolf nennt. Geboren am 18. 4. 56 in Euskirchen. Der Vater unbekannt. Die Mutter war mit achtzehn nach damaligem Recht noch minderjährig, das Jugendamt übernahm die Vormundschaft und brachte den kleinen Rudolf zunächst in Pflegefamilien, ab 1959 dann im Kinderheim Frohsinn unter. 1975 verpflichtete er sich bei der Bundeswehr, wechselte 1981 zur Polizei und heiratete, 1982 kam sein Sohn auf die Welt, 1986 reichte seine Frau Susanne die Scheidung ein, was wohl der Auslöser für den Mord an den Vollenweiders war. Sogar das Rätsel um Sievert ist endlich gelöst. Schneider hatte sich dessen KFZ-Kennzeichen notiert und Sieverts Adresse per Halterabfrage ermittelt. Als Polizist war das kein Problem. Auch seine Spuren am Tatort fielen ja nicht auf.

Ein paar Sekunden lang herrscht Ruhe bei den Kollegen, als Manni diesen Schnelldurchgang beendet hat, dann bricht die Hölle los: Unglaube, Betroffenheit und Wut. Gebrüll und Gerenne. Hektische Telefonate. Eine Anfrage beim Flughafen. Ein Hilfegesuch in Athen und auf Samos. Dringend, sehr dringend. Bereits gestern Morgen, direkt nachdem er die letzte Fotosendung an die Krieger eigenhändig in die KTU gebracht und mit ihr telefoniert hatte, hat Schneider sich krankgemeldet. Jetzt ist er nicht zu erreichen. Genauso wenig wie Judith Krieger und Lea Wenzel.

Er ist auf Samos, denkt Manni, deshalb hat er uns das Meerfoto hinterlassen, einen zynischen Gruß. Er hat den letzten Akt seines Spiels eingeläutet, nein, er ist schon mittendrin, ist uns weit voraus, nicht mehr zu stoppen. Er war längst auf Samos, als Lea bei Judith anrief. Er hat Lea gezwungen, den Lockvogel zu spielen, und hat inzwischen auch die Krieger in seiner Gewalt. Zwei Menschen, drei, wenn man das Kind mitrechnet. Leas und Jonas' noch ungeborenes Kind, der letzte Nachfahre der Familie Vollenweider. Aber was hat er mit der Krieger vor? Will er sie töten, weil er sie für seine Exfrau hält?

Sie fahren mit mehreren Einsatzwagen zu Schneiders Wohnung, die kaum zwei Minuten entfernt vom Polizeipräsidium in der Taunusstraße liegt. Gremberg heißt dieser Stadtteil offiziell, aber das Proloviertel Kalk liegt gleich um die Ecke. Hier zieht man nur hin, wenn man keinen Wert auf Kinos, Theater und gehobene Gastronomie vor der Haustür legt, sondern aufs Praktische setzt: Eckkneipe, Schnellimbiss, Kiosk, Discounter. U-Bahn und S-Bahn fast vor der Nase. Das Haus ist ein Altbau, Schneider wohnt nach hinten raus, im zweiten Stock. Nichts rührt sich drinnen, als sie Sturm klingeln. Natürlich nicht, denkt Manni, wie denn auch, Schneider ist nicht mehr hier.

Sie brechen die Tür auf und gehen rein, sichernd, man kann ja nie wissen. Ein schmaler Flur ohne Tageslicht, direkt links am Eingang das WC, die nächste Tür links führt in einen Raum, der als Schlafzimmer dient, von dort gelangt man in ein Bad, in dem so gerade eben Waschbecken und Duschwanne Platz fanden.

»Sauber!«, brüllen die Kollegen, die durch den Flur in den hinteren Teil der Wohnung gerannt sind.

Manni schiebt seine Walther zurück ins Holster. Schneiders Schlafzimmer ist ein Männerzimmer, penibel aufgeräumt, ohne jeden Charme. Schwarz, Blau und Grau dominieren. Das Bett wirkt wie ein Feldbett, Decke und Kissen sind so akkurat glatt gezerrt, dass jeder Bundeswehrausbilder, der mit Neuzugängen zu tun hat, in Freudentränen ausbrechen würde. Ein Kopfkissen nur.

Ein Nachttisch mit Wecker, Halogenspot und Fernbedienung, ein Fernseher an der Wand gegenüber. Kleiderschrank, Herrendiener und eine Universalfitnessbank sind die einzigen anderen Einrichtungsgegenstände. Neben der Fitnessbank liegen Hanteln. Den Minibalkon vor diesem Zimmer hat Schneider vermutlich kaum je betreten, Moos und Herbstlaub kleben auf dem Boden, unten im Hof reihen sich Mülltonnen aneinander. Im Bad ist alles blank gewienert und aufs Allernötigste reduziert. In der Duschkabine gibt es nicht mal Shampoo oder Duschgel, nur ein Stück Seife, was merkwürdig altmodisch wirkt. Der Abfalleimer ist leer.

Er läuft zurück in den Flur, prallt dort um ein Haar gegen einen Kollegen von der Streife, der schon wieder auf dem Rückweg ist.

»Du musst dir das Zimmer hinter der Küche ansehen«, sagt der. »Das ist krank, richtig krank.«

Krank, ja natürlich. Gestört. Pathologisch. Was soll man auch sonst von einem Mann erwarten, dessen Mission es ist, eine ganze Familie auszulöschen. Manni läuft weiter, der Flur endet in einer aseptisch wirkenden Küche. Zwei Stühle, Tisch, Küchenzeile, Kühlschrank, nicht mal ein Teelöffel liegt in der Spüle, nirgendwo Schnickschnack, kein einziges Bild an der Wand, genau wie im Schlafzimmer. Er denkt an seine eigene Wohnung, der die viel gerühmte weibliche Handschrift ebenfalls fehlt. Aber bei ihm gibt es Anzeichen von Leben, und in Stressphasen regiert unweigerlich das Chaos: Schmutzwäsche, Altglas, Pizzakartons, Spülberge. Nichts, was Frauen besonders schätzen, auch sein Sandsack ist Geschmackssache. Außer Sonja hat kaum eine seiner Eroberungen mehr als einmal bei ihm übernachtet, nach der ersten Nacht hieß es meist: Komm doch zu mir.

Sonja. Die Wohnung. Das Kind. Darum geht es jetzt nicht, es geht um Schneider: Wie er tickt, wie er ist, was sie noch nicht über ihn wissen, was sich daraus ergibt. Wie sie ihn finden können, das vor allem. Die Krieger retten und Lea Wenzel.

Sein Handy fiept. »Er ist gestern um 14:15 Uhr von Düsseldorf nach Samos geflogen«, haspelt Meuser. »Er hat nur den Hinflug gebucht. Und wir haben seinen USB-Stick mit den Tatortfotos und den Drucker, mit dem er die Fotos ausgedruckt hat. Es ist nicht zu fassen, der Drucker steht hier im Präsidium in seinem Büro.«

Schneider macht sich keine Mühe mehr, seine Spuren zu verwischen. Er will nicht zurückkommen. Das ist es, was auch diese Wohnung ausstrahlt. Sie ist verlassen worden, aufgeräumt für immer. *One way. No return.*

»Was ist mit Griechenland, mit den Kollegen dort?«, fragt Manni.

»Millstätt ist dran, ist wohl nicht ganz einfach. Er sagt, du sollst runterfliegen, um 15 Uhr. Wir kommen jetzt rüber.«

Das Zimmer, das sich an die Küche anschließt, ist tatsächlich der Hammer, eine Kreuzung aus Schrein und Bibliothek. Drei Wände sind vollkommen mit Metallregalen zugestellt, in denen sich Bücher und akribisch beschriftete Materialsammlungen aneinanderreihen. Presseartikel, Fotos, Filme, Petitionen, Korrespondenzen – ein gewaltiges Archiv zur Geschichte der Kinderheime in Deutschland. Vor der vierten, leeren Wand steht ein schmaler, mit einem dunkelblauen Seidentuch abgehängter Tisch, der wohl als eine Art Altar dient. Doch weder ein Kreuz noch Jesus oder Maria stehen im Zentrum, sondern das silbern gerahmte Porträt einer Frau.

Er hebt das Porträt hoch, hält es ans Licht. Die Qualität ist nicht allzu gut, schwarz-weiß, ein bisschen verschwommen. Aber die Frau ist trotz allem ganz unverkennbar Judith Krieger. Er starrt auf die Altarkerzen und die blutroten Rosen, die es flankieren. Er hat dieses Foto schon einmal gesehen. In Farbe. Es war im KURIER, Zobel, der Reporter-Fuzzi, hat es im Frühjahr von der Krieger gemacht, nach ihrem Coup mit dem Priestermord. Sie hatte sich die Haare zurückgesteckt und eine komisch zugeknöpfte Bluse angezogen, vermutlich, weil sie keine Lust auf diesen Termin hatte und darauf, sich allzu privat zu präsentieren. Schneider muss es damals gesehen und fotokopiert haben. Also ist er schon seit Monaten auf Judith Krieger fixiert. Also hatte Böhm tatsächlich recht. Die Krieger sieht aus wie Schneiders Verlobte.

Er stellt das Foto zurück, dreht sich herum. Von dem Altar und den Regalen einmal abgesehen, gibt es in diesem Raum nur noch einen Schreibtisch und einen Waffenschrank. Der Schreibtisch ist so ausgerichtet, dass man, wenn man daran sitzt, direkt auf den Altar blickt. Mittig auf der Tischplatte thront die antike hellgrüne Lettera-22-Schreibmaschine, daneben liegt eine schwarze DIN-A4-Mappe. Die Tür des Waffenschranks steht einladend offen. Schneiders Dienstpistole, eine Schrotflinte samt Jagdschein, eine P 1, jeweils mit Munition, liegen darin. Als Privatperson in einem Urlaubsflieger konnte Schneider die nicht mitnehmen. Und ganz offenbar ist es ihm inzwischen egal, dass sich in diesem Raum mehr Beweismittel gegen ihn befinden, als selbst der skeptischste Staatsanwalt anfordern würde.

»Guck mal hier«, sagt Munzinger und hält ihm einen aufgeschlagenen Ordner hin.

Manni tritt neben den Kriminaltechniker. Kopien der

Ermittlungsakten, eine vollständige Adressliste der ehemaligen Kinder aus dem Haus Frohsinn, Fotos aus dem Heim, auf mehreren glaubt er Schneider als Kind zu erkennen. Er überfliegt den restlichen Inhalt des Regals, zieht ein schweinsledernes Fotoalbum hervor. Gleich auf der ersten Seite klebt ein Foto des Kinderheims Frohsinn, wie er es schon aus Miriams Zimmer kennt. Doch auf den folgenden Seiten kleben auch Aufnahmen von Menschen. Ein junger Hans Vollenweider inmitten einer Gruppe halbwüchsiger Heimkinder mit hungrigen Augen. Hans und Johanna allein, dann mit Jonas, schließlich auch mit Miriam. Ernst und steif posieren sie Jahr um Jahr vor dem Kinderheim, als habe es für sie nie ein Privatleben gegeben. In den Stehsammlern daneben befinden sich die gesammelten Berichtsbücher und Korrespondenzen des Heims, von denen das Jugendamt annahm, sie seien durch den Brand vernichtet worden. Aber Schneider war gründlich und systematisch, er hatte sich vorher geholt, was er haben wollte.

Manni schiebt den Stehsammler zurück ins Regal. Betrachtet den Waffenschrank, dann die Schreibmaschine. Es ist ihm egal, dass wir das alles hier finden, denkt er wieder. Aber das stimmt gar nicht, wird ihm im nächsten Moment klar. Schneider ist ein Stratege, ein Perfektionist. Er hat die Polizeiermittlungen 20 Jahre lang manipuliert. Er hat der Krieger schon das erste Foto geschickt, bevor er Jonas Vollenweider ermordete. Er wollte, dass sie diesen Fall übernimmt. Er hat das geplant. Und genauso hat er geplant, dass wir jetzt hier in seiner Wohnung stehen und alles finden. Manni flucht laut, als ihm klar wird, dass Schneider wohl auch damit rechnet, seine perfide Rachemission dennoch zum Ende bringen zu können.

Er schlägt die schwarze Pappmappe auf, getippte A4-

Blätter liegen darin, akkurat Kante auf Kante, das Schriftbild ist vertraut. Er überfliegt die ersten Zeilen: »Wenn es je einen Ort gab, der mir ein Zuhause wurde, dann dieser. Jetzt, da ich Abschied nehme, wird mir das erst bewusst …« Er blättert weiter vor, in der irrwitzigen Hoffnung, darin einen konkreten Hinweis auf Schneiders derzeitigen Aufenthaltsort zu finden. »Ich sehe Dein Bild an und frage mich, wo Du jetzt bist und was Du jetzt tust … Ich habe sie getötet, weil sie mir das Bild weggenommen haben …« Nichts wirklich Konkretes, natürlich nicht, Schneider ist zu gerissen. Hier in seiner Wohnung zeigt er ihnen nur seine Vergangenheit. Manni überfliegt die nächste Seite. Eine Art Brief ist das wohl. Der Bericht eines Wahnsinnigen. Eine Art Geständnis, was auch immer.

Wieder meldet sich sein Handy, auf dem Display erscheint eine vermutlich griechische Nummer, eine Polizistin Namens Maria Damja-Irgendwas stellt sich ihm in schnellem, perfektem Deutsch vor und spricht dann gleich weiter.

»Ich bin im Haus von Lea Wenzel. Wir haben die Tasche Ihrer Kollegin und ihr Handy.«

Kein Empfang mehr, kein Kontakt, keine Handy-Ortung mehr möglich.

»Gibt es Spuren«, fragt er. »Blut?«

»Nein, soweit ich das erkennen kann.«

Er atmet aus. »Sie müssen sie suchen.«

»Das ist nicht so einfach, der Westen der Insel ist unwegsam, und wir haben nicht sehr viele Kräfte zur Verfügung.«

»Was soll das heißen?«

»Ein Soldat wurde gestern ermordet, ein ganz junger

Kerl, erst vor zwei Wochen einberufen. Einfach nieder-
gestochen und ausgeraubt.«

»Seine Waffe?«

»Ja, genau. Und dann haben wir einen Waldbrand in
den Bergen bei Marathokampos.« Sie seufzt. »Das ist keine gute Zeit für die Insel.«

Keine gute Zeit, so kann man das auch sagen, ja, ganz
eindeutig. Schneider hat sich zu helfen gewusst, ist wieder
bewaffnet, vielleicht hat er auch das Feuer gelegt. Vielleicht hat er seine perfide Rachemission sogar schon beendet.

Manni überfliegt die nächsten Seiten von Schneiders
Ergüssen, blättert nach hinten, liest den Schluss, merkt,
dass ihm übel wird. Das Kind, Leas Baby, verdammt noch
mal.

Er klappt die Mappe zu, starrt auf das Foto im Zentrum des Altars. Er weiß jetzt, was Schneider plant, er
kapiert auch, was er mit Judith Krieger vorhat. Und er
weiß, dass dieses Zimmer hier tatsächlich ein Schrein ist.
Der Schrein eines Wahnsinnigen, ohne Frage. Doch das
Objekt seiner Anbetung ist nicht Judith Krieger und auch
nicht Schneiders Exfrau Susanne. Es ist seine Mutter.

*   *   *

Enge. Dunkelheit. Sie versucht, ruhig zu bleiben. Bei Verstand zu bleiben, bei Bewusstsein. Sie stemmt sich gegen
die Panik, die sie immer wieder zu überwältigen droht,
sagt sich Dinge vor, Möglichkeiten, andere Möglichkeiten als die, dass sie hier einfach langsam, aber sicher
verdurstet. Er wird zurückkommen, sagt sie sich. Wer
auch immer er ist, er hätte sie schon längst töten können, wenn er das wirklich wollte. Doch sie atmet, sie

lebt, also hat er etwas anderes mit ihr vor. Oder will er sie hier verrecken lassen? Ist das der Tod, den er sich für sie ausgedacht hat? Ist dieser Kofferraum ihr Besinnungszimmer? Sie weiß es nicht, weiß nicht, wie lange sie hier schon liegt. Irgendwann weint sie und sehnt sich nach Karl. Nach Manni. Sogar nach ihrer Mutter. Etwas hat sich an dem Abend in Frankfurt verändert, als ob eine sehr alte Wunde endlich anfinge zu heilen, so hat sich das angefühlt. Sie wollte ihre Mutter danach noch einmal anrufen und hat es nicht geschafft. Jetzt treibt ihr das noch mehr Tränen übers Gesicht. Sie hat sich nicht einmal richtig bedankt nach dem Abend in Frankfurt, dabei haben ihre Eltern nicht nur ihr, sondern auch Manni die Übernachtung spendiert.

Sie zwingt ihre Tränen zurück, zieht Rotz hoch, versucht ihren Atem wieder zu beruhigen. Einatmen, ausatmen. Ein. Aus. Ihr Körper ist taub, trotzdem bewegt sie Finger und Zehen und spannt immer wieder alle Muskeln an, damit die Durchblutung nicht völlig versiegt. Die Hitze wird drückender, schier unerträglich. Vielleicht ist es also schon Nachmittag. Vielleicht ist die Sonne gewandert und scheint jetzt direkt auf den Kofferraum. Wie viel Zeit hat sie, bis sie verdurstet?

Sie dämmert weg, schreckt wieder hoch und fixiert den Lichtschlitz. Staub flirrt davor, also hat sich der Sonnenstand wohl tatsächlich verändert. Und noch etwas ist neu. Ein Knirschen, Schritte, die sich nähern, ein metallisches Schaben, dann wird sie geblendet, und ein Schwall frische Luft fegt ihr ins Gesicht.

Sie blinzelt, erkennt die Umrisse eines Mannes. Kein Seifengeruch jetzt, Schweiß stattdessen. Und sie kennt das Gesicht, den grauen Bürstenhaarschnitt, die drahtige Figur. Schneider vom Einbruch. Mit einem Messer.

»Tut mir leid, dass du so lange warten musstest«, sagt er im Plauderton und beugt sich über ihre Füße.

Das Messer drückt in ihren Knöchel, Judith zuckt zurück, aber Schneider ist schnell, er packt ihren Fuß mit der Linken, so fest, dass sie aufstöhnt.

Er lächelt zu ihr herunter. »Halt still, sonst muss ich dir wehtun.«

Schneider. Rolf Schneider. Sie denkt an ihre Panikattacke in der Kantine. An die Foto-SMS, die sie dort plötzlich bekam. An das ungute Gefühl in Miriams Zimmer, als sie dort mit ihm und Manni stand. Denkt an all seine Fragen zu Samos und Lea Wenzel. Nach Leas Versteck. An diesen Ausdruck in seinem Gesicht, als sie sagte, dass Lea hochschwanger sei. Schockiert, hat sie gedacht, und das stimmte wohl auch. Nur anders schockiert, als sie es sich vorstellen konnte.

»Hältst du jetzt still?«

Sie nickt, und sein Griff wird etwas lockerer. Wieder setzt er das Messer an und beginnt ihre Fußfesseln zu durchschneiden. Kabelbinder, das hatte sie schon vermutet, nun weiß sie es sicher. So vieles begreift sie, doch das hilft ihr nicht.

Sie muss plötzlich sehr dringend pinkeln, konzentriert sich mit aller Macht darauf, das zu unterdrücken, denn sich vor Schneider nass zu machen, diese Blöße wird sie sich nicht geben.

Ein Kollege. Der Mörder, den sie gejagt haben, ist ein Kollege. Man weiß natürlich immer, dass das im Bereich des Möglichen liegt, alles ist möglich, wenn es um Menschen geht, aber man denkt es nicht dauernd, sonst wird man verrückt und kann niemandem mehr trauen. Niemals, nie.

»So.« Schneider richtet sich auf.

Sehr vorsichtig versucht sie, ihre Füße zu bewegen. Es gelingt nur mäßig, der Schmerz ist zu stark. Schneider steckt sein Messer weg, packt sie unter den Armen, hebt sie heraus und stellt sie auf den Boden.

Ihre Füße knicken weg, sie taumelt, fällt. Aber Schneider ist schnell. Wieder hebt er sie hoch und lehnt sie an die Bruchsteinmauer, neben der er den Wagen geparkt hat. Ihren Mietwagen, ihren himmelblauen Peugeot. Aber viel ist von ihm nicht mehr zu sehen, Schneider hat ihn mit Geäst getarnt. Das war wohl das Schleifen, das sie gehört hatte.

Pinkeln, sie muss so dringend pinkeln. Sie presst ihren Rücken an den warmen, rauen Stein und versucht, ihre Zehen zu bewegen und die Finger. Sie versucht sich nur darauf zu konzentrieren, denn sie darf nicht vor Schneider in die Hose machen, und sie will auch nicht von ihm ausgezogen werden, das nicht, das nicht, das bitte nicht.

Sie kann nicht sagen, wie lange es dauert, bis ihre Füße sie wieder tragen. Sie hat ohnehin jedes Zeitgefühl verloren. Abend ist es wohl schon, das Licht hat sich verändert, ist jetzt dunkler, diffuser. Sie wendet den Kopf zur Sonne hin. Schwefelschwarze Wolken schlieren vom Bergrücken aus über den Himmel, die Sonne sieht aus wie ein glutrotes Auge. Rauchschwaden sind das, keine Wolken, begreift sie auf einmal. Irgendwo jenseits des Kerkismassivs muss ein gigantisches Feuer lodern.

Schneider ist ihrem Blick gefolgt und nickt, als habe sie ihre Gedanken laut ausgesprochen. Hat er dieses Feuer gelegt, mit dem Benzin aus dem Kanister? Kaum hat sie das gedacht, ist die Panik wieder da. Das Feuer dort ist weit entfernt, bestimmt zehn Kilometer, aber was ist mit Lea, wo ist sie, und was hat er noch vor, was plant er mit ihr?

»Du glaubst, das war ich.« Schneider lacht auf. »O nein, das ist Schicksal. Das letzte Zeichen. Darauf hab ich gar nicht zu hoffen gewagt.«

Die Insel brennt, und er lacht, hält das offenbar für ein gutes Omen. Es ist unerträglich. Er ist unerträglich, völlig verrückt. Schneider wendet sich ab und knallt den Kofferraum zu, bedeckt auch den hinteren Teil des Autos mit Zweigen. Er trägt Bundeswehrkampfkleidung, fällt ihr plötzlich auf. Und er hat nicht nur ein Messer, sondern auch eine Pistole.

Er kommt zurück zu ihr, mustert sie. »Geht es jetzt, kannst du laufen? Wir müssen los.«

Sie muss pinkeln, pinkeln. Mit großer Mühe hebt sie ihre Hände und deutet auf ihren Mund.

»Du hast Durst, du willst reden.« Er nickt wie ein gütiger Onkel, als könne er das sehr gut nachvollziehen, und fängt dann zu ihrer Überraschung tatsächlich an, ihren Knebel zu lösen.

»Wenn du schreist, hört dich keiner, das ist dir wohl klar?« Und wenn du abhaust –«, er klopft auf seine Pistole, reißt ihr dann den Knebel weg.

»Mach mir auch die Hände los, Schneider, ich muss mal.«

Er kickt den Knebelstoff unter den Peugeot. »Du kannst auch ohne Hände pissen.«

»Nein, kann ich nicht.« Sie zwingt sich, ihm direkt in die Augen zu sehen, schöne, goldgrüne Augen sind das, die sie an das erinnern, was Böhm erzählt hat. Die M 417. Der kleine Rudi. Ein einsamer Junge, der um seine Mutter weint. Sie streckt ihm ihre Hände hin, ohne den Blick von ihm zu wenden. Mama die Hure, Mama die Heilige, Mama ist schuld – sie hat diese Nummer schon viel zu oft gehört, in zu vielen Vernehmungen, von viel zu vielen gestandenen Kerlen, die zu feige sind, selbst Verantwortung zu übernehmen, was sie oft noch gefährlicher macht.

»Okay, also gut.« Schneider greift wieder zum Messer. »Aber wenn du mich linkst, muss auch Lea dran glauben.«

Auch Lea. Auch Lea. Sie sagt sich das vor, klammert sich an diese beiden Silben. Später, als sie vor Schneider her über kaum sichtbare Eselspfade durch die unwirklich schöne Berglandschaft stolpert, höher, immer höher hinauf in die vor Jahrhunderten terrassierten Olivenhaine. Auch Lea. Auch Lea. Das heißt, Lea lebt, lebt zumindest noch, ist irgendwo hier. Wir hatten einen Unterschlupf, ein altes Olivenerntehaus, hört sie Lea sagen, hört wie ein Echo auch Schneiders Fragen danach, als sie in Köln von ihrer Reise berichtet hat. Dorthin also hat er Lea verschleppt. An den Ort, den sie mit ihrem Geliebten teilte, mit Jonas, den er ermordet hat. An den Ort, der ihr heilig ist.

Der Wind frischt auf und kommt vom Meer, der Himmel ist nun wieder klar, als hätte es das Feuer niemals gegeben. Gras und Geäst rascheln unter ihren Füßen, blassgelb im letzten Sonnenlicht leuchtend. Zikaden rufen, und sie kann die Brandung hören, die tief unter ihr an die Felsküste schlägt. Wild und schön würde sie das unter anderen Umständen finden. Judith stolpert, fängt sich wieder, merkt, dass sie bald keine Kraft mehr hat. Und auch ihre Wut auf Schneider ebbt ab, die Erschöpfung ist stärker, die Angst überwiegt.

Dann sieht sie das Pferd. Silber, den Schimmel. Witternd steht er unter einem Felsvorsprung und blickt ihr entgegen. Ihr Traumbote, der jetzt Wirklichkeit ist. So also hat Schneider Lea hierhergebracht, auf ihrem Pferd. Ein anderes Bild drängt sich ihr auf, absurd und naiv.

Josef, wie er die hochschwangere Maria auf einem Esel durch die Wüste nach Bethlehem führt.

»Weiter, na los.« Schneider gibt ihr einen Stoß in den Rücken, und nach etwa hundert Metern sieht sie Leas Kate, winzig und weiß zwischen krummen Oliven, drum herum nichts außer Licht und Wind.

Ein Wimmern dringt aus dem Haus, dann ein fast unmenschlicher Schrei. Genau wie in der Altstadt, vor endloser Zeit, in einem anderen Leben. Judith rennt los, reißt die Holztür auf, entdeckt Lea zusammengekrümmt auf einer Decke. Schneider hat auch sie mit Kabelbinder gefesselt, Tränen und Schweiß strömen über ihr Gesicht.

»Die Wehen«, wimmert sie. »Es ist doch noch zu früh, und ich kann doch nicht hier.«

Hinter ihr klappt die Tür. Schneider kommt herein, setzt sich auf eine grob gezimmerte Holzbank und zündet sich eine Zigarette an.

»Es geht also los«, konstatiert er nüchtern, greift nach einer Plastikflasche, trinkt und streckt die Beine aus. Als sei er im Kino oder in einem Labor und richte sich auf ein spannendes Schauspiel ein.

»Auch einen Schluck?«, fragt er im Kumpelton und hält Judith die Flasche hin.

Sie würde sie ihm wirklich gern aus der Hand schlagen, aber sie ist völlig ausgedörrt, und sie muss bei Kräften bleiben. Sie nimmt einen Schluck und spuckt aus. Weißwein, kein Wasser.

»Das würde ich nicht tun«, sagt Schneider ruhig. »Was anderes hab ich nämlich nicht, nur noch eine Dose Cola, und die ist für sie hier«, er zeigt auf Lea. »Nachher.«

Lea schluchzt auf. Judith rückt näher zu ihr, streicht ihr übers Gesicht. Nachher, was heißt nachher, soll sie hier etwa die Hebamme spielen?

»Du hast mir doch selbst von dem Kind erzählt«, sagt Schneider sachlich. »Der letzte Vollenweider. Fast hätte ich den übersehen.«

»Was hast du vor, Schneider?«

»Das weißt du doch längst.« Er nimmt ihr die Flasche wieder weg, trinkt einen Schluck, zieht an seiner Zigarette.

Rache, er will Rache. Er will hier tatsächlich abwarten, bis Jonas' Kind auf die Welt gekommen ist. Abwarten, um es zu töten. Judith starrt ihn an, merkt, wie ihre Panik zurückkommt, eine andere Panik als zuvor.

»Und dann, Schneider, was ist dann?« Ihre Stimme ist kaum mehr als ein Flüstern.

Er lächelt, sieht einen Moment lang regelrecht glücklich aus. »Dann ist es vorbei, dann wirst du mich erlösen.«

* * *

Das Szenario ist völlig irreal. Glückliche Urlauber, quengelnde Kinder, Sonne und Meer, ein erster Blick auf die Insel. Dann wird es plötzlich still, weil ein gewaltiger Rauchpilz in Sicht kommt. Die Bordlautsprecher knacken, der Pilot meldet sich und erklärt etwas, das offenbar der allgemeinen Beruhigung dienen soll. Wie immer besteht die Hälfte der Ansage nur aus Rauschen und Knistern, aber die Worte »okay« und »Landung« werden mehrfach wiederholt, und dann ist der Himmel auch schon wieder blau, und das Flugzeug geht runter, und die Urlauber klatschen und freuen sich, und also hat er es zumindest nach Samos geschafft.

Manni schaltet sein Handy ein und schiebt sich im Urlauberpulk Richtung Flugzeugtür. Zu spät, viel zu spät, Schneider liegt uneinholbar vorn, ist mit seinem kranken Plan vielleicht schon längst durch. Sein Handy fiept los. Eine SMS des lokalen Mobilfunkanbieters heißt ihn herzlich willkommen, Maria, die griechische Kollegin, schreibt, dass sie im Eingangsbereich auf ihn wartet. Nichts sonst, gar nichts, es macht ihn verrückt, und dann dauert es noch einmal endlose Minuten, bis er tatsächlich vor ihr steht.

Sie ist blond und saugt hektisch an einer Zigarette, genau wie die Krieger in ihren besten Zeiten. Er folgt ihr im Laufschritt zu einem Polizeijeep. Bewegung, endlich, doch kaum sind sie losgefahren, folgt auch schon die Ernüchterung. Nein, leider gebe es keinerlei Lebenszeichen oder Hinweise, erklärt seine Fahrerin. Nein, es sei weiterhin unklar, an welchen Ort Schneider mit seinen Geiseln geflüchtet sein könnte. Und wegen des Feuers könne man auch keine Suchtrupps bilden, es täte ihr leid, da sei nichts zu machen.

Er flucht, laut und unanständig. Er verlangt ihren Vorgesetzten zu sprechen, und sie seufzt und spricht hektisch in ihr Funkgerät, schüttelt dann den Kopf, zu viel zu tun, es geht einfach nicht. Er denkt an Schneiders Wohnung, den Altar, seine Briefe. Seine Unruhe wächst, die zwei bösen Worte hämmern hinter seiner Stirn. Zu spät. Zu spät. Es ist unerträglich. Es darf einfach nicht wahr sein.

Und dann sind sie mittendrin, fast von einer Sekunde auf die andere. Schwarzer, stinkender Qualm raubt ihnen die Sicht. Griechen mit Schaufeln und Gartenschläuchen rennen neben der Fahrbahn her und verschwinden im Dunkel. Reisebusse mit Touristen, die sich Taschentücher auf die Gesichter pressen, kommen ihnen entgegen. Dann eine griechische Familie in einem verbeulten Kleinbus, Vater, Mutter, Kinder, Oma, alle weinend.

»Das Feuer ist noch in den Bergen, aber der Wind hat

gedreht, deshalb evakuieren wir jetzt auch die Küstenregion«, sagt Maria. »Die Straße nach Limnionas ist eigentlich schon gesperrt, aber ich komm wohl noch durch.«

»Tut mir leid«, sagt Manni. »Ich hab das unterschätzt.«

Sie nickt mit blanken Augen, spricht erneut in ihr Funkgerät, chauffiert ihn tiefer hinein in die Apokalypse, gibt sich sogar noch Mühe, ihn zu beruhigen. Der Westen der Insel sei sicher und es sei sehr wahrscheinlich, dass Schneider sich dort aufhalte, nicht im Brandgebiet. Vielleicht wende sich ja doch noch alles zum Guten. Manni nickt und ringt sich ein Lächeln ab. Hat Schneider den Brand gelegt, ja oder nein? In dem Brief oder was immer es auch war, hat er das nicht erwähnt. Doch vielleicht ist das ein Trick. Ein Ablenkungsmanöver. Vielleicht fallen sie schon wieder auf ihn herein. Und so oder so spielt ihm das Feuer perfekt in die Hände.

Nach weiteren zehn Minuten Fahrt wird der Qualm allmählich dünner, Olivenhaine kommen in Sicht, das Meer im Abendlicht. Ein lang gezogener weißer Sandstrand mit blauen Liegen und Schirmen, ein perfekter Urlaubstraum. Auch in Lea Wenzels Haus wirkt alles idyllisch. Nichts deutet auf ein Gewaltverbrechen hin, doch Judith Krieger war hier, ganz ohne Frage. Im Wohnzimmer liegt ihr Tagesrucksack mit Brieftasche und Handy. Auf dem Tisch liegen noch zwei weitere Handys, die Lea Wenzel und Schneider gehören. Manni nimmt sich den Rucksack der Krieger vor. Sie hat nicht viel eingesteckt, Zahnbürste, Sonnencreme, Wäsche zum Wechseln, ein paar Lederschlappen, ein Kleid und einen türkisfarbenen Bikini. In einer Seitentasche des Rucksacks stecken ein Lippenstift und ihre Armbanduhr.

»Lea Wenzels Pferd ist verschwunden«, sagt Maria.

»Ich habe mich deshalb heute Mittag schon einmal umgehört. Eine Kellnerin aus einer Strandbar hat gestern spätabends Hufgetrappel gehört.«

»Aber nichts gesehen?«

Sie schüttelt den Kopf.

»Und sonst?«

»Nichts.«

Er geht in den hinteren Teil des Hauses. Auch hier ist alles ordentlich, auch hier deutet nichts auf ein Verbrechen hin. Hufgetrappel gestern Nacht. Vor annähernd 24 Stunden. Das ist tatsächlich nichts, gar nichts, das ist fast wie ein Hohn. Er betritt einen Raum, der offenbar als Arbeitszimmer dient, und entdeckt das Foto von Miriam und Jonas, von dem die Krieger berichtet hat. Zwei junge Menschen, die tot sind, ermordet von einem wahnsinnigen Bullen, der glaubt, seine Kindheit rechtfertige das, ja lasse ihm keine andere Wahl.

Sein eigener Vater fällt ihm ein, seine eigene Geschichte. Sein Kind und die Tatsache, dass er Sonja noch immer nichts zu der Wohnung gesagt hat. Weil er Schiss hat, dass er so wird wie sein Alter, hat er immer gedacht. Aber das war wohl nur eine Ausrede. Bequemlichkeit. Feigheit. Weil es sein Leben ist. Seine Verantwortung. Seine Entscheidung. Weil das, was gewesen ist, zwar Spuren hinterlässt, aber trotzdem vorbei ist. Es sei denn, man hält es wie Schneider künstlich am Leben und weigert sich, in die Zukunft zu blicken.

*   *   *

Sie hat keine Zeit, sie muss handeln, sofort, doch sie weiß nicht, wie. Draußen ist es inzwischen Nacht, wahrscheinlich schon seit Stunden. Neben ihr liegt Lea Wenzel in den

Wehen. Wehen, die sie gar nicht haben dürfte, nicht jetzt, nicht hier, und schon gar nicht gefesselt, in der Gewalt des Mannes, der ihren Geliebten getötet hat und nun auch ihr Kind ermorden will. Sie braucht einen Arzt, sie müssen ins Krankenhaus. Es ist noch zu früh, das Kind liegt noch nicht richtig, hat Lea gesagt. Judith tastet nach Leas eiskalten Händen, fühlt, wie sie zittert. Inzwischen ist sie so erschöpft, dass sie nicht mehr schreit, wenn der Schmerz kommt, sondern nur noch wimmert. Wie lange hält sie noch durch? Wie lange kann ihr Kind so überleben? Ihr Kind, Jonas' Kind. Zum Tode verurteilt noch vor seiner Geburt.

Die Gaslampe auf dem Boden flackert. Schneider springt auf, die Pistole erhoben, öffnet die Tür einen Spalt und späht nach draußen, setzt sich dann wieder. Zweimal hat er ihnen je fünf Minuten Ausgang zum Pinkeln gewährt. Einzeln natürlich, damit sie ja nicht abhauen. Immerhin hat er Lea dazu ihre Fußfesseln abgenommen und ihre Beine danach nicht wieder zusammengeschnürt. Aber Lea ist inzwischen wohl kaum noch fähig, irgendwohin zu laufen, und sie selbst hält auch nicht mehr lange durch. Ihr Kopf fühlt sich leer an, schwindelig vor Hunger und Müdigkeit und Erschöpfung.

Judith streckt die Beine aus, langsam, um Schneider nicht schon wieder zu provozieren. Sie muss handeln, jetzt, sie muss zu ihm durchdringen, ihn zum Aufgeben überreden, das ist die einzige Chance, die sie hat. Ein paarmal hat sie schon geglaubt, sie hätte das geschafft. Dann wieder hat sie das Gefühl, dass er nicht einmal selbst weiß, wen er eigentlich in ihr sieht. Einmal, als sie ihn nach seiner Verlobten fragte, hat er plötzlich geweint. Einmal, als sie nach dem Kinderheim fragte, hat er sie angesehen und Mutter geflüstert. Aber im nächsten Moment war er nur noch aggressiv, und als sie ihn endlich beruhigt hatte, fing er plötzlich an zu lachen und faselte wieder von Zeichen und Schicksal und davon, dass er doch alles für sie dokumentiert und aufgeschrieben habe, jedes Detail, die ganze Geschichte.

Lea stöhnt auf und krümmt sich zusammen. Die Wehen sind stärker geworden und kommen in kürzeren Abständen. Alle zehn Minuten vielleicht, oder acht, oder zwölf? Nicht einmal das kann sie messen, denn sie hat keine Uhr. Keine Uhr, kein Handy, keine Waffe, gar nichts. Vielleicht hat sie sich vorhin ja getäuscht. Vielleicht ist dieses Feuer viel näher, frisst sich zu ihnen durch, und dann werden sie hier alle verbrennen. Doch als sie vorhin draußen war, gab es über ihr nur die Sterne, unwirklich schön. Sie hält Leas Hände weiter fest, versucht sie zu beruhigen, sich selbst, versucht die Sekunden zu zählen, die Minuten, nachdem die Wehe abebbt, kommt erneut durcheinander.

Schneider beobachtet sie und lächelt. Vielleicht sieht er also wieder seine Mutter in ihr. Oder seine Verlobte. Oder seine Kollegin. Auch solche Phasen hat es in den vergangenen Stunden gegeben, und die waren fast noch beklemmender. Schneider, der im Plauderton berichtet, wie er die Ermittlungen manipuliert hat. Schneider, der so tut, als seien sie und er noch immer Kollegen. Zwei Kollegen, die zusammen eine Sonderschicht fahren. Als sei das hier ihre gemeinsame Mission.

Ihre Beine sind taub. In ihrem Kopf scheint sich alles zu drehen. Sie verändert ihre Sitzposition, merkt, dass sie zittert. Denk nach, Judith, denk nach. Wie kannst du ihn packen? Du musst zu ihm durchdringen, du musst das schaffen.

»Komm, trink, das kann ja noch dauern.« Er reicht ihr seine Flasche rüber, die zweite inzwischen. Wein aus einer Plastikflasche. Er geht kein Risiko ein, gibt ihr keine Chance, eine Waffe in die Finger zu kriegen, und sei es auch nur eine Flasche aus Glas.

Sie zögert, trinkt dann doch, die Säure beißt in ihrem Magen. Wenn sie noch mehr Wein trinkt, wird sie betrunken. Wenn sie nichts trinkt, wird sie bald einfach umkippen, ausgetrocknet, wie sie ist. Sie gibt Schneider die Flasche zurück, er betrachtet sie prüfend, nimmt dann selbst einen Schluck. Er trinkt mehr als sie, aber längst nicht genug, um die Kontrolle zu verlieren, und er sitzt neben der Tür, und er hat die Pistole.

Sie hat so hart gekämpft, sie war schon so weit. Sie will nicht noch einmal hilflos mit ansehen müssen, wie jemand vor ihren Augen ermordet wird. Sie will nicht zurück in dieses Schattenreich. Aber sie hat keine Chance, auf einmal wird ihr das klar. Keine Kraft, keine Chance. In der Welt, in der Schneider jetzt ist, kann sie ihn nicht mehr erreichen. Sie versucht, ihre Tränen zurückzuhalten, sie helfen ja nichts, und er soll nicht sehen, dass sie Angst hat, wenigstens das nicht. Vielleicht ist ja doch noch nicht alles verloren. Vielleicht sind schon längst Suchtrupps auf dem Weg zu ihnen. Millstätt und Manni haben sicher Alarm geschlagen, Maria Damianidi kennt die Insel. Vielleicht weiß doch jemand von Leas Nachbarn oder Freunden von dieser Kate.

»Nicht weinen«, sagt Schneider, es klingt beinahe liebevoll, also sieht er wohl wieder seine Mutter in ihr.

Seine Mutter oder seine Verlobte, um wen geht es hier? Was ist wahrscheinlicher? Sie müsste das abschätzen können, Einfühlung ist doch ihre Stärke. Die Psyche des Täters ausloten und seine Abgründe, sich beinahe darin verlieren. Aber das hat sie bereits getan, sie weiß, welche Last er mit sich herumträgt, doch es hilft ihr nicht weiter.

Sie soll ihn erlösen, hat er gesagt, aber wie soll das gehen? Soll sie ihn verhaften? Töten? Ihm die Absolution erteilen, wenn er auch Lea und ihr Kind ermordet hat? Soll sie ihn wie eine gütige Übermama ans Herz drücken und ihm ins Ohr flüstern, ich verzeihe dir?

Die Mutter ist wahrscheinlicher, so ist es doch immer. Die Mutter, die nie dem Ideal entspricht und nie alle Sehnsucht erfüllt, sie weiß das so gut. Sie hätte ihre Mutter noch anrufen sollen, trotz des Ermittlungsdrucks. Sie hätte ihr danken sollen, ihr sagen, dass ihr heute manches leidtut, dass sie manches versteht, irgend so was. Denk jetzt nicht dran, es geht um Schneider. Schneider und seine Mutter, die ihn ins Heim steckte und verschwunden ist. Oder geht es doch um Susanne, seine Verlobte? Etwas muss schiefgegangen sein mit ihr, sehr, sehr schief, wird Judith plötzlich klar. 1981 hat er Susanne kennengelernt und war glücklich, 1986 begann sein Rachefeldzug. Was ist in diesen fünf Jahren geschehen? Eine gescheiterte Ehe? Erneutes Verlassenwerden? Ein totes Kind? Soll Leas Baby deshalb sterben?

Eine Chance, sie hat nur diese eine Chance. Wenn sie Lea retten will. Wenn sie nicht wieder alles verlieren will. Die Freude, die Freiheit, ihr Leben. Sie muss zu ihm durchdringen, ihn zum Aufgeben überreden. Sie darf sich nicht von ihm einschüchtern lassen. Sie richtet sich auf und verknotet die Haare im Nacken. Merkt, wie sein Körper sich anspannt, aufmerksamer wird, als würde er tief in sein Innerstes horchen.

Judith sitzt reglos, wagt kaum zu atmen, sieht ihn unverwandt an.

Er lächelt auf einmal, weich, beinahe zärtlich. »Das erste Zeichen«, sagt er leise. »Dein Bild in der Zeitung. Das Kleid mit den Punkten. Deine traurigen Augen. Ich hätte nie gedacht, dass ich dich noch einmal ansehen dürfte.«

Von wem redet er jetzt und von welchem Kleid? Geht es hier doch um seine Mutter? Sie tastet sich weiter vor, sucht fieberhaft nach den richtigen Worten.

»Erzähl mir von ihr.«

Falsch, wieder falsch. Sein Lächeln gefriert, seine Augen verengen sich, seine Hand schließt sich fester um die Pistole. »Komm mir nicht auf die Psychotour, Kollegin.«

Sie hebt die Hände, zwingt sich nicht zu schreien. »Gut, also gut. Dann sag mir, wie's gehen soll. Wie bringen wir das hier zu Ende, Schneider?«

Er zündet sich eine Zigarette an, bläst ihr den Rauch direkt ins Gesicht. Es stinkt, es ist widerlich, zum ersten Mal in ihrem Leben kann sie den Qualm nicht ertragen. Hinter ihr gibt Lea einen Jammerlaut von sich, verkrampft sich dann in der nächsten Wehe.

Sie schafft es nicht, diesmal schafft sie es nicht. Sie kann Lea nicht retten, das Kind nicht, sich selbst. Sie wird hier gleich sterben, begreift sie auf einmal. Er wird sie töten. Das ist die Erlösung, von der er schwafelt. Wieder kommen ihr die Tränen. Vor Verzweiflung und Wut. Auch das mag Schneider nicht, sie kann es nicht ändern.

Er betrachtet sie aufmerksam, bläst Rauch zu ihr rüber. Fängt dann auf einmal wieder an zu lächeln. Als sei das hier ein Spiel, in dem er uneinholbar vorne liegt, sodass er großzügig sein kann, den Verlierern was gönnen.

»Du bist müde, nicht wahr«, sagt er. »Das kann ich verstehen.«

»Schneider, gib auf, ich bitte dich. Nimm jetzt dein Handy. Hol Hilfe. Mach nicht alles noch schlimmer.«

Er antwortet nicht. Raucht seine Zigarette zu Ende, trinkt hin und wieder einen langen Schluck Wein.

»Also gut«, sagt er dann und kramt ein Fläschchen aus seinem Rucksack. »Bringen wir's hinter uns. Kriegt sie halt noch mal was von dem Wehenmittel, dann geht es wohl schneller.«

»Nein!« Judith schreit, schafft es nicht, sich zu beherrschen.

Sofort springt er auf und entsichert die Pistole, legt auf sie an, eine einzige fließende Bewegung.

»Nein, Schneider, nein!« Sie wirft sich vor Lea, sieht, wie er den Kopf schüttelt, seinen Finger am Abzug, den Lauf der Pistole, sein irres Lächeln. Alles vorbei, alles vergebens, aber sie schreit immer weiter, schreit und fleht und versucht Lea zu schützen, bis der Schuss explodiert.

* * *

Der Bikini. Aus irgendeinem Grund ist es ausgerechnet Judith Kriegers türkisfarbener Bikini, der ihn so richtig fertigmacht. Vielleicht, weil er ein Bild evoziert. Die Krieger am Strand, wie sie in diesem Bikini ins Wasser springt. Kopfüber, da ist er sich sicher, volle Lotte rein, ohne Rücksicht auf Frisur oder Schminke. Sie hatte nicht damit gerechnet, hier auf Samos in die Gewalt eines Wahnsinnigen zu geraten. Nicht mal ihr sonst so untrüglicher Instinkt hatte sie davor gewarnt. Sie hatte tatsächlich geglaubt, sie könne hier baden.

Manni trinkt sein Bier aus, wechselt wieder zu Wasser. Die Nachtluft ist mit Hitze aufgeladen, fast statisch. Stressgeruch hängt wie eine Glocke über der Taverne. Sein eigener und der von den evakuierten Touristen an den anderen Tischen. Der Waldbrand ist außer Kontrolle geraten, ein ganzer Bergrücken steht nun jenseits der weit gezogenen Bucht lichterloh in Flammen, der Nachthimmel glüht, hellrote Flammenwalzen fressen sich unaufhaltsam auf die Häuser und Hotels an der Küste zu. Es ist ein Endzeitstimmungsszenario, wie sich das kein Hollywood-Regisseur besser als Finale für Schneiders Höllentrip hätte ausdenken können. Und egal, ob Schneider dieses Feuer nun gelegt hat oder nicht, in jedem Fall spielt es ihm perfekt in die Hände, denn jede verfügbare Einsatzkraft der Insel ist von den Löscharbeiten absorbiert.

»Vielleicht gibt es Hoffnung«, sagt die Polizistin Maria neben ihm. »Der Wind lässt nach.«

Manni nickt. Hoffnung, ja. Aber Hoffnung auf was? Hoffnung darauf, dass er sich morgen oder übermorgen mit ein paar übermüdeten griechischen Polizeibeamten auf die Suche in der unwegsamen Bergregion der Westküste machen kann? Hoffnung, dass ein paar Feuerwehrleute irgendwo in der Asche ein paar Knochen finden? Er springt auf, lehnt sich auf die steinerne Balustrade, starrt auf die Sonnenliegen am Strand, auf denen sich Feuerflüchtlinge zur Nachtruhe betten.

Die Krieger im Bikini. Die Krieger im Silberrahmen auf Schneiders Altar. Die Krieger mit Schneider und der hochschwangeren Lea Wenzel irgendwo in den Bergen. Unerreichbar, unauffindbar. Nicht zu orten. Verletzt. Tot. Er will das nicht denken, denkt es aber trotzdem. Vielleicht, weil er spürt, dass sich bereits etwas entschieden hat, dass Schneider mit seinem Plan jetzt wirklich am Ende ist. Vielleicht auch einfach nur, weil das Warten ihn fertigmacht.

»Meist sind die Brandstifter Grundstücksspekulanten. Manchmal auch Ziegenhirten.« Maria stellt sich neben ihn.

»Ziegenhirten?« Er starrt sie an.

»Ein jahrhundertealter Olivenhain ist kein gutes Weideland. Eine Brache ist besser.« Sie zuckt die Achseln, resigniert. »Manche Menschen sind so, zerstören ihr eigenes Leben. Zerstören die Welt.«

»Und dann?«

»Dann muss man weiterleben.«

»Und die Brandstifter?«

»Meistens endet es damit, dass sie für verrückt erklärt werden. Unzurechnungsfähig. Psychisch krank. Es gibt keine Strafe für sie. Wie sollte man sie auch bestrafen? Sie können ja doch nicht mehr gutmachen, was sie zerstört haben.«

Er muss weg hier, sofort. Er muss etwas tun. Und er muss allein sein, sonst dreht er durch. Stille umgibt ihn, sobald die Tavernen Limnionas' hinter ihm liegen. Stille und Dunkelheit, aus der sich allmählich die Konturen von Felsen und Olivenbäumen herausschälen. Er läuft auf einer Schotterpiste, leicht bergan. Schon bald kann er die Lichter von Limnionas nicht mehr sehen, wenn er über seine Schulter blickt, und nach etwa einer Viertelstunde liegt auch das Brandgebiet außerhalb seines Sichtfelds.

Er denkt an Sonja, das Kind und die Wohnung und an diesen Moment der Stille in der Leitung, nachdem er Sonja gesagt hat, dass er das will. Er denkt an Jonas und Miriam auf dem Foto in Leas Haus. An den toten Jonas auf dem Obduktionstisch. An einen Jungen auf einer Pritsche. An die Krieger im Bikini und an die toten Kinder des Kinderheims Frohsinn. Es gibt einen Zusammenhang zwischen all dem, möglicherweise ist das aber auch nur ein Wunsch, das Verlangen nach einer Logik, die dem zugrunde liegt, einer Erklärung, die in Wirklichkeit doch nichts erklärt.

Es ist wirklich sehr still hier, er hört nichts außer seinen eigenen Schritten, und Maria hatte recht, es weht kein Lüftchen mehr. Manni bleibt stehen und lehnt sich an einen Felsen. Der weiße Schleier im Himmel direkt über ihm muss wohl die Milchstraße sein. Das schwarze Nichts geradeaus ist die Ägäis. Und von rechts kommt ein Pferd, hellweiß leuchtend. Es sieht aus wie eine Erscheinung, eine Sequenz aus einer Fantasysaga. Doch im Sattel sitzt unverkennbar Judith Krieger, blutverschmiert.

Jetzt ist es vorbei. Jetzt hast Du mich erlöst. Ich habe mir das gewünscht. Ich habe
dafür gelebt. Ich töte den letzten Nach-
kömmling meiner Peiniger, Du tötest mich.
Das war mein Plan. Vielleicht hattest Du
sogar die Größe, mich zu umarmen, während
ich starb.

Darf ich noch eine letzte Bitte äußern? In
meiner Wohnung ist alles dokumentiert. Die
ganze Geschichte der Kinderheime, das ganze
Elend, deutsche Geschichte, deutsche Politik. Ich will nicht, dass das je vergessen
wird. Ich will nicht, dass darüber nur hin
und wieder mal eine reißerische Reportage
geschrieben wird, und dann sind alle wahnsinnig betroffen und entsetzt, aber niemand
entschuldigt sich, niemand entschädigt uns,
niemand versteht, dass wir bis heute leiden.

Ich weiß, Du hast schon so viel für mich
getan. Aber bitte, tu noch dieses eine: Ver-
nichte meine Bibliothek nicht, mache sie
öffentlich. Das ist mein letzter Wunsch an

Dich. Nachdem Du mich getötet hast. Nachdem ich auch den letzten Vollenweider getötet habe. Nachdem Du mich erlöst hast.

Dienstag, 11. August

Sie reitet. Sie reitet tatsächlich. Sie reitet auf einem silbernen Pferd unter silbernen Sternen. Sie spürt die Bewegungen unter sich, fühlt seine Wärme, die Kraft, das seidige Fell. Sie reitet durch die Nacht, und sie hat keine Angst mehr zu fallen, und sie weiß, dass sie lebt.

Judith öffnet die Augen. Sie lebt, es ist wahr. Genauso wahr wie ihr nächtlicher Ritt auf Leas Pferd, der ihre einzige Chance war, Hilfe zu holen. Sie hatte nicht mehr gesehen, wie Schneider den Lauf der Pistole herumriss. Sie hatte nicht mehr damit gerechnet. Aber er hat es getan. Im letzten Moment. Warum auch immer. Er hat sich selbst gerichtet und sie verschont. Sie und Lea und Leas Baby, das inzwischen im Krankenhaus das Licht der Welt erblickt hat. Ein Mädchen. Gesund. Miriam.

Judith streckt ihre Beine aus. Morgen fliegen sie zurück nach Deutschland. Morgen wird sie anfangen, die Briefe zu lesen, die Schneider hinterlassen hat. Sie wird sich seine Wohnung ansehen. Sie werden seinen Sohn benachrichtigen, der noch irgendwo in Deutschland lebt. Sie werden Berichte schreiben, viele Berichte. Sie werden versuchen, die letzten offenen Fragen zu klären, und vielleicht wird die Angst sie noch einmal einholen und dieses Gefühl nach dem Schuss, als sie sicher war, diese warme, klebrige

Flüssigkeit, die sie bedeckte, sei ihr eigenes Blut und nicht das von Schneider.

Aber jetzt ist jetzt. Das Ende des von Millstätt angeordneten Sonderurlaubs. Das Ende eines Tags, den sie mit Manni am Meer verbracht hat und soeben mit ihm in der Taverne des Bergdorfs Kalithea ausklingen lässt. Manni ist aufgestanden, um zu telefonieren, und sie hat unterdessen den KURIER des Tages gelesen, mit drei Riesenstorys von René Zobel, und in diesem Moment muss sie gar nichts mehr tun, nichts, außer zu leben. Judith legt den Kopf in den Nacken. Der Himmel verfärbt sich von Minute zu Minute in kitschigerem Rosa, in den Platanen über ihr sägen unermüdlich die Zikaden, und die Steinplatten unter ihren Füßen sind sonnenwarm. Sie trinkt einen Schluck Wasser und betrachtet das Dorfleben. Halbwüchsige Jungs in Trainingshosen und Schlappen, die sich um ein riesiges, blank geputztes Motorrad scharen. Eine Gruppe alter Männer, die Ouzo trinken und Backgammon spielen. Ein Frappé trinkender Pope. Frauen, die Eis essen und tratschen. Eine Teenager-Dorfschönheit mit Barbra-Streisand-Föhnfrisur und bis zum Po ausgeschnittenem T-Shirt, die sich mit einem muskulösen Glatzkopf in einen Hauseingang verzieht. Ein etwa dreijähriges pink gekleidetes Mädchen, das mit todernstem Gesicht auf einem rosaroten Dreirad thront, das blinkt und auf Knopfdruck den Titelsong aus dem Film *Lovestory* quäkt.

Ihr nächtlicher Ritt auf dem Schimmel war wie eine Heimkehr, wird Judith auf einmal klar. Etwas hat sich damit vollendet, ein Kreis hat sich geschlossen, sie ist frei, befreit. Etwas Neues kann beginnen. Und auch wenn das verrückt ist, nicht erklärbar, hat sie das wohl geahnt, hat davon schon geträumt. Und sie ist vor allem deshalb nach

Samos geflogen, nicht wegen der Ermittlungen, sondern für diesen Moment.

Ein Traumtier, das Wirklichkeit wird. Ein Traum aus der Zukunft. Sie denkt darüber nach, wie das möglich sein kann, später, als sie gegessen haben und geredet, gelacht und geschwiegen und der Sonne beim Sinken zugeschaut haben. Sie überlegt sogar, das nicht nur Karl zu erzählen, sondern auch Manni, jetzt, da er sogar weiß, wie sie im Bikini aussieht, ist vielleicht der passende Zeitpunkt für weitere Intimitäten. Sie holt Luft, aber Manni ist schneller. Regelrecht verlegen sieht er plötzlich aus, grinst sie an, schenkt ihnen Wein nach und hebt sein Glas.

»Ich werde Vater«, sagt er.

Danke

Jedes Buch beginnt mit einer Idee, und dass in Judith Kriegers fünftem Fall ein Schatzsucher eine Rolle spielt, habe ich einem Freund aus der Schulzeit zu verdanken: Steffen Wagner erzählte mir zunächst ganz nebenbei von Männern, die in ihrer Freizeit mit Metalldetektoren über die Felder ziehen. Seitdem hat er mir sehr viele Fragen zur Schatzsuche beantwortet. Auch eine praktische Einführung ins Sondengehen verdanke ich ihm. Worin der Unterschied zwischen legaler und illegaler Schatzsuche besteht und welche Schäden die Raubgräberei aus Sicht von Staat und Archäologie anrichtet, erläuterten mir Dr. Holger Göldner vom Landesamt für Denkmalpflege Hessen und Polizeioberkommissar Eckhard Laufer vom Hessischen Landeskriminalamt. Holger Göldner nahm sich darüber hinaus großzügig Zeit dafür, mit mir den perfekten Schauplatz zu suchen. Ohne ihn wäre ich vermutlich nicht auf den Steiner Wald rund um die Festung Zullestein gekommen, und auch nicht darauf, dass mancher Hobbyarchäologe dort den Nibelungenschatz vermutet.

Dafür, dass in diesem Buch ein Boulevardjournalist eine Rolle spielt, danke ich Andreas Wegener von der BILD, der sich an mich wandte, um mir die Arbeitsweise eines Polizeireporters zu erklären. Sabine Wimmer ist für den Schimmel in diesem Roman verantwortlich. Äußerst inspirierend fand ich meinen persönlichen Soundtrack zum Buch, nämlich Angus & Julia Stone: *Down the Way* und Foreigner: 4.

Kriminalhauptkommissar Jochen Grünkemeyer vom KK 11 Bonn beantwortete geduldig all meine Fragen zu Schusswaffen, ungelösten Delikten und den Veränderungen der Ermittlungsmethoden in den letzten 20 Jahren. Kriminalhauptmeister Olaf Wegener vom Zentralen Kriminaldienst Rostock vertiefte sich mit mir in die Spurensicherung an meinem fiktiven Tatort. Dr. Frank Glenewinkel versicherte mir, dass die Rechtsmedizin auch mit modernsten Methoden die exakte Liegedauer eines Leichnams oft nicht ermitteln kann.

Großer Dank gebührt auch diesmal wieder all denen, die mir das Schreiben und alle damit verbundenen Höhen und Tiefen durch ihre beharrliche Anwesenheit in meinem Leben erleichtern:

Meinen fabelhaften LWN-Kolleginnen Brigitte Glaser, Ulla Lessmann, Mila Lippke und Ulrike Rudolph.

Meiner Kollegin Beate Sauer für viele Gespräche und unser Projekt »Kleine Fluchten«.

Meinen Freundinnen Christina Horst, Petra Jaeckel, Petra Labriga und Anja Thöne.

Meinem Agenten Joachim Jessen.

Meinen wunderbar kritischen und dabei immer konstruktiven Testleserinnen Katrin Busch und Astrid Windfuhr.

Und *last but not least* danke ich meinem Mann, Michael, für so vieles, dass ich es hier gar nicht aufzählen kann.

Gisa Klönne, Mai 2011

Anmerkung

Dies ist ein Roman. Alle Figuren und die Handlung sind frei erfunden. Auch bei den Schauplätzen habe ich mir, wo nötig, einige dichterische Freiheiten herausgenommen. Das Haus in Hürth existiert nur in meiner Fantasie. Das Kinderheim Frohsinn hat es ebenfalls nie gegeben.

Nicht erfunden sind hingegen die erwähnten Zahlen und Fakten zur Geschichte der Heimkinder im Deutschland der Nachkriegszeit sowie der Erziehungsratgeber der Johanna Haarer.

Erst seit wenigen Jahren treten ehemalige Heimkinder in Deutschland verstärkt an die Öffentlichkeit: um über ihr Schicksal zu informieren und über das oft lebenslange Leid, das daraus resultiert, aber auch, um Entschädigung einzufordern und diejenigen zu benennen, die sie im Namen der sowohl kirchlichen als auch staatlichen Träger der Erziehungsheime misshandelt hatten. Die Folge sind eine Reihe von Veröffentlichungen in Presse, Büchern und Internetforen, in Studien und Untersuchungsausschüssen.

Ich habe mich in diesem Roman bewusst nicht auf ein bestimmtes Heim oder einen Träger fixiert und auch nicht auf sexuellen Missbrauch, den es in den Heimen ebenfalls in erschütterndem Ausmaß gab. Vielmehr ging es mir darum zu zeigen, welch zerstörerisches und menschenverachtendes Potenzial das aus der NS-Zeit tradierte Erziehungsbild mit seinen perfiden Züchtigungsmethoden entfaltet hat – und wie lange es auch nach 1945 noch weiterwirkte.

Stellvertretend für viele Sachbücher seien erwähnt:

Sigrid Chamberlain: *Adolf Hitler, die deutsche Mutter und ihr erstes Kind. Über zwei NS-Erziehungsbücher.* Psychosozial-Verlag, Gießen, 2003.

Peter Wensierski: *Schläge im Namen des Herrn. Die verdrängte Geschichte der Heimkinder in der Bundesrepublik.* Deutsche Verlags Anstalt, München, 2006.

Gisa Klönne

Farben der Schuld

Judith Kriegers 4. Fall

Kriminalroman

Karnevalsende in Köln. Ein Mann in Priesterornat wird mit einem Schwert in der Brust gefunden. Kurz darauf eine weitere Leiche. Manni Korzilius und seine Kollegen von der Kripo tappen erst mal im Dunkeln. Hauptkommissarin Judith Krieger ist nach dem dramatischen Ende ihres letzten Falles vom Dienst befreit. Doch als sie sich an den Polizeiseelsorger wendet, um über ihr Trauma zu sprechen, wird sie schneller, als ihr lieb ist, in den »Priestermordfall« verwickelt. Währenddessen plant der Täter bereits seinen nächsten Mord.

Lesen Sie auf den nächsten Seiten, wie der Roman beginnt.

1. Teil

»Nackt kam ich hervor aus dem Schoß meiner Mutter,
und nackt kehre ich dorthin zurück.
Der Herr hat gegeben, der Herr hat genommen,
der Name des Herrn sei gepriesen!«

Hiob 1, 21

Heute Abend werden sie sich sehen. Heute Abend wird sie ihm ihre Neuigkeit erzählen. Ich liebe dich, ich liebe dich, ich liebe dich. Sie kann nicht aufhören, das zu denken, sie kann nicht stillsitzen deswegen, sich auf nichts konzentrieren. Wenn er sie ansieht, weiß sie endlich, wie es ist, erkannt zu werden. Wenn er nur ihre Hand berührt, wird alles um sie still und belanglos, und es gibt nur noch dieses Kribbeln: eine warme Welle bis in ihre Zehenspitzen. Sie liebt seine Stimme und die Art, wie sie miteinander reden. Sie liebt seine Hände, die kurz geschnittenen Nägel, die Härchen auf seinen Fingern, wie dunkler Flaum. Seine Lippen sind weich und sein Körper ist überraschend muskulös, und doch kommt er ihr sehr verletzlich vor. Sie haben beide geweint, als sie es zum ersten Mal taten. Weil es so schön war, so richtig, so süß, das Ende der Sehnsucht, der Anfang von allem. Weil sie so lange versucht hatten zu widerstehen. Ich liebe dich. Ich liebe dich. Sie tritt vor den Spiegel, entscheidet sich für Jeans und Pullover. Noch zwei Stunden mindestens bis er kommt, vielleicht auch länger. Aber dann wird er da sein, und sie wird ihm ihre Neuigkeit erzählen, und er wird sie in die Arme nehmen, ganz fest, für immer. Sie ist sicher, dass es so sein wird. Es muss so sein. Es gibt keine andere Möglichkeit.

Mittwoch, 22. Februar

Die Luft ist kühler im Park und es ist dunkel hier, wohltuend dunkel, die Silhouetten der Bäume sind kaum zu sehen. Er läuft auf die Kirche zu, sie leuchtet gelblich im Scheinwerferlicht. Ist er allein hier? Ja, natürlich, um diese Zeit. Das Summen in seinen Ohren lässt nach, sein Atem wird freier. Keine Musik mehr, kein Gegröle. Er hört das leise Knirschen seiner Schuhsohlen auf dem Pflaster, unwirklich beinahe, als habe es gar nichts mit seinen Schritten zu tun. Zu viel, denkt er, es war einfach zu viel. Ich hätte das letzte Bier nicht mehr trinken sollen, ich hätte an morgen denken müssen. Morgen, übermorgen, all die Termine.

Trommelschläge, dumpf und lang gezogen, dröhnen jetzt von der Südstadt herüber, leiten das Ende des Karnevals ein. Die Stunde nach Mitternacht, die Stunde der Abrechnung, wenn das närrische Volk auf die Straße zieht, die Strohpuppen von den Fassaden der Kneipen reißt, sie anklagt für alle Sünden der tollen Tage, um sie dann zu verbrennen. Ein uraltes Ritual, das er niemals lustig fand, sondern ungerecht und barbarisch.

Er bleibt trotzdem stehen und lauscht den Trommeln, glaubt auch ein Echo seiner eigenen Schritte zu hören. Ein Echo, das schneller wird, lauter, ein Echo, das näher kommt, nah, viel zu nah.

Schmerz ist das nächste Gefühl. Überwältigend. Gleißend. Zwingt ihn in die Knie, raubt ihm alle Kraft. Er fällt, taumelt, unfähig etwas dagegen zu tun. Sein Kopf schlägt aufs Pflaster, Knochen auf Stein, es hämmert und dröhnt. Er will schreien, sich wehren, und kann es nicht.

Atmen, er muss atmen. Er versucht es, rasselnd. Seine Zunge ist taub und schmeckt nach Blut. Was ist geschehen? Etwas ist da, jemand ist da, beugt sich über ihn. Kein Mensch, kein Gesicht, nur ein Schemen, und immer noch dieser wahnsinnige Schmerz.

Bitte, ich will nicht ... Er kann nicht sprechen, kann sich nicht bewegen, schafft nur mit sehr großer Mühe ein Stöhnen.

Zeit vergeht, rast, gefriert. Sekunden? Minuten? Er weiß es nicht. Schräg über sich erkennt er die Kirche, unscharf, hell. Er blinzelt, erinnert sich plötzlich an die Ritterburg, mit der er als Junge so gerne spielte. Eine Festung mit Zugbrücke und Graben und zwei runden Türmen, fast so wie die, unter denen er liegt.

Jetzt ebbt der Schmerz ab, und der, der ihn bringt, steht über ihm. Ein riesiger Schatten. Hebt etwas in den Himmel. Blitzend. Spitz.

Bitte ... Immer noch kann er sich nicht bewegen. Immer noch sind da die Bilder aus seinem Elternhaus, und er schmeckt wieder den Kakao, den seine Mutter brachte, wenn er mit seinen Freunden Ritter spielte. Fühlt ihre weiche Hand in seinem Haar.

Er will diese Hand ergreifen, er will sich hineinschmiegen in ihren Duft, sich in ihm verlieren, aber jetzt dröhnen wieder die Trommeln, und sie dringen in seine Brust und schlagen dort weiter. Dunkel. Schwer. Das ist nicht wahr, denkt er, das geschieht mir nicht wirklich. Aber der Schmerz hält ihn fest und die Trommeln verstummen nicht, und der Schatten scheint einen Moment lang regelrecht vor der Kirche zu fliegen. Dann jagt er in irrsinnigem Tempo auf ihn herab, und der Schmerz explodiert.

Gott, denkt er. *Mama. Nein. Ich will doch leben.*

***

Ein letzter Blick über die Schulter. Ein Sprung. Geschafft. Bat hebt ihren Rucksack auf, setzt sich in Bewegung. Anfangs hat sie ein bisschen Schiss gehabt, Jana nachts allein zu besuchen. Schiss, dass jemand sieht, wie sie über die Mauer klettert. Schiss, dass irgendein Nachtwächter oder Bulle hier patrouilliert und Stress macht. Inzwischen ist sie cool, fühlt sich hier sicher, ja sogar geborgen. Allein mit den Toten und deren Energie, die tagsüber, wenn all die anderen Besucher über den Melatenfriedhof trampeln, kaum zu spüren ist. Die Wege zwischen den Gräbern sind unbeleuchtet, graue Kiespfade, die sich im Schwarz verlieren, auf einigen Gräbern flackern rote Lichter. Steinerne Engel bewachen sie – Boten aus einer anderen Welt. Bat lächelt. Bald wird es Frühling und die Fledermäuse werden den Engeln wieder Gesellschaft leisten, außerdem ist es dann nicht mehr so kalt.

Da ist schon die Kapelle, wo der Hauptweg kreuzt, hier muss sie an der Trauerweide vorbei zu den neueren Gräbern. Der Weg ist ihr in den letzten zwei Jahren vertraut geworden, wahrscheinlich könnte sie ihn inzwischen mit verbundenen Augen finden. Die Flaschen in ihrem Rucksack klimpern leise, sündhaft teure Bacardi Breezer hat sie gekauft und noch einiges mehr, weil gleich ein besonderer Tag beginnt: Der 22. Februar, Janas achtzehnter Geburtstag. Bat hat ihrer Freundin geschworen, dass sie eine Party feiern werden, und sie hat vor, dieses Versprechen zu halten.

Zuerst muss sie aufräumen, wie immer. Die Krokusse und Schneeglöckchen sind verblüht, und diese spießigen Usambaraveilchen haben hier nichts zu suchen. Bat wirft sie auf den Kompost und holt eine Bodenvase mit frischem Wasser. Achtzehn Grablichter hat sie für Jana gekauft. Sie arrangiert sie in Herzform, drückt die Vase in die Mitte, löst die dunkelroten Rosen von ihrem Rucksack und steckt sie hinein. Janas Engel thront über ihr, im rötlichen Licht der Kerzen erwachen seine Marmorgesichtszüge zum Leben. Zuerst hätte Bat ihn am liebsten weggesprengt. Unerträglich fand sie die sanfte, mädchenhafte Anmut, das Unschuldsweiß, die stille Traurigkeit. So war Jana nicht, hätte sie Janas Eltern am liebsten angeschrien, das könnt ihr nicht machen! Doch andererseits ist es auch nicht möglich, den Engel zu hassen, dazu sieht er Jana viel zu ähnlich. Also hat sie sich mit seiner Anwesenheit arrangiert.

Bat holt Janas Lederkappe aus dem Rucksack und drückt sie dem Engel aufs Haupt. Vor zwei Wochen hat sie ihm ein Tattoo auf die Rückseite seines rechten Flügels gesprüht, zwei Sterne und eine Fledermaus, sie sind noch da, bislang hat keiner was bemerkt. Ein Nietenhalsband, mehrere Ketten und ein Umhang aus schwarzem Satin und blutrotem Tüll vervollständigen das Partyoutfit des steinernen Gastes. Exakt pünktlich zur Mitternacht ist er fertig ausstaffiert. Weit entfernt sind nun die Trommeln von den Karnevalspartys zu hören.

Bat lässt sich auf ihre Isomatte fallen und öffnet zwei Breezer.

»Prost, Jana, let's roll, auf dich!«

Sie leert eine Flasche in schnellen Zügen, schüttet den Inhalt der anderen auf Janas Grab. Noch eine Flasche, nicht mehr ganz so schnell. Und eine Zigarette. Und Musik. Normalerweise reicht Bat ihr MP3-Player, stundenlang liegt sie oft so da, einen Kopfhörer im Ohr, den anderen auf Janas Grab und schaut in den Himmel. Was natürlich albern ist und trotzdem tröstlich und wer weiß schon wirklich, was die Toten mitkriegen? Heute Nacht aber genügt der MP3-Player nicht, heute wird sie tanzen, für Jana, mit Jana, auch wenn ihr beim Anblick des Grabsteins überhaupt nicht danach zumute ist.

Sie beginnt soft, mit der Band Love Is Colder Than Death. Sphärisch und unheimlich klingt die hier auf dem Friedhof, ganz anders als in einem geschlossenen Raum. Der tragbare CD-Player von ihrer Mutter hat ordentlich Power, sie sollte ihn öfter mal ausleihen. Noch ein Breezer und noch einer für Jana, die beste Freundin, die es je gab. Sie wollten zusammen abhauen, wenn sie endlich achtzehn würden. Die Schule schmeißen, sich eine Wohnung nehmen, die sie zunächst mit irgendwelchen blöden Jobs finanzieren wollten und später mit dem Geld, das Jana als Sängerin verdienen würde und Bat als ihre Managerin, wenn sie die passende Band für Jana gefunden hätten. Sie hatten sich geschworen, sich nie zu verraten.

Noch ein Breezer. Und jetzt Sisters of Mercy, *First and Last and Always*. Alt zwar, aber dennoch für immer eines der besten Alben. Endlos haben sie das zusammen gehört und darüber philosophiert, dass es mehr geben muss, als dieses öde Einerlei aus Schule und Angepasstsein und »Denkt doch an später«, das die Erwachsenen tagtäglich runterbeten, obwohl doch sonnenklar ist, dass die Welt vor die Hunde geht. *Black Planet*, singt der Mercy-Sänger. *Bury me Deep*, und auch wenn Bat jetzt die Tränen übers Gesicht laufen und bestimmt ihre ganze Schminke verschmieren, mit der sie sich soviel Mühe gegeben hat, hält sie ihr Versprechen und beginnt zu tanzen. Sie rammt die Absätze ihrer Doc-Martens-Stiefel in den Kies, dreht sich, springt, heult, grölt die Texte mit. Sie raucht dabei, trinkt schnelle Schlucke Bacardi und prostet dem Engel zu.

Sie haben behauptet, dass Jana vor den Zug gesprungen ist. Sie haben behauptet, dass Bat und die anderen aus dem Club daran Schuld seien, dass sie Jana verrückt gemacht hätten. Gruftis seien sie, fehlgeleitete Jugendliche, die den Tod verklärten. Es war total sinnlos, ihnen zu widersprechen. Außerdem fehlte Bat dazu die Kraft. *Jana hat sich umgebracht.* Es war wie ein Schlag, der alles andere auslöschte. Wenn sie dran denkt, sieht sie vor allem die zitternde Unterlippe ihrer Mutter vor sich. Ihre Mutter hatte noch mehr gesagt, drängte sich in Bats Zimmer, stammelte rum, wollte sie in den Arm nehmen, doch das kriegte Bat nur noch undeutlich mit. *Jana hat sich umgebracht.* Immer und immer wieder hörte sie nur diesen einen Satz. Vier grausame Worte, die sich um Bats Herz krampften, es in eine Stahlzange nahmen und zudrückten, bis es sich roh und blutig anfühlte.

Erst als der Anfangsschock vorüber war, begann Bat zu begreifen, dass es eine Lüge war. Jana wollte nicht sterben. Und selbst wenn: Niemals hätte sie Bat ohne Abschied verlassen. Doch wenn Jana nicht freiwillig vor den Zug gesprungen war, musste jemand sie gestoßen haben. Jemand, der bislang damit durchgekommen ist, weil niemand außer Bat von ihm weiß, nicht einmal Fabian. Doch das wird sich ändern, bald, denn nach zwei Jahren Sucherei hat sie nun endlich eine Spur.

Long Train singen die Sisters of Mercy. *Heyheyhey.* Und Bat springt und dreht sich und schreit und ihre Tränen vermischen sich mit Schweiß und ihr Atem geht keuchend, aber sie lässt sich erst auf die Isomatte fallen, als sie bei *Some Kind of Stranger* angekommen sind, dem letzten Song auf der CD, sie hält durch, bis es wirklich nicht mehr geht, genauso wie Jana es früher tat.

Der Engel sieht auf Bat herunter, sein Umhang flattert im Wind, als tanze er. Bat öffnet den letzten Breezer, gibt Jana einen Schluck, trinkt dann selbst. Lars heißt der Mann, von dem niemand weiß. Einmal hatte Jana ihn Bat von weitem gezeigt. Musiker sei er, Produzent, hatte sie geschwärmt und Bat schwören lassen, vorerst niemandem von ihm zu erzählen. Und plötzlich war Jana tot, und Bat konnte diesen Lars nicht mehr finden, sosehr sie auch suchte. Sie hatte sogar in Musikstudios rumgefragt, doch niemand schien einen Lars zu kennen, fast hatte sie schon zu glauben begonnen, dass es ihn gar nicht gab. Und dann stand er vor ein paar Tagen einfach an der Bar im Lunaclub und trank ein Bier. Es war voll und verraucht im Club und Bat war schon ziemlich betrunken, es dauerte ewig, bis sie die Bar erreichte, und als sie dort ankam, war Lars verschwunden. Aber sie hatte ihn gesehen, ganz ohne Zweifel, und jetzt wird sie erst recht nicht aufgeben. Sie wird ihn wieder finden, im Lunaclub oder woanders, bald, sehr bald. Sie wird ihn finden und dafür sorgen, dass Jana endlich Gerechtigkeit widerfährt. Bat hebt die Flasche und sieht dem Engel in die steinernen Augen.

»Ich finde ihn. Ich finde ihn ganz bestimmt«, schwört sie. »Verlass dich auf mich.«

***

Das Blaulicht der Einsatzfahrzeuge zuckt über die Kirchenfassade, rechts leuchtet ein Scheinwerfer der Spurensicherung auf. Emsig wie Ameisen bewegen sich die Kriminaltechniker hinter der Polizeiabsperrung hin und her, einer stummen Choreographie gehorchend, die sich als bruchstückhaftes Schattenspiel auf der Fassade der Kirche wiederholt. Jenseits der Scheinwerfer liegt der Kirchenpark im Dunkeln und ist noch dazu durch eine übermannshohe Steinmauer vor Blicken von der Straße geschützt. Ein Ort der Ruhe, trotz seiner Innenstadtlage. Wie geschaffen für einen Mord.

»Es gibt einen Zeugen!« Der frisch zum Oberkommissar beförderte Ralf Meuser hastet auf Manni zu.

»Wo?« Manni sieht sich um.

»Im Rettungswagen.«

»Ist er verletzt?«

»Wohl nicht lebensgefährlich.«

»Kann er was sagen?«

»Schon, aber ...«

Sie erreichen das Sanitäterfahrzeug und wedeln mit ihren Dienstausweisen. Der Zeuge, Erwin Bloch, ist ein rotnasiger Rentner mit Schnapsfahne und Matrosenmütze. Auf seine rechte Wange hat jemand einen Anker gemalt.

»Ich bin Kriminaloberkommissar Korzilius.« Manni beugt sich zu ihm herunter. »Sie haben etwas gesehen?«

Bloch glotzt ihn an, hat ganz offenbar Mühe, die Frage zu verstehen.

»Der war plötzlich da«, brabbelt er.

»Wer?«

»Der Ritter.«

»Der Ritter?«

»Der hatte ein Schwert!«

»Ein Ritter mit Schwert. Okay. Was ist dann passiert?«

»Weiß nicht.« Bloch stöhnt. »Ich bin gefallen. Alles war schwarz. Mein Bein tut weh.«

»Klär du die Details«, sagt Manni zu Meuser und sprintet los, auf die Kirche zu, den Protest des Kollegen ignorierend.

»Ein Priester!« Die Kriminaltechnikerin Karin Munzinger bremst seinen Lauf und versorgt ihn mit Handschuhen und Schuhüberziehern. Manni streift sie über, das Latex spannt über seinen Knöcheln. Matrose, Ritter und nun auch noch ein Priester. Wahrscheinlich ist auch der nur ein Karnevalist. Manni folgt der Spurensicherin zum Seitenportal der Kirche, sieht aus den Augenwinkeln, wie sein eigener Schatten auf die Sandsteinfassade springt. Sankt Pantaleon ist eine der vielen romanischen Kirchen Kölns und wird von denen, die so etwas interessiert, bestimmt auch für irgendetwas gerühmt. Heiligenbilder, Schätze oder morsche Gebeine in goldenen Schreinen. Manni schickt einen schnellen Blick zu den Kirchtürmen hinauf. Vor ein paar Jahren wurde im angrenzenden öffentlichen Park eine junge Frau so brutal vergewaltigt, dass sie fast gestorben wäre. Den Täter haben sie nie gekriegt.

Schattenkampf – Kata. Auf einmal muss er an diese Karatedisziplin denken, in der man gegen einen unsichtbaren Gegner kämpft. Wenn nicht ein Wunder geschieht, wird es mit seinem Training in nächster Zeit wohl wieder einmal nichts werden. Er duckt sich unter dem Absperrband durch, konzentriert sich auf das Szenario vor ihm. Ein weiterer Scheinwerfer strahlt auf und taucht den Toten in gleißendes Licht. Er trägt eine schwarze Soutane und liegt auf dem Pflaster, direkt vor den Stufen des Seitenportals. Ein Mann um die fünfzig, grauhaarig, gepflegt. Seine weitaufgerissenen Augen blicken starr in den Himmel. Seine Arme sind ausgestreckt, als wolle er sie zu einem letzten Segen erheben oder denjenigen, der ihn ins Jenseits befördert hat, umarmen.

Manni geht in die Hocke. Der Tote hat Blut verloren, viel Blut, seine Soutane ist voll davon und auch das Pflaster. Eine Wunde im Brustbereich scheint die Quelle zu sein, von einer Tatwaffe ist nichts zu sehen.

»Shit«, sagt Manni, denn wer auch immer für diesen Mord verantwortlich ist, hat ihnen auf den Kirchentreppen eine Botschaft hinterlassen. Die Schrift ist rot, glänzend. Manni beugt sich noch tiefer und schnuppert. Farbe, kein Blut, was die Sache nur unwesentlich besser macht.

»M Ö R D E R«, buchstabiert Karin Munzinger hinter ihm. »Aber das kann doch nicht … du glaubst doch nicht, dass das wirklich ihm hier gilt?«

Manni zuckt die Schultern, richtet sich auf.

»Sieht jedenfalls nicht nach einer Zufallsbegegnung aus.«

»Vielleicht hat es ein Verrückter auf die katholische Kirche abgesehen.« Ralf Meuser steht plötzlich neben Manni und wirkt im grellen Licht der Strahler noch blasser und dünner als sonst.

»Langsam, Ralf, noch wissen wir ja nicht einmal, ob unser Kandidat ein echter Priester ist.«

Meuser befühlt den Stoff der Soutane. »Die wirkt nicht wie ein Karnevalskostüm. Auch sein Birett erscheint mir echt.«

»Sein was?«

»Sein Priesterhut.« Meuser zeigt auf einen schwarzen Stoffklumpen am anderen Ende der Stufen, dessen Form Manni entfernt an den Teekannenwärmer erinnert, den seine Oma früher benutzte.

»Kleidung kann man kaufen.«

»Soweit ich weiß, muss man sich für den Erwerb von Priesterkleidung als Priester ausweisen.«

Ausweis, ein gutes Stichwort. Manni beginnt, die Hosentaschen des Toten zu untersuchen. Geldscheine, Münzen, Rosenkranz und Schlüssel. Keine Papiere. Wäre ja auch zu schön gewesen. Er nimmt den Schlüssel und probiert ihn am Seitenportal der Kirche. Er passt nicht. Klar.

Die Lichtstimmung im Park verändert sich jäh, der Rettungswagen hat gewendet und rollt nun mit rotierendem Blaulicht zur Straße. Wie eine Erscheinung schreitet die

Rechtsmedizinerin Ekaterina Petrowa aus dem Lichtergewirr auf sie zu. Sie wirkt noch winziger als sonst, weil sie ausnahmsweise mal keine Absätze trägt. Ihr silberner Lidschatten funkelt wie Eis, ihre kohlschwarzen Augen scannen den Tatort und saugen sich dann an dem Toten fest. Die Lebenden müssen sich mit einem knappen Nicken begnügen. Der Rettungswagen erreicht die Straße, sein Martinshorn heult auf.

»Du weißt, wo die hinfahren, Ralf?«, fragt Manni.

Meuser nickt.

»Hat Bloch diesen Ritter noch näher beschrieben?«

»Er war grau, sagt er. Wie ein Schatten.«

Anfänger, denkt Manni böse und wünscht einen Augenblick lang, Judith Krieger wäre hier, weil die wenigstens anständige Vernehmungen führt. Aber die Kollegin Hauptkommissar ist nach ihrer letzten fast tödlichen Eskapade bis auf weiteres out of order, und im Präsidium sind ihre Karten alles andere als gut.

»Der Zeuge stand unter Schock. Sein Bein ist gebrochen und wir haben seine Personalien ...« Meuser plappert, bemüht, seinen Ruf zu retten.

Die Petrowa bekreuzigt sich und kniet sich neben den Toten. Beinahe zärtlich lässt sie ihre Hände über seinen Körper gleiten.

»Er wurde erstochen«, verkündet sie nach einer Weile. »Mit großer Wucht und einer langen Klinge.«

»Die Tatwaffe ist ein Schwert!« Meuser klingt regelrecht enthusiastisch. »Also hat der Zeuge vielleicht recht, wir suchen einen Ritter ...«

»Wie lange ist er schon tot?«, fragt Manni, auch wenn er wenig Hoffnung hat, dass diese immergleiche Frage zufriedenstellend beantwortet wird. Doch hin und wieder geschehen noch Wunder.

»Etwa vier Stunden«, erwidert die Rechtsmedizinerin nach einem Blick auf ihr Thermometer.

»Die Stunde der Abrechnung«, sagt Meuser leise.

»Wie bitte?«

»Mitternacht, der Übergang zum Aschermittwoch. Man klagt Strohpuppen an und verbrennt sie, lässt sie für alle Sünden büßen.«

»Der hier wurde aber nicht verbrannt«, widerspricht Manni und gestattet sich einen Blitzgedanken an Sonja, die sich jetzt gerade irgendwo in einem blaugrün schillernden Nixenfummel ohne ihn amüsiert, sicher zur Freude sämtlicher Kerle, die auf eine schnelle Nummer aus sind.

»Er wurde nicht verbrannt, aber er wurde exakt zum Ende der Karnevalszeit ermordet. Und dann diese Haltung: Wie Jesus am Kreuz …«

Ekaterina Petrowa hebt den Schädel des Toten an und begutachtet eine Platzwunde am Hinterkopf.

»Er ist niedergeschlagen worden«, folgert Manni.

»Oder die Schädelverletzung stammt vom Sturz. In jedem Fall ist sie frisch.« Sanft lässt die Russin den Kopf zurück aufs Pflaster gleiten, untersucht die Hände des Toten, betastet die Ärmel der Soutane. »Keine Abwehrverletzungen, soweit ich das vor der Obduktion erkennen kann.«

»Der Mörder war schnell.« Manni versucht sich den Tathergang vorzustellen. »Er überrascht sein Opfer, rammt ihm Schwert oder Messer in die Brust …«

»Der Priester lag auf dem Rücken, als der Täter zustach«, widerspricht Ekaterina Petrowa. »So wie das Blut ausgelaufen ist, vermute ich, dass es so war.«

»Er fällt also und verliert das Bewusstsein.«

Die Rechtsmedizinerin wiegt den Kopf hin und her. »Nicht unbedingt.«

»Er muss bewusstlos gewesen sein. Verteidigung ist ein Reflex. Selbst ein Priester liegt doch nicht einfach da und lässt sich töten.«

»Seine Augen sind offen«, sagt Ralf Meuser leise. »Als sehe er seinen Möder an.«

»Warum hat er sich dann nicht gewehrt?«

»Vielleicht war er zu geschockt. Vielleicht kannte er seinen Mörder.«

MÖRDER. Wieder starrt Manni die Botschaft an. Es wird Ärger geben, denkt er. Druck, Hysterie, Komplikationen, vor allem, wenn dieser Mann hier tatsächlich ein katholischer Priester ist. Er checkt seine Armbanduhr, es ist schon bald fünf, auch wenn vom Tageslicht noch nichts zu sehen ist.

An der Polizeiabsperrung entsteht Unruhe, jemand ruft. Manni fährt herum, braucht einen Moment, um zu begreifen, dass das, was er dort sieht, keine optische Täuschung ist. Eine Prozession Nonnen, dunkel gewandet mit weißen Hauben, ist aufmarschiert und sieht zum Tatort hinüber. Stumm und würdevoll, als seien sie gekommen, um zu kondolieren.

© Ullstein Buchverlage GmbH, Berlin 2009

Gisa Klönne
Nacht ohne Schatten
Kriminalroman

ISBN 978-3-548-28057-8
www.ullstein-buchverlage.de

Köln, kurz nach Mitternacht. Ein verlassener S-Bahnhof. Ein erstochener Fahrer. Und eine bewusstlose junge Frau, die offenbar zur Prostitution gezwungen wurde. In langen, unwirklich warmen Januarnächten suchen Judith Krieger und ihr Kollege Manni Korzilius verzweifelt nach einem Zusammenhang. Gisa Klönnes dritter Roman entführt mit großem psychologischem Gespür in eine beklemmende Welt, in der Gewalt gegen Frauen alltäglich ist.

»Gisa Klönne ist ein Ausnahmetalent unter den deutschen Krimiautoren.« *Für Sie*

Ausgezeichnet mit dem Friedrich-Glauser-Preis 2009 »Bester Roman«